雪中悍刀行

XUEZHONG
HANDAOXING

7白发舞太安

烽火戏诸侯 著

江苏文艺出版社
JIANGSU LITERATURE AND ART
PUBLISHING HOUSE

图书在版编目（CIP）数据

雪中悍刀行. 7, 白发舞太安 / 烽火戏诸侯著. —
南京：江苏文艺出版社，2014

ISBN 978-7-5399-7198-8

Ⅰ.①雪… Ⅱ.①烽… Ⅲ.①长篇小说－中国－当代
Ⅳ.①I247.5

中国版本图书馆CIP数据核字（2014）第029024号

书　　　名	**雪中悍刀行7白发舞太安**	
作　　　者	烽火戏诸侯	
出 版 统 筹	黄小初　侯　开	
选 题 策 划	李文峰　风染白　梁　朕	
责 任 编 辑	姚　丽	
文 字 编 辑	风染白	
责 任 监 制	刘　巍　江伟明	
出 版 发 行	凤凰出版传媒股份有限公司	
	江苏文艺出版社	
出版社地址	南京市中央路165号，邮编：210009	
出版社网址	http://www.jswenyi.com	
经　　　销	凤凰出版传媒股份有限公司	
印　　　刷	北京润田金辉印刷有限公司	
开　　　本	700×980毫米　1/16	
字　　　数	245千字	
印　　　张	17.5	
版　　　次	2014年4月第1版，2019年4月第6次印刷	
标 准 书 号	ISBN 978-7-5399-7198-8	
定　　　价	29.80元	

影视版权抢订热线　13911704013

江苏文艺版图书凡印刷、装订错误可随时向承印厂调换

CONTENTS

目录

第一章

归北凉凤年载贤，赴西域赵楷持瓶

为首一骑披甲而不戴头盔，年轻女子视野中，已经出现那座北莽南朝最大城池的雄伟轮廓。

　　从头到尾，徐凤年都没有瞧见那名偃甲湖水师统领。下船以后，坐入一辆龙腰州箭岭军镇的马车，徐凤年撩起窗帘子，才看到一名不确定身份的健壮校尉出现在船头。同乘一辆马车的徐北枳顺着放下的帘子收起视线，轻声道："有一标偃甲湖骑兵护送我们前往茂隆北边的鹿茸城，正大光明走驿路。"

　　徐凤年靠着车壁，膝上放有不知猴年马月才能再出鞘的春雷短刀。

　　背有刹那的青鸟已经披甲混入骑队。

　　徐北枳缓缓说道："茂隆成为凉莽南北对峙的一条新分水岭，董卓撤出葫芦口后，没谁愿意去送死，只得黄宋濮跟慕容女帝请了一道八百里加急的折子，领兵增援。柳珪和杨元赞这两位大将军还在观望。黄宋濮权势已经不复当年，名义上是总掌南朝四十万兵马的南院大王，不说柳、杨两位不用仰其鼻息，就连董卓六万亲兵也素来完全不服管，黄宋濮这回彻底拉下脸面，用去很多多年积攒下来的珍贵人情，才调动了九万精骑。在南朝做大将军就是如此为难，你不领兵，谁都愿意对你和和气气，把你当菩萨供奉起来；真要有了兵权，背后就要戳你脊梁骨，恨不得你吃败仗，把老本都赔光。这等劣根，都是春秋遗民一并带来的。这些年皇帐北庭那边又有了'南人不得为将'的说法，要不是慕容女帝强行压下，加上柳、杨二人也不希望北人掺和南事，也都各自上了密折，总算没有拖南朝的后腿，否则恐怕黄宋濮都没机会去跟你们北凉铁骑对峙。"

　　徐凤年瞥见徐北枳手上有一卷书，拿过来一看，笑容古怪。徐北枳也是会心一笑，娓娓道来："龙虎山一个天师府年轻道士杜撰的《老子化胡经》，大概就是说当初道祖骑牛出关，仅留下三千言给徒子徒孙们，就西渡流沙，摇身一变成了佛祖。立意取巧，文字倒是挺好的，说不定是那赵家天子赐号'白莲先生'的人亲自操刀润的色。如今龙树圣僧圆寂，白衣僧人又没有出声，两禅寺闹哄哄乱成一团，宫中那帮青词真人又远比和尚懂得互为引援，加上病虎杨太岁久未露面，我看这场起源于北莽的灭佛，反倒是你们离阳王朝更加酷烈。不说其他，各个州郡仅存一寺这项举措，就能让各大同州同郡的名寺来一场窝里斗。"

　　徐凤年平淡道："谁让佛门不像龙虎山那般跟天子同姓？谁让春秋战事中士子纷纷逃禅，人数远胜于遁黄老？谁让离阳王朝已经掌控大局，要开始大刀阔斧斩草除根？再说了，如此一来，西域佛门密宗才能看到渗透中原的希望，皇子赵楷持瓶过剑阁入高原，才能全身而退，建功而返。如此一来，北凉北线有北莽压制，东线南线本就有顾剑棠旧部牵扯，再加上一个跟朝廷眉来眼去的西域，就真是四面树敌了。打蛇打七寸啊，北凉吃了个大闷亏，可能我师父埋下的许多伏笔就要功亏一篑。"

徐北枳不去刨根问底北凉关于退路的布局，只是微笑问道："北凉会是一方西天净土？"

徐凤年轻声摇头道："这个把柄实在太大，徐骁也不太可能明着跟朝廷针锋相对，最多对逃窜入境的僧侣睁一只眼闭一只眼，已是最大的庇护。况且一山难容二虎，北凉的庙再大，也容不下两个和尚念经，西域佛教势力算是彻底跟北凉断了线。这兴许就是张巨鹿为何对灭佛一事装聋作哑的原因，恶名不担，好处要拿。怎么能让北凉不舒服，这碧眼儿就怎么来。你不问，我倒是可以跟你透底：西域和蜀诏，本来是我家好不容易倒腾出来的狡兔两窟，这会儿就要少了一窟。"

徐北枳皱眉道："那私生子出身的赵楷能否成事还两说。"

徐凤年还是摇头，"我第二次游历的时候跟他打过交道，差点死在他手上，阴得很。有他坐镇西域，形同一位新藩王，肯定会让北凉不痛快。"

徐北枳笑意玩味道："北凉出身的大黄门晋兰亭，不是你爹亲手提拔才得以进入京城为官吗？怎么反咬一口？他的那番弃官死谏，件件看似都是鸡毛蒜皮的小事，可在我看来，远比以往那些阁老重臣的痛哭流涕来得狠辣。如今虽说没了官职，但是在庙堂上一鸣惊人，朝野上下赞不绝口，都有人喊他'晋青天'了，好像张巨鹿对其也有栽培之意。严家在前，做成了皇亲国戚；晋家在后，不需要几年就可以在京城扎根。你们北凉，净出一些养不熟的白眼狼，偏偏还都下场不错。"

徐凤年瞥了一眼徐北枳，冷笑道："读书人嘛，都想着报效朝廷。你可曾听说有几位北凉老卒转过头骂徐骁的？"

徐北枳哑口无声。

徐凤年弯腰从脚边一个行囊里扒出一个漆盒，里面装了颗石灰涂抹的头颅。徐北枳默默挪了屁股，缩在角落，躲得远远的。

"听羊皮裘老头说过天门跻身陆地神仙，如果是伪境的话，爬过天门就要爬挺久，幸好李老头儿没骗我。

"天底下的指玄高手屈指可数，你这样的满境指玄就更少了，死得跟你这样憋屈的肯定更是凤毛麟角。

"也不知道我这辈子还有没有机会使出那样的一刀。我想如果再来一次的话，也许给我真正的指玄境界，也使不出来。你真是运气不太好。徐骁说过，运气好也是实力的一种。难怪你当年的手下败将邓茂成为天下十人之一，而你却停滞在指玄上十几年。"

听着徐凤年跟一颗头颅的念叨，徐北枳实在是扛不住，脸色苍白捂着鼻子恳求道："能不能盖上盒子？"

徐凤年端起盒子往徐北枳那边一递，吓得徐北枳撞向车壁。

徐北枳怒气冲冲道："死者为大，第五貉好歹也是成名已久的江湖前辈，你就不能别糟践人家的头颅了？"

满头白发的徐凤年放下盒子，继续盯着那颗死不瞑目的脑袋唠唠叨叨："虽说提兵山掌握了那么多柔然铁骑，以后注定跟北凉是死敌，但这会儿你我井水不犯河水，大可以我带着自家丫鬟远走高飞，你做你的将军和山主，你倒好，赶尽杀绝来了，我不杀你杀谁。

"我这趟北莽练刀，一点一滴好不容易养出来的神意，都毁在你手上了。要不你活过来再让我砍一刀？

"喂，是不是好汉，是好汉就睁开眼，给句明白话。"

一旁的徐北枳实在是受不了这个王八蛋徐柿子的絮叨，怒道："你能不能消停一会儿？！"

徐凤年弯腰捧起盒子，又往徐北枳眼前一伸，"来，徐橘子，跟第五貉道声别。"

徐北枳转过头，一下子撞在车壁上，连杀人的心思都有了。

徐凤年推上盖子，重新装入布囊，捧腹大笑。

徐北枳愤愤道："很好玩？"

徐凤年撇撇嘴道："不好玩？"

徐北枳压低嗓音，怒其不争道："你以后怎么世袭罔替北凉王，怎么跟那么多劲敌斗？"

徐凤年横躺在宽敞的车厢内，跷起二郎腿，轻声道："走一步看一步，要不然还能如何。"

徐北枳恨不得手上一本书砸死这个被侍童称作"徐柿子"的家伙，只是无意间看见他的满头白发，又默然收手。

徐凤年坐起身，掀起帘子，朝披甲提枪的青鸟招了招手。

等青鸟百感交集一头雾水地靠近了，徐凤年却凶神恶煞一脸怒相，"要不是公子觉着你水灵，身段好，懂持家，武艺超群，实在是找不着比你更好的姑娘，更贴心的丫鬟，在柔然山脉早他娘的撇下你跑路了！回了北凉，努力练习那四字诀，以后结结实实宰杀几个指玄境高手，杀人之前千万别忘了说是本公子的大丫鬟，记住了！"

青鸟轻轻点头，嫣然一笑。

车厢内复归平静。

徐北枳看了几页一味谤佛的经书，忍不住抬头问道："你就这么对待所有下人？"

徐凤年反问道："你是上人？"

徐北枳笑道："我一介流民，当然不是什么上人，不过你是。"

徐凤年躺下后，望着顶板，轻声道："所以你永远不会明白北凉三十万铁骑是怎么走到今天的。"

不再理会徐北枳，徐凤年哼过了那首粗俗不堪的巡山曲，又哼起一支无名小曲儿，"什么是好汉，一刀砍了脑袋做尿壶！什么是大侠，可会'猴子摘桃'这等绝学？什么是英雄，身无分文时能变出一张大饼吗……"

徐北枳"大煞风景"插嘴问道："我能否问一句？"

徐凤年停下哼唱，点了点头。

徐北枳好奇问道："你当下还有一品境界的实力吗？"

徐凤年嘿然一笑，"这个不好说，我呢，有一部刀谱，原先都是循序渐进，学会了一招翻一页，前段时候不小心直接跳至了尾页。明明是刀谱，最后一页叫'灵犀'，却是讲的剑道境界。赶巧儿，我身上养了十二柄飞剑。离我三丈以外，十丈以内，只要不是指玄境界，来一个我杀一个，来一百个，我还是能杀一百个。"

徐北枳平静道："厉害。"

徐凤年转头纳闷道："是夸我呢，还是贬我？"

徐北枳低头看书。

等他蓦然抬头，徐凤年不知何时又捡起了盒子将那颗灰扑扑的头颅展现在身前。

风雅醇儒的徐北枳也顾不得士子风流，握紧那本书就朝这个王八蛋一顿猛拍。

徐凤年笑着退回，收好盒子布囊，躺下后双手叠放做枕头，"徐橘子，这个我帮你新取的绰号咋样？"

徐北枳打赏了一个字，"滚。"

徐凤年侧过身去翻布囊。

徐北枳赶紧正襟危坐，然后一本正经地点头道："这个绰号，甚好！"

徐凤年伸出大拇指，称赞道："识大体，知进退，一看就是一流谋士。徐橘子，以后北凉撑门面，我看好你！"

本以为离近了茂隆一带之后，还得花费一些小心思才可以潜入南边，可很快徐北枳就意识到情形出乎意料：数万难民沿着驿路两边开始疯狂流徙，其中不乏鲜衣怒马豪车。北莽有几线驿路按律不准军马以外踏足，违者立斩不待，许多宗室子弟已经拿身家性命去验证北莽女帝的决心，因此即便是仓皇逃难，也没有豪横家族胆敢踩上驿道，好在人流巨大，早已在驿道两侧踩出两条平坦路径，车马通行无碍，只是行驶得缓滞而已。北莽驿路交织如网，徐北枳所在的马车逆流而下，身后不断有别条驿路疾驰赶至的军镇铁骑迅猛南下。徐北枳吩咐一名随行护驾的箭岭骑尉去打探消息，才得到一个让他越发瞪目结舌的答案：在黄宋濮已经亲率九万精骑跟北凉军对峙的前提下，一支北凉铁骑仍是直接杀穿了紧急布置而起的防线，径直往南朝京府刺去，看那势如破竹的光景，是要视三位大将军如无物，视两位持节令如摆设，要将南朝庙堂的文武百官给一窝端！历来都是北骑南下才有这等气魄啊。

这支数目尚未确定的骑军既然一律白马白甲，自然是大雪龙骑无疑。它这一动，连累得黄宋濮本就称不上严密的防线更加松动，向来推崇以正胜奇的南院大王，推测又是葫芦口一役围城打援的阴奇手笔，加上身后军镇林立，也都不是那一箩筐脚踩就烂的软柿子，仅是调出两万轻骑追击而去，还严令不许主动出击，将更多注意力都放在构筑防线和死死盯住剩余的北凉铁骑之上，并且第一次以南院大王那个很多南朝权贵都不太当回事的身份，给

6

姑赛、龙腰两州持节令下达了两份措辞不留余地的军情布置。

南朝偏南的百姓们可顾不得将军们是否算无遗策，是否胸有成竹，是否事后会将北凉蛮子给斩杀殆尽，他们只听说那帮蛮子的马蹄只要进了城，那就是屠城——屠成一座空城为止，还听说连北凉刀这般锋利的兵器都给不断砍头砍出了豁子。一万龙象军就已经那般凶悍，瓦筑和君子馆足一万多人马根本就不够人家塞牙缝的，何况是徐人屠的三万亲军？万一要是徐阎王亲至北莽，咱们老百姓还能用口水淹死那人屠不成？谁他娘信誓旦旦跟咱们说北莽铁骑只要愿意南下开战，就能把北凉三十万甲士的尸体填满那甘凉河套，堆成一座史无前例的巨大景观？哪个龟儿子再敢这么当面忽悠咱们，非要一拳打得他满地找牙！

徐北枳提着帘子，给徐凤年笑着介绍窗外一支表情异常凝重的骑军："是黄岘镇的兵马，统兵的将军姓顾名落，是龙腰州持节令的女婿，平时眼高于顶，看谁都不顺眼。看来是真给你们打怕了，骑卒的这副表情，跟慷慨赴死差不多，前些年提及北凉军，可都是斜眼撇嘴。"

徐凤年平淡道："夜郎自大。"

徐北枳哈哈笑道："说我呢？"

徐凤年皱眉道："到了北凉，你嘴上别总是挂着'你们北凉如何如何'，北凉本就排外，军旅和官场都差不多，这种顽固习性利弊不去说，总之你要悠着点。"

徐北枳点头道："自有计较。"

徐凤年自言自语："不会真要一鼓作气打到南朝庙堂那儿去吧？这得是吃了几万斤熊心豹子胆啊，带兵的能是谁？不像是袁左宗的风格啊。"

徐北枳犹豫了一下，缓缓说道："你有没有发现北凉有点像我们见着的柔然山南麓田地？"

徐凤年问道："青黄不接？"

徐北枳慢慢说道："北凉王六位义子，陈芝豹不用说，搁在任何地方都可以裂土封王，以他的才略，自起炉灶都行。袁左宗是当之无愧的将才，独当一面肯定不难，领几万精兵可以轻松摧城拔寨，但统帅全局，就不好说了。齐当国，冲锋陷阵，扛徐字王旗的莽夫而已。叶熙真擅长阳谋，被誉为下一任阳才赵长陵，说到底，仍是幕后摇羽扇的谋士，需要依附于人。姚简

是一位熟谙偏门的风水师，一向与世无争，更不用去说。褚禄山的话……"

徐凤年笑道："徐骁六位义子中，真要说谁能勉强跟陈芝豹并肩，只有他了，他是真正的全才，只要是他会的，都一概精通。我师父是因为赵长陵才名声不彰显，禄球儿跟陈芝豹也是差不多的情况。"

徐北枳继续说道："韦甫诚、典雄畜、宁峨眉这批青壮将领，比起陈芝豹，都差距很大，何况偏倚向你这位世子殿下的，少到可怜。所以说，除去陈芝豹和褚禄山，北凉能跟董卓之流单独抗衡的惊艳武将，实在找不出第三位。"

徐凤年笑而不语。

徐北枳问道："难道还有谁藏藏掖掖？"

徐凤年大笑道："你忘了我二姐？"

徐北枳将信将疑道："你也知道纸上谈兵和亲身带兵是两回事。"

徐凤年脸色剧变，攥紧拳头，因为他知道是谁率领大雪龙骑奔赴南朝京府了。

徐北枳何等触类旁通，也立即猜出真相，苦涩道："要是她能活着回北凉，我就服气。"

徐凤年长呼出一口气，眉头舒展，闭眼靠着车壁，笑道："那你现在就可以心服口服了，我二姐十四岁之前就已经记住北莽全部军镇戍堡、部落村庄和驿站烽燧。"

徐北枳在心中缜密推敲，然后使劲摇头，憋了很久才问道："为什么？"

徐凤年揉了揉脸，轻声道："小时候她跟我大姐打过一个赌，二姐说她一定会在三十岁以前带兵杀到南朝京府。她们两人的赌注分别是一本兵书和一盒胭脂。"

徐北枳冷哼一声："军情大事岂能儿戏？！龙象军的行军路线分明是经过兵法大家精确计算过的，以军损博取大势，可以视作是在为你争取时间，你二姐算什么？"

徐凤年调侃道："你有胆子，下次见着了她，自己问去。反正我是不敢。"

徐北枳愣了一下，"你连弱水都敢去，第五貉都敢杀，竟然不敢见你二姐？"

徐凤年唉声叹气，有些头疼。

当初练刀就让她见面不说话，这次在北莽绕了一个大圆，还不得被她拿剑追着砍？

那支骑军深入腹地，如同庖丁解牛，绕过诸多军镇险隘，在北莽版图上以最快的速度撕扯出一条绝佳曲线。

速度之快，战力之强，目标之明确，都超乎北莽所有人的想象极限。

为首一骑披甲而不戴头盔，年轻女子视野中，已经出现那座北莽南朝最大城池的雄伟轮廓。

身后九千轻骑眼神中都透着疯狂炙热的崇拜。

从来不知道原来仗可以这么打，就像一个大老爷们在自己家里逛荡，遇上毫无还手之力的不听话孩子就狠狠赏他一个板栗。

每一次接触战之前，都如她所说会在何时何地与多少兵马交锋。因为绕过了全部硬骨头，以大雪龙骑的军力雄甲天下，收拾起来，根本就是不费吹灰之力。

敢情她才是南朝这地儿的女主人？

一路北上得轻而易举，不过接下来转身南下才是硬仗！

但老子连南朝京府的城门都瞧见了，还怕你们这群孙子？

女子容颜不算什么倾国倾城，只是英武非凡，气质中绝无掺杂半点妩媚娇柔。

她下马后从怀中掏出一本泛黄书籍，点燃火折子烧去成灰，抬头望了一眼天空，嘴唇微动，然后默默上马。

北凉历年冬天的大雪总是下得酣畅淋漓，不像南方那样扭扭捏捏，这让新近在这块贫瘠荒凉土地上安家的几个孩子都很开心。北凉铁矿多少，战马多少，粮食多少，反正都不是他们可以触及的事情。四个孩子中大女儿没甚出彩，跟寻常少女一般喜好胭脂水粉，就是性子泼辣。像那荡秋千，也不像寻常大家闺秀那般含蓄，总恨不得荡到比顶楼还要高。老二最为聪慧，自幼便被视作神童，读书识字极快，性子也内敛，都说像她娘亲。老三长得最像他那风华绝代的娘亲，典型福气的北人南相，跟他一生下来便注定勋贵无比的身份十分相符。兴许是这个家的子孙福运都用在了前边三个孩子身上，到了土生土长在北凉的四子这里就有些可怜，就跟家乡的土地一样，他打从娘胎里出来就没哭过一声，会走路以后也憨憨傻傻，枯黄干瘦，鼻子上时常挂着两条

鼻涕，跟口水混淆在一起。府上下人也都觉着女主子是因为生他才死的，私下对前边三位小主人都打心眼里喜爱，唯独对力气奇大的老四恶感不已；胆子大一些的年轻仆役，四下无人时就会狠狠欺负几下，反正小家伙铜筋铁骨似的，不怕被掐，就是扇上几耳光，只要不给管事门房们撞见，就都不打紧。

十二岁徐渭熊的书房纤尘不染，井然有序，没有任何多余的装饰物品，除了文房四宝就只剩下囊括诸子百家的浩瀚书籍，书柜摆放的每一本书都拿朱笔细致圈画过。今天她正在一丝不苟写那个"永"字。北凉王府的二郡主公认无所不精，唯独书法实在是不堪入目，这让要强好胜的徐渭熊钻了牛角尖，誓要写出满意的楷字——比不过弟弟也就罢了，怎能输给她？！书法真意，她早已烂熟于心，都不用别人如何传授，直笔、驻锋、侧锋当如何才算炉火纯青，她都很心知肚明，可真到了她毫尖写出，却总是如蚯蚓扭曲，这让这个秋天写了不下三千"永"字的徐渭熊也有些恼火。

一个唇红齿白异常俊俏的男孩提了一具比他体型还要小一圈的"尸体"来到书房。

徐渭熊微微抬了抬眼角，不理睬。

锦衣华贵的孩童放下"尸体"，笑哈哈道："黄蛮儿，咱们到了。"

躺在地上的"尸体"闻声后立马一个鲤鱼打挺站起身，憨憨咧嘴笑，悬挂了两条鼻涕虫，还流了许多口水。

这一对兄弟就是徐凤年和徐龙象了。

黄蛮儿喜欢被哥哥拖拽着，也喜欢大雪天被哥哥倒栽葱扔进雪地里，整颗脑袋冰凉冰凉的，舒服得很！

徐凤年伸手帮弟弟仔细擦去鼻涕口水，然后胡乱擦在自己袖口上，指了指书房里一尊龙头对大嘴蟾蜍的候风地动仪，拍拍黄蛮儿的脑袋笑道："去，玩蛤蟆去，记得这次别弄坏了，到时候二姐赶人，我不帮你的。"

枯黄稚童乖乖去地动仪旁安静蹲着，这回没把蹲在地上承接铜球的蟾蜍偷偷拔起来。

徐凤年趴在书案上，嚷嚷道："二姐，还练字呢，练啥哦，走，咱们去湖边钓鱼，大姐都在那儿摆好绣凳了。"

已经有了少女坯子的徐渭熊根本正眼都不瞧一下弟弟徐凤年。

徐凤年挠挠头，无奈道："真不去啊？"

徐渭熊不耐烦道："再写六十个'永'字，我还要读书。"

习以为常的徐凤年哦了一声，嘻嘻一笑，抢过笔，铺开一大张熟宣，唰唰唰一口气写了几十个潦草"永"字，这才将笔交还给二姐，"瞧，你都写完了，一起玩去呗。"

徐渭熊怒目瞪眼，北凉王府的小世子吹着口哨，半点都不在乎。

徐渭熊搁下笔，冷哼道："就两刻钟。"

徐凤年笑道："好嘞！"

姐弟三人一起走出书房，黄蛮儿当然是给他哥拖出去的。

徐凤年问道："二姐，什么时候下雪啊？"

徐渭熊皱眉道："才霜降，立冬都没到，再说今年兴许会在小雪以后几天才能有雪。"

徐凤年做了个鬼脸，"二姐，你那么聪明，让老天爷早些下雪呗？"

徐渭熊伸手拧住小世子的耳朵，狠狠一拧。

这一年，北凉第一场雪果真在小雪之后三天如约而至。

两位少女和两个弟弟一起打雪仗，是徐凤年好说歹说才把二姐说服，从书房拐骗出来一起玩，当然是他和二姐一头，大姐徐脂虎和弟弟黄蛮儿一头。因为气力吓人的黄蛮儿给哥哥说了只准捏雪球，不准丢掷，加上在二姐徐渭熊的指挥下，徐凤年打得极有章法，孤立无援的徐脂虎自然给砸了很多下，不过她在投降以后偷偷往徐凤年领子里塞了个雪球，也就心满意足。徐凤年龇牙咧嘴一边从衣服内掏雪块，一边跟二姐说道："咱们去听潮阁赏景，咋样？"

徐渭熊毫不犹豫地拒绝道："不去，要读书。"

徐脂虎帮着弟弟掏出雪块，笑道："女孩子嫁个好人家好夫君就行了，你读那么多兵书，难道还想当将军？"

徐渭熊瞥了一眼这个从小到大都跟冤家似的姐姐，都懒得说话，转身就走。

徐脂虎对着妹妹的背影做了个鬼脸。徐渭熊好像背后长了眼睛，身形停顿，转头冷冰冰说道："你以为徐凤年还能玩几年？"

徐脂虎皱了皱已经十分好看的眉头，叉腰反问道："你知道？"

一看苗头不对，再待下去十成十要被殃及池鱼，徐凤年拉着黄蛮儿赶紧逃离这处战场。

事后他才知道两个姐姐打了个赌。

那一年，北凉的雪格外的大。

小世子差点以为老天爷是个养鹅的老农，要不然能撒下这么多"鹅毛"大雪？

徐凤年在一名笼罩在黑袍中的男子带领下乘马车进入茂隆军镇，那沉默寡言的男子亲自做马夫。

茂隆城已处戒严状态，气氛肃杀。巡城的甲士见到男子的令牌后，俱是肃然站定。

将军令。

偌大一个北凉，整整三十万铁骑，也才总计九枚。

大将军的六位义子各有一枚，其余三枚不知在谁手中。

徐凤年认得那枚将军令，也就认得了马夫的身份。

只有一个称号——丑。

徐骁的地支死士之一。

妃子坟一战，活下来的其实不只是袁左宗，还有这名死士。

他所杀之人其实不比白熊袁左宗少多少。

徐凤年没有彰显世子身份，去下榻茂隆军镇的将军府邸，只是挑了一座僻静的客栈入住。客栈掌柜、伙计都早已逃命，不过有青鸟在身边，轮不到徐凤年怎么动手，一切都舒舒服服的。

徐凤年说在这里多住几天，丑自然不会有异议。

这名铁石心肠的死士在初见世子殿下时，也曾有过一闪即逝的失神。

在书写密信其中四字时，他的手在轻微颤抖。

世子白头。

等了三天，徐凤年就动身出城南下。

这辆马车尚未到达离谷军镇。

一阵阵铁蹄震颤大地。

不下五千白马铁骑如一线大雪铺天盖地涌来。

徐凤年苦笑着走出马车，迎向后边追来的铁骑。

当头一骑疾驰，继而缓行，女子策马来到徐凤年十几步外，冷眼俯视着他。

她原本有太多训斥的言语藏在腹中，甚至想着给他几马鞭，再将他五花大绑到北凉，只是当她看到眼前异常陌生的情景，这名入北莽如入无人之境的神武女子嘴唇颤动，一个字都说不出口。

徐凤年欲言又止。

她扬起马鞭，指向徐凤年，怒极道："徐凤年，你有本事就死在北莽！"

她掉转马头，狂奔出去。

她背对着那个白发男子以后，视线模糊起来，一手捂住心口。

徐凤年呆呆站在原地，抬头望向天空，伸手遮了遮刺眼的阳光。

如雪铁骑来也匆匆，去也匆匆。

徐凤年正要返回马车，一名赤足黑衣少年从天空中斜着轰然坠落，砸出一个巨坑。

走出马车站在马旁的徐北枳张大嘴巴。

黑衣少年原本一脸憨笑，痴痴望向哥哥，蓦地号啕大哭，然后朝北边发出一声嘶吼。两匹马当场七窍流血暴毙而亡。徐北枳捂住耳朵都承受不住，若非有死士丑搭住胳膊，下场也好不到哪里去。唯独已经没了大黄庭傍身的徐凤年全然不遭罪。

黑衣少年蹲下身，背起他以为受了重伤的哥哥，想着就这么背着回家。

徐凤年拍了拍黄蛮儿的脑袋，笑道："我没事，你先去拦着二姐，不要让她带兵北行。"

黄蛮儿使劲摇了摇头。

天大地大，都没有他护着背上的哥哥来得最大。

徐凤年耐心道："听话，咱们姐弟三人一起回家。"

正在黄蛮儿小心放下徐凤年的时候，有一骑返还。

今日离阳王朝的早朝，身穿朝服的文武百官鱼贯入城，依旧是玉敲玉声琅琅，经久不息。

君子听玉之声以节行止。佩玉规格如同品秩，也讲究一个按部就班，不可逾越雷池。离阳党争虽然在张首辅控制下不至于失控，但言官在鸡毛蒜皮的小事上较真那也是家常便饭。晋兰亭今天出现在朝会上，显得格外醒目。半年前他丢了清贵的大黄门，但是始终闲居在京，起初那座门可罗雀的府邸，在他弹劾北凉王徐骁被摘去官帽子之后，访客反而络绎不绝。这次奉旨

早朝，傻子也知道朝廷雪藏了他整整半年，也算给足了徐骁面子，是时候给晋三郎加官晋爵喽。这不，晋兰亭此次朝会，在门外等候时，身边一圈俱是同僚们的热络殷勤招呼声，他也在腰间悬挂了一套崭新玉器，玉璜玉珠相击，玉坠滴和玉冲牙相撞，发出一阵清越之声，行走在殿陛之间，声韵极美。

除了晋兰亭是众人瞩目的惹眼人物外，从北地边陲赶回京城的大将军顾剑棠身边还有一人，一样扎眼——是一张生面孔，不过京城这半年来也早就耳朵都听出了茧子了——一个姓袁的江湖匹夫，鲤鱼跳龙门，突然就成了大将军的半个义子，据说性子执拗，心狠手辣，把边境上的江湖门派都给折腾得半死不活。袁庭山跟在顾剑棠身后，恰好跟走在张巨鹿张首辅身后的晋三郎差不多并肩。相比之下，袁庭山腰间佩玉则十分简单，粗犷洗练。晋兰亭温文尔雅，在京城官场浸染小两年后，历经辛酸坎坷世态炎凉，投于张党门下后，没有半点得志猖狂。当袁庭山向他瞧过来时，晋兰亭马上报以微笑，孰不料这名初次参与朝会的小小流官竟是呸了一声，低头吐了口唾沫。晋兰亭好不尴尬，不过脸皮比起初入京时厚了不知多少寸，只是一笑置之。袁庭山明目张胆的动作，让远处一些司礼督查太监都心肝颤了一下——得，明摆着又是一个刺儿头。

袁庭山加快步子，向顾剑棠小声问道："大将军，啥时候我能跟你一样佩刀上朝？"

顾剑棠置若罔闻。

张巨鹿瞥了一眼这个半座京城都是未见其面先闻其声的年轻武夫，似乎觉得有趣，笑了笑。

袁庭山还要唠叨，顾剑棠冷声道："再说一个字，就滚出京城。"

袁庭山笑呵呵道："不说了，不说了。"

晋兰亭心中腹诽：你小子都已经说了六个字。

但是牢牢掌控兵部十几年的顾大将军没有计较这种滑头行径，这让晋兰亭顿时高看了姓袁的一眼。

顾剑棠和张巨鹿几乎同时望向远方一个拐角处，晋兰亭愣了一下。

穿了一件大太监的红蟒衣，如同一只常年在宫中捕鼠的红猫，安静地站在那儿。

袁庭山啧啧道："高手啊。"

晋兰亭只是远观了一眼就不敢再看，迅速低头，生怕被那位臭名昭著的宦官给记住了容貌。

世上没有不透风的墙，时下便有消息从宫中传出，这位王朝十万宦官之首的权阉依旧地位尊崇，可不再是前十几年那般纹丝不动。这缘于一名幼年入宫的年轻太监被赵稚皇后相中，与几位起居郎一起跟陛下可谓是朝夕相处，名字叫堂禄，最近才被天子金口一开赐姓"宋"。宋堂禄出身十二监中的印绶监，身世清白，师父是内官监的首领太监，多年以来是屈指可数的能够跟人猫韩貂寺并肩行走宫廷的老太监之一。宋堂禄这么多年没有一次在诰敕贴黄之事上出过纰漏，与人为善，性子温和，除了地位跟韩貂寺有天壤之别外，性格也是截然相反。

在这个数位皇子马上要外封为王的敏感时刻，皇帝陛下亲近皇后"提拔"而起的宋堂禄，而疏远与皇子赵楷接近的韩貂寺，无疑让权臣勋贵们都嗅到了一丝血腥。

想要韩貂寺去死的人，不比想要徐骁倒台的官员少几个。

一些悄悄押宝在诸位皇子身上的京官外官都暗自庆幸，没有浪费精力在那个来历模糊的赵楷身上。

十数年来唯一一次没有出现在朝会大殿上的红蟒衣太监轻轻转身，行走时悄无声息。

韩貂寺习惯性地走在宫城大墙的阴影中，看不清那张洁白无须面容上的表情。

北莽本无都城一说，直到慕容女帝篡位登基，动用了甲士四十万和民夫九十万修建都城，用时长达九年，由北院大王徐淮南和中原一对父子士人张柔张略负责规划，更有例如麒麟真人以及多位堪舆大师参与其中。新城建成后，先是皇室宗亲、勋贵和文武百官入驻，后有各支守军驻扎城外，家属迁入。如今仅是操皮肉生意的娼妓便号称三万之众，可见北莽帝城之宏伟，完全不输离阳京城。只是定都以后，女帝仍是采取四时帐钵之古制，四季出行巡视，被中原朝野诟病已久的北莽画灰议事便源出于此。今年的秋帐猎虎狩鹿略作向后推移，北莽王庭权贵都议论纷纷，许多往年有资历参与帐钵狩猎却都借故不去的年迈勋贵，都无一例外殷勤地参与其中，只可惜让人大失所

望，他们想见的人并未出现。

都城内一个道教衰败支系的祖庭崇青观，在跟道德宗争夺北莽国教落败后，香火早已不复当年鼎盛，门庭冷落，只有一些上了年纪的寥寥香客，才会在燕九节这些日子来祈福禳灾。很难相信二十年前这里还曾号称北莽道林之冠，每逢节日，达官显贵与市井百姓一同云集，只因观内真人广开道场，"神仙肯授长生诀"。这些年崇青观只得靠让一些赶考士子借宿来维持，兴许是崇青观真的气数已尽，从未有过士子在这里落脚后登榜题名，久而久之，这两年观内二十几位道人的日子就越发过得落魄凄凉，好在前段时日来了一位老儒生，给了笔数目尚可的银子，才揭得开锅。那仅是租借了一间阴潮偏房的老儒生谈吐不俗，跟老道士们经常一聊就是一个下午，独处时，老儒生便去翻阅观内一些多年无人问津的经书，过得闲淡安详。

这一天，崇青观来了一位昏昏欲睡半眯眼的高大男子，扫地道童眼皮子都没抬一下，扫着总觉得年复一年一辈子都扫不完的满地落叶。香客温声询问了两遍，小道童才懒洋洋地提起扫帚给他遥遥指了老儒生的偏僻住处。男子笑着走去，过了两进院落，才找府更漏子随意坐下。

洪敬岩摆出洗耳恭听虔诚受教的姿态。

老儒生看了一眼这位曾经一直被自己刻意"打压"的得意门生，轻声道："知道你来求什么，不妨跟你挑明了说，柔然五镇铁骑，我要是厚着脸皮去跟陛下求，也能交到你手上。只不过这就落了下乘，对你以后施展身手不利。柔然五镇周边，不是虎视眈眈的董家军，便是京畿之地，随便拎出一个战功卓著的将军，都不是你能比的。你即便得手，能有几分空地？所以说这般生搬硬套的打劫，不如无恶手的小尖一记。"

洪敬岩笑问道："直接去瓦筑、君子馆？"

老儒生点了点头。

洪敬岩苦着脸道："要我自己拢起几万兵马啊？"

老儒生轻轻笑骂道："厚脸皮倒是一如既往，别以为我这些年没在棋剑乐府，就不知道你跟那些南北权贵子弟的勾肩搭背，别说几万，只要你敢，十万都不成问题吧？光是那帮想军功想疯了的都城勋贵王孙，能不带上亲兵蜂拥而入龙腰州，硬生生堆出个几万人？我丑话说在前头，这次陛下用谁去跟北凉军对峙，是用黄宋濮还是用拓跋菩萨，是有迟疑的，我顺嘴提了一

16

句，才用的黄宋濮，因为我不想让南北对峙的局面变成全线烽烟。我知道用了这位守成有余的南院大王，北凉才不至于撕破脸皮，乐意见好就收。如此我才有足够时间去布局。火中取栗，那是黄龙士这个缺德老乌龟才爱做的缺德事。你呢，就做北莽新局的第一颗棋子，至关紧要。如何？去不去？"

洪敬岩皱紧眉头，没有立即给出答复。

已是帝师的老儒生说道："不急于一时，等你想周全了再定。若是你觉得掌控柔然铁骑更为有利，并且能给我一个信服的理由，我大可以让你去柔然山脉做山大王。"

洪敬岩轻声道："说实话，不管我是去君子馆还是柔然山脉，如今剑气近不在你身边，我不放心。"

老儒生摇头道："我有分寸。"

洪敬岩环视一周，笑道："真不见一见那些挖地三尺也要找到你的皇帐权贵？"

老儒生语气淡漠道："官场上烧冷灶是门大学问。那些跑去狩猎找我的家伙，其实这会儿给徐淮南上几炷香才是正经事，陛下才会看在眼中。傻乎乎跑我这儿来烧香拜佛求菩萨，都是手提猪头大荤大肉，我就算是一尊真菩萨，也得吃腻歪。灶冷时，别人给我一碗清粥一碟腌菜也饱胃暖心。"

长久的宁静无言。

洪敬岩突然站起身，作揖说道："请太平令与我对弈一局！"

老儒生挥挥手，下了逐客令。

洪敬岩自嘲一笑，也没有坚持，洒然离开了崇青观。

老儒生缓缓来到观门口，扫地道童精疲力尽地坐在台阶上，脚边上已经有了好几箩筐的落叶。

老儒生笑着弯腰捡起扫帚，帮小道童清扫地面。

穷书生陈亮锡在一座小茶肆稀里糊涂遇上了一名谈天说地气味相投的北凉富家翁，又稀里糊涂跟着有些驼背有些瘸的老人进了一栋宅子。

宅前有两尊玉狮镇宅，正门悬有一块金字大匾。

一路上跟他读书识字认得许多字的小乞儿轻轻抬头念道："北凉王府。"

　　见到双马给徐龙象活活震死，徐渭熊让游弩手又带来两匹马。死士丑不宜露面，被徐渭熊打发去暗中隐匿，由青鸟驾车。徐凤年坐在车中，徐渭熊骑马在外。

　　徐北枳跟徐龙象同厢而坐，浑身不自在。如今人屠次子在北莽恶名远播，万人敌的陷阵本领已经无人质疑，徐北枳还真怕一言不合就给这枯黄少年扯蚂蚱腿一样撕断四肢。

　　徐凤年掀起帘子说道："我原先要由倒马关入关，你想怎么走？"

　　徐渭熊平淡道："我只是送你一程，爹交给我这几万骑兵，不是用来送死的。"

　　徐凤年故意忽略言语中的含沙射影，笑道："等会儿离别，我送你份礼物。"

　　徐渭熊不置可否。

　　她送出了七八里路，停马后说道："离古茂隆一线，虽然已经没有千人以上的成制北莽军，但残留下许多马栏子。"

　　徐凤年走下马车，递给徐渭熊一个行囊，一脸无所谓地道："没事，除了青鸟和丑，还有一头游荡在百里以外的阴物，它有指玄境。"

　　徐渭熊将棉布行囊随手挂在马鞍一侧，徐凤年一脸哀求道："可别没看一眼就丢了。"

　　徐渭熊犹豫了一下，没有急于策马掉头。

　　徐凤年熟谙二姐的冷清脾性，说道："是第五貉的脑袋。"

　　徐渭熊皱眉道："提兵山山主，董卓的岳父？"

　　徐凤年点了点头。

　　徐渭熊问道："你跟几人偷袭得手？"

　　徐凤年哑然。

　　跟随徐凤年一起下车却站得较远的徐北枳轻声道："二郡主，第五貉是世子殿下独力搏杀。在下徐北枳，可以做证。"

　　徐渭熊冷笑道："北院大王徐淮南的庶孙怎么改换门庭了？打算什么时候去离阳朝廷做三姓家奴？"

　　不愧是对北莽了如指掌的徐渭熊，对于她不留情面的敲打，徐北枳没有解释什么。

　　徐凤年打圆场道："二姐，别吓唬橘子行不行。他人挺好的，前不久还夸你诗文无雌气来着，要跟你切磋切磋那三守学问。"

徐渭熊拍了拍腰间古剑，笑道："切磋？切磋剑术吗？你没告诉他我喜欢跟文人比剑，跟匹夫比文？"

徐北枳真真切切领教到了北凉二郡主的蛮横。

徐凤年无可奈何地说着好啦好啦，轻轻拍在马屁股上。徐渭熊一骑疾驰而去。

徐凤年和徐北枳相视一笑，都有些如释重负。

徐北枳轻声感概道："有慕容女帝风度。"

徐凤年搂过他脖子，笑骂道："敢这么说我姐，你想死？"

被勒得差点喘不过气的读书人嚷道："怎么就是贬低了？"

徐凤年松开手，与之一起坐入车厢，"以后你会知道的。"

坐下后，徐凤年把剑匣丢给一直笑得合不拢嘴的黑衣少年，"黄蛮儿，里头有三柄剑，送你了。你不是被那个一截柳刺过一剑吗？下次见到了，还他三剑！"

徐龙象捧着剑匣痴笑。

徐凤年转头对徐北枳说道："北凉王府藏书极丰，有你看的，你有喜欢的尽管拿，都算你私人藏书，当作是我送你的见面礼，如何？"

徐北枳真诚笑道："足矣！"

徐凤年想了想，说道："到了王府，要不你改个名字？"

徐北枳摇摇头，算是谢过了徐凤年的好意。以徐淮南孙子的身份在北凉招摇过市，显然不明智，只是有些事情，徐北枳不想退缩。

徐凤年遗憾道："徐橘子，多欢庆讨喜的名字。"

徐北枳提醒道："殿下，这会儿你可是已经没有第五貉的头颅了。"

徐凤年哦了一声，打了个响指。

没多久，一只纤细雪白的手腕探入车帘子，当徐北枳看到朱袍阴物的那张欢喜相面孔，顿时起了一身鸡皮疙瘩。

徐北枳笑容牵强，违心地溜须拍马："殿下万事胸有成竹，不愧是有资格世袭罔替的藩王世子。"

徐凤年一挥手，阴物丹婴飘离马车，他立马握住徐北枳的手笑眯眯道："你我如此相互推崇，真是相见恨晚。"

徐北枳嘴角抽搐，小声道："殿下是不是也跟第五貉说过'相见恨晚'四字？"

徐凤年笑着一巴掌把徐北枳拍得趴下，然后轻声道："我喜欢把走过的路再走一遍。都说世上没有回头路，趁着可以走的时候，走上一遭，格外舒坦。"

没了阴物震慑，徐北枳胆识就要大上许多，一语道破天机："殿下先前出去与那名死士扈从有过密谈，难道不是想着让他安排一番，好暗中见一见幽州果毅都尉皇甫枰？"

徐凤年不置可否，只是好奇问道："你连皇甫枰都知晓？"

徐北枳点头道："在弱水茅舍，爷爷说过此人是你扶上位，用以搅浑幽州军界的水。本来我并不看好皇甫枰，只是如今不敢小觑了。"

徐凤年问道："你已经准备好怎么跟徐骁展露你的才学？"

徐北枳笑道："女子怀孕尚且需要几个月才看得出，才学一事，更是需要慢慢见功力。嘴皮子功夫，我倒是也有几分，只不过对付别人可以，见过了二郡主以后，委实是不想去北凉王面前讨骂了。我已经想好，到时候跟北凉王求一个穷乡僻壤的县府，从刀笔小吏做起。既能做些实事，也不耽误给殿下送份小礼，这份礼本身也需要一两年时间才能完成。"

徐凤年惊讶道："你真吃得住几年时间的籍籍无名。"

徐北枳平静道："我何时出过名？"

徐凤年一把握住徐北枳，"徐橘子，真名士！"

徐北枳笑着去挣脱徐凤年的手，却如何都没能得逞，无奈道："殿下，就算仅仅是脸面上的称赞，也麻烦多给点诚意。"

徐凤年加重力道，点头笑道："好的好的，再多给一些诚意。"

早已摘去虬须大汉面皮的徐北枳白净儒雅，此刻疼得涨红了脸。徐凤年哈哈大笑着松手，徐北枳怒气冲冲道："恃武凌人，大丈夫所为？"

也恢复真容的徐凤年又打了个响指。

以为那头阴物又要过来凑热闹，徐北枳吓得噤若寒蝉。

徐北枳提心吊胆很久，也没等到阴物，徐凤年笑嘻嘻道："我就随便打个响指啊，你真以为这位公主坟阴物是陆地神仙啊，没点秘术牵引，打个响指就能让它在百里之外有所感应？"

徐北枳重重深呼吸一口气，低头去翻看一本好不容易在茂隆军镇客栈搜寻到的书籍。

他看似怒极，其实眼神柔和，嘴角噙笑。

他曾经很怕自己要效忠的君主是个志大才疏的庸人。但更怕自己遇上一个看似恭敬谦让，表面上与你恨不得同枕而眠同碗而食，内心深处对待读书人却是只当作提笔杀人的刽子手的城府主子。

徐北枳不希望自己的学识被糟践在如何去察言观色揣摩心思这种事情之上。他放下书，忧虑重重，"在你进入北莽之前，离阳朝廷就已经开始着手布局皇子出京，分封次于藩王一级的郡王。郡王手无兵权，但是可以参与地方道州郡政事。这些离阳王朝春秋大定以后的第一代郡王，赐以单字，目前明确可知有唐、楚、蜀三王，我想蜀王十之八九会落在赵楷头上。第二任靖安王赵珣显然有高人出谋划策，第一个主动提出要全部交出兵权，这注定会让燕刺王、广陵王很头疼。听说你跟老靖安王尤为交恶，襄樊又是天下首屈一指的雄城重镇，不论东西还是南北对峙，都是必争之地。"

徐凤年笑道："赵珣给我打成落水狗过，我又抢了他私下思慕的靖安王妃，这小子那还不恨不得将我扒皮抽筋才解气啊。"

徐北枳愣了一下，咬牙问道："等等，什么叫你抢了靖安王妃？"

徐凤年笑道："叫裴南苇，咱们离阳王朝有数的大美人。第二次游历途经襄樊，给我顺手掳抢到了北凉王府。"

徐北枳一脚踹在徐凤年小腿上，徐凤年也不跟他计较，拍了拍灰尘，无奈道："又不是你媳妇，你急眼什么。"

徐北枳怒目相向。

面黄肌瘦的黑衣徐龙象见状倒也不生气，他天生能感知别人的善意歹意。

徐凤年收起玩世不恭之态，轻声道："放心，荒唐事做得也够多，以后就只在北凉一亩三分地上倒腾了。"

徐北枳冷哼一声。

徐凤年很快露出狐狸尾巴，道："不过要是有美人来北凉自投罗网，我可是要来者不拒的！"

徐北枳正要说话，徐凤年一句话就让他将言语咽回去，"你怎么跟我过门小媳妇似的，这个也管？"

徐凤年突然故作毛骨悚然，挪了挪屁股，"徐橘子，你该不会是有断袖

之癖吧？事先说好，这个我可委屈不了自己，你要忍不住了真要下手，我可以花钱请你去青楼找小相公。"

徐北枳破天荒爆了一句粗口。

徐凤年一脸平静道："徐橘子，你可是我亲自招徕到手的第一位名士，为重视起见，我会安排丹婴在你身边！你扪心自问，我对你好不好？"

徐北枳直挺挺地躺在车厢里，拿那本书籍盖在脸上装死。

徐凤年坏笑着掀起帘子，提起一壶二姐徐渭熊故意留下的绿蚁酒，带着黄蛮儿一起坐在青鸟身后。微风拂面，两鬓银丝轻柔飘摇。

黑发入北莽，白头返北凉。

徐凤年伸了一个懒腰，灌了一口辛辣烈酒，不知为何记起鬼门关外的那一剑，不由轻声念道："横眉竖立语如雷，燕子江中恶蛟肥。仗剑当空一剑去，一更别我二更回！"

天蒙蒙亮。

马车来到依山筑城的倒马关，徐凤年一行人交过了关牒文书。大概是凉莽开战，边关巡视较之徐凤年当初跟随鱼龙帮出关时严厉了许多。一名关卒拿矛挑起了车帘子，每一张脸孔都死死剐了一遍，看到徐凤年的时候，显然错愕了一下，不过关牒真实无误，没有可以挑毛病的。但接下来几样兵器就成了双方都棘手的一道坎，行囊都要经过仔细检视，翻箱倒柜而出的剑匣和春秋剑春雷刀，都给搜罗出来，这让倒马关甲士如临大敌，几个不声张的眼色传递，就有一队骑卒踏马而来。凉莽启衅，硝烟四起，聪明一点的江湖人士都不敢在这种时候过关，许多边境茶马生意也都停下，总要避其锋芒熬过这段时间才好打算。徐凤年一行人瞧着既不像商贾，也不像是将门子弟，携带如此之多的刀剑，如何能让本就绷着一根弦的倒马关城卫掉以轻心。

除了一队虎视眈眈的骑兵，更有暗哨将这份军情往上层层传递，速度之快，在徐凤年走出马车没多久，就有第二队骑兵轰然赶至，领头俊逸英武的骑士，便是险些将鱼龙帮连美人带货物一锅端的倒马关头号公子哥周自如。他的记性不错，见到这张曾经混杂在那个小帮派中的眼熟脸孔后，皱了皱眉。这半年多鱼龙帮也有过几次经过倒马关，周自如都憋着火气没有意气用事。他至今记得当折冲副尉的爹，以及死对头垂拱校尉韩涛，当初是在果毅

22

都尉皇甫枰跟前如何的卑躬屈膝，皇甫枰事后单独走下城头，单骑去了一个离倒马关不远的村庄，内幕如何，周自如不敢造次深究，只是再不敢给鱼龙帮穿小鞋。这时候看到这个莫名其妙白头的年轻鱼龙帮成员，周自如也很为难：放行，有违北凉军律；不放，万一踩到铁板，恐怕父子二人都要给那名正得势的果毅都尉拿捏得痛不欲生。

徐凤年看了眼周自如的人马装饰，竟然是正儿八经的次尉了，掌青铜兵符可领兵百人，算是迈过了一道不小的门槛，便笑道："周次尉，除了我们的佩刀佩剑，剑匣内三剑可以按例寄放在倒马关，等我去州府衙门领了署书，回头再让人拿回剑匣。"

周自如板着脸点点头，风流潇洒地提矛拍马而走。

徐凤年坐回车厢，徐北枳低声感触道："北凉铁骑的确有雄甲天下的理由。"

马车缓行，徐凤年掀起帘子指向窗外，笑道："以往那座颓败台基上，经常会有一些外乡的江湖武夫技击比试，讨些彩头和声望，这会儿肯定瞧不见了。一般来说，会些小把式套路的练武之人都不会在当地吆喝，乡里乡外知根知底，不容易坑人钱，敢在家乡开设武馆或者创立门派，除非是地方太小，都没见过世面，否则身手都不算太差。北凉本土的武林门派，向来比较惨，夹着尾巴做人，多半要依附官府才能做成事情。我这次出行当时就是跟着一个陵州的失势小帮派。家家有本难念的经，不过也让我有个粗略的想法，是不是可以在北凉和北凉以外各自扶植起一个类似棋剑乐府的宗门？一明一暗。让手底下的傀儡去捞个武林盟主啥的当当，想想就有意思。"

徐凤年可能是当笑话讲，徐北枳却是很认真地思索权衡一番，说道："朝廷有朝廷的国法，江湖有江湖的规矩，未必相通，你花银子多少不去说，不亲身付出大量心血精力，真能玩得转？"

既然徐北枳一本正经了，徐凤年也没好意思继续信口开河，顺着他的话题往下说道："他山之石可以攻玉，北莽女帝那一套先照搬过来，至于会不会水土不服，总得试过才知道。你也知道王府上有座武库，可以让许多武德平平但极为武痴的江湖人士趋之若鹜。以前那是拒之门外，如果我主动放出一条门路，情况会不太一样。你也许不知道，我跟南边徽山的轩辕家族有点香火情，新上位的轩辕家主野心大得吓人，估计再大的家业也经不起她那般挥霍，我会先试着探一探她的口风，看她是否吞饵上钩。"

徐北枳瞥了一眼徐凤年，问道："世子是要拿这件事考校我？"

徐凤年笑着摆手道："别疑神疑鬼，你那钻牛角尖的性子和一身臭不可闻的书生气，不适合做这种拉皮条的买卖，我会找其他人。"

徐北枳冷笑道："激将法？"

徐凤年摇头叹气道："亏得你是要毛遂自荐去当个芝麻绿豆大的官吏，否则我真是烦你。我也就是幸好现在才遇上你，早几年碰上你这种才高八斗满腹学识偏偏长得还不错的读书人，我能一口气打趴下十七八个，当然是带着恶仆恶狗。"

徐北枳神游万里，没来由说了一句："我怎么感觉以后的蜀王会再进一步。虽说西蜀自古是偏居一隅的守成之地，可赵楷本身就遥领西域势力，若真能一箭双雕，同时掐断北凉与蜀、诏的牵连，赵家这一断，断得心狠手辣啊。一直在朝野上下名不正言不顺的赵楷，如果真能在蜀王位置上站稳脚跟，加上太子一旦始终空悬，我想这对北凉而言，实在不是一个好局面。"

徐凤年笑道："赵楷远赴西域，生死成败还都两说。"

徐北枳皱眉道："你出得了北莽，他就出不了西域？！如果真有真命天子的说法，那也是皇子身份的赵楷比你符合许多。"

徐凤年点头道："有道理，那我就去截杀赵楷，一报还一报。"

徐北枳讶异道："当真？"

徐凤年平静道："我会亲自带人去。"

徐北枳开始在心中打算盘，徐凤年已经发现一个细节，徐北枳用心思索时，手指会下意识地悬空横竖勾画。徐凤年没来由想到有些晦气的四个字：慧极必伤。于是徐凤年就让青鸟停马，去买一笼肉包犒劳犒劳徐橘子，他是亲口尝过倒马关小铺子贩卖的肉包子，那叫一个物美价廉。徐凤年在等青鸟反身时，透过窗帘子看到一伙蹦蹦跳跳前往私塾读书的稚童，其中就有赵右松。徐凤年会心一笑，从行囊里抽出一本在吴家九剑遗址买来的伪劣秘籍，轻声喊来青鸟，让她送给那个乖巧淳孝的苦命孩子。

正在默默背诵诗文的右松无缘无故被一位青衣姐姐喊住，然后这位好看的姐姐就递给他一本书籍，封面上写有气势吓人的"牯牛神功"四个大字——都神功了，能不是绝世秘籍吗？不过孩子震惊多过雀跃，再说了孩子小归小，但聪慧得很，也知道江湖险恶，加上娘亲总说不能占人便宜，右松打死都没伸手去接那本秘籍；倒是身边一些纯真孩子在那儿起哄，差点就要去抱住青衣神仙姐姐的大腿，求着她收他们做徒弟，想着一天就练成绝顶高手，三天就可以天下无敌。右松不肯收下秘籍，连青鸟破罐子破摔说是假秘籍不值几个钱，他也不收。没这种甩卖秘籍经验的青鸟只得求助地望向公子。她这一看，右松就开心坏了，给他瞧见了徐哥哥！

他一溜烟跑到马车边上，抬头看着帘子遮掩大半面孔的徐大侠徐哥哥，笑脸灿烂，正要说话，忽又一拍脑袋，小心翼翼地掏出藏得很好的几文钱，去包子铺跟老板买了两个大肉包子，回到马车边上，也不怕烫手，踮起脚尖递给徐凤年。

徐凤年一手托住帘子，一手接过拿莲叶包裹的肉包子，笑道："是你娘给你买书的钱吧，不怕回去挨骂？"

孩子使劲摇头，咧嘴笑道："哪能呢，我娘要是知道徐哥哥回来，肯定比我还要大方咧。咱家现在可不穷了，我娘绣花绣得好，一个月能挣好些银子的，而且我娘还说官府有个叫织造的地方，要请她到那儿挣钱去呢。"

徐凤年心知肚明，肯定是皇甫枰给过某些人暗示了，轻重恰到好处，既没有亏待了娘儿俩，也没有惊扰到他们的平静生活。徐凤年咬了一口肉包子，指了指青鸟，笑道："这位姐姐是我朋友，那本秘籍真假我也不知道，反正我用不着，送你了。"

这种秘籍，真练了，哪怕手上有一百本，辛苦十辈子都练不出个所以然，不过也不至于练坏了身子骨——都是一些江湖门派最不值钱的入门口诀，勾勒一些烂大街的糊涂把式，只算有几分勉强强身健体的益处。

"好嘞！"小孩笑着接过秘籍，然后郑重其事地给青鸟鞠了一躬，有板有眼说了句"谢谢神仙姐姐赠书右松"，把性情疏淡的青鸟也给逗乐，微微一笑。

拿了好处，家教极好的孩子当然要想着还礼，不由满眼期待地问道："徐哥哥不会急着走吧，午饭去我家吃呗？我娘肯定也高兴的，她总跟我说以后长大了要报恩呢！嘿，不过我娘称呼徐哥哥，都是徐公子。"

徐凤年摇头道："不麻烦了，你还得去私塾念书，正是农忙的光景，你娘肯定也要下地干活，而且我急着离开倒马关，就不停留了。"

孩子一脸藏不住的遗憾，却也没有不懂事地一味坚持。

徐凤年笑着挥了挥手。

马车沿着道路继续南下。

这一路南归，倒马关的稻田早已由柔然南麓的青黄变作满眼金黄。

驿路边上一望无垠的大片金黄中,有一位朴素装束却难掩婀娜身段的小娘正在弯腰割稻,她在村子里本来分不到多少田地,手头宽裕以后,耐不住手头空闲,就在这边买了一块地。田契转让本来是极为繁琐的手续,本以为村子这边都说不通,不承想官府那边倒是出奇的好说话,生怕她不买地似的,让她拿到手田契后都怔怔了很久,以为这里头有她没瞧出来的陷阱。好不容易挣了些积蓄银子,要是又给坑骗了去,她就要打自己几个耳光,狠狠骂自己人心不足活该吃苦头了。好在都已秋收割稻,身后一束束金灿灿稻谷都叠了好些堆,都就是她自家的口粮了,小娘充满了不好与人说的喜悦。

她出身米脂那个盛产美人的地儿,而她又是方圆百里的佼佼者,许多姿色不如她的女子都已成为官爷军爷们的侍妾,或是养在好几进大私宅里当金丝雀,她不羡慕,只觉得守在这儿,守在右松身边就很好了。

她站直了腰,擦了擦汗水。

只是不知那位施恩不图报的徐公子现今如何了?

她俏脸一红,轻轻骂了自个儿一句不知羞。

浩浩荡荡,持银瓶过西域。

赵楷走着一条跟当年白衣僧人西行万里一模一样的路。

赵楷一行人,除了两百骑骁勇羽林卫,还有十几名腰系黄带佩金刀的大内侍卫,青壮与老将各占一半,随便拎出一位上了年岁的老将,都是十几二十年前名震一方的武林翘楚。除此之外,还有那位在宫中深受陛下和一位膝下无子嗣的娘娘十分敬重的密教女法王,剃去三千烦恼丝后,非但没有清减了她的姿容气度,反而让她的那张说不清是柔媚还是端庄的脸庞越发蛊惑人心,不愧是身具六相的六珠菩萨。

赵楷刚刚走过了被称作"黄鹤飞不过"的天下第一险剑阁,揉了揉屁股,回首望去,问身边那尊的确不用食人间烟火的女菩萨:"龙虎山天师府的《老子化胡经》,是不是说道教祖师爷由这儿去的西域?还说老君留下三千字后,就化身佛祖西渡流沙。我咋没感觉到什么仙气,也没啥佛气?"

曾经在北凉世子和老剑神李淳罡面前引渡万鬼出襄樊的女子,并未骑马,一直如同苦行僧坚持步行,平淡道:"有紫气东来西去,只是你身在山中不知山。"

赵楷嘿了一声，指着自己鼻子，"说我？你还真别说，在襄樊城那边遇到你之前，芦苇荡里有个很神仙的老前辈，就夸我气运仅次于西楚一个亡国公主。慧眼如炬啊！"

她不理睬这名皇子的沾沾自喜，一袭素洁袈裟飘摇前去。

赵楷下意识望向北方，舔了舔干涩的嘴唇，脸色阴沉。按照二师父的说法，当初北凉之所以交由徐骁镇守，实在是无奈之举。凉甘走廊是西北咽喉，一旦这个口子打开，北莽百万铁骑就可以轻易从湟水谷地以狮子搏兔之势，俯冲中原！北凉设防其实不易，大多边境线上无障可依，像倒马关以北的那个喇叭状向外扩展的荒原，若不是由北凉铁骑驻扎，用任何一支军旅去换防，恐怕早就给北莽的铁骑碾压成一只破竹篮，处处漏水。而且凉莽优劣在于北莽疆域广袤，拥有几乎等同于整个中原的巨大纵深，这就形成了围棋上的厚壁之势，是地狭的北凉完全不能媲美的，因此北莽输得起几次大败仗，北凉则是一次输，满盘皆输。

赵楷自言自语道："徐骁不做土皇帝，谁能做？顾剑棠？说不定五年都支撑不下来吧。"

赵楷撇了撇嘴，骑马靠近一辆马车，掀开帘子瞧了眼。

是仅剩的一尊符将金甲人。

赵楷笑道："大师父可比二师父大方多了。"

赵楷放下帘子，心头浮起一阵挥之不去的阴霾。从讥佛谤佛再到灭佛，本来有望成为天下佛头的二师父一直不闻不问，袖手旁观，最近几年都干脆瞧不见踪影了。大师父在宫里头好像也有了危机，自己这趟西行是迫不得已的树挪死人挪活啊。

喉咙快冒烟的赵楷艰难咽了口口水，想起那个注定要成为生死大敌的同龄人，轻声道："敢不敢来杀我一杀？"

他又回头看了眼应该是最容易设伏的剑门关，"徐凤年，好像你没有机会了。"

赵楷扭了扭脖子，讥笑道："我呸，连赌桌都不敢上！"

第二章 小酒馆父子相见，铁门关风声鹤唳

徐骁轻声说道：「你们遇见凤年，比遇见我的那几位读书人，都要幸运得多。」

北凉明显多了许多风尘仆仆的外地僧人，大多只能寄宿在各处大小寺庙，更有不少托钵行乞。

徐凤年一行人沿着通往北凉首府的宽敞驿路，走得缓急不定。徐凤年忽然岔出两州边境上的驿路十几里路，去一座远近闻名的停马寺停了马。

之所以是这么个古怪生僻的寺名，坊间还有一个说道，当初徐家进入北凉，徐骁和王妃曾在此停马入寺烧香。

今日不是初一十五，又是不讨喜的正午时分，日头正毒，反而显得僧人多过香客。

停马寺建筑攒尖高耸入云，檐牙错落，风起可闻铁马叮咚声。

入寺之前，徐凤年笑问道："你信佛？"

徐北枳摇头道："寺庙里头的和尚，其实大多都是自诩看破红尘的痴男怨女，离看破差了很远。尤其是这类香火还算鼎盛的大寺，少有真正的大德高僧。我不信佛，但也不信道。记得《中阿含经》说，有尊者八十年未曾见女人面。我也曾去过敦煌城外的佛窟，见到画壁上有割肉饲虎舍命喂鹰等诸多佛本生图像，对我来说，实在是不可望而不可即的境界。我也曾去过道德宗天门外的道观翻阅经书，都没有太多心绪起伏。我爷爷说过，老僧满嘴酒味说佛法，雏妓挣钱买黄庭，小孩儿偷胭脂涂脸，这份不拘俗才可贵。三教之中，儒家条条框框相对少一些，我想更适合我。"

徐凤年笑道："那你进不进去烧香？"

徐北枳平淡道："不妨碍我烧香拜佛。"

进去以后，徐北枳远离徐凤年他们，独自捧香四方四拜。

低头时，这位读书人面容微悲。

菩萨怕因，俗人畏果。

出了寺庙，徐凤年看到聚集了几十号香客指点着窃窃私语，本来不想理会，只是被青鸟扯了扯衣袖，才发现路边卖茶的摊子边上有个熟悉的苗条背影，她身边站着一个称得上是玉树临风的修长身影——青衫书生，只是看不清容貌。相传停马寺祈愿姻缘极为灵验，来这里的多为未曾婚嫁的年轻男女，每逢踏春时节，这里更是人声鼎沸，香火缭绕。徐凤年只是稍作停顿，从看热闹的香客嘴里得知那书生买水喝时，给一名年迈老人递了本书，说是观公子根骨清奇，要贱价卖与他三两银子。本来这种当地游手好闲无赖擅用

的讹人把戏，雇用个年岁大的，半诈半骗求钱财，只要稍微给些铜钱就当破财消灾也就对付过去，那些泼皮也不敢闹得太大，胃口都较小，估计是这位书生清高，既有傲气更有傲骨，不光说了什么让泼皮下不了台面的话——无非是报官之类的——而且一把摔了那本破秘籍，这下就惹恼了附近一帮等着收钱的十几条地头蛇，一哄而上，卷起袖管就要打人，此时落在徐凤年眼中，已经到了看戏人觉着最精彩的段落。无赖们瞅见年轻书生身边有个如花似玉的姑娘，就嘴上不干净了。那书生不愧是傲骨铮铮，都说百无一用是书生，可这相貌俊逸的读书人竟然主动出手，直接一拳砸在了一名壮硕汉子的鼻梁上，接下来难逃一场劫难，给十几号人一顿拳打脚踢，若非女子趴在地上护着他，恐怕得去床上躺好些日子才能走路。

不知是不是怕真惹来官府衙门追究，泼皮们打爽快以后，骂骂咧咧作鸟兽散。

徐凤年看够了热闹，一笑置之，轻声道："走了。"

徐北枳皱眉道："这帮闲汉如此横行无忌？"

徐凤年忍住笑意，说道："哪儿的闲汉能是善人了？不欺软怕硬不欺男霸女还是泼皮吗？不过你真没有看出来？"

徐北枳一点就通，自嘲道："懂了。求财的泼皮们动手后竟然没有搜刮钱囊，更没有一人揩油，趁机摸上几把那姑娘，都有违常理。这是那书生跟无赖们合伙下的套？"

徐凤年上马后说道："这把戏啊，我十三四岁的时候就用腻歪了。记得起先是跟一位凉州当红花魁姐姐耍的，不过人家一眼就看穿了，只是不说破而已。自然不像这位大家闺秀，都哭得肝肠俱断，恨不得以身相许了。"

徐北枳无奈地摇了摇头。

徐凤年平淡道："不过你可能不信的是，那姑娘是北凉经略使李功德的闺女。那书生嘛，这次赚大了，花不了十两银子，就比作了名诗三百篇还来得有用。"

徐北枳回头看了一眼搀扶书生起身的女子，可不是梨花带雨嘛，不由轻声笑道："你不揭穿？你跟李翰林不是熟识吗？跟她也算认识多年了。"

徐凤年自嘲道："那多损阴德，在菩萨面前硬生生拆散了一对登对的才子佳人。"

徐北枳策马来到青鸟身边，张口要了几张银票，青鸟见自家公子只是有些好奇眼神，不打算拒绝，就递给徐北枳一沓银票。徐北枳纵马而去，在远处截下那帮泼皮，给了银票，说了几句话。

然后那书生就真真正正挨了一顿结实饱揍。

徐凤年跟徐北枳并驾齐驱，问道："你说了什么？"

徐北枳笑道："我说自己是李翰林的帮闲，李大公子早就看不顺眼那小子了，故而要我出面请各位好汉出回力。"

徐凤年点头道："这个说法，真是滴水不漏。无赖们打得没有后顾之忧，那书生就算有些靠着李家鸡犬升天的官家身份，事后知道了你这个说法，一样不敢喊冤。掏了银子请人真打了自个儿，也太憋屈了。你损不损？"

青鸟会心一笑。

徐北枳平淡道："自古以来读书人杀读书人，就是最拿手。"

纵马出去片刻，徐北枳突然有些惋惜，问道："给了他们三百多两银子，是不是给得太多了？"

徐凤年放声大笑，拿马鞭指了指这个一肚子坏水远胜那位仁兄的读书人，有点真的开始欣赏徐北枳了。

秋风肃杀，绿蚁酒也就越发紧俏起来。城外两条驿路岔口上杨柳格外粗壮，树荫下就有一家店面洁净的酒肆，卖酒的是个五旬老汉，生意渐好，就让农忙得闲的一对儿孙来这儿帮衬生意。本来这种活计由儿媳妇来打杂才适宜，毕竟女子才好跟客人们拉下脸讨价还价，老汉性子淳朴，做了十几年生意，始终脸皮薄，开不了这个口，只是前些年儿媳妇惹了桩祸事，得罪了一批喝酒闹事的军爷，老汉就不敢让她去遭这个罪，如今想起来还是心有余悸。那次风波若非亏得有人途经酒肆，实在看不惯那帮披了一身鲜亮甲胄的纨绔子弟，便出手侠义相助，否则别说破财消灾，恐怕儿媳妇的清白都要给糟蹋。至今想起，老汉还是愧疚不安，觉得自己没出息，后来听说那些靠着关系投军混日子的年轻军爷，可能是北凉世子的亲卫营，老汉也就认命，只是可惜了大将军虎父犬子。私下喝高了，他也会骂几句狗娘养的世道，想着哪天等大将军过世了，万万不要给那世子当上北凉王；都说陈芝豹陈将军沙

场无敌，对待士卒百姓却都仁厚，老汉跟一些邻里差不多岁数的老农也都认为陈将军打仗没的说，以后当个北凉王真是不差。

今儿老汉心情好，拿出了自己都不舍得喝的自酿绿蚁酒。绿蚁酒本就不贵，达官显贵喝得起，市井百姓也不差这点酒钱，除非猪油蒙了心的黑商，才会钻钱眼里掺水。不过地道的绿蚁酒也有好坏之分，一般散装兜售按斤两按碗卖，老汉虽然厚道，却也不舍得赔本赚吆喝地拿出醇香陈酿，主要是坐在那儿端碗喝酒的老富贾是他家恩公，那年如果不是这位老哥儿拦下了那帮无法无天的军爷，儿媳妇恐怕就要给那帮挨千刀的拖去军营了。今天这坛子绿蚁，不收钱！

在老汉看来，喝酒的徐老哥也不会是多有钱的豪绅富贾，黑黑瘦瘦的，估计也是挣些辛苦钱，不过算是穿戴得不错，好歹是绫罗绸缎模样的衣衫，看着就舒服。

老汉应付了一桌酒客，好不容易得空儿，将一条湿巾搭在肩上，坐在隔壁桌上，笑道："徐老哥，怎么不喊袁侄子来喝一碗？可有两年没瞧见你们了，咋的，还怕喝穷了老弟我？"

一名相貌堂堂的高大男子站在树荫边缘——老汉记得清清楚楚，当初便是他出手教训了那帮小王八蛋，后来得知是徐老哥的义子，姓袁。贩酒老汉在这卖酒有些年数，来来往往见过不少有钱人家的子弟，还真没一个比得上这个袁公子的，徐老哥有这么个人品相貌都要伸大拇指的义子，好人有好报。不过今天不比以往寥寥几次重逢，徐老哥身边还带了一对人物——一个年纪不大的读书人，一个乖巧的小女娃。奇了怪了，袁公子不坐上桌喝酒，难道那书生是徐老哥的亲儿子亲孙女？可长得不像啊。不过老汉也不是多舌妇人，就没提这一嘴。

富家翁摆手笑道："他不爱喝酒，架子也大，就算我亲自劝酒，他也说贪杯误事，道理总是比我说得溜，说不过他。黄老弟，咱们由他去。"

黄老汉笑着点了点头，"不打紧不打紧，不喝酒比喝酒终归要好。不像袁公子，我家那小子就不是做大事的料，总趁我不注意就去偷摸着喝几口，我也就是懒得说他。咱也都一大把年纪了，想开很多喽。"

姓徐的老人喝了口绿蚁酒，吸了口气，嗞了一声，一脸陶然，说道："老弟这话说得敞亮。"

老汉乐了，哈哈笑道："什么敞亮不敞亮，都是瞎说的，咱也不懂啥道理，就是过日子。我孙儿去了私塾识字读书，我就等着啥时候让他去换写招子上那个'酒'字了，写得好看不好看不说，能认得就行。"

老人想了想，说道："我儿子的字倒是写得真不错，要不先用着，等老弟的孙子会写春联了，再换上？"

黄老汉愣了一下，搓搓手一脸难为情道："这敢情好啊，可会不会太麻烦老哥了？"

老人摆了摆手，舒心笑道："没事，我今儿就是来等我儿子回家的，到时候让他喝完酒，可不就是一笔的事情？就是没有笔墨。"

黄老汉一拍大腿道："没有就去拿嘛，村里不远，两里路，我让孙子跑去拿，这小崽子腿脚利索得很。"

有个才上私塾没两年的稚童本就一直乐呵呵蹲在附近，托着腮帮偷看那坐在桌上的小女孩，觉得真是好看。听到爷爷当着众人夸奖他腿脚，觉得极有面子，更是笑开了花，不用爷爷朝他吩咐，立马站起身来，嗖一下就没了踪影。

黄老汉大大方方接过徐老哥递过来的一碗酒，小啜一口，笑问道："老哥的公子是要考取功名的读书人？"

老人摇头道："读书倒是不多，不过这几年都被我逼着往外跑，跑了很远的路，一年到头在家没几天，有些时候我也很后悔。"

老汉感慨道："徐老哥啊，年轻人就该出门闯荡，多历练历练，要不然撑不起一个家。像老哥你这般家业肯定不小，不像咱们一辈子对着那一亩三分地，所以徐公子肯定也要多吃一些苦，是好事。"

一旁喝酒不多的读书人笑了笑，抬头看了眼驿路尽头。

黄老汉才喝了半碗酒，就去招呼其他几桌酒客。

驿路上尘土飞扬。

老人站起身，双手插入袖管。

轻轻望向那个一路北行，割下徐淮南脑袋，再割下第五貉头颅的儿子。

徐凤年翻身下马，白熊袁左宗嘴角笑意一闪而逝，走上前主动牵过马匹缰绳。

徐凤年笑着道了一声谢，说道："等会儿跟袁二哥一起喝碗酒。"

袁左宗点了点头。

老人揉了揉次子黄蛮儿的脑袋，然后跟长子一起走向酒桌，轻声道："是又黑了些。"

徐凤年嗯了一声。

父子二人坐下后，小女娃娃很懂事地挪去陈亮锡那条长凳，跟这位曾经给她捡过许愿钱还送了个大西瓜的哥哥打了声招呼，有些羞赧地喊了声徐公子。后者伸手捏了捏她的鼻子，笑道："如今可是比我白多了。以后肯定有大把的俊逸公子哥儿排队爱慕你。"

一桌人，老人独坐一条凳，陈亮锡和小妮子坐一条凳，徐凤年和徐龙象同坐，徐北枳坐最后一条板凳，袁左宗站着喝了一碗酒，就重新站回原地。

徐骁笑问道："对了，爹跟酒肆掌柜黄老弟夸下海口，说你字写得不错，这不想着让你写个'酒'字，好挂在杆子上招徕客人，行不行？"

徐凤年喝过了一碗酒，抹了抹嘴角，"这有什么行不行的。"

小男孩赶紧拿来笔墨和一小块家中小心珍藏着的缎子，徐凤年抬臂一笔写就，不过写得极缓，极为工整。

黄老汉自然满意得一塌糊涂，连声道谢。徐凤年还笔墨时站起身笑着说不用不用，还玩笑道老爹肯定没少来这儿骗酒喝，举手之劳，应该的。

安静以后，徐骁欲言又止。

徐凤年低头喝酒，嘴唇碰着酒碗边沿，微微抬头道："我已经知道了。"

徐骁点了点头。

徐凤年轻声问道："人马准备妥当了？"

徐骁笑了笑。

徐凤年紧紧抿起嘴唇，"我就先不入城了，晚些时候再去。"

徐骁心中叹息一声。

徐凤年又喝过一碗，轻轻起身。

徐骁朝袁左宗抬了抬手臂。

徐北枳入座前朝这位老人深深作揖。

落座喝酒间隙，他与陈亮锡几乎同时望向对方，对视一眼，但很快就撇过。

徐凤年上马以后，往西北疾驰而去。

前方有凤字营八百白马义从。

截杀皇子赵楷！

徐骁坐着喝酒，黄老汉这才凑近了打趣笑道："徐公子长得可是真俊逸啊，一点不像徐老哥。"

徐骁招呼着黄老汉坐下，哈哈笑道："不像我才好，像我的话找媳妇可就难喽。他啊，长得像他娘亲，福气！"

贩酒老汉一脸深以为然。

徐骁起身付账，好说歹说才交到老汉手中，临行前说道："当年在这儿祸害的那些人，不是那凤字营，这事儿我得跟老弟你说一声。"

黄老汉笑道："无所谓了，咱老百姓谁都惹不起，只求个平平安安。"

徐骁轻声说道："也不知道还有没有机会再来你这儿喝酒。"

老汉急眼道："这话见外了，老弟几坛子绿蚁酒总是拿得出手的。"

徐骁拍了拍黄老汉的肩膀，离开酒肆。

黄老汉站在酒肆边上，猛然醒悟，转头对儿子喊道："那个'酒'字，旧的换下来，新的挂起来！"

整个北凉都知道本道首府城外驻扎着一群后娘养的精锐轻骑，多是富家子弟，偶有将种子孙，父辈们官职也都不高，人数始终保持在八百人左右。因为群龙无首，加上有规矩牵制，这支骑军极少有露面的机会，只有去年才从将近二十标中各自抽调五人，凑足了一百骑，算是走了趟江湖。然后抬回十几条战死袍泽的尸体，再就是从一个叫徽山牯牛大岗的地方搬回许多箱子的武林秘籍，外界也没怎么留心。这么多年世子殿下做过的荒唐事还少吗？

才八百骑能做什么？骑卒王冲曾经私下问过袁猛校尉这个问题，袁猛告诉他褚禄山褚将军带兵开蜀时，也就两三千人，一样揍得空有连绵天险可据的西蜀魂飞魄散。

骑卒王冲的好兄弟林衡就死在了襄樊城芦苇荡之战，给天下第十一的王明寅一戟插透了身体。在乘船过鬼门关的时候，一起值夜，看到那人坐在船头屈指弹刀，林衡还说了那人不是花架子，练刀很有火候了。王冲武艺虽说不如总嚷着以后刀法要比顾剑棠还要生猛的林衡，但当时还是没信，后来在襄樊城外，被武林中屈指可数的高手王明寅拦道阻杀，亲眼见过了那人的拔

刀，王冲终于深信不疑，可林衡却死了。但王冲不记恨那人，因为那一天，他们寥寥九十骑对阵靖安王的千骑，两军对峙，那人一马当先，轻轻一枪就捅死了青州军的一员猛将，那人下令收刀以后，也没有如何言语去安定军心，只是亲自帮王冲包扎了伤口。王冲不是愣头青，之所以进入凤字营，那是因为当过冲渡校尉的爹说过总有问心无愧挣战功的那一天。王冲自然也不觉得自己是去送命的，咱的命就不是命了？凭啥给你卖命？老子的爹也不差啊，从北凉军边境下来以后，好歹也算是一郡的兵头子。

只是那一趟江湖走下来，不说他王冲，连王东林这种兵痞油子回到北凉标内以后都变了个样，凤字营有谁若是说那人的不是，王东林也不废话，去校武场来一场骑战，连赢了三场，第四场技击给人拿木矛戳下马，让人高坐马背上拿矛尖抵住胸口，问他服不服，不等王东林开口，一起行走江湖的另外一标骑卒洪书文就翻身提矛上马，又将那人捅翻落马，反过来问他服不服。洪书文在凤字营是数一数二的狠子，马战步战都是出类拔萃的一流，连袁校尉都说这小子是只不叫的狗，真咬起人来最不知道轻重。很快凤字营就没人再去说从未踏足军营一步的那个年轻人坏话，倒不是不想说，实在是不敢说了。他妈的洪书文跟几个人私底下挑翻了一双手都数不过来的凤字营兄弟，只因他们对那人出言不逊，这以后还有谁敢明里说那人的不是。袁校尉从来都是嘴上说责罚，事后屁都没一个，似乎还有人看见袁校尉开了小灶，传授洪书文几个技击枪术，大伙儿算是整明白了，原来袁校尉也倒戈倒向那家伙了！何况那之后，北凉军赫赫有名的大戟宁峨眉时不时就逛荡凤字营驻地，专找王冲、王东林这批骑兵，其间还收了两个不记名的徒弟，虽说没有正儿八经认师徒关系，但也差不多了，倾囊相授短戟掷法，闲时还掏钱请这帮尚无军功的无名小卒去喝酒，很是让别人眼馋羡慕——谁让那宁峨眉不是寻常角色，堂堂北凉四牙之一，跟典雄畜这等统率六千铁浮屠精骑的一流实权将军，都是能够平起平坐的。

凤字营八百人虽说目前人心涣散，但谁都对得起腰间那柄北凉刀，论单人单骑的战力，绝对不输给北凉任何一支劲旅，尤其是像洪狼子这类斗殴跟吃饭一样的王八蛋，本来早就该去当精锐游弩手了。

八百轻骑屏气凝神，安静等待那人的到来。

他们只知道要进行一场长途奔袭。杀谁，不知。敌人兵马多少，不知。

战后生死，不知。

徐骁坐入马车，马夫是那枪仙王绣的师弟韩崂山。

陈亮锡和小女娃很不见外地跟着进入车厢，徐北枳被留下进入凉州府城，跟随前往那座王府。他骑马而行，身边有几位气息绵长如江河的年迈扈从。马车突然停下，徐北枳突然见到北凉王掀起帘子朝他招了招手。

徐北枳坐入马车，谈不上战战兢兢，却仍是百感交集。

眼前这位驼背老人，跟黄三甲一起毁去了春秋大义，更被说成是硬生生折断了百万儒生的脊梁。

徐北枳实在无法想象人屠是一个与贩夫走卒谈笑风生的老人。

徐骁双手插袖靠着车壁，对这个故人之孙说道："徐淮南的死，你不要记仇，当然，真要记的话，也是记我的仇。"

徐北枳屈膝跪地，低头道："徐北枳不敢。"

徐骁笑了笑，"不敢？"

徐北枳背后青衫顿时湿透，一阵汗流浃背，语气却没有任何变化，始终低敛视线，缓缓沉声道："徐北枳既然到了北凉，便一心为北凉行事。但若要说让我全无芥蒂，徐北枳并非是圣人，因此绝无可能。"

徐骁点头道："这话实在，很好。"

徐北枳默不作声。

徐骁轻声道："坐着说话，真说起来，咱们还是远房亲戚，以后喊我徐伯伯就可以了。"

徐北枳盘膝正襟危坐。

徐骁问道："这次皇子赵楷远赴西域，不出意料，八百凤字营会在剑阁与流沙河之间，在南北疆之间的咽喉之地跟他打照面。赵楷身边除了一名实力不俗的密教法王，还有两百精锐羽林骑兵、十六名御前金刀护卫。至于暗中势力如何，以北凉的眼线密探也没有挖出多少。你说这场截杀值不值当？就算成功了，利弊如何？"

徐北枳平静反问道："敢问大将军在剑阁有多少策反将士？"

徐骁皱了皱眉头，轻声道："策反？"

老人然后笑道："就按你的说法好了。剑阁自古是边关一等一的重镇，

其重要性在整个离阳王朝可以排在前十，守军总计有一万六千，步骑各半，八千步卒大多是顾剑棠旧部，也掺杂有燕刺王的部属。至于骑兵，此时三千骑，正好在剑阁以西地带，剿杀一股游匪。"

徐北枳继续问道："其余五千骑能有多少可以紧急出关？"

徐骁说道："一半多些，一样是三千兵马。但前提是有顾剑棠的兵部尚书虎符，用八百里加急传递至剑阁。不凑巧，通往剑阁的那一线驿路上，我有一些老下属，年纪大了，可能会让军情传递得不快。"

徐北枳摇头道："我敢断言，有所动作的不会是这三千兵马，而是其余两千骑。因为就算顾剑棠肯下达这份调兵令，京城那边皇宫里也会有某位女子阻拦。尤其是，宫里的某只大老虎恐怕要亲自出动了。"

徐骁皱眉道："哦？谁？"

徐北枳淡然道："是一心想要扶持赵楷当上皇帝的韩貂寺。这位看似在大内逐渐失势的权宦极有可能会亲自出京。而且韩貂寺这么做，就意味着他要真正从皇宫里走下坡路。毕竟一个宦官明面上参与夺嫡之争，是皇家大忌，何况当今天子可不是昏庸之君，在尚未坐上龙椅前跟一个贴身宦官结交下的再大交情，也经不起如此挥霍，哪怕赵家天子心底确有想法让赵楷继位，韩貂寺也必然要让出位置。"

徐骁点了点头："这个说法，说得通。"

一直抱着小丫头的陈亮锡低头望向相依为命的她，会心一笑。

她不知道陈哥哥在笑什么，只是习惯性对他展颜一笑。

徐北枳由衷感叹道："就算世子铁了心要杀尽赵楷和两百御林军，恐怕也是一场后手不断的互相螳螂捕蝉。"

徐骁突然朗声大笑，指了指陈亮锡，然后对徐北枳说道："你们两个，大致上英雄所见略同，不过还是有些小区别。"

徐北枳没有看向陈亮锡。

陈亮锡也没有抬头瞧徐北枳。

一位是北院大王徐淮南寄予厚望的孙子。

一位是原本连报国寺曲水流觞都没资格入席的寒士。

"一如豪阀女子，即便中人之姿，自有大家气度。需从细处小心雕琢，祛除负傲，方能慢慢见天香国色，渐入佳境。

"一如贫家美人，虽极妍丽动人，终究缺乏了天然的富贵态。需从大处给予气韵，开阔格局，才可圆转如意，媚而不妖。"

听潮阁中晦暗顶楼的一张书案案头，摆有一张宣纸，一位国士临死之前写有徐北枳、陈亮锡二人的寥寥评语。

徐骁轻声说道："你们遇见凤年，比遇见我的那几位读书人，都要幸运得多。"

徐骁轻轻笑道："以后北凉就要辛苦你们了。创业守成都难，万一真要由守成之人去打拼新的江山，就更难了。"

陈徐二人同时愕然而悚然。

徐骁眼神中流露出一抹罕见的落寞，"入城以后，你们先替凤年去坟上给一人敬酒。他生前对你们二人都十分看重，别让他失望。这个人叫李义山。"

一队骑士在不属于驿路上的偏僻小径上轰然而至。

袁猛蓦然瞪大眼睛，视线瞬间炙热起来，这名常年被同僚嘲笑的武将，此时甚至连握枪的手都在颤抖。

为首一骑是位极为风流的公子哥，只是那张本该玩世不恭才对的英俊脸庞上，有着八百白马义从都感到陌生的肃穆英气。

左手腰间佩有一柄短刀，右边有一柄长剑。

第二骑是那黑衣赤足的人屠次子。

如今北莽、离阳谁人不知龙象军？谁人不知万人敌徐龙象？

第三骑是那被称为离阳王朝军中战力可排前三甲的白熊袁左宗！

这名西楚妃子坟一战天下知的无双猛将，仅仅带有一柄北凉刀，便已足够。

第四骑是一名手提长枪的青衣女子。

第五骑是一位手臂藏入朱袍大袖、头罩红巾的女子，看不清容颜，但鬼气森森，气势竟是半点都不输给袁左宗！

五骑依次与凤字营擦身而过。

袁猛率先掉转马头，其余轻骑默然，紧随其后。

在冷冷清清的皇宫中，秋雨过后秋风拂秋叶，这个王朝最新的一位皇妃严东吴坐在梧桐树下，给那位母仪天下的婆婆说些市井巷弄的趣闻轶事，百无禁忌，婆媳关系之融洽，远远超乎宫外想象。这位在北凉只是被徐渭熊压了一头的大才女笑着说到红叶题诗一事，那位温良恭俭的儒雅皇子立即捡起一片才飘落不及扫去的梧桐叶，一本正经地站起身作揖道："还请娘子作诗代笔一首，我这就给娘子研墨。"

一旁坐着的皇后赵稚凤冠霞帔，虽说相貌平平，却极其端庄素雅，深得皇帝敬重，这么多年一直相敬如宾，勤政之余，赵家天子偶尔兴之所至，还会亲手画眉。至于赵稚治理后宫刚柔并济的手腕，可就真是让所有得宠娘娘都觉得毛骨悚然了。前不久就有一位娘娘给打入了冷宫，在长春宫天天以泪洗面，偷偷花了三百两黄金购得一篇辞藻极尽缠绵的感伤诗赋，到头来竟然还是皇后亲自送去给陛下，结果不言而喻，老老实实在长春宫待到人老珠黄吧。

赵稚看着皇子皇妃之间的小打小闹，嘴角微微翘起，瞪了一眼这个被视作诸位皇子中最无先祖锐气的儿子，不怒自威，只是言语语气轻轻泄露了天机，"没个正形，才学比自己媳妇差了一大截，也不知道进取。"

在京城素有雅名的皇子一脸无奈道："女子无才便是德。母后，你该教训东吴才对啊，她这满腹才学，当个国子监祭酒或是大黄门都绰绰有余。"

严东吴也学赵稚瞪了一眼这口无遮拦的夫君，在桌下掐了他一把。

赵稚伸手拍了一下儿子的额头，"是指桑骂槐？还是说将我和东吴一起骂了？"

皇子笑起来的时候，英俊的脸庞便会洋溢着让人会心的暖意，十分温醇醉人，这样的儒雅男子，出身帝王之家，实在是能让京城大家闺秀疯了一般趋之若鹜。当初他迎娶北凉女子严东吴，偏偏这女子还是北凉文官的女儿，实在是让整座京城都感到匪夷所思。不过事实证明两人珠联璧合，严东吴几次露面在宫廷宴席，都挑不出一丝毛病，让许多久居京城的权柄老狐都倍感欣慰。皇子握住严东吴的沁凉小手，面朝皇后赵稚，笑道："都骂了。两位啊，都是极有才学的。我这个尽给母后丢脸的窝囊废，在世上最心爱的两位女子之间，不偏不倚。在母后这儿呢，更爱母后一些，回到家里呢，更爱娘子一些。"

赵稚打趣道："这话要是被风雅听去，看你怎么收场！"

皇子心酸叹息道："这死丫头，真是白心疼二十年了，这几年找皇弟的次数比我多多了。"

赵稚脸色平静道："以后等嫁了人，吃了些委屈苦头，她就会知道谁是真心疼她。"

皇子摇头道："我可舍不得她吃苦，多揪心。"

赵稚又笑了，"你媳妇还在呢，说话也不过过脑子。哪有疼妹妹疼一辈子的，再说靠你心疼也没用。"

严东吴轻声道："隋珠公主性子真的很好。"

赵稚点了点头。

皇子伸手握住一片枯黄落叶，感慨道："天凉好个秋哟。"

阴沉沉的天空，竟然毫无征兆地雷声滚滚。

皇子皱眉道："听着倒像是冬雷。"

喜好视野中一片洁净的赵稚轻轻拂去桌面上一片刚刚离枝的梧桐叶，抬头眯眼望向西边。

皇子听着雷声，笑着悄悄丢掉手中秋叶。

灭去春秋二国的顾剑棠在徐骁封异姓王之后，以正一品大将军衔执掌兵部，便比其余五部尚书都高出一个品秩，成为离阳王朝名义上的武将之首。除去六位藩王，朝廷上也就首辅张巨鹿和遗党魁首孙希济与他并列，去年赶赴帝国北部边陲亲领全部边关事宜，便很少参与朝会，但是没有一人胆敢上书因"体谅"顾大将军辛苦而摘掉兵部尚书的官帽子，兵部仍是滴水不漏的顾党"将军大营"。滴水不进。作为一等一的边陲重臣，又是顾党领袖，除了先前在宫中夜宿当值，顾剑棠几乎没有跟张巨鹿私下有过任何交往，这次返京，破天荒拜访了首辅府邸，正大光明，毫不介意皇帝陛下是否猜忌文武同气同声，或是那边将、京官沆瀣一气，这种历朝历代权臣都畏惧如虎的官场忌讳，在顾剑棠这边都成了不痛不痒的小事。大将军便服出行，还带上了说不好是义子还是女婿的新任游击校尉袁庭山。在同在一条街上的离阳重臣大多数府邸门缝后，都有好几双眼睛死死盯着，等到顾尚书大踏步走出碧眼儿张首辅的府门后，都迅速禀报给自家等着消息的老爷。

不多不少，正好半个时辰。都不够喝两壶茶的短暂光阴！能谈什么了不得的军国大事？

入了府邸一直瞎转悠的袁庭山跟着大将军坐进马车，没能从这位天下第一的刀客脸上发现什么端倪，神情淡得跟白馒头似的，让恨不得有一场天雷地火大打出手的袁庭山十分遗憾。

袁庭山是屁股半刻都坐不住的急躁性子，寂静无声的车厢让他度日如年，才驶出两边任何一扇大门以内都坐着一尊王朝大菩萨的街道，他就忍不住开口问道："大将军，这算怎么回事？"

顾剑棠没有理睬。

袁庭山平时在谁跟前都是老子天下第一的泼皮习性，在顾大将军跟前稍微好些，不敢造次，毕竟他心底还是由衷佩服眼前这个要军功有军功要武力有武力的准岳父大人。本来他最崇拜的是那位异姓称王的人屠徐骁，后来在江南道袭杀寡妇徐脂虎，给那位可以剑斩气运的年轻仙人随手便重创，觉得这辈子跟徐骁是八竿子打不着善缘了，也就转而去纠缠顾剑棠。当下袁庭山只得嘀咕道："不说就不说，我还懒得猜。"

顾剑棠平淡道："北边的江湖你不用管了，我会让你去蓟州。"

袁庭山紧紧皱眉道："蓟州？满门忠烈韩家的老窝？听说是为了给张首辅立威而抄斩的啊，大将军你当时也没少出力吧？"

顾剑棠睥视了一下袁庭山，后者缩了缩脖子，小声道："反正当官的就没一个不心狠手辣，我才杀了多少人，跟你们比起来，算个卵！"

顾剑棠语气不见起伏，"到了蓟州，杀人不用跟我禀告。到了朝廷这边的弹劾我会帮你截下。"

袁庭山惊喜道："当真？"

顾剑棠闭上眼睛。

袁庭山嘿嘿笑道："哪天有了大仗可以打，可千万别让老子升了大官，否则到时候就让北凉吃不了兜着走！老子跟那姓徐的世子殿下可是结了死仇的。"

顾剑棠闭眼讥笑道："就凭你？"

袁庭山双手抱着后脑勺往车壁上一靠，眼神阴沉道："总有那么一天的。看看到底是谁的刀更能要人命！"

顾剑棠缓缓说道："不一定有机会了。"

袁庭山震惊道："大将军，你这话是啥子意思？"

顾剑棠皮笑肉不笑，笑得让天不怕地不怕的袁疯狗都一阵头皮发凉。

"坐山观虎斗，不过这次坐山的都要下山了。"

剑阁作为王朝控扼西方的咽喉之要，驻扎了数目可观的百战精兵，步骑兼备，八千步卒多是春秋大战中一脉相承下来的山头势力，以大将军顾剑棠旧部居多，燕剌王偏少。

而八千骑卒中又大致是三方逐鹿的复杂形势，其中三千骑属于没爹没娘养的孤苦伶仃，领头羊汪植是一名春秋以后靠军功实打实走上来的将军，经常没事就带两三百精锐骑兵深入西域腹地展开游猎，双手血腥浓郁得发黑，在同僚中很不得人缘，此时正带着三千骑绞杀一股高原游匪。另外统领三千骑的将军虽非明确属于兵部尚书一系的顾党，但一直算是较为正统的兵部京官外派，靠着京城人脉往上爬升，属于来历鲜明的剑阁外来派系。剩余两千骑则是土生土长的剑门关势力，骑将何晏一直做墙头草，一直混得相对憋屈，麾下人马少，加上摊上这么个没骨气的主事人，两千骑兵虽然战力不俗，却一直捞不到什么油水。奇怪的是剑阁各方势力盘根交错，互挖墙脚，这两千人倒是摇摇晃晃，骑墙偏偏不跨墙。

剑阁以掌控八千步卒的顾党嫡系将军阮大城作为名义上的统帅，今天他眼睁睁看着两千骑擅自拔营出关西去，他在军营里已经把何晏那王八蛋的祖宗十八代都给骂了一遍，正准备让幕僚心腹文士提笔去写一篇弹劾奏章，向兵部状告何晏无故出关。但是阮大城一边口述一边让幕僚润色写到几乎结尾时，就停了下来：何晏这家伙最是奸诈油滑，怎的就突然吃错了药？刚才他亲自去拦截时，那两千骑甚至根本就是直冲出城，都有了拦路就开杀的蛮横架势，让阮大城差点以为是闹兵变了，只得避其锋芒，当时只是庆幸抓住了把柄。这会儿想起来，阮大城静下心来，算盘就打得更沉一些，从书案上拿起奏章，拿火折子慢慢烧掉，对那名错愕的文士说道："换一封密信，你找信得过的驿卒，五百里加急送往京城，亲手交给尚书。"

这时候一名风尘仆仆的白净无须男子闯入大帐，阮大城先是恼怒亲卫的无能，待看清了容貌后，迅速变作惊讶和忐忑，正要讨好几句，那分明是一位宦官的宫中大太监狠狠跺脚，指着阮大城的鼻子就是一顿痛骂："没用的

东西，为何不拦下何晏的两千骑？！"

阮大城呆若木鸡，正想着补救补救。

在宫中殷勤服侍皇后多年的大太监便狠狠挥袖离去，留下一句让阮大城双腿发软的言语："阮大城，你就等着从剑阁滚蛋吧！废物！"

莫名其妙的阮大城呆在原地，许久才回过神。大帐内并无第三人，这位实权将军仍是只敢在肚子里腹诽："狗日的，你这阉人有蛋吗？！"

剑门关外，两千骑奔如洪流。

在遥遥前方，有一位外罩披风，因为策马狂奔才被劲风吹拂露出鲜红蟒衣的男子，满头银丝。

气势凌人至极。

他曾三次在离阳皇宫拦下曹长卿。

有一次大官子离皇帝陛下只差百步。

仍是被这位天下宦官之首给硬生生阻截。

之前，北凉王府白狐儿脸下楼出阁，甚至惊动了北凉王。

徐骁笑问道："这就出阁了？"

白狐儿脸平静道："透透气。去去就回。"

徐骁双手自然而然插袖，问道："不算在内吧？"

白狐儿脸点点头："自然。"

这一天，被誉为天下第一美人的南宫仆射离开凉州，不知所终。

几乎同时，茫茫西域，一骑悠悠缓行。

白衣男子手提一杆深紫长枪。

枪头暂时并未镶嵌而入，使得这杆枪更像一根棍子。

枪名梅子酒。

第二章

大人物倾巢出动，徐凤年截杀赵楷

这位天下无人得知其悄然入圣的白衣战仙，提起那一杆紫气浩然缭绕的梅子酒，平静道：「请。」

一骑当先，荒漠滚烫大风扑面，披风绳结渐松，然后飘落黄沙中。

露出了那一袭触目惊心的鲜艳蟒衣。

这名阉人身后两千剑阁精骑已经被他拉开足足一里路程。离阳王朝有一条明文铁律，清晰无比地刻在那块龙碑上：任何宦官不得出宫！离阳王朝平定春秋后，这十多年的例外，屈指可数，一次是隋珠公主潜入北莽，那名御马监掌印大宦官回宫后，没多久便死在他的红丝缠绕下。再上一次，是他去接回了皇帝陛下的私生子赵楷，哪怕是天子授意，仍是用去了一半情分。调动身后那支只效忠于皇室的隐蔽两千骑军，依然是天子在天下这张大棋盘上一角的悄然落子，则仍是用去了仅剩的一半主仆情谊，但他这个真实名字在朝野上下都极为生疏的第一权宦韩生宣，并不后悔，更不去思量什么君王薄情。人猫韩貂寺贪权，否则也不会独掌权柄这么多年，但却知道为谁而贪。当年天子还只是实力最弱的皇子之时，他为那位皇子而效死；当皇子坐上了龙椅，开枝散叶，韩生宣一开始就选择了喊自己大师父的赵楷——那名温婉女子的儿子，韩生宣吃过她亲自下厨的几顿饭菜，没有半点被她看成人人唾弃的阉人。世人欺我韩生宣一时，我欺你一世。但听她敬我韩生宣一尺，我便敬她百丈。她死得早，韩生宣就还恩于赵楷。韩生宣没读过书，不识得几个字。人猫也从来不讲什么国法人情，皇帝陛下和皇子赵楷就是仅有的规矩，韩貂寺这辈子也只讲究这两份家规。

策马狂奔，当韩貂寺看到前方那一片黑压压的骑军阵形，没有携带任何兵器的老宦官抬起双手，捻住两缕从鬓角垂下的白发银丝。

双手被密密麻麻的三千红丝裹住。

等他杀透这支北凉培植出来的乱臣贼子的阵形之后，就可以交给后边的何晏了。

韩貂寺原本可以轻松杀掉那名去剑阁阻拦自己调兵的直殿监大太监，只是人猫对皇后娘娘并无恶感，也不想让小主子以后难堪，过早与她彻底撕破脸皮，就任由他后到剑阁，去寻找那个不成材的阮大城。

他这一骑毫不减速地冲向那三千雄壮骑兵，仍有心情笑眯眯道："黑和尚，可别让咱俩的徒弟死在这儿，否则老奴这个当大师父的，就算拼去性命也要生撕了你这个二师父。"

对面那一方的骑将汪植，即便是对着韩貂寺这寥寥一骑，也没有任何轻松惬意，不仅仅是猜到了老宦官的身份，也因为知道自己正在做什么——谋逆！

汪植低头摸了摸珍藏多年终于可以拿出的一柄刀。

身后三千亲骑，都不认什么剑阁统领阮大城，甚至多年厮杀打磨，在敌我尸体里打滚，连赵家天子都给忘了。他的爹当年被徐大将军安插在剑阁担任一员守将，死的时候拉拢起来一千心腹，到了他手中，用了十年时间添加了两千骑，其中有三百人是从北凉以很缓慢的进度陆续渗入剑阁，大多是才十五六岁的少年，去年一口气来了八十人。在远离剑门关八百里的西域流沙，汪植第一次见到那名功高震主太多年了的人屠，汪植知道兴许没多久便用得上父亲珍藏的那柄刀——北凉刀。

汪植歪头狠狠吐了口唾沫，默默抽出北凉刀。

一千骑反常地后撤，两千骑开始冲锋。

这是一场拿无数条性命去堵截一位指玄境顶尖高手的截杀。

汪植还想着成为名垂青史的封疆大吏，成为威慑大漠的大将军。真死在这里肯定他妈的后悔，但既然投了胎跟那曾是北凉老卒的老爹一起姓汪，就没的后悔！

梅子酒在手。

不喝酒的男子从腰间摘下水囊，仰头喝了一口。

有人说他是自从大规模骑战出现以后最能化腐朽为神奇的将军，是十万规模以上骑战便无敌的存在，连当今天子都将他誉为"满朝文武不可比白衣战仙"，文武双绝。

离阳王朝军中，谁的武力排第一？原先大多数说是顾剑棠大将军更厉害一些，自从他跟北莽洪敬岩和铜人祖师连战两场后，他成为当之无愧的新枪仙，隐约超过了刀法超凡入圣的顾剑棠。

陈芝豹停下马，转身望去。

一小队稀稀疏疏的骑兵尾随而至，胯下战马长途追击，俱是早已疲惫不堪。为首的负剑女子，一身干涸血迹。陈芝豹嘴角的苦涩一笑，一闪而逝。

他掉转马头，将水囊轻巧抛掷过去，可惜她没有去接。

两人相距五十步。

陈芝豹笑道："就你们这种不考虑体力的截杀，来两千骑都未必能挡下我。"

已经两昼夜没有合眼的女子冷漠说道："典雄畜抽调的六百铁浮屠和韦甫诚派遣的八百弩手，都死了。真是出息得很，都穿上了北莽甲胄。"

陈芝豹云淡风轻地说道："杀他们做什么，他们可都没有反。只是不凑巧出现在西域而已。"

徐渭熊平缓了一下呼吸。

陈芝豹没有急于有所动作，仍是勒马而停，长枪一端指向马蹄下的黄沙，"我没有想到会是你来，否则也就不多此一举了。"

徐渭熊讥讽道："还有你陈芝豹没有预料到的战事？"

陈芝豹淡然道："算倒是算到了，只是不想承认。不知为何，每当我想到那些最不想出现的情景，往往都会出现，一次都没有例外。"

徐渭熊直接问道："你真要反出北凉？！"

陈芝豹微微侧了侧脑袋，反问道："谁说的？"

徐渭熊不准备再说话，轻轻吐纳，背后古剑颤抖不止。

陈芝豹仍是没有提起长枪哪怕一寸一尺的迹象，"小时候，我不想我爹替义父去死，结果他二话不说带着六十二位陈家子弟去断后，还是去了。第二次，我不想世子殿下拒绝入京做安享富贵的驸马，他没去。上一次，我不想他活着从北莽回到北凉，他活下来了。这一次，我不想看到你，你来了。"

陈芝豹终于提起那杆梅子酒些许，"这些年，我什么都没有做，我想义父慢慢老死在北凉王的位置上。现在，我仍是不想做那不忠不义的逆臣逆子，所以先前哪怕明知道世子殿下三次出行，我仍是袖手旁观。最后一次不想做什么，好像偏偏又出现了。"

陈芝豹弯腰从挂囊中取出一枚枪头，嵌入那一杆本就不完整的梅子酒。

低头时，这位白衣战仙缓缓说道："梧桐院子那个叫青鸟的丫鬟，是枪仙王绣的女儿，我知道。那杆刹那枪留在了武库，我也知道。她被培养成死士，以后专门用作杀我，我还是一清二楚。徐渭熊，既然你是那个躲躲藏藏了二十多年的死士甲，我陈芝豹今天就让你死。毕竟，你生前最后见到的男人，还是我。"

"我会带着你的尸体去西蜀，做十年的蜀王妃。"

这支马队持有那枚将要颠覆西域现有势力格局的银瓶，竟然停下了西行的马蹄。

歇脚之地，正位于剑阁和流沙之间，马队身后是《春秋方舆纪要》记载的铁门关。大秦帝国始设关隘，崖如斧劈，石色如铁，此地扼河上游长达二十里的陡峭峡谷，是从西疆越过山脉进入东疆的重要孔道。每当中原王朝局势初定，就要经略天山南北，而中原甲士必然要经过此地。每一次马蹄声往西踏响，都象征着中原王朝的国力鼎盛；每一次朝东撤退，都意味着中原春秋的割据溃散。

皇子赵楷坐上了马车，坐在马夫的位置上，而那尊符将金甲就守在他身边。

当他看到一身尘土的黑衣老僧从北方长掠而来时，笑容灿烂。

是他的二师父，病虎杨太岁。

面容枯槁的老僧看到赵楷安然无恙，如释重负，也不跟这个将来有望尊佛贬道打断灭佛进程的徒弟说一个字，仅是跟那名六珠菩萨相互合十行礼，然后默然转身向东而去。

不到半里之外。

腰悬一刀一剑的徐凤年策马直奔铁门关。

任何一位皇子都可以赶赴西域积攒功勋，为以后登基铺垫声望，也可以任由一位皇子去做断开北凉、南诏伏线的蜀王。

唯独不可有皇子既得大功又做蜀王，继而再靠着铲平北凉去坐上龙椅。

何况这名皇子还是李义山锦囊中定为必杀的赵楷！

前方一老僧急掠相撞而来。

以佛门大神通不断密语马上那位世袭罔替北凉王的徐凤年，"谁都可以死，老僧可以死，红教法王可以死，两百一十六名扈从都可以死，唯独赵楷死不得！

"老僧可以护送赵楷返回京城后，去北凉王府请罪。

"你今日若是执意要杀身负皇命更身具气运的赵楷，可知下场如何？"

老僧飘然而来。

"滚你妈的下场！"

一向对敌仍可平心静气的徐凤年竟是蓦然眼眸赤红，怒极道："杨太岁，老子今天第一个要杀的就是你，当年京城白衣案，可还曾记得？！老子

宁愿死在练刀途中也不肯以后当个废物北凉王，就是为了亲手宰了你们这帮王八蛋！"

陈芝豹离开那座杨柳依依的小庄子在前，白狐儿脸出听潮阁在后。

徐骁来到了这座不树外墙的幽静庄子。庄子里的下人们经过丫鬟绿漆的大肆渲染，大多都已经知道有这么一号人物，能让不爱说笑的陈将军变得反常。上回送离老人后，明显心情很好。前段时间大家都还在猜测老人会不会是经略使大人李功德，不过觉着不像，李大人似乎口碑不行，以陈将军的脾气和地位，不至于这般刻意逢迎，猜来猜去，都只能想多半是位从北凉军退位的老将军，说不定还是陈将军的旧属。唯有庄子老管事猜中了真相，但没敢胡乱宣扬。这次北凉王亲临，老管事一样没有大费周章，仍是接到了后院树荫下，又让有过照面的绿漆端来了庄子自制的瓜果点心。徐骁吃过了些许，就笑着起身让丫鬟领他去陈芝豹的书房，少女绿漆不敢自作主张，不过也不好直接说陈将军的书房都不让她们丫鬟打扫，都是将军来清净庄子休养时自己动手，耳濡目染，下人们不去将军的书房，就成了一条不成文的规矩，哪怕书房大门常年敞开，哪怕灰尘铺积，也不会有谁去。丫鬟正在左右为难之间，在远处安静候着的管事连忙小跑过来，亲自领着大将军去书房，到了门口，老管事就带着一肚子狐疑的绿漆丫头快步走开。

徐骁负手跨过门槛，走到书案旁边，看到上面搁了一张白纸，不写一字。

女子出嫁离家，会带上嫁妆。男子出行，又非入赘了谁家，自然也就孑然一身。

荔枝终究还是离枝了。

徐骁收起白纸卷入袖，轻声道："这样也好。"

徐骁环视一周，书架上都是搜集而得的珍贵孤本兵书史籍，并不以紫檀黄花梨这类皇木做书匣珍藏，显然是图一个随手可翻随时可阅。徐骁发了一会儿呆，想了一些往事，记得芝豹小时候是个很顽劣的孩子，皮得不行，最喜欢骑在陈老哥脖子上揪胡子。小时候徐骁本人也经常抱着他在军营里头逛荡，这小兔崽子一肚子坏水，抱之前憋着，等抱到一半就给你一泡尿。是什么时候开始变得沉默寡言？大概是在那座潦草的衣冠冢上香敬酒那天，芝豹跪在坟头，把脑袋埋进黄土，连徐骁都不知道这孩子到底哭了没有。后来，北凉军开始壮大，铁蹄踏破了六国苦胆，事后奉旨入京，父子二人在面圣之前，徐骁曾经开诚布公与他谈过一次，问他想不想去裂土封疆做异姓王，他徐骁可以在京城养老，弄个兵部尚书当当就糊弄过去，由陈芝豹去北凉当王朝仅有的异姓王，为王朝控扼西北咽喉。当时天子也有这份心思。可是那一次，陈芝豹终归还是没有答应，说是京城这地方不安生，不放心义父为他做人质。

后来到了朝廷上，皇帝又有意无意试探了一次，询问陈芝豹是否愿意与燕敕王一起合力为朝廷荡平南方蛮夷，这可是作势要连立两位异姓王了，吓得满朝文武都面无人色，连顾剑棠这种养气功夫极深的大将军都当场勃然大怒，猛然挥袖背转过身。燕敕王则抬头望着大殿房梁，一言不发。老首辅，即当今张首辅恩师的文官领袖，跪地不起，不断砰砰磕头，血流不止，死谏天子不可如此违例封赏。那一年，白衣陈芝豹才十七岁，徐凤年才约莫八岁。这些年，徐骁开始看不透这个义子到底想要什么，不清楚他的底线到底在哪里。陈芝豹越是无欲无求，越是厚积薄发，徐骁就越不敢轻易老死。因为人屠知道，自己一死，看似什么都不争的陈芝豹，就可以什么都拿到手。真到了那一天，一个夹缝中的北凉，恐怕就要填不饱陈芝豹的胃口了。当初新登基的赵家天子为何再封陈芝豹为藩王？明面上大度恢宏，有功则必赏，不介意两位异姓王南北互为呼应，但又何尝不是要让父子二人互为牵制掣肘？

徐骁完全不怀疑自立门户的陈芝豹，不想或是不能逐鹿天下。

徐骁走出庄子，喃喃自语："希望两边都还来得及。"

回到北凉王府。

大堂中，并无甲士护卫彰显肃杀气，六位义子中来了一半。扛旗的齐当国，师从阳才赵长陵的叶熙真，精于青囊堪舆觅龙的姚简。

陈芝豹、袁左宗和褚禄山都已不在北凉。

只剩下父子四人。

见到轻轻坐上椅子的义父，叶熙真和姚简相视一眼，缓缓跪下。齐当国岿然不动，虎视眈眈，看着这两名早已功成的自家兄弟，满脸怒容。

徐骁双手插袖，往后一靠，说道："咱们北凉的谍探机构，这些年都是一分为二，禄球儿管一半，熙真统辖另一半。前不久有两人各花了一千两

黄金买命，雇了一名叫薛宋官的盲女子去杀凤年。熙真你的买命是先手，禄球儿是后手，因为这位目盲女琴师收了银钱就没有食言的说法，所以禄球儿那一千两花得有些吃亏，只是让她点到即止。凤年在北莽能不能活下来，还得拼上一拼。我知道，长陵死前一直很看好芝豹，觉得他只要能掌握北凉铁骑，别说一统春秋，就是以后吃掉北莽也不在话下。长陵是不会玩花花肠子的无双国士，这番认为，也从不在我面前掩饰，死前还握着我的手，最后遗言便明说了芝豹可以成为大秦皇帝那般雄才伟略的君王。所以熙真你继承长陵的遗志，这些年那些没有亲自动手的泼脏水，我查不出来，也不想让禄球儿去查，但想想也知道是谁在推波助澜；加上这本就是义山要我韬晦养拙的初衷，这一点我不怪你。熙真你啊，就想着为师父争一口气，证明李义山错了，证明李义山不如赵长陵。这些年，北凉旧部人心涣散，尤其是那些当初劝我称帝的老家伙，更是憋着一口怨气，始终都没散去。"

"至于你，姚简，一直对黄龙士那句'白衣一并斩蟒龙'的说法深信不疑。你打小就一根筋，又想成为北莽麒麟真人这样的国师，还有为天下道统续香火的宏愿，我若挑明了劝你，父子情谊恐怕就早早没了，你那些年哪里还能带着凤年跑遍北凉？我也就一直忍着不说。"

徐骁真的是老了，双手搭在椅背上，不高的身子从椅子上缓缓站起，当年那个次次身先士卒都不怕累不怕死的年轻将军，竟是如此艰难，最后说了一句："现在我也不好说就一定是我对，你们错了。"

徐骁走出大堂，齐当国守在门口，背对姚简和叶熙真二人。

叶熙真先站起身，跟跟跄跄走去提起义父留下的一壶酒，一手手指间夹了两只酒杯，另一手举起酒壶放在鼻尖一闻，泪流满面的文士笑着轻声说道："看吧，跟你说肯定是绿蚁，你非跟我打赌是黄酒，黄酒还要温上一温，你不嫌麻烦我还嫌。"

姚简没有站起，只是盘膝而坐。

叶熙真坐在他面前，倒了两杯酒。

叶熙真举起一杯绿蚁，拿袖子擦了擦泪水，笑道："咋的，老姚，不舍得你那几屋子的破书？"

面无表情的姚简握住酒杯，摇头道："有什么不舍得的，留给凤年，其实也挺好。以前他小时候总喜欢偷书，这回不用担心挨我的骂了。我是生是死，都才一人，倒是你，放心那一家子人？"

叶熙真哈哈笑道："放心得很，这种事情，我还信不过义父？"

姚简点了点头。

叶熙真举杯递向姚简，"碰一个？"

姚简白眼道："不碰，你一辈子酒品都不好，哪次庆功你脚底下没个几斤酒水，都给你糟蹋了。跟你碰杯，跌份儿。"

文士叶熙真拿袖子遮面，一饮而尽。

姚简不约而同喝尽了杯中酒，闭上眼睛轻声呢喃道："可惜没有下酒菜。"

两人喝尽两杯酒，然后同时跪向大门方向。

站在门口的齐当国揉了揉眼睛。

望向斜靠着门外一根红漆大柱的义父，齐当国关上门，走到老人身边蹲下，沙哑道："我就不明白他们想这么多做什么，好好活着不好吗？"

徐骁兴许是站得乏了，坐在台阶上，轻声说道："义父也不知道啊。可以告诉我答案的人，像长陵，像义山，都走了。"

徐凤年一骑当先，十二柄剑胎圆满的飞剑结青丝，构成一座从桃花剑神邓太阿那边偷师而来的雷池剑阵。

撞向当年京城白衣案主要帮凶的黑衣老僧杨太岁。

袁左宗纵马紧随其后，策应世子殿下，却拉开五十步距离游弋在一个弧外。

一路奔袭途中，双面四臂皆是被笼罩遮掩严实的朱袍阴物，终于露出狰狞真容，绕开徐凤年和黑衣僧，直直掠向铁门关谷口。它的目标很明确，谁适合当作进食的补品饵料，它就将其连血肉带气机一并汲取殆尽，第五貉便是前车之鉴，此时阴物丹婴双相金色四眸熠熠生辉，呈现出不同于寻常秽物的气象。

青鸟斜提刹那，策马前冲，依旧不理会那位声名在外的黑衣国师，直截了当地率领八百白马义从杀向那边的两百御林军。在柔然山脉，大战之前公子便笑着说过把第五貉交给他，青鸟从一开始就不怀疑公子可以摘去第五貉的头颅，今天，公子缠住杨太岁，她一样不会画蛇添足。

黑衣少年已经弃马步行，但身形如平地滚雷，远远超过那匹脚力出群的奔马，再一次展现出何为战阵万人敌的身先士卒姿态！

凤字营的王冲在跟战马与世子殿下并列一线时，下意识瞥了一眼，握紧手中长枪，轻声道："林衡，看好了。殿下这回又是单枪匹马跟杨太岁这头老秃驴杠上了，没让咱们失望。"

迅速将停滞不前的世子殿下、袁左宗和黑衣老僧三人抛在身后，展开冲锋的白马义从俱是热血翻涌，几乎浑身战栗。其中七百人先前跟着这么个一次都未曾踏足军营的无良世子，都说他除了欺负水灵小娘也就只剩下在青楼一掷千金的本事了，这些年谁心里头不是堵得慌？这一路向西急行，那佩刀又佩剑的北凉大公子哥依旧是一言不发，也从没想过说几句平易近人的体己言语，好在面子上热络热络，都没有。只是在先前相距铁门关两里路时，沉声说了一句："今日随我杀离阳皇子赵楷。"

距敌两百步。

袁猛发出一声滔天怒吼："白马义从！死战！"

两百御林骑军同时展开冲击，十六名金刀侍卫不留一人，尽数上马迎敌。

赵楷始终坐在马夫位置，眯眼远望。符将金甲双手静静站在车前，双手握住那把大剑古朴的剑柄，插入大地。这柄凶剑是用一位当世著名铸剑师全家性命换来，金甲之内的傀儡更是当年被韩貂寺双手剥皮以后的大宗师，单独战力足以碾压其余四具遗弃的符甲。

一袭雪白袈裟的密宗女子菩萨一手在胸前结印，一手做平托持瓶状，黄沙在手掌之上几尺高处疯狂旋转凝聚，聚沙成塔，竟然缓缓成就一番星斗旋涡之象。

赵楷攥紧马鞭站起身，深呼吸一口，"我会死在这里？"

手中那根结实马鞭突然寸寸崩断，这位皇子低声狞笑道："我怎么可以死在这里！"

史书，尤其是野史，喜好以"万人敌"这个称呼来形容那类陷阵猛将，却也没有谁会当真，但是"千人敌"一说，在春秋乱战中的确存在，虽说凤毛麟角，但毕竟有过先例。当年徐家为天子开西蜀，除去西蜀君王和大量官员誓守国门，宁死不臣离阳，宁死不逃皇城外，更有身为西蜀宗室的剑皇一剑守城门，只可惜力战之后先衰后竭，被北凉铁骑碾压致死而已。那一战，西蜀剑皇在三炷香时间内斩杀精骑八百人，死后践踏于马蹄之下，再被褚禄山将一杆旗帜插在尸身之上。硝烟漫长的春秋乱战，使得军旅甲士都对搏杀江湖顶尖高手有了许多实战经验，必须要在己方士气溃散之前，活活耗死对手，不给其喘气机会。这些用尸骨性命堆出来的宝贵经验，由老卒不断传承新卒，代代相传。汪植身为剑阁骑将，南边就是那位剑皇剑折人亡的西蜀，北凉更不用说，有陈芝豹，还有妃子坟存活下来的袁左宗，都可谓名副其实的千人敌，自然而然经常拿这些彪炳人物作为假想敌去训练骑军。

但是对面那红蟒衣大太监战力之猛，杀人手腕之诡谲，仍是让汪植有点措手不及。

韩貂寺一线直奔，大红蟒袍随风飘摇，双手更是浮现千百根红丝，弹指间摘人头颅，动辄分尸。

除了汪植一把北凉刀砍断些许红线，加上几名得力战将侥幸活下，不下三十骑兵都给这只人猫绞杀。好在骑军战阵一开始就不追求多回合拼杀，力求厚实，哪怕舍掉一部分骑兵冲击力的优势，哪怕平白送给韩貂寺身后两千精骑一份先天优势，也要竭力迂回阻截下这名老宦官！前几天汪植得到的一封密令很简单，就两个字：拖住！拿什么拖？汪植除了一千骑养精蓄锐，防止被对面相互知根知底的两千人一举击溃外，参战的两千骑也不是马蜂狂拥般一哄而上，而是分割成二十支百人骑队，务求进退有度，将数目占优的车轮战发挥到淋漓尽致。

汪植已经跟韩貂寺有过三次急促交锋，一次挥刀力敌，其余两次都是弯腰捡起战死袍泽的长枪。一次回马枪追向那头红猫，丢掷向背后，一杆长枪竟是被长了眼睛一般的繁密红丝绕到后背，直接给缠绕绞烂。汪植第三次丢掷直接舍人杀马，一身红得瘆人的人猫竟然勒马拔空而起，躲过了飞枪，还将周围五名骑兵的脑袋一起拔向高空。

汪植杀得双眼通红，咒骂道："你娘的，真不是人！"

汪植身后有八千只马蹄轰然踩地，渐成巨响。

汪植做了个手势，纹丝不动的那一千骑立马劈开，开始如洪水绕过大河中央的礁石，冲向何晏率领的两千骑。更辅以没有可能在第一时间围杀人猫的六支外围游骑队，去展开凶悍的对撞搏杀。

汪植胡乱揉了揉脸颊，吐了口带血的唾沫，狠声道："这次要是不死，怎么都要跟北凉王要个万人游骑将军当当！"

陈芝豹说要杀徐渭熊，带着她的尸体去西蜀称王，一点都没有手下留情的意思，没有丝毫拖泥带水。

梅子酒每一次跟赤螭古剑相触，这把名剑便炸出一串如龙鸣的清越之音，颤鸣悠扬。

每一次撞击，右手持剑的徐渭熊的右臂袖管便是一阵剧烈抖颤。

梅子酒的玄妙远不止于此，陈芝豹次次出枪看似温雅，没有半点火气，但一声剑鸣一次抖袖，陆续赶来的大雪龙骑精锐骑兵就无缘无故暴毙，分明还不曾接近两人二十步以内，便死得干脆利落，好似被一枪捅穿胸膛，甚至来不及感受疼痛，就身形向后倒飞去，跌落黄沙。

陈芝豹骤然一抢梅子酒，横扫而出，将徐渭熊手中赤螭剑荡出一个寻常名剑必定断折的骇人圆弧。

徐渭熊一人一马后边前仆后继的两名铁骑再次莫名其妙阵亡，坠马之前，身体在空中跟赤螭剑如出一辙，弯出一个弧度。

轻轻收回梅子酒，陈芝豹指地枪尖旋出一个枪花，望向口吐鲜血的女子，淡然笑道："这才梅子尚青时。你真的不打算伸出左手了？道教第二符剑赤螭，说到底其实还是一个'敕'字啊。"

徐渭熊默不作声。

陈芝豹转头望向铁门关，"我本想到了那里，将蟒、龙一并斩去，然后独身入蜀，如此对谁都说得过去。"

手中梅子酒，梅子逐渐透深紫。

徐渭熊高高抛起赤螭。

高入云霄引天雷。

徐渭熊正要脱口而出那个"敕"字。

一枪通透腹部。

陈芝豹拔出梅子酒，从女子身上带出一股鲜血，面无表情。

徐渭熊仍是竭力去说出那个"敕"字，又给这位风流白衣旋转至枪尾，一枪撞落下马。

看似留情，实则这一记梅子青转紫，才算真正的杀招。

就在此时。

有女子御剑南下。

女子身后有青衫儒士悠然相随。

年轻女子绝美，御剑之姿更是逍遥若仙。她狠狠剜了一眼生平第二大死敌的徐渭熊，冷声道："我就看看，别想我出手。"

倒是那名占尽天下八斗风流的中年儒士轻笑开口道："梅子紫时好入酒。"

大官子曹长卿飘然而至，扶住魂魄飘摇不定的女子，按住心脉，然后轻轻放入一粒丹药，将她轻轻放下。

是死是活，天晓得。

尽人事而已。

其实以人力强行引来天劫仍是难逃一死。

死士当死。

若非探知此地异象，黄沙千万里，便是陆地神仙曹长卿也根本赶不及。

曹长卿起身后探出一手，问道："儒圣陈芝豹，可否一战？"

这位天下无人得知其悄然入圣的白衣战仙，提起那一杆紫气浩然缭绕的梅子酒，平静道："请。"

恐怕谁都不敢相信北凉边境上撒下了一张大网，顾党旧部可以说是倾巢尽出，六万人马都以调防为由，赶赴一地驻扎，更有两万骑从蓟州紧急入境，声势之大，完全无法掩饰！

已经到位的六万兵马以大将军顾剑棠嫡系旧部蔡楠领军，在边境线上拉出一条有违兵法常例的稀松防线，这种好似小孩子过家家的防御体系，别说北边那支威震两朝的铁骑，恐怕就算广陵王、燕刺王的普通骑军，都可以一鼓作气搅乱。但是将军蔡楠带着数百亲兵巡视前线时，没有任何要做出改变的迹象。军中将领校尉不是没有疑惑，但当一人当面询问被蔡楠厉声训斥后，就再没有谁敢触这个霉头。蔡楠骑马北望，百感交集，自言自语道："我只恨不得再给我四万人手，把整个边境线都象征性安插人手。如此一来，也就摆出了不让北凉铁骑堂而皇之入境的阵仗，否则真要打起来，六万人缩成一团就挡得住了？但是只要你北凉军敢冲进来，我六万人就算被你屠尽又如何？明着造反？老子就等你这一天！"

蔡楠想是这般想，可真往深处去想，想到要跟那个声名犹在顾尚书之上

一大截的大将军敌对，还是有些如履薄冰。

过河卒子，身不由己啊。

蔡楠有苦自知。

至于为何有这种动静，蔡楠只知道有皇子赵楷远赴西域，总不会是北凉有人要杀这位声名鹊起的皇子？蔡楠虽是一介武夫，却也明白名不正言不顺的粗浅道理，来历含糊不清的皇子赵楷如果真有那份心思，肯定是该这般建功立业才行，何况此时京城那般又处于皇子封王的关键时期，赵楷如果真能在西域那边得势，蔡楠用膝盖想都知道肯定能当上一个实权郡王。嘿，要是到了西蜀当蜀王，那就有意思了。

有一骑斥候快马加鞭赶回，脸色苍白，下马后跪地颤声道："北凉骑军来了，不知准确数目，起码在万人左右！可这一万骑是那大雪龙骑军！"

蔡楠脸色如常，只是握佩刀的手指关节泛白。

北凉王的一万骑亲军，很少吗？

蔡楠觉得是太多了！

一咬牙，蔡楠朝身后一名心腹将领下令道："传令下去，百里以内，聚兵至此。"

蔡楠举目眺望，视野中黄沙翻滚。

蔡楠嘴角苦涩，深呼吸一口，"会是哪位义子领兵？"

他不顾阻拦，执意留下亲兵，孤骑前冲。

蔡楠相距半里路时，始终是不敢再度向前半步。

漫无边际的无数铁骑在广阔平原上肃然停马。

蔡楠可以看到一杆徐字王旗在劲风黄沙中猎猎作响。

一骑出阵，缓缓前行。

蔡楠瞪大眼睛，本来还算勉强平稳的呼吸猛然间急促起来。

老人披甲提矛。

蔡楠脑子一片雪白，不知怎么就手脚不由自主地翻身下马，跪在地上，毕恭毕敬喊道："末将蔡楠参见北凉王！"

一人一马一矛的大将军临近蔡楠后，轻轻嗯了一声，战马继续缓缓向前踏出马蹄。

一声一声都踏在蔡楠的心口上。

勒马停步，终于再度披甲提矛的大将军徐骁望向远方，轻声问道："才六万人，顾剑棠是不是太小气了？"

始终跪在地上的蔡楠哪里顾得上什么风骨傲气，一张脸庞沾满了粗粝黄沙，不敢出声。

这位人屠笑道："放心，我就是等人，不杀人。只要你们不掺和，本王也没有跟谁撕破脸皮的兴趣。"

徐骁笑道："走，蔡将军，让本王看一看顾家铁骑的风采。"

这一日，当北凉王徐骁一骑临阵时，不知是谁先下马喊出一声"参见大将军"，紧急赶来的两万骑军，密密麻麻，全部跪下。

铁门关以东利于骑军冲击，自然是个容易死人的好地方。

黑衣少年越过了凤字营校尉袁猛和青鸟，对上一位掠出骑阵的中年武夫。这名御前侍卫佩刀却不用刀，给徐龙象双手拧扯住双臂后，原本粗壮的手臂顿时血肉枯涸，变成触目惊心的皮包骨头，脱离禁锢后，反手便抢得先机，想要撕断眼前面黄肌瘦少年的双手。徐龙象仍由他迅猛发力，只是一脚踹出，一路护送皇子赵楷一直都深藏不露的中年侍卫本来存心要一命换一命，扯去徐龙象双臂再硬抗透胸一脚，只是当他双臂瞬间膨胀壮如大碗口惊人发力后，少年仍是纹丝不动。侍卫立即松手，双手下按少年脚尖，整个人借力腾空而起，躲过致命一击。出身江湖隐门的汉子双脚交叉一撞，如登梯而上。他快，徐龙象伸手更快。他握住汉子一只脚腕，将其整个人往下一拉，抬起一记膝撞。入宫以后浸淫秘籍多年的汉子倾力肘击，仍是被少年膝盖撞在腹部，健硕身躯往后飘荡而去。所幸身后骑兵马术精湛，都给紧急绕避而过。汉子一手五指如钩抓地，在地上划出长达数丈的沟壑，才停下败退身形，腹部翻江倒海，嘴角渗血。汉子站起身，眼中有了几分惊惧。

既然读书人可以卖才给帝王家，许多顶尖莽夫自然也乐意凭借一身武艺售卖给朝廷。不同于北凉徐家的无官无权，只要有本事，到了京城皇宫任职，就真是野民变官家。这名被天子赐黄的金刀侍卫因为武功出众，更是功成名就的佼佼者。一次返乡探亲，当年所在门派曾被郡守和将军联袂弹压得喘不过气，等他衣锦系黄还乡，便是天翻地覆，势利眼的郡守请郡内一位年迈硕儒提笔写匾额，亲自派人送往宗门悬挂，而他原本被宫中规矩所限，都

不曾打算跟郡守计较什么。这之后，他便将帮派内一位师叔祖的嫡传弟子带往京城，侥幸成为第二名金刀侍卫。

中年金刀侍卫缓缓吐出一口浊气，与其余多名同僚一起围杀那名黑衣少年。汉子心中默想，就算今天自己死在这里，也算对得起宗门了。

徐龙象大踏步直线而走，眼睛始终盯着那名披了件白袈裟的女子。

青鸟一骑率先陷阵，手中刹那枪拨去对面敌骑的刺面一枪，手腕轻抖，拖字诀加上弧字枪法，将那名本以为擦身便是一回合结束的精悍骑将，给一枪捅穿后心。弧字枪回，青鸟一杆刹那横扫那御林骑将的身躯，将其扫成两截。她没有一味恋战，回马枪仅是击杀了一员骑将，就不再使出，即便有御林骑军挡下刹那，她也仅是朝那辆马车疾驰而冲。

当头第一拨人马枪矛擦身，地上就滚落了三十几具尸体。

如两柄刀锋互割血肉。

两条伤口继续迅速撕扯扩大。

袁猛一枪挑翻一名敌骑，那名甲胄被捅出血窟窿的御林军身体被挑入当空。

还有一战之力的骑兵在空中扭转身体，想要落地站稳后抽刀再战。

只可惜尚未落地，便被一名白马义从随手凌厉一刀劈去整颗脑袋。

袁猛哈哈大笑："洪狼子，这颗头颅赏你了。回去别他娘再抠门了，请你袁校尉好好撮一顿！"

面无表情的洪书文轻轻嘀咕一句："让老子当个副校尉就请你喝花酒。"

袁猛耳朵好，哪怕在战马踩踏双方厮杀中仍是听清楚了，笑骂道："放你娘的屁！等杀够了十人再跟老子提这一茬！"

洪书文手中北凉刀一拧变作倒栽葱式，弯腰躲过一枪，借助胯下战马前冲之势，北凉刀顺着枪杆急速滑过，一刀划断那名敌骑的手臂，再被这个凤字营出名的狼子削去半片脑袋。

马还在前奔，人已死。

腰间还剩余一柄北凉刀的洪书文淡然道："两颗了。"

纵马前冲中的王冲瞥了一眼死在自己前头的一名白马义从，咬了咬牙。

众人头顶忽然有一团红云飘过，坠向铁门关外。

一名御林军骑兵落地死前，依稀可见远方驭飞剑结阵战国师的场景，合眼时有气无力咒骂道："干你祖宗十八代的京城士子，你们不都说北凉世子只会花前月下欺负娘们儿吗？”

徐凤年见过两次雷池。

武帝城外邓太阿的雷池剑阵，杀得天人赵宣素。

大秦皇帝陵中的那座雷池，则是被魔头洛阳弹剑破解。

一成一破。

徐凤年就有了自己的飞剑造雷池。

他曾经跟徐北枳说过几丈以外几丈以内的雷池之内，飞剑杀人轻而易举，绝无水分。

病快快的黑衣老僧起先并没有对北凉年轻世子那番有关报仇的言语上心，一个体内气机运转滞缓的武夫，别说他杨太岁，恐怕就连一个二品高手就能让你徐凤年吃不了兜着走。只是当其策马冲来，剑气一瞬倾泻如决堤江河，他就有些讶异了。杨太岁这些年远离宫廷纷争，行走江湖，以他丰富至极的城府和阅历，武林中一些零碎的只言片语，就能挤掉水分和挥去烟雾，推演出离真相不会太远的内幕。只是他原本预料有王重楼馈赠大黄庭在身的徐凤年，内力不该如此凋零，剑气则不该如此凶猛。

杨太岁一次次轻轻挥袖。

十二柄飞剑次次反弹跳跃。

徐凤年停马在十丈以外，双手各自按住春雷和春秋。安安静静，不发一声，不言一语。

这便是剑胎圆满的吴家飞剑厉害所在，心意所至，便是剑锋所至。何况这十二柄飞剑，本就凝聚了桃花剑神邓太阿毕生心血，哪怕被他赠剑前抹去如意剑胎，一十二飞剑本身却早已圆润通透。

“归宗。”

黑衣老僧笑了笑，吐出两字。一手在胸口成掌竖立，一袖拂卷，将六柄飞剑一气呵成卷入袖口。

大袖滚滚撑起如鼓囊。

其余六柄飞剑中的太阿刺向杨太岁眉心。

老僧抬手一拍，贴住太阿，身形看似缓慢走动，这只手掌却在空中硬是粘下了太阿在内的四柄飞剑。

其余两柄竹马、桃花相继击中老僧后背，只是袈裟如投石湖水后阵阵波澜晃动，竹马、桃花都无功而返，又给杨太岁那只手掌四指夹双剑。

十二剑尽在老僧袖中与手上。

杨太岁望向坐在马上岿然不动的年轻人，轻声说道："殿下可否就此退去？"

徐凤年扯了扯嘴角，"还早。你都没死。"

然后伸出手，在身前空中屈指虚弹。

六柄剑仍然被黑衣老僧一只手掌手指禁锢，袖中六剑却已是破袖而出。

杨太岁咦了一声，喃喃自语："叩指断长生？"

道，不是道门独占，三教一直都在苦苦觅求各自的道。

而儒家也不等同于那位张圣人之后定下重重规矩画下条条框框的儒教。

若非是欠了一份不得不偿还的人情，曹长卿很想跟这位白衣兵圣聊一聊他们之间的道之所差。

曹长卿入儒圣，归功于那座西垒壁遗址，归功于公主殿下的那句"兴亡皆是百姓苦"，归功于西楚灭国以后仍旧浩气长存的书生意气。

他很好奇陈芝豹为何能跳过天象直入陆地神仙。

其实以陈芝豹的卓绝天赋，遵循武夫境界一步一个脚印踏入天象境界后，再以儒圣身份成就陆地神仙，这样兼具三教圣人和武夫路途的儒圣，恐怕自己就真的只有认输一条路了。

现在的陈芝豹，处于一种前无古人的十分玄奇境地，既非伪境地仙，也非王仙芝的以力证道超然世间。

可惜了。

多等十年该有多好。

不过有一点大官子可以肯定，陈芝豹的悄然入圣，跟两禅寺龙树圣僧的圆寂有莫大关系。

曹长卿喟然长叹之后，伸手一抓。

代替徐渭熊道出那个来不及说出口的"敕"字。

一道紫色天雷被他从九天之上硬生生抓下。

曹长卿之所以被誉为独占天象鳌头，自然有其大风流之处。

先前陈芝豹对上曹长卿后，便轻轻下马，拍了拍战马，让其脱缰而去。

然后抬头望向天雷降落。

猛然将那杆深紫梅子酒插入大地。

曹长卿微微一笑，再说一个"敕"字，这一次则是手心朝下。

法天象地！

玄甲、娥眉、蚍蜉、黄桐、金缕、朝露，在新任剑主徐凤年"断长生"的弹指之下，六柄吴家剑冢顶尖飞剑破去黑衣老僧那一手须弥芥子大千袖，刺穿牢笼，冲天而去。

粘住其余六剑的杨太岁手掌一记轻轻翻覆，如同颠倒乾坤，青梅、竹马、春水、桃花、朱雀、太阿只得在他手掌两尺之内急速旋转，任由六柄飞剑剑气如虹，仍是暂时逃脱不得，但这位病态老僧的袈裟也被飞剑划破，丝丝缕缕地飘荡在空中。

杨太岁手掌再翻，飞剑肆虐的距离由两尺缩小为一尺半，几次翻覆，便已经将六柄飞剑紧缚得近乎纹丝不动。

黑衣老僧淡然道："世子殿下原本身具佛胎道根，是与寻常武道惊才绝艳之辈大不同的罕见天赋，为何不肯循序渐进，以证大道，次次剑走偏锋？如此一来，又经得起几次挥霍？武当老掌教王重楼辛苦造就的一方大黄庭池塘，只需细心浇灌拓宽，那便是小池变浩渺巨湖的造化，到时候一百零八朵金莲循环往复，长生不息，一座气海扶摇一千零八十朵，是何等的天人气象？正因为殿下不知珍惜，逆天而行，如今池水枯涸金莲凋零，仅剩一株茕茕子立，殿下还不知悔悟，不愿回头？！"

最后"回头"两字，杨太岁以佛门狮子吼大声喝出，徐凤年胯下战马如遭飓风拂面，频频向后退去，最终屈膝触地。徐凤年飘然走下战马，手心一拍春秋剑鞘，剑鞘弧形一荡，春秋剑顺势出鞘，画出一个大圆之后，悬停于徐凤年身前。徐凤年走在战马前头，这么一遮挡，战马迅速抬膝站定，这一次长途奔袭的骑乘，这匹通体金黄璀璨的汗血骏马早已有几分通玄灵犀，轻踏马蹄，恋恋不舍地掉转方向，小跑离去，一步三回头。

远处策马缓速游弋在大圆之外的袁左宗将本已出鞘几寸的北凉刀又压回鞘中。

徐凤年冷声道："先后两位剑神李淳罡、邓太阿，做的都是开山之事。

你们三教圣人却是闭门封山，怕因果，惧业障。一旦沾染，就如一颗种子草籽掷入石壁，迟早会有撑破山崖的那一天。龙树僧人不入佛陀，是他不愿，两禅寺住持自身早已圆满，只是更在意佛土广布，慈悲遍及四方。你杨太岁虽然剃了头发披了袈裟，骨子里仍是法家，行的是那纵横捭阖术，你做成了佛头，那才是天大的笑话。"

杨太岁洒然笑道："贫僧确实做不成佛头，证不得菩萨果。可若说要阻你一阻，却也不难。等韩生宣赶到铁门关，这是螳螂捕蝉黄雀在后，若是你执迷不悟，不惜修为和性命再拖下去，便是悄然入圣的北凉陈芝豹到来，成为弹弓在下之势，到时候可就真应了黄龙士的那句谶语。为他人作嫁衣裳，辛苦为谁忙？殿下有大慧，是少有的聪明人，应该知道皇子赵楷当蜀王，总好过陈芝豹当第二位异姓王。北凉之所以能够跟离阳、北莽三足鼎立，在于内耗较小，一旦分了家，可就难说了。在贫僧眼中，北凉真正的大敌，是十年后的蜀王赵楷，更是当下的陈芝豹，两者权衡利弊，殿下应该清楚如何选择！"

徐凤年摇头道："算盘不是这么打的。"

黑衣老僧以佛门大神通禁锢住竹马、朱雀等六柄飞剑，看似轻描淡写，其实也绝非表面上那般闲适惬意，飞剑嗤嗤作响，如云霄之上雷电交加。此时他手掌方寸之间，寸寸杀机。

杨太岁正要说话，徐凤年摆摆手道："你们佛门讲究随缘说法，你虽是我的前辈，但缘分早就在当年那一顿酒中用尽，既然如此，就不要在这里逢场作戏了。今天总得做个干干净净的了断。"

枯瘦身躯撑不起黑色袈裟的杨太岁厉声道："徐凤年，你当真以为贫僧斩不了妖魔孽障？！"

徐凤年笑道："当初钦天监是不是也用'妖魔孽障'四字去赵家天子跟前，形容尚未出世的我？"

说完这句话，徐凤年踏出两步，将春秋剑作为雷池剑阵的中枢，并拢双指，在剑锋上一抹！

春秋透入大地黄沙。

徐凤年默念道："我以春秋断春秋！"

杨太岁怒声道："大胆！"

此子竟然荒唐到想要凭借自身气运通过这柄名剑来窃取天机！

这才是真正的截杀所在！

徐凤年一身唯有陶满武这类独具慧眼者可见的黄中透紫金之气，轰然上升浮游九天。

黑衣老僧手掌翻覆，仍是控制不住竹马六柄飞剑，后者齐齐脱手而出，贴地长掠，继而停顿于黄沙之上一丈高度。

早已在天空跃跃欲试的六柄飞剑露出峥嵘面目，与地面上的春秋剑构成一个北斗剑阵。

十二柄飞剑又与春秋剑组成一个阴阳两仪剑阵。

十二柄剑本身自成一座雷池剑阵。

又以武当年轻师叔祖洪洗象传授的玄妙心得，剑剑反复成浑圆。

袁左宗拍马反身撤退。

这场仗，没他什么事情了。

犹豫了一下，有意无意之中，袁左宗愣了一下，望了一眼徐凤年，然后开始纵马狂奔，经过尸体横陈的厮杀沙场，探手一抓，握住一根长枪，径直杀向那尊白衣女子菩萨。

袁左宗一进，红袍阴物则是一退。

杨太岁望向天空，摇头笑道："倒真是好大的手笔。不过徐家小儿，你真当贫僧是吃素的？"

黑衣老僧一脚跺地，脚底甚至不曾触及地面，更不见黄沙扬起，只听他喝声道："百丈慈悲！"

捏碎胸前玉扣，杨太岁揭下那一袭浓黑如墨的袈裟，手指一旋，如一朵黑云的宽大袈裟，在老和尚头顶往九天飞去。

如一株华盖平地起。

古书曾云终南山有仙人手植宝树，高耸入云百丈，无枝无叶。

这本该是杨太岁算出百岁以后自己去力抗天劫的隐秘手腕之一。天底下的拔尖风流子，谁不是各有莫大机缘，各有压箱本领。

长宽俱是不过一丈多的袈裟在升空之后，裹挟出数百丈滚滚黑云，笼罩在铁门关上空。

杨太岁看了一眼远处玉树临风的年轻男子，饶是这位曾经位极人臣又急流勇退的病虎老僧，当下也是免不了有一瞬的百感交集，先前真是小觑了。

生在富贵人家，很能消磨年轻一辈的锐气，一朝气运递减，大多便是因此而生。当年徐骁踏平六国，功高盖世，是第一个死结。那名女子怀上徐凤年，白衣入皇宫，跻身陆地神仙伪境，一夜成剑仙，再是一个死结。徐凤年不做那纨绔子弟，又是一个死结。徐凤年二十年隐忍不发，如今习武大成，心怀戾气和怨恨，又将本就一直不曾解开的死结系得更紧。

杨太岁缓缓闭上眼睛，双手合十，"死结唯有以死解。不过今日还得是你徐凤年先死才行啊。阿弥陀佛！"

徐凤年任由天地之间汲取他的满身气运。

七窍缓缓淌血。

练刀习武以来，之后更有养剑，徐凤年经历过多少次搏杀和涉险？恐怕连他自己都已经记不清楚。他曾剑气滚龙壁。他曾独力撼昆仑。他曾一剑守城门。他曾一刀杀指玄。

天地之间被数座剑阵和袈裟黑云层层割裂，不断挤压。

不论是离阳还是北莽，就数这一场铁门关外早来的冬雷阵阵最惊人。

杨太岁不顾头顶惊心动魄的气象，在剑气冲斗牛的雷池剑阵中硬生生向前踏出一步，这一步便是两丈远。一脚踏地，天地震动，牵连得铁门关坚硬如铁的山崖黑石不断剥落滚走。

第二步距离减小，仍有一丈半。

他接连踏出六步，每一步都在大地上烙印出一朵佛祖莲花痕迹。

黑衣老僧悲悯地望向近在一臂距离之外的年轻人，这六步加上先前那一跺踏，便是真正的佛门"七步生莲"无上神通。

剑阵之内除去显而易见的六朵硕大莲花，更有无数朵小莲花在大地之上凭空出现，如同天女漫天散花，又如同有五百罗汉加持。

那座巨大剑阵摇晃，这一方天地犹如一尊天神在摇晃一只巨大水桶，涟漪不止。

第七步第七朵莲，在剑阵边缘的徐凤年脚下炸开绽放。

杨太岁面黄泛金，也有些萎靡神色，但老僧仍旧坚持递出一掌，越了雷池剑阵，不顾被守护此方的一柄飞剑割裂手臂肌肤，一掌推在徐凤年心口。

谁都不曾察觉一抹红袍绕出一个巨大弧线路径，飘然而至，来到倒飞出去的徐凤年身后。

两具身躯毫无凝滞地相互穿梭而过！

好似那两位天人出窍神游天地间！

徐凤年咧嘴一笑，体内那棵紫金花苞骤然怒放，然后片片枯萎飘落在无水池塘。

左手春雷刀。

苦心孤诣构建了雷池剑阵。

只是在等这一刻被自己一刀破去！

自从他成为朱袍阴物的丰盛饵料之后，便一直在等这一刻的"反哺"！

失去了一身大黄庭，就像那扫屋迎客的勾当，屋内干干净净，小庙才能坐得下丹婴这位大菩萨。

一臂之间。

徐凤年刀开天门！

他与屹立不动的黑衣老僧缓缓擦肩而过。

雷池毁去。

袈裟飘坠。

飘浮在杨太岁身前的丹婴张嘴一吸，原先色彩不纯的两双金眸越发透彻。

腋下再生双臂！

徐凤年伸手捂住嘴巴，五指间血流如注，慢慢向前走去，先是伪境指玄，再是雪上加霜的借力成就伪境天象，这辈子除非踩天大狗屎后直接跻身陆地神仙，否则就别奢望成为巅峰高手了。

徐凤年望向那边跟跄后退入车厢的赵楷，杀了你小子，再拼掉想要渔翁得利的陈芝豹，一切就值了。

步履蹒跚的徐凤年恨不得陈芝豹此刻就出现在眼前。

拿自己全部气运和阴物丹婴窃取而得的伪境天象，支持不了多久。身如洪水决堤，流逝而去的除了丹婴反哺而来的修为，还有暂时跻身天象境带来的明悟福泽。

这种事情不是借钱，有借有还再借不难。徐凤年把算盘打到老天爷头上，下一次再想用阴物蒙混过关，难如登天。除非是真铁了心玉石俱焚，前提还得是踏踏实实进入天象真境的阴物肯借，那时候阴物已是与天地共鸣，

徐凤年十成十就是一个死字。

本来自己挣来的家底就屈指可数，当下随便扳扳手指算上一算，徐凤年好像什么都没有了。去北莽，两颗头颅，一颗埋在了弱水河畔，一颗送给了二姐徐渭熊。一身实力，功亏一篑。就算活着离开铁门关，那个从小希冀着成为大侠的江湖梦也就成了痴人呓语。但既然来到这里，铁门关一役，杨太岁必须死，赵楷必须死，陈芝豹只要出现想要做那并斩龙蟒的勾当，也必须得死。杨太岁早就道破天机，死结以死解，他们不死，死的就只能是徐凤年，毁掉的就是北凉基业。任何优柔寡断和慈悲心肠，都无异于自插心口一刀剑。

北凉世子的身份是天注定，徐凤年想逃也逃不掉，但北凉王，则不是徐凤年唾手可得的东西。这个看上去很没道理的道理，徐凤年和徐骁这对父子心中了然。家家有本难念的经，何况还有很多虎视眈眈的人不断添油加醋，让这本经更加难念。

徐凤年走得不快，抓紧时间去死死握住那丝丝感悟心得，走到白马义从和御林骑军的绞杀战场。脚下就有一具战死的凤字营轻骑尸体，死不瞑目，显然曾经下马步战死战过，又给敌骑斩去了握有北凉刀的胳膊，胸口被战马践踏，血肉模糊。徐凤年蹲下抚过他的眼帘，抬头望去，两百御林军已经所剩无几，战场上越是武艺高强的将领，一旦深陷泥潭，往往死得越快。那些金刀侍卫都已死绝，一个都没能剩下。将近五百白马义从一半仍是骑马作战，一半已经步战许久；六珠菩萨被黄蛮儿和青鸟缠住；符将金甲给一杆长枪的袁左宗拖住；颓然坐在马夫位置上的皇子赵楷，也不知是在等韩貂寺赶至力挽狂澜，还是认命枯等受死。

十几名负伤不轻的御林军甲士誓死护在马车之前。

先前滚滚黑云未能遮住雷池剑阵，许多人都亲眼看到了黑衣老僧杨太岁被击杀的那一幕。历史自古以成败论英雄。没了袈裟的国师大人成为一截枯木，而徐凤年活着走来，皇子赵楷这次持瓶赴西域的下场，显而易见。徐凤年没有掉以轻心，剑阁那边的动静，汪植三千骑对上有何晏两千骑掠阵的韩貂寺，未能阻挡下将所有赌注都押在赵楷身上的韩生宣，照理说该露面了。只是腰间佩春雷一刀的徐凤年看向北方一望无垠的黄沙：陈芝豹是在等下一场鹬蚌相争？也对，他的耐心一向好到令人发指。

赵楷站起身，看着渐行渐近的北凉世子，平静问道："徐凤年，你真的敢杀我？北凉真要造反？"

徐凤年没有理会这位曾经参与襄樊城芦苇荡那场截杀的皇子，只是望向在谷口那边跟黄蛮儿打得地动山摇的女菩萨，"赵楷能送给你一只象征离阳王朝的银瓶，我不是赵家天子，办不到。但我能借你北凉十万铁骑，你替我平定西域，我可以留下两万兵马屯守天山南北。这笔买卖，做不做？当然，你得付给我一笔定金，杀了赵楷。造反的帽子我戴不起，西域兵荒马乱到了出现一大股流窜僧兵截杀皇子的地步，我才有理由借兵给你。你要西域得自在，我给你这份自在便是。"

赵楷脸色阴晴不定。

袁猛撕下内衫布条，包扎在刀伤露骨的手臂上，咧嘴阴笑。这才是咱们那个可以让靖安王赵衡都哑巴吃黄连的世子殿下。

一身血污的狼子洪书文依旧停留在马背上，两柄北凉刀，双刀在手，轻轻拍打着马腹。

六珠菩萨不动声色，一次次将黄蛮儿打飞出去，铁门关谷口已是坍塌了大半。

每次黄蛮儿退下，青鸟的刹那弧字枪便会跟上，不留丝毫间隙。

徐凤年走向谷口，身后有红云飘来，他转头看去，只见阴物丹婴拖着一具瘦小枯萎的尸骸，落脚在徐凤年身后，欢喜相不见欢喜，越发宝相庄严。徐凤年拍了拍它的脑袋，指向山崖。阴物歪了歪脑袋，随即高高掠向铁门关崖壁，一脚踏出一座大坑，将杨太岁的尸骨放入其中。一代纵横术宗师，最终坟茔在野崖。

徐凤年摆了摆手，让黄蛮儿和青鸟停下手，阴物则如凫雁绕山巅，在谷口后方的狭路上飘落，截住了密宗法王的退路。

徐凤年看着女子手上那幅斗转星移好似小千世界的佛门镜像，笑道："我也不知陈芝豹何时到来，难道说你也在等他？如果真被我乌鸦嘴言中的话，咱俩也就不用废话了。"

女菩萨皱了皱极为妩媚的眉头。东北各自眺望一眼，眉头逐渐舒展。

徐凤年如释重负，有得寸进尺嫌疑地说道："那尊符甲别摧毁，我留着有用。"

　　她手心上方聚沙成星斗，九颗沙球一直如苍穹星象玄妙运转，此刻星斗溃散，无数黄沙在她手指间流逝飘散。

　　女菩萨不置一词，只是走向身负气运远胜徐凤年的赵楷，她行走时菩萨低眉沉思，以她与生俱来的术算天演，竟然也想不通为何落败的会是赵楷。攀龙附凤一说，在百姓眼中是寻常趋利的看法，到了她这个层次，则恢宏无数，就像洪洗象剑斩气运，一般武夫就算到了指玄境界，也看不出任何端倪，但是三教中人，尤其是精于望气的练气士，却可看到那一根根通天气柱的轰然倒塌。同理，三教中人依附朝廷，也各有所图。以龙虎山大天师赵丹坪为例，这些年久居天子身侧，担当了青词宰相的骂名，其实拥有莫大裨益。一衍万物，道门中既有高人返璞归真，只存其一；也有人查漏补缺，由无数个一自成方圆。这里头的玄机，连她也说不清道不明。她既然能够在龙虎山斩魔台上跟白衣僧人李当心论禅机说长生，自然有其独到见解。

　　徐凤年借助外力窃取天机，以终生武学止境作为代价去杀杨太岁。

　　在她看来合情却不合理。

　　这场截杀，不是所有人都有资格掺和其中。一张棋盘，说到底也就那些位置，不可能真的让双方对弈者慢悠悠摆满三百六十一颗棋子。北凉和离阳博弈西域，人屠徐骁不会亲身进入铁门关一带，赵家天子更是如此。原先就棋面而言，徐凤年和赵楷的胜负都在五五分，但是一些人没有打算观棋不语，而这几位，在红教法王看来，恰好都是将来有望成为陆地神仙的存在，彻底打乱了棋局。其中一位，挡下了韩貂寺。其中两位，停滞在铁门关北方百里以外。

　　她没有死在这局棋中的打算，既然徐凤年给了台阶下，让她可以把自己择出这局死棋，她哪怕心底很想一举击杀那个年轻人，也得压下念头顺势而为。

　　白衣菩萨走到赵楷和符将金甲人跟前。

　　赵楷并没有太过气急败坏，只是低头喃喃自语："怎么会这样？二师父死了，我还有大师父。我不该死在这里的，我应该当上皇帝的！"

　　这位野心勃勃的皇子泪流满面，泣不成声。

　　他抬头哽咽问道："不应该是这样的，对不对？"

　　白衣菩萨默然无声。

赵楷凄然一笑，擦了擦泪水，轻轻招手让符将金甲走到马车边上，从这本尊符将手中拿过那柄巨剑，往脖子上一抹。

临死之前痴痴望向京城。

遗言只有一字。

"爹。"

赵楷一死，与主人气机牵连的符将金甲便失去了所有生气。

徐凤年让白马义从带上战死袍泽的尸体与兵器，上马离开铁门关，金甲被黄蛮儿单手拖拽。

接下来便是往北而行。韩貂寺已经决定不了局势走向。哪怕他杀穿汪植三千骑兵的包围圈，来到徐凤年眼前也是徒劳。就如徐凤年跟女菩萨所说，这场截杀将会栽赃给西域盘根交错的势力，事后消息传至京城和朝野上下，除了百姓，恐怕没有谁会相信，但这又能如何？徐凤年不怕九五之尊的雷霆大怒，怕的是这场截杀，仍然是在那个男人的预料之中。如果万一赵楷也仅是一枚可以忍痛舍弃的棋子，接下来他徐凤年要面对的敌人，会是谁？是哪一位深藏不露的皇子吗？

铁门关东面，韩貂寺孤身一人狂奔在大漠之上。

被一位佩有绣冬的白狐儿脸挡下。

北面。

儒圣曹长卿和手持梅子酒的陈芝豹仍在对峙。

徐凤年突然回首望去铁门关，马车附近，不得自在的女菩萨生出满头青丝。

第四章 徐凤年又逢青衣，徽山主往见世子

这一次徐骁披将军甲而非穿北凉王蟒袍，出现在了边境。

徐北枳在停马寺说了一句俗人怕果，菩萨怕因。徐凤年面对杨太岁也说过心境跌落，就如草籽茁壮生于大山石缝，如圆镜破开一丝裂隙，愈演愈烈，再想破镜重圆，难上加难。两个姓徐的两句话，双语皆是成谶。

徐凤年收回视线，不去看那位生出三千青丝的六珠上师。这批八百白马义从的战马都精心筛选过，在奔袭之前便祛除了北凉军标识，此时走得没有后顾之忧，不怕被抓到明显的把柄，即便有高人顺藤摸瓜，徐凤年也可以说是西域僧兵栽赃嫁祸。决定这种争吵走向的关键，不是道义，也不是真相，而是棋局双方手谈人物身后的兵戈战力。徐凤年从青鸟手中接过那只从马车锦盒中拎出的银瓶，似笑非笑。

袁左宗提枪纵马在徐凤年半马之后，脸色凝重。按照常理，独杀老僧杨太岁的世子殿下应该精神萎靡才对，便是昏迷不醒也在意料之中。可此时徐凤年策马狂奔，神采焕发，没有一丝疲态，反倒是一身凌厉气势攀至巅峰。尤其是那柄以春秋士气为玄胎锻造而成的春秋剑，剑气冲霄，未曾出鞘，仍是隐约有种种龙鸣，如九条恶蛟翻江倒海。袁左宗心中喟叹，这场截杀胜得堪称惨烈啊。况且还有诸多依旧藏在水下的暗流。杨太岁战死，皇子赵楷自刎而死，如此一来，北凉跟朝廷的情分算是彻底掏空了。

袁左宗笑了笑，望向徐凤年的背影。下一次，若再有战事，便是他带领自己这帮北凉老卒征战四方了吧？

黄沙万里，看久了本就是一幅枯燥乏味的景象，可在众人眼中更是异常的满眼荒凉，触目惊心。真是名副其实的天翻地覆，方圆三十里，撕裂出无数道大小不一的沟壑，早先天空无云而响雷，直到此刻才渐渐声响衰减下去。好在有先前世子殿下雷池剑阵杀老僧的手段做了铺垫，此时白马义从也没有如何震惊，只是一个个握紧枪矛凉刀。拥有徐凤年、袁左宗、徐龙象、六臂阴物和青鸟，这支战力只能用近乎无敌来形容的骑队顺着沟壑弯弯绕绕，终于来到一条深不见底宽达二十丈的鸿沟边缘，那边站着一位中年青衫儒士，负手而立，两鬓霜白，风流夺魁。

正是曹长卿。

这位在西垒壁成为陆地神仙的亡国儒圣朗声笑道："都走了。"

徐凤年抬了抬手臂，除去新生双臂的阴物丹婴，其余都在袁左宗带领下绕行鸿沟。徐凤年将那只本该价值连城如今却只能按斤两算价钱的瓶子丢

给阴物，掠过鸿沟，阴物则一手握银瓶，双臂托马跃过。反正它就是手多。都说双拳难敌四手，对上这么一位有六条胳膊的，估计谁的心里都没底。哪怕读万卷书行万里路的曹长卿，也不免多瞧了几眼。大官子曹青衣见徐凤年眼角余光游移，微笑道："你二姐徐渭熊受了重伤，被公主御剑送往北凉王府。至于那位不知如何称呼的陈芝豹，已经孤身一人去往西蜀，相信很快离阳上下都知道出了第二位异姓王，不过低于最早六大藩王的亲王爵，仅是蜀地郡王。"

徐凤年点了点头。

曹长卿叹息一声，走上前，屈指一弹，弹在徐凤年眉心，"你的伪境指玄，自悟断长生，可断得别人的长生，何尝不是断自己的长生。你这种不计后果的回光返照，真想死在徐渭熊前头？"

徐凤年原本强撑而架起的气势，在曹长卿一弹指之后，顿时一泻如虹，整张英俊脸庞都扭曲得狰狞。曹长卿对那头阴物笑道："劳烦你按住他的心脉，到北凉王府之前都不要收手，我稍后传你一段口诀，你帮他引气缓缓下昆仑，不要松手，切记。"

双相阴物闻言后轻柔伸出一臂按住徐凤年的心脉。

徐凤年黯然道："我姐？"

曹长卿平静道："被陈芝豹捅透了胸口，又被梅子酒青转紫，命悬一线。想要活下来，就要看她本性里的求生欲如何了。"

徐凤年吐出一口紫黑淤血，向后倒去，所幸有阴物环臂扶住。

曹长卿不惊反喜，笑了笑，"吐出来好。放心，只要你不死，徐渭熊十有八九便不会死。都说世间但凡万物，有不平则鸣，像我这种读书人不平则登高诗赋，说到底，长生之道，还是讲究一个人不可心有戾气过甚。你啊，辛苦隐忍得太多年了。知道李淳罡老前辈为何一直说你天赋不如公主吗？公主比你天然通透，当然，这也与她是女子有关。"

徐凤年眼前视线模糊，依稀看到曹青衣青衫破碎，更有血迹缠身，忍住刺入骨髓的疼痛，咬牙问道："陈芝豹做蜀王，是赵家天子临时起意的一招后手？只要我敢截杀赵楷，他就肯让陈芝豹去西蜀封王？还是说早就跟陈芝豹有过承诺约定？"

曹长卿又叩指续长生，气机徐徐下昆仑，徐凤年双脚脚底板顿时血如泉涌，浸透得渗入黄沙。然后才听他缓缓说道："赵楷是棋子，却并非起先便是勾引你入瓮的弃子，那个皇帝还没这等孤注一掷的大魄力，除非是赵楷的爷爷还差不多。他啊，稍逊一筹，守成之主，大多如此，要不然也坐不上龙椅。赵楷既是试图以后屠龙的一颗活子，但也不是不可以舍弃，就看你们北凉如何应对了。没有这场截杀，给赵楷十年，在西蜀、西域两地站稳脚跟，截断北凉退路，有了本钱，赵楷说不定就真的可以登基坐龙椅。但是万一，赵楷被人，尤其是被你堵死在西域，京城那边也得有后招，因为陈芝豹也必须走出去，只要你起得来，他在北凉就没有待下去的理由。陈芝豹和你爹是一样的人，心底仍是很念相互的香火情。当年老皇帝那般逼徐骁，大将军一样没有反，就是这个道理。只要一方没有老死，就绝不过那条底线——谋反。这种事情，无关对错，人活一口气，没有这口贯彻一生一世的气，休想有大成就。我曹长卿自然也不例外。徐凤年，要是不觉得没有高手气度，咱们坐着说话？"

徐凤年笑着点了点头，只是笑得比哭还难看就是了。

阴物扶着他缓缓盘膝而坐，曹长卿也坦然坐下。

曹长卿笑问道："不光是你这场截杀，离阳和北凉的大势，同样是一环扣一环。这一局棋，你身在局中，可以看到十之七八，已经殊为不易。如果我早早告诉你，三寸舌杀三百万的黄龙士和春秋时期号称第一谋士的人物也参与其中，你还会这么一头撞入铁门关吗？"

徐凤年毫不犹豫地点了点头。

曹长卿也不觉得奇怪，望向身边这条被梅子酒割画而出的鸿沟，轻声感慨道："实不相瞒，陈芝豹差点让我大半修为都留在这里。若是我跟他都没有后顾之忧地死斗一场，我能活，他会死，但我的全部修为也就废去，到时候就真的是手无缚鸡之力的无用书生了。"

徐凤年重伤所致，言语含糊不清，"他就算进入陆地神仙，我也不奇怪。"

曹长卿惊讶地哦了一声，有些好奇地笑问道："你这般看好陈芝豹？"

徐凤年双手搭在膝盖上，平淡道："陈芝豹视我如草芥草包，我视陈芝豹一直是文武皆无敌。"

曹长卿摇头道："陈芝豹比谁都看重你。临行前，他曾说过以后迟早有一天会堂堂正正跟你一战。陈芝豹还说，这句话，他也在肚子里憋了二十年。"

徐凤年苦涩道：“我是该高兴吗？”

曹长卿乐得这小子吃瘪，舒心大笑，敛了敛笑意，“两朝灭佛一事，让龙树僧人圆寂，这位佛门圣人一走，陈芝豹是占了便宜的，否则他也不能那么快入圣。”

徐凤年由衷笑道：“徐骁不太爱说大道理，不过有一句话我记得很清楚，要吃得自家苦享得自家福，但也得看得别人好。所以我一直认为天底下那么多好事便宜事，总不能都搂在自己手里，这也不现实。就跟美人那么多，你娶回家也就那么几个，是不是，曹叔叔？”

曹长卿眼神欣然，不过手上一指轻弹，“别喊我曹叔叔，咱俩交情没好到那份上。”

徐凤年点头道：“确实，否则你也不会放陈芝豹去西蜀了。毕竟以你我那点淡薄情分来计较，你能够挡下陈芝豹去铁门关就算十二分的厚道。陈芝豹去了西蜀，是京城里杀敌一千自折八百的阴损勾当，给北凉埋下祸根，离阳也好不到哪里去。你既然想要气运犹在的西楚复国，总归是天大的好事。”

曹长卿洒然一笑，并未否认，“我不希望他执掌北凉，但我希望让陈芝豹去西蜀称王，因为西楚想要复国，就只能是火中取栗，乱中获利。棋局越乱越好，一个你所在的北凉，远远不够。”

徐凤年啧啧道：“怕了你们读书人。”

曹长卿犹豫了一下，还是说道：“徐凤年，有一句话我还是要提醒你，在其位谋其政，你当北凉王和做北凉世子是截然不同的立场。这之前你剑走偏锋，次次以奇兵险胜，但以后仍是要正奇并用才行。就好像这场牵一发而动全身的截杀，说到底，许多事情不光是赵家天子，离阳王朝张巨鹿、顾剑棠那些老狐精怪也都心知肚明，只是徐骁在李义山授意下，这些年走得更多是阳谋路子，无可指摘，才有北凉今日基业，你可不要辜负了老一辈北凉人的期望。赵楷这次输得不是气运，而是输在了他想要以小博大，滔天富贵险中求，但他有一点忘了，他是皇子，是要争夺帝位的角色，但太平盛世之中，往往一步一步走近龙椅的龙子龙孙，都讲求一个潜龙在渊的韬晦。京城那边，大皇子得大显势，四皇子得大隐势，你都要小心。”

徐凤年微微作揖致敬，“心诚领教。”

曹长卿轻轻挥袖叠放在膝盖上，“说实话，以前我不喜欢你这个人，多情而薄情，如今亲眼见过一些事情，反而有几分看好了。上次去北莽南朝的姑赛、龙腰、途经北凉，跟大将军有过一番密谈约定，这次按约行事阻挡下陈芝豹，算是还清了一笔西楚欠给你们徐家的老债，以后就是两不相欠最相宜，该杀你时，我一样会毫不犹豫地出手。"

徐凤年笑道："不怕你家公主骂你？"

曹长卿愣了一下，屈指一弹在徐凤年眉心，让后者一阵倒抽冷气。

阴物欢喜相面孔竟是会心笑了一笑。

徐凤年自言自语道："快到冬天了，她又该生冻疮了。"

曹长卿哑然，随即笑道："对啊，又该扎草人骂你了。"

徐凤年被阴物搀扶着起身，"我赶着回去看我姐，你家公主殿下肯定是不愿见我的，曹叔叔，咱们是分道扬镳，还是一起走一段？"

曹长卿起身拂去尘土，"各走各的，你小子少跟我套近乎。"

徐凤年和阴物飘向马背，抱拳跟这位儒圣曹青衣别过。

一骑绝尘。

曹长卿站在原地。

这一次徐骁披将军甲而非穿北凉王蟒袍，出现在了边境。

因此，曹长卿此刻是目送年轻北凉王离去。

事后黄龙士。

离阳王朝上下都喜欢用这个说法来讥讽某人的马后炮。

当然，马后炮又来自黄龙士独创的象棋，象棋取代别名"握槊长行"的双陆，成为仅次于手谈的名士行径。

北莽一间小茶馆。

那只掉毛的鹦鹉依旧喜欢逢人便喊公公，姓黄的茶馆掌柜还是那般不上进，养了一只大猫的少女又没个好脸色给顾客，加上三天打鱼两天晒网，酒馆生意冷清寡淡得跟坟场一个德行，这让始终没能挣钱去青楼装风流的温华当下和裆下都很忧郁啊。

今日茶馆外头挂了免客歇业的木牌子，温华拎着鸟笼走入酒馆后，他从不亏待自己的五脏庙，做了碗香喷喷的葱花面埋头吃。掌柜的老黄不知从哪里摸来三只木盒子，盛放了满满的棋子，两盒黑白子，一盒七彩琉璃子，

清空了桌面，在那里摆摆放放，不断落子又收子。看得温华一阵火大，装神弄鬼，有本事学自己哥们儿徐凤年那样摆摊赌棋挣铜钱去！闭起门来装棋圣棋王棋仙，算什么英雄好汉！吃完了葱花面，正想着是不是偷偷去灶房再来一碗犒劳自己，只是想着入不敷出，委实没这脸皮揩油。温华一点不浪费地吃光舔净了大白瓷碗，对着空碗唉声叹气。百无聊赖，只好端着碗筷去黄老头那边坐着，那个一不合心就朝客人呵呵要手刀杀人的贾姑娘扛着一杆向日葵，双腿搁在长凳上怔怔发呆，温华没胆子跟她坐在一条凳上，就让黄老头稍微挪一挪，把屁股搁在黄龙士身边。温华看到桌面上黑白对峙，夹杂有许多枚色彩缤纷的琉璃棋子，他想要去摸起一颗瞅瞅是否值钱，要是值钱，偷拿几颗典当了也是应该嘛，都多久没给薪水了？更别提逢年过节的红包了！可惜被黄龙士一巴掌拍掉爪子，温华随手把碗筷放在桌上角落，嬉笑道："老黄，干啥呢，给说说名堂呗。"

黄龙士当下一手拎了一盒琉璃子，一手掐指微动，凝神屏气，没有理睬温华这店小二的聒噪。

温华觉得无趣，只得转头望向喜欢呵呵笑的少女，"贾家嘉嫁加价假架佳，我跟你把话挑明了啊，那只大猫就是个馋嘴吃货，咱们养不起！"

清秀少女呵呵一笑，都没看温华一眼。给酒馆当牛做马还不得好的温华一拍桌子，怒道："别仗着老黄头给你撑腰，你就跟我呵呵呵，我又没有化石点金的神仙本事，咱们三个人三张嘴都没那只大猫一张嘴吃得多，店里生意这么惨，也没见你上心。你说昨天那位，不就说了茶水不地道吗，你就要拿盘子削他脑袋；还有大前天那个客人，说茶香不够浓，你又要拧他脑袋，你还有没有王法了？我还成猪八戒照镜子里外不是人了？！"

少女面朝温华，呵了一声。

温华一拍脑门，给气得憋出内伤。

黄掌柜轻轻抚平那些被瓷碗震乱位置的棋子，皱眉道："饿不死谁就行了，你就算把茶馆开成北莽第一大，就有出息了？"

温华反问道："这还不算有出息？"

自有一股温文尔雅气度的老儒商瞥了一眼，"那你干脆别练剑，我保证让你成为北莽一等一的豪绅富贾，如何？"

温华摆手道："去去去，不让老子练剑，还不如杀了我。"

黄掌柜笑问道："老子？"

温华赶忙笑道："小的小的。您老下棋这么久了，手酸不酸，肩膀累不累？给您揉揉敲敲？"

落子越多，一张桌上就摆满了密密麻麻的黑白棋子和相对稀疏的琉璃子，那只白瓷碗就成了碍眼的玩意儿，老人挥手道："拿走。"

温华"得嘞"一句，端起碗就小跑向灶房，自己吃独食弄一碗葱花面，是不太地道，不过独乐乐不如众乐乐，下个三碗面，给那对奇奇怪怪的父女也捎上还是可以的嘛。不理睬温华那小子，黄老头望着越发局势明朗的棋局，手中将一颗相对硕大的琉璃子狠狠敲入一处腹地，然后是否要提起拔去一颗琉璃棋子，显得犹豫不决。老人放下棋盒，自言自语道："闺女啊，这次老爹我是错过这场好戏了。没法子，京城那位当年被我害得自断其舌的男人，寄了信过来，要跟我算一算老账，老爹一方面于心不忍，一方面又期待着接下去的走向，也就答应了他一回。棋子要活，能做眼，下棋人才有意思。要不然你瞧瞧，这儿叫铁门关，是个风水不错的地方，死在那儿总比死在鬼气森森、几万死人一起分摊气数的沙场上强多了。这颗去了西蜀的大琉璃子，如果一口吃掉了赵楷和徐凤年那两批棋子，留在北凉的话，比他去当什么郡王，可有趣多了。别瞪我，是那小子自己要一头撞入这盘棋，我这回可没怎么给他下绊子。放心，那小子这趟赚大了，世袭罔替北凉王，稳喽。"

"徐凤年死了，陈芝豹坐上北凉王的位置，就得一生一世活在徐骁的阴影下。赵家亏欠徐家的老账旧账，以陈芝豹的性子，肯定要明着暗着一点一点讨要回来。京城那位男子，不想看到这一幕。但是那家伙小瞧了下一任北凉王，姓徐的小子，哪里就比陈芝豹豁达大度了？这也不怪那家伙，毕竟陈芝豹明面上还是要强出徐凤年太多太多了。可历来国手对弈，眼窝子浅了，是要吃大亏的。"

少女摇晃了一下金灿灿的向日葵，呵呵一笑。

老人这一生纵横术迭出机关无穷，让人雾里看花，甚至十几二十年后才恍然大悟，但老人本身少有与人诉说的情形，但既然身边是自家闺女，则是毫不藏私，娓娓道来。

"这回呢，敌对双方谁的屁股都不干净，为了顾全大局，输的一方就得捏着鼻子承受。这场截杀的底线很清晰，赵家天子不亲自动手，徐骁也一

样，至于各自儿子是生是死，看造化，拼谋划，比狠辣。不过京城那位九五之尊有个双方心知肚明的优势，他有多名皇子，死一个哪怕有些心疼，但也不至于伤筋动骨，可这场率先落子在棋盘的赵家天子，显然没有意料到北凉应对得如此决然，徐凤年亲身赴险截杀，许多扎根极深的暗子都陆续尽起。否则按照常理来说，只要剑阁没有那何晏三千精骑，只要那姓南宫的余孽没有出阁，只要曹长卿没有按约去还人情，输的还是徐凤年和赵楷。陈芝豹则短时间内不输不赢。垮了北凉，做了蜀王，不过将来等徐骁一死，北凉也有一半可能是他囊中之物。陈芝豹跟徐骁相比，有优势也有劣势，优势在于年轻，文武俱是当之无愧的风流无双，有些像我……"

"呵。"

"行行行，爹也不跟你吹嘘这个，继续跟你唠叨唠叨正经事。陈芝豹的优势还在于多年蓄势，寒了天下士子心的只是他义父徐骁，而非儒将极致的这位兵圣。劣势嘛，也很明显，想做北凉王，终归是名不正言不顺，去了封王西蜀之后，他在北凉军中积攒下来的军心士气，会跟着徐骁的去世，一样再而衰三而竭。所以他如果真心想要当皇帝，最多只能等十年，再多，说是气运也好，民心也罢，都聚拢不起来了。人心凉薄，谁都一样的，怎样的声望能绵延两代三代？也就只有徐骁在离阳军中这么个异类了。陈芝豹，还差了些火候。

"我早就说钦天监那帮皓首穷经的老书生，都是只认死板象数不懂天机如水的半吊子，被我骗了这么多年还是没个记性。赵楷这小子也有意思，真以为自己天下气运无敌了？那西域女上师也聪明不到哪里去，赵楷之气运，可是靠附龙三十余年的韩貂寺，以及杨太岁那老秃驴死死堆积出来的，加上她自身也有道行，有她在旁边，赵楷的气数无形中又被累加一层，可不就瞅着是块有望登基称帝的香饽饽了？三教中人亲身入局，有几个能有好下场？龙树和尚，杨太岁，不都死了。龙虎山那些天师，老一辈的也都没个好下场。说到底，都是自以为超然世外，实则半点不得自在、不得逍遥的可怜人。

"老爹我啊，春秋之间摆布了那么多其表大吉其实大凶、凶中有吉吉中有凶的祥瑞和异象，这帮聪明人还是没看透啊。可见聪明与聪慧，一字之差，就是天壤之别。

"北莽太平令临老偏偏不服老，还要跟我对局一场，不知道明确两分天下的象棋之势还是我一手造就的？天下，总该老老实实交给年轻人了。蹲着茅坑不拉屎，旧屎生硬，如何浇灌田地？"

听到这里，少女嘴角翘起，呵呵一笑。

正端了三碗葱花面过来的温华怒气冲冲道："黄老头，能不能在吃饭的时候不谈这个？！"

温华见掌柜的没动静，瞪眼道："还不把桌面腾出来？"

老人轻轻一笑，一袖挥去满桌棋子，温华放下三双碗筷，还喋喋不休，"下棋下棋，就知道下棋，会下棋了不起啊。等老子练剑练成了剑仙，管你是谁，敢在老子面前蹦跶，都一剑伺候！"

老人拿起筷子，笑眯眯问道："哦？那我教你练剑，让你吃了这么多苦头，那到时候你第一个是斩我一斩？"

温华哈哈笑道："哪敢哪敢，我温华岂是那种忘恩负义之人。我这人吧，相貌英俊，脾气还好，又有古道心肠，这些优点都不去说，关键是义气啊！"

老人笑着摇了摇头，也有些无奈，夹了一筷子香喷喷的葱花面，低头吃面前，说道："你去离阳京城。"

温华愕然，低声问道："这就直接去京城闯荡名气？不需要先在小地方热热手？"

老人夹了一筷子面条，不住伸长脖子替闺女吹了吹面条热气，生怕她烫着。呵呵姑娘灿烂一笑，摘下一小瓣向日葵，放在老人碗中边沿。

瞧着就喜庆。

老人心情大好，对温华说道："你不想一鸣惊人？还有，你可以见到声色双甲的白玉狮子，也就是你一见钟情的青楼女子。"

温华哧溜哧溜吃着面条，笑道："青楼女子咋了，我就是喜欢。这趟京城，我去定了！"

老人微微一笑。

吃过了面条，老人掏出一些银钱，吩咐收拾完碗筷反身落座的温华："去，买壶好酒。"

温华白眼道："卖茶的去买酒喝，也就黄老头你做得出来！"

没多久，温华拎了壶酒回来，老人淡然道："余下那几钱银子，自己留着花。"

温华嘿嘿一笑，嘴上说着出门一趟，再去住处小屋拿出藏好的一袋碎银子，一股脑装好，脚底抹油跑出茶馆。

他早就看中了一套春宫图，今儿总算凑足了银子，这就出门买去。当年他跟徐小子都有这么个癖好，只是那时候游历江湖，穷得叮当响，天天有上顿没下顿的，那是没钱，如今有点小钱了，总得惦念着自家兄弟一起好！温华想着下回见着了面，就拿这个当见面礼了。礼轻情意重嘛。

那小子敢嫌弃，老子就拿木剑削他！

呵呵姑娘不喝酒，看着老人独饮。

老人轻声笑道："春秋十三甲，我独占三甲。其余十人，除了入蜀的陈芝豹，和这些年独霸离阳文坛的宋观海，也都走得差不多了。哦，宋家这一门三杰，也快要被陆诩害死了。"

老人酒量似乎不好，喝了大半壶就倒头昏昏睡去。

少女去拿来一件厚实衣衫，悄悄盖在老人身上。然后她便守在他身边，又开始出神发呆。

老人犹在醉酒细语呢喃："庄公梦蝶，蝶梦庄公？我梦庄公我梦蝶……"

徐凤年跟那重新头披巾手藏袖的阴物丹婴同骑一马，也谈不上什么不适应，何况心脉还被它按住，引导紊乱气机下昆仑，这时候的徐凤年实在是顾不上什么别扭不别扭。

跟白马义从会合后，驰马返回北凉。

临近边境，徐凤年抬起手，那头神骏非凡的青白鸾直直坠下，停在手臂上。很快就有韵律堪称简洁极致的一阵马蹄声传入耳中，为首一人是头臃肿不堪的肥猪，胯下坐骑，也亏得是一头重型汗血宝驹，这胖子竟然破天荒披了一套轻质甲胄，因为体型缘故，腰间佩刀不易察觉，实在无法想象这是一位戎马生涯的百战将军，更无法想象这个死胖子曾经有过千骑开蜀的惊天壮举。褚禄山披甲以后，这一次见着世子殿下，没有当场滚落下马匍匐在地，做出一番鼻涕眼泪横流的景象，只是在马背上弯腰抱拳，毕恭毕敬说道："启禀殿下，末将已经开辟出一条清净路径。"

徐凤年皱眉道："徐骁也来了？"

只带来三百精锐骑军的褚禄山抬头咧嘴笑道："大将军一人，就已经把顾剑棠旧部的六万兵马吓得屁滚尿流。"

脸色苍白的徐凤年点了点头。

轻松穿过无人阻拦的边境，徐凤年见到一骑疾驰而来。

一对父子，相视无言。

行出二十里路，徐骁终于开口问道："伤得重不重？"

徐凤年摇头道："死不了。"

徐骁瞪眼道："臭小子，说什么屁话！"

徐凤年回瞪了一眼。

徐骁立马气焰全无，望向前方叹息道："辛苦你了。"

徐凤年没好气道："你不一样说的是屁话。"

徐骁点了点头，又不说话了。

黄蛮儿拖拽着那具符将金甲，步行如飞，跟在徐骁和徐凤年身后，一直傻笑。

袁左宗和褚禄山并驾齐驱，但两相厌憎，隔了两丈距离，从头到尾都没有任何视线交集。

褚禄山也不去瞧袁左宗，只是嘿嘿笑道："袁将军，看情形，没怎么出力嘛！胳膊腿脚都还在，倒是殿下受伤不轻。咋的，没遇上值得你老人家出手的货色？哎哟喂，杨太岁都不放眼里了啊。"

袁左宗不理睬禄球儿尖酸刻薄的挖苦。

一个巴掌拍不响。

可惜禄球儿从来都是那种一个人就能把巴掌拍得震天响的浑人，"我说袁将军，别立下大功就瞧不起咱这种只能远远给你摇旗呐喊的小喽啰嘛，来，给咱说说看你老人家在铁门关外的丰功伟绩，回头我去给你立块碑去，要不给你建座生祠？都不是问题啊。"

袁左宗始终不闻不看也不说不怒。

褚禄山继续在那叨叨叨没完没了，不过稍微放低了嗓音，"嘿，我还以为你会跟着陈芝豹去西蜀称王称霸呢，你老人家跟齐当国那憨货一样，太让我失望了，你瞧瞧姚简、叶熙真那俩不记恩的白眼狼，就没让我失望。"

袁左宗眯起那双杏子眼。

死胖子还没过足嘴瘾，扭了扭粗短脖子，还要说话，被徐凤年回头训斥

道："禄球儿，回北凉喝你的绿蚁！要是不够，喝奶喝尿，随你！"

褚禄山缩了缩脖子，终于绷不住，露出本来面目，一脸谄媚道："殿下说啥就是啥。"

袁左宗神情平静。

褚禄山嘀咕道："该反的不反，不该反的偏偏反了，狗日的。"

袁左宗突然说道："来的路上殿下说了，回头拉上齐当国，一起喝酒。"

褚禄山瞪圆眼珠子，扭头问道："再说一遍？！"

袁左宗重新如石佛禅定，一言不发。

褚禄山抹了抹额头滚烫的汗水，"娘咧，老子比当年听说你要点我的天灯还发慌。"

徐骁转头瞥了一眼那对势如水火多年的义子，悄悄感叹。

徐凤年长久吸气却不呼气，然后重重吐出一口气，转头问道："死士甲，为什么？"

徐骁平淡道："黄蛮儿打小不跟他二姐亲近，不是没有理由的。"

徐凤年嘴唇颤抖，欲言又止。

徐骁说道："虽然她不是我和你娘亲生的，但我从没有把她当什么死士甲看待。我只知道我有两个女儿，两儿两女，三个孩子都长得俊俏，随他们娘亲，唯独二女儿长得最像我徐骁，我不疼她疼谁？养儿子养女儿，是不一样的养法，我这个当爹的也不知道到底是对是错。真说起来，最苦的还是你。所有孩子里，我没有骂过谁，就只有打过你一次，而且两次三番让你往外跑，说不准哪天我就要白发人送黑发人。你娘去得早，否则肯定抽死我。"

"那你不拦住我姐？"

"根本拦不住。我传信给她说曹长卿会前去阻截，她还是去了，大雪龙骑军内部差点闹出哗变。这傻闺女，真是比亲生的还亲生的，你说像不像我？"

"像。对了，这些话回头你自己跟我姐说去。"

"哪敢啊，你小子每次也就是拿扫帚板凳撵我，那闺女真生气的话，可是会拔剑的。"

徐凤年无奈道："瞧你这堂堂北凉王的出息！"

徐骁笑道："你有出息就行。"

徐凤年轻轻晃臂，那只相伴多年的六年凤振翅高飞。

徐凤年看着天空中逐渐变成黑点的神禽，轻声道："真看不出来，披上甲胄，挺像将军的。"

徐骁也抬头望向天空，柔声道："你以后也一样的。"

一辆美玉琳琅的豪奢马车驶入北凉道境内驿道，都说行走江湖出门在外不露黄白，这辆马车的主子可就真是忒不知江湖险恶了。马夫是一名体魄健壮的中年男子，深秋萧索凉透，仍是一袭黑色短打紧衫，浑身肌肉鼓胀，气机却内敛如常，呼吸吐纳悠然不绝如长河，显然已经是臻于外家高手巅峰。由此可见，马车内所坐的人物，跋扈得也有些道理和依仗。

中年马夫姓洪名骠，这一路走得那叫一个血雨腥风，从王朝东南方走到这离阳西北，一夜之间掌门或是长老变成人干的帮派宗门不下二十个，这些人物在江湖上都有着鼎鼎大名，绝非练了几手把式就能沽名钓誉的小鱼小虾。洪骠叹了口气，有些骑虎难下，内心深处无奈之余，对于身后的年轻主子更夹杂有几分越来越浓重的敬畏，有些话他甚至已经不敢当面去跟她说。他替她寻觅作为进补武学修为的食料，为虎作伥不假，可她这趟入北凉，何尝不是与虎谋皮？

车厢内，没有丫鬟婢女随侍的年轻女子正在对镜抹胭脂，一袭大袖紫裙，也亏得是她才压得住这种纯正大色，她的嘴唇原本已经有些病态的透紫，此时正在用昂贵锦盒中的桃红胭脂压一压，否则就阴气远胜英气了。她抿了抿嘴唇，眼眸中没有任何情绪波动。一般女子捧镜描眉贴花黄，何况还是长得这般沉鱼落雁，总归是件喜气开心的事情。她随手丢掉绕枝铜镜和锦盒胭脂，想了想，又拿起那柄铜镜，伸出一指，在镜面上横竖勾画，镜面顿时支离破碎。

她就是徽山牯牛大岗的女主人——轩辕青锋。车厢内堆了不下百本大多是轩辕家珍藏数百年的秘籍，她要送给某人，是跟送一堆废铜烂铁没有差别的败家送法。问题在于对方还未必肯收，这让轩辕青锋皱了皱眉头，身上气势越发阴郁沉沉，像一株阴雨天气里的枯败桂花树。她根据家学所载秘术，在一年多时间里如一只择人而噬的母饕餮，汲取了无数功力修为，让她的武学境界一日千里。下山之前，有一批徽山旧仇欺她女子当家，联手上山寻衅，不顾有邻居龙虎山的真人在场，她将十数人全部钩抓成干尸，原本关系

不错的天师府已经明言轩辕氏子弟不得踏足龙虎山半步。可她轩辕青锋会在意这个？

轩辕青锋伸出一根手指，轻柔抹匀了嘴上胭脂，嘴角翘起，挂满讥讽意味：等我走到武道鳌头，第一个目标便是你们天师府那一窝的黄紫贵人！

她掀起帘子，懒洋洋地坐在客卿洪骠身后。洪骠没有回头，轻笑道："到北凉境内了。"

轩辕青锋点了点头，问道："吕祖有句歪诗：得传三清长生术，已证金刚不坏身。你说指玄境界高于金刚，是不是因为这句诗长生术在前金刚身在后的关系？"

洪骠放声笑道："这种道理，家主你可就得问黄放佛了，我不太懂，这辈子只知道埋头练武。以前随便得到一本秘籍就一条路走到黑，后边到了徽山，也只是挑了一两本去学，也没怎么想去多看几本。说到底，还是笨，死脑筋，没的药医治。"

北凉的凉风习习，秋意拂面，轩辕青锋心情疏淡了几分，少了些许阴森戾气，微笑道："洪叔叔，黄放佛可是捅破一品境界那层窗户纸了，你也得追上去。否则咱们徽山可真没几个拿得出手，好去江湖上显摆。"

洪骠点头道："家主放心，洪某不会有任何懈怠。走外家路数，开头容易后头吃苦，由外家转入内家不易，不过既然家主已经给我指了条坦荡明路，要是再达不到一品金刚境，可就真是茅坑里的石头，什么用都没有了。"

意态慵懒的轩辕青锋嗯了一声。

主仆二人沉默许久。

轩辕青锋冷不丁看似玩笑问道："洪叔叔，你会不会有一天在我众叛亲离的时候背后捅刀子？"

背对她的洪骠手中马缰微微凝滞，然后迅速挥下，笑道："不会。我洪骠能有今天，都是你爹轩辕敬城所赐，洪骠是不懂去讲什么仁义道德，但帮亲不帮理，是打从娘胎出来就注定了的。"

轩辕青锋笑容古怪，语气平静道："那洪叔叔留在北凉军中。"

洪骠强忍住转头的冲动，轻轻问道："啥？"

"洪叔叔你熟谙兵法韬略，徽山私军骑兵都是你栽培出来的，那位北凉世子多半会接纳你，一朝天子一朝臣，等他当上北凉王，总会有你出人头地的一天，比起屈才给我这个江湖大魔头当打手，惹得一身腥臭，可要好上千百倍。不管你认为我是出于交换目的，将你留在北凉当人质也好，还是由于信不过你，不愿意将你留在身边也罢，都没有关系。这件事就这么定了。"

洪骠沉声道："洪某就算身在北凉，将来也一日不敢忘记自己是徽山家奴！"

轩辕青锋靠着车厢外边的沉香木壁，没有出声。

洪骠也没有继续感恩戴德。

轩辕青锋的视线从洪骠背后转到驿路一边的杨柳树上。

柳，谐音留。

轩辕青锋伸出双指，朝路旁柳树作势一夹，凭空斩断一截柳枝，驭回手中。

洪骠的呼吸在刹那之间由急变缓。

轩辕青锋编了一个柳环，戴在头上，嫣然一笑。

那只等同于遗言的锦囊曾明确说过洪骠有反骨，看似憨厚，实则奸猾，需要以力压制。轩辕青锋并非没有信心让他臣服，只是生怕自己忍不住就把这个有反骨的家伙给生吞活剥了。

在她眼中，一个洪骠能算什么东西。

她发誓要以女子身份登顶武道第一人！

襄樊城外绵延无边的稻田都已收割得十之八九，是个顶好的丰收年，百姓们都说是托了新靖安王的福气。

只不过这位靖安王赵珣在民间口碑好上加好，在青州青党之中却是急转直下，都骂这位藩王忘本，过河拆桥，才由世子变藩王，胳膊肘就开始往外拐得厉害。起因是朝廷下旨各藩抽调精兵赶赴边陲换防以及增防，就数靖安王这边最为不遗余力，让本就在庙堂上说话越来越没有分量的青党怨声载道。也对，这种被朝廷摆上台面的削藩举措，本就是出自赵珣入京时呈上的二疏十三策，如今搬起石头砸自己的脚，赵珣这位破例担任经略使的"文臣"藩王果真是够狠，一样做得毫不含糊，被做惯了山大王的青州将领们骂

得不行。私下相聚，都说这种胸无大志的狗屁藩王，做什么靖宁一方安定一藩的靖安王，去京城朝廷当个礼部侍郎就差不多了。

不过看架势，靖安王赵珣却是乐在其中，做了许多踏踏实实让利于民的事情，一点都不介意被青党台柱大佬们嫌弃，因为经略使的特殊身份，没有了诸多藩王禁锢，甚至几次主动登门造访青党砥柱姓氏，吃闭门羹还不至于，但高门豪阀后头的老头子和青壮派，也谈不上有什么好脸色给靖安王。以往那些常年积攒出来的深厚交情，都给冲淡了，唯独一些小字辈的，暂时在家族内说不上话的众多角色，对赵珣还是观感颇佳渐好。

今天襄樊城郊一户农家可是受宠若惊了，两位士子模样的公子哥竟然停马下车，其中一位衣着华贵的士子还亲自下田帮他们收割稻谷。起先当家的老农委实不敢让那公子哥动手，生怕割伤了手，可拗不过那张笑脸恳求，也就战战兢兢应下了。那公子哥不愧是看着就有大学问的读书人，学什么都快，一亩地秋收完毕，第二亩稻田，公子哥割稻的手法就跟做惯了庄稼活的村民一样娴熟。老农的孙女给那公子递过水壶时，脸红得不行，把老农给乐得更是不行，私下玩笑了一句自己孙女，说那位士子可是富贵人家出身，瞧不上你这妮子。

割完了金黄熟稻，那公子还帮着装上牛车，黝黑老农都替他心疼那一身衣衫，最后看着孙女慢慢一步偷偷三回头的俏皮模样，笑着摇头，沧桑老人心中感慨那公子真是好人啊。

亲自下田割稻的公子哥一屁股坐在田埂上，擦了擦额头汗水，干脆脱去鞋袜，将双脚踩在泥地上。

身边有一位笑意温和的年轻读书人，穿着朴素，跟贫寒士子无异，他因为目盲而没有下田。

有隐蔽于远处的侍从想要端上一壶快马加鞭从府邸送来的冰镇凉酒，被锦衣华服的公子哥挥手斥退。

他笑问道："陆诩，你说本王这算不算知道民间疾苦了？"

目盲士子扯了扯嘴角，"若是能够不提'本王'二字，才算真切知道民间疾苦。"

公子哈哈大笑，对于这种大不敬言语，根本不以为意。

靖安王赵珣。

曾在永子巷赌棋谋生的瞎子陆诩。

赵珣叹了口气，忧心忡忡道："陆诩，青党一事，你让我先行喂饱小鱼，长线好钓肥，再辅以文火慢炖老乌龟，我都按照你的既定策略去做了。这些都不难，毕竟都算是自家人，青党本就大厦将倾，注定是分崩离析的结局，一群被赶出庙堂中枢的散兵游勇，他们大多数人除了依附于我，也没有其他选择。不过当下咱们可是有燃眉之急，京城那一门三杰的宋家可是铁了心要咬我。宋观海那老儿开创心明学，得以霸占文坛二十年，我朝平定春秋以后，宋老夫子更是亲笔题写《忠臣》《佞臣》两传，还有编撰《九阁全书》，每月十五评点天下士子，可在皇城骑马而行，都是天下读书人崇拜至极的荣勋。小夫子宋至求青出于蓝而胜于蓝，接任国子监右祭酒，一字千金，连皇帝陛下也赞不绝口，如今科举取士，大半读书人可都是不得不写那'宋体'，献媚于考官。宋家雏凤宋恪礼也不辱家学门风，一举金榜题名，位列榜眼，成为新晋的黄门郎，万一再打磨几年外放为官，立马掺沙子到了咱们这边，可就彻底难缠了。宋观海记仇父王当年当庭羞辱他是老不羞，如今天天在京城挖苦我，更是不断在朝廷上弹劾我，就算听说他现在身体抱恙，没几天可活，但是有宋至求和宋恪礼在，对咱们来说依然是一场近乎没个止境的恶仗啊。"

陆诩兴许是因为眼睛瞎了，听人说话时，显得格外专注。

他是温暾的性子，别人说话时从不打断，自然更不会有半句迂阔言谈，安静等待靖安王倒完了苦水，也没有妄下定论，只是平静问道："靖安王可知宋观海在殿上有过忠臣良臣一说？"

赵珣受陆诩感染，加上本身并不毛躁，此时已是平心静气许多，点头道："当然知晓，在春秋前后当过三姓家奴的宋观海为了给自己洗出个清白，跟先皇讲过忠臣与良臣之区别。良臣是为一己之私，不惧刀斧加身，为名垂青史而让帝王蒙受史书骂名。而忠臣则是勤勤恳恳辅佐君王共图大业的同时，自己同样收获好名声，子孙薪火相传，福禄无疆。宋观海那老家伙当然是以铮铮忠臣自居，二十年中讽谏直谏死谏无数次，连皇后都数次亲自为他向陛下求情，这才逃过牢狱之灾。这一点，我倒是的确打心眼里佩服宋老夫子。"

陆诩嘴角勾起一抹讥诮，摇头缓缓道："不过是一介纵横家的长短学说

而已，忽而用儒，忽而转黄老，再而崇法，无操守可言，当不起'夫子'二字。陛下曾说过'宋夫子疏慢通达，但朕觉其妩媚'，世人都以为是称赞，但深究一番，这可不是什么好话。或者说是一句有很大余地的盖棺之论。"

赵珣一愣之后，舒心大笑，拍手道："新鲜新鲜，陆诩你这个说法大快人心。我都想要喝酒了！"

陆诩仍是古井无波的心境，淡笑道："上次让婢女读你送来的京城密信，其中一件小道消息写得模棱两可。传言宋观海谏诤皇帝的奏章，都偷存有副本，但是至今忍住没有交给史官。这可是又想当忠臣又当良臣的人心不足。"

赵珣皱眉道："这件事情真假还不好说，就算退一步说，宋观海真存有奏章秘录，只要不交给史官，咱们能拿这个做什么手脚？要是哪天带进棺材，就更是没戏了。宋老夫子可是板上钉钉可以死后让陛下撰写碑文的。"

陆诩语气平缓地说道："以宋观海的性格，肯定是真有其事。至于是否在死后交给史官，顾虑子孙福泽，哪怕他年老昏聩，他儿子宋至求也会拦下。但是……"

赵珣急不可耐道："快说快说。"

原本没有卖关子企图的陆诩停顿了一下。

赵珣赶忙笑着作揖致歉，"是我心急了。"

陆诩说道："人近暮年，尤其是自知在世时日无多，一些个没有远虑更无近忧的权势人物，往往就会有一些可大可小的昏着。就算有宋至求有意缝缝补补，但也不是滴水不漏，只需等宋观海去世后，趁热打铁，动用在宋府上潜伏的谍子，故意向京城某一股宋家敌对势力泄露此事。若是没有安插死士谍子也无妨，空穴来风的流言蜚语一样稳妥，京城从不缺捕风捉影的小人。但有一点极其重要，消息传递要快，要以最快的速度传入皇帝耳中，绝不能给宋家销毁奏章副本的空闲。若是被迅速毁去，再想扳倒宋观海，就只能让靖安王府牵头，授意一人集合三百四十二本奏章，鼓吹散布于京城。只是如此一来，你就要难免牵扯其中，并不明智。咱们不能轻视陛下眼线的耳目之灵光，以及那些官场老人的敏锐嗅觉。还有，请靖安王你牢记，宋观海毕竟是大皇子和四皇子的授业恩师，虽说你在京城跟他们都有过一面之缘，看似相互观感不俗，其实仅以眼下来说，弊远远大于利。如果这件宋门祸事无须靖安王你亲自出马，不存在任何蛛丝马迹的话，到时候便可以自污名声，假传奏章副本外泄，因你而起。如此一来，你就可以彻底择出京城官场，暂时远离两位皇子。而且不用担心皇帝陛下会对你起疑心，他毕竟不是那类无知庸君，反而只会对你加重信赖。这对襄樊和你这位经略使而言，才是正途。"

靖安王赵珣细细咀嚼，频频点头。

但赵珣随即问道："这件小事，真能推倒宋家？"

陆诩闻着秋收稻田独有的乡土清香气息，脸上终于洋溢起一点笑意涟漪，"官场上做戏，不能做得过火。跟炖老鸭汤是一个道理，慢炖出味儿，但太久了，也就没味了。宋家治学有道，为官则远逊张首辅、桓祭酒等人，比起西楚遗老孙太师更是差了太多。还有，自古著文立意要求大，切入口则要求小。见微知著，别小看这种小事，真正让宋家从荣转衰的，恰恰就是这类小事。荣极人臣，向来福祸相依。宋观海不是徐骁也不是顾剑棠，更不是看似跋扈乖僻其实底蕴无比雄厚的张巨鹿。富贵才三代的宋家失之根基轻浮，看似满门荣耀，加上宋观海结怨太多文坛巨擘，想要保住晚节，很难。宋至求的国子监右祭酒，宋恪礼的小黄门，一旦大祸临头，那些自称宋门走狗的门生，大多会急匆匆回家提笔倒戈一击，不愿落井下石都算风骨奇佳了。靖安王你可以选择在宋观海死后有所动作，也可以在宋观海重病时做出动静，若是后者，大概可以活活气死和吓死这位老夫子吧。"

赵珣向后倒去，直直躺在田埂上，跷起二郎腿，眯眼望向天空，"那宋至求和宋恪礼会如何？"

陆诩答复道："看他们如何应对。负荆请罪，不认老子认朝廷，还有希望东山再起。若是孝字当头，甚至有一点点奢望忠孝两全，就只能是死在潦倒中。"

赵珣无言以对。

陆诩也寂静无声，抓起一把泥土。

赵珣突然坐起身，笑问道："你这些门道都是怎么学来的？"

陆诩自嘲道："眼瞎了，无事可做，就只能瞎琢磨一些事情。"

赵珣伸了个懒腰，"你说那老鸭煲，真的好吃？回头让府上下人帮你做两盅？"

陆诩点头道："不扣俸禄就行。"

记下煲汤这件事的赵珣拍拍屁股起身，陆诩轻轻放下手上那一抔土，跟着站起身后轻声说道："那女子来历不明，还希望靖安王不要沾染太多，动心不动情即可。"

赵珣厉声道："放肆！"

陆诩笑而不语。

僵持不下。

赵珣脸色猛然转变，握住陆诩手臂，无比诚恳地说道："我一直在等你这句话！我深知襄樊上下，唯有你是真心待我，赵珣岂会不知？陆诩，还希望你以后能在我走弯路的时候，直言不讳。"

"我只是个无法科举无法担任朝官的瞎子，只要靖安王肯告知我，我一定知无不言言无不尽。"

"嘿，那床第之事，要不要听上一听？我赵珣可是连这个都可以与你说上一说的！"

"非礼勿听。"

"别啊！陆诩啊陆诩，其他事情都是你教我，我今日一定要扳回一局，好好跟你说道说道这男女之事！"

"非礼勿听。"

……

轩辕青锋递出徽山千年老桂树心制成的木质名刺，然后被管事带入北凉王府，穿廊过栋，终于来到半山腰听潮湖心的凉亭中。年轻男子早早白发如霜，随意用一根红绳系了一个挽结，坐在临水围栏上，靠着金漆廊柱，手中把玩着轩辕青锋上交王府的名刺。轩辕青锋站在凉亭外嵌入水中的莲花石礅上，一路行来，百感交集。当年吴州元宵赏灯，这个皮囊俊秀的年轻人跟一个色坯无赖待在一起，争执过后，被她的扈从撵得如过街老鼠一般凄凉。那时候轩辕青锋也只当他是破落户里没出息的无趣男子，胸无点墨，科举无望，也就只能凭着相貌骗涉世未深的小家碧玉。事后偶尔想起那桩闹剧，也仅是猜测他的娘亲一定是位倾国倾城的大美人儿，才生得出这样好看的儿子。哪里知道重逢于徽山，这厮摇身一变，就成了恶名昭彰的北凉世子，带一百甲士入龙虎，可以说因为他，牯牛大岗主人才能够换成是她。只是轩辕青锋始终没办法将他和将要世袭罔替北凉王的男子联系在一起，直到亲身步入清凉山王府，她才逐渐有一个清晰的轮廓——徐凤年，会成为人屠徐骁之后离阳王朝第二位异姓王。

徐凤年摩挲着手中桂木心削成的名刺，笑望向这名千里迢迢从剑州赶来王朝西北的女子。招摇山上有许多千年老桂，只是近百年逐渐死去，最后一株唐桂也不能例外，徽山的桂子酒也就成了绝唱。徐凤年招了招手，轻声问道："除了一百多部秘籍，你带桂子酒了没有？"

轩辕青锋走入凉亭，挑了个离他最远的位置坐下，目不斜视，平淡道："徽山所剩不多，但是如果世子想要喝，下回给你带一坛。"

徐凤年把名刺放在膝盖上，脸上有遮掩不住的疲乏神态，闭目养神，谈不上有什么待客之道。轩辕青锋没有任何愤懑怨言，在她看来，只要是人屠的嫡长子，就有这份傲慢的资格。她心平气和地问道："一直听说北凉王府戒备是外松内紧，将那江湖刺客当作一尾尾肥鱼钓上钩。为何殿下肯放心让我入亭，不怕我也是刺客吗？"

徐凤年打了个响指，一袭朱袍从听潮湖中跃起，跃过了凉亭顶，再坠入湖中，一闪而逝。景象旖旎，如一尾红鲤跳龙门。

除了嗜好逗留湖中的朱袍阴物"浮出水面"，远处有府上婢女托盘姗姗而来，盛放有用作观景的饵料。徐凤年摆摆手，示意交给轩辕青锋。

徐凤年睁开眼睛，坐回垫有绸缎的长椅，说道："徽山那边的动静，我都有听说。不过你就算境界突飞猛进，我再让你坐近肩并肩，你想要杀我，也不容易。"

轩辕青锋冷笑道："北凉王府果真不缺高手。"

徐凤年瞥了眼优哉游哉在听潮湖水中嬉戏的阴物，笑道："这位天象境高手，可是我拿性命和气运换来的，一分银钱一分货。轩辕青锋你啊，就别冷嘲热讽了。"

轩辕青锋没有向湖中抛下饵料，面无表情地说道："不敢。"

徐凤年也不计较这种事情，问道："一百来部锦上添花的秘籍，你就想让我扶植你当南方江湖的魁首，是不是有些贪心了。你也不是我媳妇，我为什么做这样亏的买卖？"

　　轩辕青锋从那只通体施青绿色釉的折枝牡丹纹盘中抓起一把饵料，没有急于丢入湖水去欣赏天下闻名的万鲤翻滚景象，缓缓说道："我能雪中送炭。"

　　徐凤年伸了伸手。

　　轩辕青锋说道："徽山不乏有人急功近利且富有真才实学，洪骠便是其中之一。这些江湖莽夫不缺身手和野心，缺的仅是路子。只要北凉敢收下，诱以足够分量的鱼饵，他们心甘情愿上钩。但有一事轩辕青锋必须说好，进入北凉他们求官求财，但不会乐意把命搭上，你要他们进了北凉军就去边境上厮杀，他们绝对不肯，但是在北凉境内担任个六七品官职的校尉，只要是官帽子，散官流官也无妨，就足够让他们替你出份气力办事。"

　　徐凤年讥笑道："轩辕青锋，你当官帽子是路边摊子上的大白菜？"

　　轩辕青锋丢下一把饵料入湖，平淡道："陈芝豹入蜀封王一事，天下妇孺皆知。这位兵圣的一些心腹嫡系也大多辞官赴蜀，更有大量六七品武将蠢蠢欲动，到时候这些新空出来的座椅，你给谁不是给？还不如做顺水人情。我送给你的人物，好歹都是年岁不高却成名已久的江湖一流好手，只需给他们一两年时间，也就能服众。我轩辕青锋虽然没有当过官，但御人术还算知道一点。一朝天子一朝臣，你想要当稳北凉王，终归需要一些自己人，哪怕鱼龙混杂了一些。"

　　徐凤年笑道："你那点道行，也就是略懂皮毛的驭人术，称不得御人术。跟驭剑、御剑之差是一样的。"

　　轩辕青锋也不反驳，只是冷着脸把一整盘饵料都一股脑倒入湖中，锦鲤扑水，喧沸嘈杂。

　　徐凤年等湖面复归平静，这才无奈道："你这坏脾气什么时候能改一改？当初我跟温华遇上你，虽说是我们管不住嘴出言调戏，有错在先，可有几个大家闺秀跟你这样斤斤计较的。现在当上了徽山家主，而且还想要一统江湖，就你这份糟糕的养气功夫，就算你当上了武道最拔尖的超一流高手，也注定是孤家寡人。我栽培谁不好，偏偏扶植你？注定竹篮打水一场空，耗银子还费精力。咱俩不打不相识是不假，可坐下来做生意就得有做生意的规矩讲究。"

　　轩辕青锋盯着徐凤年，眼神冷漠道："徐凤年，还轮不到你来教训我。"

到了王府就没如何休憩的徐凤年又靠向廊柱，轻声道："当你是半个朋友，才跟你唠叨这些不讨好的话。爱听不听。"

轩辕青锋嗤笑一下，"你我能否打开天窗说亮话？"

徐凤年轻轻拊掌笑道："那行，这趟既然是有求于我，我也就跟你开门见山。我有个朋友在西域那边缠斗韩貂寺，已经有一段时日，王府上也陆续派遣了一些死士过去帮手，但效果都不大。你如今修为暴涨，要不去热热身？就当作一场凶险的武学砥砺。对了，轩辕青锋，你有没有心仪的男子？没有的话正好，我那朋友就是天下第一的美人，叫南宫仆射，排第二的陈渔在胭脂榜上四字评语便是'不输南宫'，就是这个南宫。我习惯称呼他白狐儿脸，不过你记得千万别这么叫，会被打的。刺杀天下首宦韩貂寺，也算是你给我们北凉纳下的投名状，没有了退路，我才能放心信任你一个远在几千里之外的徽山家主。"

轩辕青锋冷笑道："这便是你的御人术？真谈不上半点炉火纯青。"

徐凤年摇头道："我跟你一样，只会驭人，都是'官场'上的初生牛犊。"

轩辕青锋瞥了一眼这位世子的似雪白发，笑了笑，问道："徐凤年，怎么回事？"

徐凤年摸了摸头发，平淡道："现在说好听点，算是伪指玄境界。说难听点，跌境跌得一塌糊涂，想必你看得出来，我就算痊愈，内力修为则是连二品境界都没了。但的确有那么眨眼工夫，我曾经可以以伪天象去御剑了。所以你犯不着可怜我，要可怜，好歹也得等你实打实进入圆满指玄。"

这娘们儿真是糟糕至极的脾气，都懒得掩饰她的幸灾乐祸，哈哈大笑："又是伪指玄又是伪天象的，也就听上去吓唬人而已。徐凤年，那你岂不是这辈子撑死了就是金刚境？我都想真的可怜可怜你了。"

徐凤年看着这张灿烂脸庞，跟着笑起来，"我就说，你还是开心嬉笑的时候更好看一些。"

轩辕青锋没有刻意绷住笑脸，肆意大笑，"看你如此凄惨，我真是开心得很哪。"

徐凤年将名刺抛回给轩辕青锋，"虽说咱们关系半生不熟，但还没有生疏到来我家做客需要递交名刺的地步，以后再来这儿，别说不用走大门，你

翻墙进入都行。只要西域那边传来我想要的好消息，我保证让你徽山不缺银子不缺人。"

轩辕青锋接过名刺放入青花盘子，突然收敛笑容，一本正经问道："徐凤年，你是不是人之将死其言也善？"

徐凤年笑骂道："放你的屁。轩辕青锋，你就不能有句不刺人的好话？"

轩辕青锋说道："你要我何时去西域剿杀韩貂寺？"

徐凤年起身，朝岸边招了招手，马上有一名背负铁胎巨弓的少年奔跑而来。

徐凤年指了指从北莽带回王府的年轻死士戊，对轩辕青锋笑道："这孩子绰号'一点'，他带你出北凉，西域那边还会有人接应你们。"

健壮少年轻轻说道："公子，下回给人介绍我能不能别说成一点啊，我叫戊。"

徐凤年一巴掌拍在他脑袋上，"你个小二百五，你不是总说要成为最出色的死士吗？逢人就自报名号身份，你不觉得丢人现眼啊？"

少年愣了愣，挠头咧嘴笑道："也对。"

徐凤年笑道："去，带这位阿姨去西域。"

轩辕青锋默默深呼吸一口气。

少年说了一句好咧，转身就走，时不时偷瞧几眼身边的女子，姨？那得是多大岁数了？快三十了？敢情是保养得好？

徐凤年在轩辕青锋背后说道："洪骠的去处，我会安排的。"

轩辕青锋转头笑眯眯道："侄儿真乖。"

徐凤年一笑置之，真是个不肯吃亏的娘们儿。

笑过之后，徐凤年走往二姐徐渭熊所在的院落。药气弥漫刺鼻，徐凤年来到床头坐下，她依然昏迷不醒。

这些天，徐凤年除了马马虎虎清洗后换上洁净装束，就一直守在这屋子里没有如何合眼，也就逐渐褪色露出了那一头白发，他嫌染色麻烦，让青鸟仅是一番梳洗后就作罢。

徐凤年轻轻握住她的手，屋内寂静无声。

火大无烟，水顺无声，人之情苦至极者无语。

第五章

徐凤年卖官鬻爵，鱼龙帮风波再起

徐凤年放下马鞭，挥去青白鸳，缓缓站起身，笑了笑，手指搭在鬓角附近，一点一点撕去面皮，「我姓徐，徐骁的徐，名凤年。」

北凉动荡不安，陈芝豹入蜀将要封王的消息已经传遍天下。

估计是要比世袭罔替北凉王的徐凤年更早成为离阳第二位异姓王了。

一辆装饰素雅的马车在褚府门口缓缓停下，正斜靠着侧门嗑瓜子的门房有些愣神。马夫是个年纪轻轻的青衣女子，心想这家主人还真是不怕让丫鬟羊入虎口啊，可当门房看到马车上陆续走下来的人物，就吓得噤若寒蝉，嘴皮子发抖，丢了一捧瓜子就跟跟跄跄往门外跑。率先走下的是名白发男子，白底子外黑衫，没有多大的显贵派头，可那张脸就让门房提心吊胆了。在北凉，还真就只有这位公子哥压得住自家老爷。当然，大将军除外。世子殿下身后还有大将军次子徐龙象，以及玉树临风的袁左宗和魁梧健壮的齐当国——这四位都是不可能登门造访褚府的煊赫角色，今日竟然凑一块了，难不成是抄家来了？门房赶忙轻轻呸呸呸几声，褚将军忠心可鉴，抄谁都抄不到这里来。见着了为首的稀罕贵客——世子殿下徐凤年，心眼伶俐的门房二话不说就跪下来，正要憋足了精气神嚷嚷一声，也好给自己老爷长长脸，徐凤年已经出声笑道："行了，起来带路。"

一行人才在褚府大堂坐下，就感到地面上一阵晃动，身着宽松便服的褚禄山跨过门槛滚入厅内，一坨肥肉跪在徐凤年脚下，"禄球儿可算把殿下给盼到寒舍了，蓬荜生辉啊，回头就多给祖宗们多烧几炷香。"

徐凤年一脚踹了过去，"寒舍？我看不比北凉王府差多少。今天是带袁二哥和齐将军来你这边蹭酒来了，先别废话，找个没这么俗气的清净地方。"

褚禄山好不容易摇摇晃晃站起身，回头给了府上老管家一个凌厉眼神，转头便是谄媚到腻人的笑脸，一双软绵无骨白白胖胖的手拉着徐凤年的手臂，"喝酒喝茶都有好地儿，稍后殿下有任何不满，禄球儿自剐两斤肉下来就酒。"

徐凤年讥讽道："一身肥膘，你好意思当下酒菜，咱们几个都下不了筷子。"

褚禄山讪讪道："是禄球儿没用，没能长出一身肥瘦适宜正好佐酒下碟的五花肉。"

来到一栋竹屋，紫竹疏淡，小潭深幽青绿，阳光透过竹叶缝隙丝丝洒落。水边竟有一只巴掌大小的野龟拖家带口晒着太阳，听闻人声脚步声，哧溜一下爬入油绿潭中。潭小屋大，采光也巧妙，推门而入，显得静谧而敞亮，并没有丝毫局促之感，竹屋内还搁了一把纹路斑斑的古琴，坐在这里不论喝酒还是喝茶，都算是人景茶酒相得益彰。徐凤年瞄了一眼古琴，外人不知屠子褚八叉的才气，他是知晓内幕的，琴棋书画诗词赋，褚禄山都拿得出手，只可惜没能长得雅望非常而已。临窗坐下后，褚禄山先给徐凤年和齐当国倒了两杯酒，提着酒壶笑问袁左宗："你老人家不嫌弃小的手脏酒臭，就斗胆帮你倒一杯。"

袁左宗抬了一下眼皮子，褚禄山也就顺势倒出那一杯酒。

齐当国跟褚禄山关系不错，六位义子中也就数他人缘最好，跟其余五位同辈义子都时常走门串户，褚府上前几年呱呱坠地的一个小妮子，还认了他做干爹，就差没有给两家孩子定下娃娃亲了。褚禄山对几个儿子动辄打骂，跟捡来的差不多，唯独对这个幼女心疼宠溺，嫌弃齐当国的小儿子长相粗鄙，让齐当国这两年一见面就质问褚禄山"我那儿子咋就丑了"。

徐凤年喝了一口酒，环视一周，三人中以白熊袁左宗军职最高，从二品的镇安将军，属于实打实的位高权重，在北凉军中仅低于统领边境两州的北凉都护陈芝豹半品，袁左宗目前担任大雪龙骑军的副将。褚禄山则为正三品的千牛龙武将军，却没实质性的军权在手。齐当国更加不堪，仅是一名无足轻重的折冲校尉，官帽子小得很，不过每逢大型战事，负责扛旗。因为北凉属于军政一手抓的藩王辖境，加上又是徐骁曾经文为超一品大柱国武为一品骠骑大将军这样的异姓王，再加上天高皇帝远，文官与离阳王朝品秩一致，武将则大多可以高出一品或是半品，朝廷对此也睁眼闭眼假装看不到，连首辅张巨鹿都说过类似"北凉理当如此"的言语。如今北凉不去说并无特异的文官体系，光说那一批七品以上的武将，不提已经退出边境的勋官，仍有八十人之多，而这些支撑起北凉三十万铁骑的中坚，可能大多数都没有亲眼见过徐凤年一面。

徐凤年喝完一杯酒，趁着褚禄山倒酒的时候，问道："禄球儿，你说谁来做北凉都护？"

褚禄山毫不犹豫道："袁将军啊。要不骑军统帅钟洪武和步军统帅燕文鸾这两位老将军，也勉强有资历和能耐。不过说实话，钟老将军对殿下成见很大，跟陈芝豹也牵扯不清，不太适合立即当这个二品都护；燕文鸾嘛，看上去不偏不倚，跟陈芝豹也有嫌隙，但老将军性子阴沉，实在比钟洪武还难缠，我盯了他已经十多年了，硬是没听他说过殿下一句坏话，反倒是不让人

放心。说来说去，还得是袁将军来当这个总领两州军权的都护，方方面面都说得过去。你瞪什么瞪，这话我在殿下和你袁左宗面前是这么说，在义父那边也是一模一样，信不信由你。说你好话还不领情，你老人家就是难伺候！"

袁左宗笑了笑，低头喝酒。

黄蛮儿一直蹲在古琴边上发呆。

徐凤年平静道："禄球儿，给我一份名单，酌情提拔一两个官阶，如果真有需要，连跳三级也无所谓。"

褚禄山闻言从袖中递出三张折纸，笑眯眯交给徐凤年。袁左宗皱了皱眉头，冷冷盯住这位未卜先知的褚禄山。

徐凤年笑着将三张纸分别摊开放在桌上，只见密密麻麻写有六十余人，除去姓名还有简明扼要的军旅履历，长短优劣一目了然，字体是褚禄山独有的行书，险而不怪，潇洒畅达。徐凤年一字不漏看完后推向袁左宗。仔细看完以后，袁左宗眉头微微舒展，纸上既非任人唯亲，也并非太过道貌岸然的唯贤任用，纸上可以归入褚禄山嫡系心腹也有十余人，但大多还是北凉军中郁郁不得志的中下层校尉，共同点是年轻而善战，朝气勃勃而无半点暮气。

徐凤年笑问道："禄球儿，你就一点忌惮都没有？不会晚些时候再拿出这份东西？"

坐如一座小山的褚禄山嘿嘿笑道："没这个必要。大将军是我甘愿赴死的义父，不用多说；殿下是我禄球儿心悦诚服的主子，这些事情鬼鬼祟祟藏藏掖掖，显得多矫情。对了，还有一件事情，已经如鲠在喉很多年，今儿不吐不快，说错了，殿下可别见怪。"

徐凤年点头道："说说看。"

褚禄山正襟危坐，说道："咱们北凉称得上'官'这个字眼的近千号文官，就是一团糨糊，大多是从北凉军中退下来的，带兵是好手，治政安民根本就是门外汉，寥寥无几不扰民的，都算是让老百姓感恩戴德的大清官大好官了。这些人大多带了许多在军旅中是好习惯的坏脾气——护犊子，帮亲不帮理，治家都如治军一般蛮横，更别提当那威风八面的官老爷了，也亏得是咱们北凉百姓以往就苦惯了穷怕了，否则搁在离阳王朝任何一个地方，指不定就要揭竿起义。再有，官官相护，已成病入膏肓的顽疾，那些闲散在家大大小小的老将军，找家大一点的青楼，随便喝顿花酒就能撞上几个。他们身后那些将种子弟，敢投军的好说，大多算出息的，只要是窝在家里的，十个里有九个是目无法纪的跋扈纨绔，为害乡里算是仅有的本事。他娘的，姓袁的，你瞪我瞪上瘾了？我这话能跟义父说去？你真当义父看不到这类状况？是他老人家根本不好下手！都是跟着他把脑袋拴在裤腰带上打了几十年仗的老兄弟，别的不说，我禄球儿就跟你说一说前年陵州孟家那桩破事：孟老将军带着两个儿子，当年在妃子坟就死在你身边，记得吧？结果他老人家独苗的孙子长大成人，抢人媳妇，买凶杀了整整一家四十几口人，可你让义父怎么办？咔嚓一声，就这么砍断了孟老将军的香火？这十几二十年，不断拿些乌烟瘴气的事情去试探义父底线的王八蛋还少吗？"

袁左宗冷哼一声。

褚禄山破天荒气急败坏道："儒家仁义仁义，向来'仁'字在前'义'字在后。你不义，也仅是不当臣子；不仁，就连人都不是了。如今这世道，若是按照法家那一套来行事，就更乱。自从张圣人以后这一千年，整整一千年啊，儒士读书人都在根子上就是对立的'仁义'二字之间捣糨糊找平衡，你真以为是一件简单事情？！马上得天下不易，马下守天下就容易了？"

说完这番心里话，褚禄山连忙拿袖子擦拭额头汗水，甩了几耳光给自己，嚅嚅嗫嗫道："失态了失态了，该掌嘴。"

徐凤年轻轻巧巧转移话题，笑道："说正题。这回登门，就是想转告你禄球儿一句话，典雄畜、韦甫诚那些人该放行的放行，别为难他们。"

徐凤年停顿了一下，平淡道："还有，徐骁答应我让你来做那个北凉都护。"

褚禄山往后轰然倒去，整栋竹屋都摇晃了几下，这一身肥肉剧烈颤抖的胖子就坐在地上，两眼无神，忘记站起来了。

其实袁左宗和齐当国都是第一次听到这个堪称骇人听闻的消息，前者纹丝不动，神情平静；后者张大嘴巴，说不出话来。

徐凤年不去看褚禄山，对在座两人说道："袁二哥，钟洪武老将军过段时间肯定会一气之下辞去军职，到时候你大大方方接任即可。齐将军，你会接管典雄畜的六千铁浮屠重骑兵，以及韦甫诚的弩骑。宁峨眉给你做副手。嫌兵少，我可以再给你们加；嫌多，我就不理会了。"

袁左宗放下酒杯，说道："在所不辞。"

齐当国使劲揉了揉脸颊，"殿下，我行吗？"

徐凤年打趣道："说你行你就行，不行也行。"

褚禄山哭丧着脸爬起身，正要说话，就看到世子殿下对着窗口招了招手。

没过多时，有美妇人抱着小女孩怯生生站在门口，褚禄山小跑过去就朝她脸上甩了一巴掌，"不长眼的东西，谁让你来打搅殿下喝酒雅兴的！"

年轻妇人怀里的孩子哇哇大哭，褚禄山抱在怀中小声安慰，妇人嘴角渗血，仍是忍住刺骨疼痛，对屋内诸人优雅施了一个万福。袁左宗和齐当国都见怪不怪，没有起身更没有还礼。

只有徐凤年走到门口，温颜笑道："见过嫂子。"

容颜当得"闭月羞花"四字的女子忐忑不安，她只是褚府的侍妾，哪里当得世子殿下一声"嫂子"？她正不知如何应对，褚禄山满眼厌恶冷声道："滚回去！"

女子又施了个万福缓缓告退。

徐凤年没有多瞧一眼，只是盯着粉雕玉琢的小女娃娃，伸手去捏小脸颊，给躲了去，只得无奈缩手，"禄球儿，你这闺女幸好长得随小嫂子，也难怪你不愿意跟齐将军定娃娃亲。小丫头，你多大了？"

满脸泪水的小妮子嘟着嘴巴不说话，生闷气呢。

褚禄山只得笑着说道："才三岁多点儿，说话比一般孩子晚了许多，不过开口第一个字就是'爹'，把我给乐坏了。会走路半年了，不过喜欢黏人。"

褚禄山揉了揉他闺女的红扑扑脸蛋，笑道："来，喊咱们世子殿下一声'爹'。"

徐凤年哭笑不得，斥道："滚你的蛋。"

小妮子还没怎么懂事，却已经知道护短，朝这个对自己爹凶言凶语的大坏蛋鼓着腮帮，不呼气也不吸气，很快小脸就涨得通红。

褚禄山哈哈笑道："这可是她的撒手锏，也不知道向谁学来的，我每次都没辙。"

徐凤年也被逗乐，"赶紧让她歇一会儿，小心真闭过气去。"

褚禄山连忙亲了一口闺女的额头，"长生长生，乖，回头爹给你买漂亮衣裳，别生气了。"

小丫头抬头朝她爹灿烂笑了笑，然后扭头望向徐凤年，又开始鼓起小腮帮狠狠憋气，不过经不住被褚禄山挠痒痒，很快就破功，只好躲在褚禄山怀里就是不看徐凤年。

徐凤年捧腹大笑，"呦，是怪我没见面礼吧？小长生，你可知道我送了你爹一个正二品的北凉都护，这份礼还嫌轻啊？得，我今天把话撂在这里，以后我要是有了儿子，就让你做儿媳妇。"

褚禄山一脸狂喜道："殿下，禄球儿可就当真了啊？"

徐凤年点头道："你当真就是。不过前提是你闺女别女大十八变。"

褚禄山激动万分道："放心，我家长生随她娘，以后丑不到哪里去！"

褚禄山转头道："袁左宗，齐当国，你们俩可得帮我做证，万一以后殿下反悔，我就得靠你们两个仗义执言了啊！"

袁左宗起身道："看心情。"

齐当国豪气大笑，只觉得通体舒泰，桌上那点绿蚁酒根本不够喝。

徐凤年朝那个偷偷摸摸瞥了他一眼的小闺女做了个鬼脸，然后对褚禄山说道："就别送了。"

目送四人走在自己亲手精心堆砌的青石板小径上，等到背影渐渐远去，消失在视野，褚禄山这才抱着闺女来到潭边坐下。

小妮子脆生生喊了一声"爹"。

褚禄山回过神，笑道："小长生啊，就看你以后有没有做皇后的命喽。"

果不其然，怀化大将军钟洪武去了北凉王府，直截了当跟徐骁大骂世子徐凤年这还没当上北凉王就开始卖官鬻爵，若是不收回那些让毛都没长齐的家伙加官晋爵的军令，他就下马卸甲，要做一个伺候庄稼地的田舍翁。北凉王只是顾左右而言他，说些当年并肩作战的精彩战事。一气之下，北凉骑军统帅钟洪武当场就丢了将军头盔在大厅上，直奔陵州府邸，闭门谢客。

那个时候，徐凤年恰巧后脚踏进陵州境内，造访经略使府邸。已是封疆大吏至位极人臣的李功德在书房见着了悄然拜访的年轻白发男子，吓得目瞪口呆，然后便是发自肺腑的老泪纵横。大概是爱屋及乌的缘故，这位经略使大人对这个儿子狐朋狗友的世子殿下十分看重，并不仅仅因为徐凤年的特殊身份，李功德自然而然以半个长辈和半个臣子自居，两种身份并不对立，此时见着了徐凤年，只是双手紧紧握住徐凤年的手臂，泣不成声。

李大人自知如妇人哭啼不成体统，赶忙抹了满脸老泪，招呼徐凤年坐

下喝茶，李功德举杯时见着手中瓷杯，就有些脸颊发烫。别看小小一只才几两重的茶杯，是那小器第一的龙泉窑中又拔得头筹的冰裂杯，夏日酷暑，哪怕滚烫热水入杯，片刻便沁凉通透，端的神奇万分。府上这样的好东西，不计其数，以前徐凤年没有来过李府，李大人迎来送往坦然自处，还会自觉阔绰，有十世豪阀的派头，今儿就有些不合时宜了。好在徐凤年似乎没有任何质疑，喝过了茶，问过了李翰林的军功和婶婶身体，就准备抽身离去。这让李功德如何能放行，好说歹说一定要让世子殿下在府上吃过接风洗尘的晚宴才行。没奈何徐凤年执意要赶回凉州，李功德只得讪讪作罢。临行前徐凤年留下一方色泽金黄的田黄石素方章，李功德是早已练就一双火眼金睛的行家，好不容易忍住吃相才放回桌上，没有真的爱不释手。

送出书房，陪着徐凤年向仪门走去，不巧遇上了回府的李负真，在一条廊道中狭路相逢，老狐狸的经略使大人真是连脸皮都顾不得了，借口肚疼拔脚就走，让女儿代为给世子殿下送行。徐凤年此行造访，马夫是青鸟，暗中有阴物丹婴，明面上可以带在身上进入府邸的就只有书生陈亮锡，当时见着李功德也只说是凉州不入流文散官的儒林郎。李功德却是恨不得连陈亮锡的祖宗十八代都给记在脑子里，天晓得这寒士装束的读书人明天会不会是一郡郡守，然后后天就成了陵州牧？

陈亮锡看到廊道里氛围尴尬，就不露声色地后撤了几步，负手打量起廊道里的珍稀拓碑，远离徐凤年和那名冷艳女子。

徐凤年笑道："就不麻烦你送行了，我认得路。"

压下初见面时的震惊，李负真默默转身走在前边带路，却始终不说话。

到了来时来不及开启去时必定洞开的仪门，徐凤年热脸贴冷屁股地谢过一声，就带着陈亮锡走下台阶步入马车。

李负真没有跨过门槛送到台阶那边，眼睁睁看着仪门缓缓合上。

李功德其实就站在女儿身后不远处，轻声道："负真，以前故意带你去王府，是想着让你跟他近水楼台，这次让你送行，不是啦？"

父女二人缓缓走回内院，李功德缓缓说道："很多机要内幕，其实爹这个当摆设的经略使也一样接触不到，但既然连北凉都护都给挤对得去了西蜀，我想这个你瞧不起的男人，总不至于如你所想，是棵扶不起的歪脖子树。你呀，跟你娘一样，挑男人都不行，当初你娘死活不肯嫁我，私底下爱慕着一位饱读诗书的才子，说我一辈子就是当个芝麻绿豆大小官的命，嫁了我得一辈子吃苦头，要不是你爹沾了丈母娘看女婿越看越欢喜的光，几乎是绑着你娘上了轿子，这世上也就没有你和翰林喽。再回头去看看当年那位金玉其外的才子，明明有比你爹好上太多的家世，直到今天在陵州也就做了个穷乡僻壤的县令，在官场上被排挤得厉害，也就只能回家跟媳妇发脾气。这还是爹没有给他穿小鞋，天天喝酒发疯，说自个儿生不逢时壮志未酬。爹跟你说件事，你记得别去你娘那边唠叨。我当陵州牧的时候，那家伙惹恼了同县的将种子弟，差点连县令那么点官帽子都给弄丢了，老大不小的一个好歹知天命年龄的人了，觍着脸给我送银子送字画送名砚。爹呢，东西一件不少全收了，不收怕他倾家荡产后想不开就投河自尽去了，后来在县政考评上，我帮他写了十六个字：风骨铮铮，清廉自守，狱无冤滞，庭无私谒。这才保住了县令的位置。爹事后把东西一样不少还给了他。这件事情，你娘一直蒙在鼓里，你当个笑话听就行。之所以给你讲这个，是想让你知道，一时得失荣辱，不算什么，看男人啊，就跟看玉石是一个道理。《礼记》有云'大圭不琢，美其质也'，好似那素活好的翡翠，无绺不遮花。有些男人呢，就跟炝绿的翡翠一个德行，外行看着颜色还行，其实水和种都差得很。负真，你先别急着帮你看上的那个家伙辩解，爹说好不棒打鸳鸯，就会信守承诺，这几年也都在给他铺路搭桥。族谱差，爹帮他入品，由寒士入士族；没考上足金足银的功名，也没事，爹帮他由吏转官。可你瞧瞧他，除了一天到晚恨不得黏着你，说些不花钱的情话，可曾花心思用在钻营官场学问上？对，你可能要说那是他品格清高，不愿同流合污，但他是写出几首脍炙人口的诗词了？还是踏踏实实给百姓谋了多少福利了？他这种当官，不争，脊梁不直；不媚，膝盖也不算太弯，可是不是也太惬意了点？明知道爹饿不死他，俸禄便都拿出来给你买几件精巧的礼物，就是在乎你了？负真啊，爹本就不是迂腐的士族子弟，今天的官位，那是一步步跟别人抢到自己手上的，爹是对谁都吝啬精明，可对你和翰林可一点都不小气。你跟谁赌气不好，非要跟爹赌气，爹看人好坏何曾错了一次？你听谁的不好，非要听你娘这睁眼瞎的。她说那人善解人意，在爹看来不过就是嘴甜会哄人罢了。女人啊，就是耳根子软，一时心动，当不得数作不得准的。"

李负真红着眼睛哽咽道："说来说去，徐凤年也不是个好东西，他给女

子说的甜言蜜语何曾少了去！我管他是不是败絮其中还是装疯卖傻！"

李功德平淡道："今日相逢，爹故意让你们独处，他可曾与你多说一句？"

李负真欲言又止。

李功德平静追问道："可曾多看你一眼？"

李负真怒道："我没有看他一眼，怎知他有没有看我？"

李功德笑着哦了一声，缓缓岔路走开。

李负真站在原地六神无主，孤苦伶仃。

远离经略使府邸的马车内，寒士出身的陈亮锡谈论时政如同插科打诨，"北凉道辖内有凉、幽、陵三州，幽凉二州是边陲重地，与北莽接壤，兵甲肃立，唯独陵州相对土地肥沃，是油水远比幽凉更为富足的地方，构成了北凉一般为将在北为官在南的格局。同样的衙门，陵州官吏人数往往是其他两州的两倍乃至于三倍，如同北凉军养老的后院，不得在军中任职的勋官散官子弟也都要来陵州各个官府分一杯羹。老爹退位儿子当，孙子再来占个捞油水的位置，人不多才是怪事。使得陵州衙门尤为山头林立盘根交错，北凉官场上戏言能在这陵州当稳官老爷，出去其他州郡官升两品也一样能坐得屁股生根稳稳当当。上有所好下有所效，用雁过拔毛的李功德做经略使，利弊参半：好处是北凉赋税不成问题，但这仅是节流的手段，无非是污入官老爷们私囊的十文钱截下其中二三给北凉军。再者李功德并非那种可以开源的良臣能吏，北凉盐铁之巨利，官府的获利手腕历来不得其法，而且多有将门豪强，擅自封护攫利，与官职过低的司盐都尉时有械斗，内斗消耗极大。"

徐凤年点头道："关于盐铁官营，回头你写封详细的折子给我。"

陈亮锡欣然领命。

徐凤年见他好像有话憋在肚子里，笑道："有话直说，造反的话都无妨。"

陈亮锡轻声道："李功德此人官够大，正二品。贪得够多，除了王府，是当仁不让的北凉首席富贾。关键是和你们徐家情分也足。最适合杀鸡儆猴，可保北凉官场十年清平。"

徐凤年摇头道："十年？不可能的，五年都难说。南唐那位亡国皇帝一心想做中兴之主，连将贪官剥皮揎草的手段都使出来，一样收效甚微。当然，这也与南唐积弊太久有关。还有，给重症病人下太过极端的猛药，肯定不是好事。徐骁积攒下来的一些不成文规矩，我不能矫枉过正。你说的法子有用自然是有用，但是……"

说了一半徐凤年便停嘴，变戏法般掏出一枚与先前赠予李功德一样的田黄素章，质地温润细腻。蓦地一柄飞剑出袖，徐凤年下刀如飞，在素章四方各刻五个字，然后丢给陈亮锡，笑道："送你了。"

吉人相乘负，安稳坐平安。

居家敛千金，为官至卿相。

陈亮锡慢慢旋转端详了一圈，小心翼翼放入袖中，也没有任何感激涕零的表态。

徐凤年问道："听说你最近在搜罗有关春秋末期所有豪族动荡变迁的文史？"

陈亮锡点头道："以史为镜，可以知兴替。殿下也知道我是寒士出身，囊中羞涩，就养成了嗜书如命的毛病，而我也很好奇这些根深蒂固的高华豪阀，是如何被史书用几十几百几千个字去描绘其极贵极衰。"

徐凤年笑道："多读书总是好事。"

陈亮锡笑容玩味。

徐凤年瞪眼道："我读过的书也不少啊，禁书不是书啊？！"

陈亮锡也不揭短，问道："接下来是去？"

徐凤年笑道："去陵州境内的龙睛郡看几位故人，上回相处得不太愉快。不过也不一定非要见面，主要是龙睛郡还是钟洪武老将军归隐的地方，我去看能否火上浇油一把。再说了，徐北枳就在郡城担任兵曹参军，顺道看看他。对了，去龙睛郡得有好一段时辰，你要是闷的话，我掏银子去城内请几位花魁来给你解闷，吃不吃随你。"

陈亮锡摇头道："无功不受禄，我若是办成了盐铁一事，殿下就算送我十名花魁，我也受之无愧。"

徐凤年笑眯眯道："赶紧的，把那方黄田石印章还我，我正心疼。"

陈亮锡咳嗽一声，掀起帘子对青鸟说道："咱们去龙睛郡。"

龙睛郡盛产名砚却睛，如龙之睛目，石质温润如玉，嫩而不滑。叩之则有铮铮金石声，抚之如婴孩肌肤，被历代书法名家奉为仙品。据说钟老将军的独子就珍藏有一方百八砚，黑紫澄凝，砚台有一百零八颗石眼如龙睛，呵

气即湿。尤其赋有传奇色彩的是，这一方古砚辗转于六朝数国的八位画龙名家，故而又有"画龙点睛砚"之称。钟洪武晚年得子，叫钟澄心，未到而立之年，便已是立了大业，官居高位，这不老将军一解甲归田，钟澄心马上就要升为龙睛郡守。这位鼎鼎有名的将门子弟家更大，三妻四妾不说，外加金屋藏娇不下二十，还有个癖好就是兔子专吃窝边草，勾搭了许多龙睛郡达官显贵的妻妾，当然钟澄心本身也经常宴客酬宾，逢人便送出精心调教出来的丫鬟艳婢，美其名曰"礼尚往来"。

龙睛郡除了各类风流韵事不断，再就是帮派林立，大抵是上边官老爷玩你们的风花雪月，江湖底层这边砍杀咱们的，井水不犯河水，而且近年趋势是门派要壮大，就得比拼谁能跟官府走得近。一口口井水都陆续汇入了河水，少有坚持自立门户不去察言观色的井水，就算有，也是日渐失势，活该被别的帮派或吞并或打压。徐凤年所乘马车进入郡城百八城，由郡城名字就可见钟澄心手头那方古砚是何等价值连城了。

徐凤年对于鱼龙帮的底细一清二楚，虽说做成了北莽留下城那桩几万两银子的大生意，但鱼龙帮到手的银子不多，倒马关公子哥周自如赔罪的几千两银子也都抚恤给了死在异乡的帮众家属，雪上加霜的是副帮主肖锵和首席客卿公孙杨都死了，这是无法用银钱衡量的损失。鱼龙帮本来就想着靠做成这单生意翻身，不承想陵州城内的将门子弟做成生意后便翻脸不认人，对鱼龙帮随后的拜访都不理不睬，所幸老帮主的孙女搭上了留下城那条线，能做成一些倒手买卖的独门生意，才硬生生维持住帮派运转。可当凉莽启衅，硝烟四起，靠边境买卖吊着一口气的鱼龙帮又给打回原形，许多帮派子弟都开始转投别的宗门。富时人情暖，穷时自然世态凉，倒也怪不得谁。

鱼龙帮刘老帮主名下的瘠薄地产都在郡城西南那一块，本来足有一条长街，这些年隔三岔五卖给了邻居，两边邻里越来越大，只剩下一家武馆的鱼龙帮反而夹在缝中，无比尴尬。好在命根子所在的武馆占地还算较大，鱼龙帮又是久经风雨的老帮派，许多帮众都算是子孙三代都靠着刘老爷子吃饭，想散去也没人肯收。鱼龙帮的里子薄弱，面子上还算过得去，满打满算还剩下两百号人，至于能拎出去死斗抢地盘的力健青壮就难说了。

马车停在鱼龙帮武馆门对面，在城内捧饭碗的帮派没几个敢明目张胆挂出写有帮派名字的旗帜，整个陵州也就一两家，还都是有将种子弟深厚背景的。龙晴郡原本有个鱼龙帮的死对头洪虎门，挂了几天，据说结果是给游历至此的公子哥瞧见了不顺眼，那条过江龙粗得不行，是大将军燕文鸾的小孙子，当天就将旗帜丢入了茅坑，洪虎门屁都没有放一个，至今没敢重新挂旗。那个公子哥扬长而去之前，放话说就是知道你们主子是那姓钟的小舅子，才抽你们。事后钟澄心的小舅子跑去诉苦，却无功而返。成了整座龙晴郡百姓茶余饭后的谈资。

徐凤年将帘子挂钩，安静望向鱼龙帮大门，墙内隐约传来武馆弟子的习武呼喝声。

陈亮锡疑惑问道："就是这里？"

徐凤年点了点头，笑道："真说起来，我还在这个帮派里头收了个不记名的半路徒弟，笨得不行。"

陈亮锡问道："不进去瞧一瞧？"

徐凤年放下帘子，摇头道："算了，我当时戴了一张面皮，见面也认不出。走了，青鸟。"

马车缓缓驶出街道，只是才拐角，就有一大伙精壮汉子浩浩荡荡拥入街道，声势浩大，只差没有把聚众斗殴的牌子挂在身上。徐凤年掀开侧帘，皱了皱眉头，看到有街坊百姓指指点点，缓缓说道："亮锡，你去打听一下。"

陈亮锡下了马车，没多久就回到车厢，笑道："老戏码了，那个叫鱼龙帮的门派中有个女子刘妮蓉，给龙晴郡镇守一方的翊麾校尉大人瞧上了，要纳了做妾，似乎鱼龙帮不知好歹，给拒绝了，兴许是忘了给那七品的校尉一个台阶下，闹得比较僵，于是动用关系黑吃黑来了。殿下，有句话我很早就想说了，北凉的军职称呼实在是不像话，校尉都尉太不值钱，得换一换，应该精简一下，这一点北莽那边要好很多啊。"

徐凤年点了点头，正要放下帘子让鱼龙帮自己渡劫，就瞥见远处有一队三十余人的甲士虎视眈眈。陈亮锡瞥了一眼，冷笑道："嘿，这位翊麾校尉也有些脑子手腕，看来是存心要公正无私各打八十大板，只不过我想去惹事的肯定受得起板子，鱼龙帮可就经不起了。当这个七品校尉，真是屈才。"

"看来真要整顿北凉这些江湖门派的话，要断许多人的财路啊。"

徐凤年低头戴上一张生根面皮，淡然道："那咱们去凑近了看热闹。"

原先还有商铺小贩的街道上已经空空荡荡，百来号汉子大多闯入了鱼龙

帮，还留下七八个相对胳膊瘦弱的杂鱼在外头望风。其中一只歪瓜裂枣的瘦猴儿眼尖，瞧见了青鸟，流着哈喇就呼朋喊友一路跑过来，不外乎小姐芳名芳龄几许家住何方这无赖泼皮惯用的三板斧，不能奢望这帮斗大字不识几个的家伙有何新意。他们见那青衣青绣鞋的清秀女子无动于衷，也没敢马上动手动脚，敢这么傻乎乎驾车到是非窝的货色，未必是他们几个洪虎门喽啰可以招惹得起的。当小卒子跑码头，眼界兴许不大不高，但不意味着没有自己的一套保命学问攀爬技巧，那瘦猴儿不动手归不动手，但有虎皮大旗好扯，动嘴皮子总是敢的，满嘴荤话，视线下流，身边兄弟们更是起哄喝彩。

然后他们看到一个满头白发的年轻男子笑眯眯走出车厢，便下意识齐齐后退了几步。

徐凤年轻轻跳下马车，从青鸟手中接过马鞭，拎在手中，和颜悦色问道："哥几个是洪虎门的？"

瘦猴儿咽了一口唾沫，色厉内荏地问道："你又是哪条道上的？"

徐凤年拿马鞭指了指鱼龙帮，"勉强算是这条道上的。"

瘦猴儿一听这话就放心了，狞笑一声，转头嚷嚷道："快来，这儿有条鱼龙帮的漏网之鱼！"

他显然对于能道出"漏网之鱼"这个说法十分得意——读书人的讲究，咱也会！

其余四个汉子乱哄哄拥来，一起八人，面目狰狞。底层那个所谓的江湖，靠的就是人多手多棍棒多，可惜这次闹事上头明确发话不准抄家伙，让这八位好汉有些不尽兴。

不等这边动手，墙内就鬼哭狼嚎起来，然后就有等候多时的持矛甲士急速跟进，让八个江湖好汉都下意识扭头望去，正要收回视线，就已经倒地不起。

徐凤年带着没怎么出手的青鸟一起走向武馆，陈亮锡跟随其后。

才上台阶，就听到一名头目小尉阴沉道："百人以上聚众斗殴，主犯充军！持械伤人，罪加一等，帮派满门发配边境！鱼龙帮刘旭、刘妮蓉，还不跪下？！"

铺以沙砾的练武场上，愤而出剑的刘妮蓉脸色铁青，其实倒在她剑下的不过一名洪虎门堂主，其余十余人都是自掏匕首划伤手臂或是大腿，然后将匕首远远丢掉，躺在地上故作撕心裂肺的哀嚎。

这本就是一个蓄谋已久的陷阱，刘妮蓉不是没有任何察觉，只是当洪虎门堂主要去摘下鱼龙帮的牌匾一脚踩烂时，刘妮蓉实在是忍不住这等欺辱，才出剑刺伤那个泼皮堂主的。此时她咬牙切齿，恨不得一剑斩死那个常年跟洪虎门门主厮混在一起的小尉。

副帮主肖锵的儿子肖凌，手持一柄象牙扇，风流倜傥，他跟躺在地上装死的洪虎门堂主相视后隐晦一笑，正要抬脚走出一步，眼角余光瞥见门口的三个陌生人，下意识便缩回那一脚，犹豫片刻，终归忍住没有再踏出去。这一步走出去，也就意味着把他的精心算计都摊在桌面上了。肖凌的视野中，陈亮锡轻声讥笑道："低估了那位翊麾校尉，原来是一方轻轻十板子，另一方重重一百五十板子。殿下，要不给这样的聪明人官升几级？"

徐凤年一直留心肖凌的动向，看到他那个隐蔽动作，心想真是有其父必有其子，肖锵勾连马匪嫁祸鱼龙帮，就是为了给这个儿子铺出一条青云路，看来肖凌也没让他爹死得冤枉，这就自己动手来做了。

鱼龙帮少年王大石也看到徐凤年，没有喊出声，只是偷偷使劲挥手，示意徐凤年赶紧离开武馆。跟倒马关那一场夜战是一个道理，只要牵扯到官府尤其是当地军卒，徐公子的那个将军府邸的管事亲戚身份就根本不管用。

徐凤年拎着马鞭走过去，对那名小尉说道："我有朋友姓徐，是本城兵曹参军，还望这位军爷给个面子。"

兵曹参军？

勉强算个官，可没什么实权。

可小尉后头杵着的是官阶高出不少的翊麾校尉，更别提洪虎门后头间接牵系着的巍然大将军府了。你一个小小的兵曹参军算个卵？何况对于龙睛郡知根知底的小尉完全没听说过什么姓徐的官宦子弟，就更不会当回事。放在平时，真有其人的话，一些小打小闹也就顺水人情，当下你就算是十个兵曹参军加起来一起说话也当你是在放屁。小尉不敢跟刘旭、刘妮蓉这种练家子动手，巴不得有个撞到矛尖上的来立威，此时凉刀并不出鞘，只是拿刀鞘朝那人当胸狠狠砸去。

青鸟一脚踹出，小尉直接飞入武馆内门，然后众人慢慢转头，就没见那位军爷走出来。

在整个陵州境内都算一把好手的刘老帮主刘旭瞳孔微缩，心中凛然。一脚踢死人，或是踢出几丈远，都不算太难，哪怕是外家拳高人的刘旭也做得

到，可用巧劲踢出十来丈，还不踢死人，他自认办不到。

有甲士一矛朝青鸟刺来。

青鸟抬腿以脚底板直直踏去，众目睽睽之下，锋锐矛尖竟是无法伤其分毫，反倒是一根长矛弯曲成弧，将那名健壮甲士给弹在胸口，重重倒地不起。

青鸟脚尖一点，长矛在空中横直，她一手握住长矛尾端，手腕一抖，矛尖抖出一个恐怖的浑圆。

看得刘旭目瞪口呆。

陵州何时出现如此年轻的顶尖高手了？还是一名相貌秀气的女子？

徐凤年侧头笑道："青鸟，带咱们的亮锡兄去请徐橘子，搬救兵去。"

青鸟点了点头，轻轻一提长矛，将长矛从中间折断，她随手丢掉，和陈亮锡转身走出武馆。

徐凤年对群龙无首的甲士以及那帮装死的洪虎门说道："不一起搬救兵比后台？都说混江湖好汉不吃眼前亏，你们难道等着挨揍？"

众"好汉"顿时哗啦啦作鸟兽散，一些先前倒在地上奄奄一息的汉子溜得那叫一个生龙活虎。

没有一人胆敢寻白发男子的晦气。

王大石雀跃喊道："徐公子！"

徐凤年走到刘旭面前，抱拳道："见过刘老帮主。"

在江湖泥泞里摸爬滚打半辈子的刘旭是何等人精，如释重负的同时也有些担忧，轻声道："是陵州州城的徐公子吧。今日大恩，在下跟鱼龙帮都铭记心中，可是并非长他人志气灭自己威风啊，洪虎门显然有备而来，而且有鱼龙帮万万惹不起的人物撑腰，希望徐公子还是早早离开龙睛郡为好，后果自有刘某人一力承担……"

刘妮蓉将剑归鞘，冷声道："你还不走？要我赶你走才行？"

心善女子的刀子嘴豆腐心。

徐凤年微笑道："刘妮蓉，你我一路同行从陵州走到了北莽留下城，觉得我是那种打肿脸充胖子的人吗？如果不是，那就劳烦刘小姐上壶茶水，尽一尽地主之谊。"

刘妮蓉犹豫不决，徐凤年无奈道："别的不说，我还得等人。"

刘妮蓉冷哼一声，转身走向大厅。

刘老帮主听说过孙女那趟北莽之行的详细经历，对这名云遮雾罩的徐公子一直给予很高评价，一番权衡，也就没有再坚持。

徐凤年有意无意接近肖凌，轻声道："肖公子，幸亏我来得及时，要不然你就要跟你喜欢的刘姑娘撕破脸皮了，险不险？"

肖凌皱眉道："徐公子说什么？为何在下听不明白？"

徐凤年笑道："那我说是我宰了你爹肖锵，你爹临死前给你寄的家信还是我写的，听明白了没有？"

肖凌如遭雷击，浑身颤抖。

徐凤年缓缓道："信上说得明明白白，让你安分守己做人，你怎的就铤而走险了？还是说你既然自己得不到刘妮蓉，就要亲手毁掉她？或是想着哪天她被龙睛郡权贵人物玩腻了，继而轮到你尝个鲜？"

肖凌眼眸赤红。

徐凤年相见如故地搂过这位风流公子哥的肩膀，"你啊，跟你爹是一路货，都聪明过头了。我呢，也不是啥好人，嘿，可惜刘妮蓉偏偏跟我情投意合，气死你这个近水楼台不得月的废物。听说江湖上有很多被青梅竹马师妹长大后见异思迁给活活气死的师兄，不凑巧，你就算一个。回头我让小蓉蓉发你喜帖啊。"

肖凌几乎被徐凤年这番睁眼瞎话气得炸肺了，一字一字沉闷问道："姓徐的，你到底想要做什么？！"

徐凤年一脸无辜道："咱哥俩拉拉家常啊，要不然我还吃饱了撑的揭穿你是脑后有反骨的帮派叛徒啊？说了也没人信我这个外人嘛。活活气死你多好玩。"

肖凌恶毒笑道："你一个满头白发的家伙，能活几年，又能享几年福？"

徐凤年一脸无所谓道："能有几年是几年啊，你瞧瞧刘妮蓉那身段，那腰肢那臀儿，换成你，不愿意少活几年换取夜夜欢愉？"

肖凌终于忍不住骂道："你个王八蛋！"

"彼此彼此。"

"你等着，我要让人弄死你！"

"哦。"

"再等片刻，你就会不得好死！"

"好的，那我死之前先弄死你。你是求我死，还是求我不死？"

外人不明真相，还以为两位公子哥相见恨晚把手言欢了。

帮派里最为讲究高低规矩，有资格落座的没有几人，连鱼龙帮副帮主之子肖凌都没这份待遇。如今帮内人才凋零，死的死，金盆洗手退隐的退隐，大厅里只有刘老帮主和两名元老人物坐下。徐凤年不理睬肖凌的悄悄离去。

是刘妮蓉亲自倒的茶，她给徐凤年弯腰倒茶时狠狠问道："好玩？"

徐凤年接过茶杯，平声静气道："凑巧路过，奉劝一句，别高估自己的姿色。"

少年王大石壮着胆子站在徐凤年身后，一个劲憨傻乐和。

在这个江湖阅历仅限于北莽之行的少年心目中，徐公子那无疑是江湖上名列前茅的高人了，武艺超群，侠义心肠，还真人不露相，更传授给了自己一套绝世武功，当然只是他自个儿资质鲁钝不得精髓而已，不能怪徐公子。

有一双悠悠风情美腿的刘妮蓉面如寒霜，转身离去，站在刘老帮主身后。

徐凤年喝了口茶水，抬头问道："鱼龙帮怎么不挂旗？"

刘老帮主跟两位元老相视苦笑，原来是个初出茅庐的江湖雏儿，估摸着也就是仗着家境不俗有个高手扈从，才敢这么大摇大摆行走江湖啊。刘老帮主心中叹息，早知如此，就算豁出去一张老脸不要了，也不该让这个徐公子走进大厅蹚浑水。刘老帮主随即有些纳闷，那趟北莽走得如此坎坷惊险，听妮蓉那孙女讲述，这位徐公子表现得都很熟稔老辣啊，很多事情处理得近乎刻薄无情，怎地白了头发反倒是稚嫩生疏了？难道是孙女岔了眼？

扯大旗做虎皮才吓唬得住人。大厅里刘老帮主在内几位老人可都没心情喝茶，当他们看到那位应该就是龙睛郡兵曹参军的年轻人走入鱼龙帮，立马心凉得七七八八。这位公子哥相貌气度倒是不俗，可龙睛郡这般皮囊俊逸的士子何曾少了去？不说远的，就说帮里肖凌，光看外表，都能当郡守府邸里的世家子了。北凉是典型的武将倨傲文官低头，真惹上了一名实权校尉，能有何用？何况那公子哥显然是急匆匆给人拉来，独身一人，估计在衙门正在做些刀笔文案这类清水寡淡的活计，手上还有些来不及清洗掉的墨渍。

年纪轻轻的兵曹参军见着了安之若素的徐公子，也没有如何低眉顺眼，缓缓落座，笑着跟鱼龙帮讨要了一杯热茶暖胃。刘老帮主心中哀叹一声，看来少年白头的徐公子也非那陵州如何说得上话的炙热人物啊，否则一名龙睛郡小吏绝不会如此怠慢。

徐北枳跟徐凤年坐在一边，吹了口茶雾，皱眉道："就不能让我清净一会儿？"

他这次主动来陵州龙晴郡为官，知情人寥寥无几，别说陵州牧，就连经略使李功德都没有得到半点口风。仅仅带上官府印绶，裹了官服，单枪匹马就直奔龙晴郡；龙晴郡军衙那边也不起波澜，误以为是哪位高不成低不就的将种子孙。也曾有地头蛇做出几次试探，都被徐北枳轻描淡写化解。然后他立即就被边缘化，到手的都是一些没荤腥没油水的劳力活，众人见徐北枳乐在其中，就更加不当一回事。再者有一千精骑毫无征兆地隐蔽调入龙晴郡，让多方势力惴惴不安，谁还有心思去对一名兵曹参军刨根问底。骑军主将姓汪名植，副将叫洪书文，官职都各自破格高出寻常校尉一品，算是北凉军中名声不显却骤掌兵符的显贵角色。这支精锐骑军从不掺和地方军政，整座龙晴郡猜来猜去，也只当是北凉王重视解甲归田的钟洪武大将军，以此来彰显大将军的恩宠不减。

徐凤年低声笑道："抱怨的言语先放在肚子里，亮锡跟你说过事情大概了？"

徐北枳平淡道："地方势力勾结有什么稀奇的，不过你也无良，是想拿我这个兵曹参军做鱼饵，钓出钟家人？可你就不担心打草惊蛇？真惹出了钟洪武，看你如何收场。"

刘老帮主只看到两个年轻人窃窃私语，看着他们临危不乱的气度，说是初生牛犊不怕虎也好，涉世未深才无知者无惧也罢，都有些感慨自己当年的峥嵘岁月。鱼龙帮今天的基业，何尝不是跟老兄弟们在无数次身陷绝境却硬是在谈笑风生中拼出来的？老帮主下意识转头看了眼孙女，难道真要将这副担子交到她肩上？岂不是害得她连女子本该相夫教子的幸福都不要了？刘老帮主不是重男轻女的迂腐长辈，可正是由于打心底疼爱孙女，才不舍得让刘妮蓉走上自己这条路。一入江湖就难免结仇，四面树敌，有几人真的能活到金盆洗手那一天？

搁在桌面上的茶杯开始颤动，茶水微微晃荡。

刘老帮主和几名久经帮派厮杀的老人都脸色凝重起来，被青衣女子一脚踢入大厅的小尉已经给人抬去后院疗伤。请神不易送神更难，今天这一场劫难看来是在劫难逃了。先前老帮主试图让帮众老幼从后门疏散，去乡下亲戚

家避避风头，只是才出门就看到扎堆的洪虎门壮汉堵住了街道口子，铁了心要一网打尽，将鱼龙帮从龙睛郡连根拔起了。刘老帮主这一辈老江湖，行事都会讲究祸不及家人，绝不跨过这个底线，这种不成文的江湖规矩，在老人看来比国法还来得重要。可如今的新生帮派宗门，行事一个比一个狠辣，完全是怎么斩草除根怎么来。龙睛郡这五年里就已经发生过五六起灭门惨案，事后官府追究，带上几箱子银子送到官老爷的公子或是宠妾手上，以私仇结案，不论你手上多少条命案，都只需要一两头背黑锅的替罪羊去抵命，而那几个家中得到巨金抚恤的替罪羊都被江湖上视作英雄好汉，便是被砍头前，也是豪气干云，嚷上一句老子十八年后还是一条好汉，能惹来刑场周围无数年轻江湖人的热血贲张，这让刘老帮主这些恪守规矩大半辈子的老江湖都觉得很陌生，继而难免有些心灰意冷。

有十数健骑直接纵马闯入鱼龙帮武馆，身后更有百余甲胄鲜亮的佩刀锐士。

翊麾校尉汤自毅高坐于马背之上，居高临下，大概是自觉得在龙睛郡这一亩三分地上有资格睥睨天下，嘴角带着冷笑，视线直接跳过刘旭这批老家伙，仅是在青衣女子和白头男子两人身上略作停顿，便直直望向了亭亭玉立在门口的刘妮蓉，眼神阴冷中隐藏着男人看待尤物的炽烈。汤自毅并非那獐头鼠目之辈，身材魁梧，是北凉根红苗正的将门二代，去过幽州边境，捞取了外人不知真假的军功，回来龙睛郡便从次尉做起，一步一步当上了掌控麾下三百甲士的翊麾校尉。如此一个功成名就的将领，想要纳一个杂民身份的江湖女子做妾，鱼龙帮本该庆幸才对，三番五次托辞婉拒，真当他汤自毅是没有火气的泥菩萨不成！若是从了汤某，你鱼龙帮不说壮大成为在陵州首屈一指的帮派，最不济也能在钟大将军眼皮子底下的龙睛郡称王称霸。有我翊麾校尉以及汤家给你刘旭撑腰，谁敢对你半点不敬？敬酒不吃吃罚酒，就休怪汤自毅让你鱼龙帮倾巢之下无安卵了。

汤自毅瞥了眼青衣女子，听部卒说这娘们儿有些道行，也好，先安上一个行刺甲士的罪名下狱，再慢慢打掉锐气磨去棱角，事后跟刘妮蓉一并收入房中。汤自毅嘴角翘起，他不喜好青楼那些柔柔弱弱的女子，经不起鞭挞，总让他这位翊麾校尉提不起兴致，唯独刘妮蓉这种习过武会些武艺的女子，汤自毅才知道其中美味，这类长了双美腿娘们儿的独到腰肢，可真是能让男人在床上登仙的。汤自毅做事滴水不漏，深受家世浸染，没有给人仗势欺人的恶感，轻轻夹了夹马腹，胯下战马向前踩出几步，汤自毅朗声道："本将按律行事，谁敢阻拦？！听闻本郡兵曹参军在此，出列一见！"

陈亮锡在徐凤年身边轻笑道："不错的吃相。"

徐凤年感慨道："这才棘手。"

徐北枳缓缓跨过门槛，走到台阶顶端，"在下徐北枳，于一旬前就任龙睛郡兵曹参军。"

汤自毅厉声道："你既然身为北凉官吏，便应知道鱼龙帮、洪虎门聚众斗殴，刘妮蓉等人持械伤人，按律当如何处置？本将负有保境安民之责，尤其是江湖寇匪以武乱禁，官府明文在榜，可见之便斩，士卒依法论刑，缉拿归案，为何还有人伤我部下？"

徐北枳平静道："鱼龙帮之事，校尉大人处置得体，只是我朋友身为良民，进入武馆后，次尉无故动刀在先，按北凉军律，当取消军籍，立斩不赦。罪罚上延三级，翊麾校尉恰好在此列，也当引咎辞去。"

汤自毅笑道："可有证人？"

徐北枳笑了笑，"鱼龙帮百余人本可做证，不过既有乱民嫌疑，也就没有资格了。"

徐凤年扬起马鞭，"在下是身世清白的良民，可以做证。"

汤自毅冷笑道："有人却可以证明你是鱼龙帮一伙的乱匪。"

徐凤年想起先前门外被青鸟击晕的洪虎门泼皮，皱眉道："那几位是洪虎门帮众，有何资格？"

汤自毅淡然道："他们不曾走入鱼龙帮武馆半步，更不曾参与斗殴。"

刘妮蓉走到还要说话的徐凤年身边，"差不多了，你我本就不是什么朋友。今日之事，以后多半也报答不上，只奢望你若有关系，能替我保下王大石这些帮众。刘妮蓉感激不尽。"

徐凤年哪壶不开提哪壶，"你不会真打算给这位翊麾校尉当暖床玩物吧？"

刘妮蓉咬牙道："信不信我杀他之前，先一剑刺死你？"

徐凤年握紧马鞭，露出些许的恍惚。

徐北枳这时候笑道："汤校尉，既然如此，那鱼龙帮大门以内可就没有一个人有资格了。"

汤自毅胸有成竹，不介意猫抓老鼠慢慢玩，"哦？本将洗耳恭听。"

徐北枳平静道:"我有证据证明汤校尉参与了灭门一案,其间有你亲兵部卒九人脱去甲胄,持刀杀人十七。只是在下没来得及把证据上呈给郡守。"

汤自毅在马上捧腹大笑,缓缓抽刀:"那你觉得还有机会吗?"

徐北枳反问道:"你想要杀人灭口?你可知无故杀死一名兵曹参军,该当何罪?"

汤自毅抽出腰间北凉刀,"本将岂会知法犯法,只是兵曹参军大人死于乱匪火拼之中,汤某人事后指不定还会亲手送去抚恤银两,你族人还要感激本将剿杀鱼龙帮众人。"

徐北枳怒喝道:"你敢?!"

徐凤年在一边小声提醒道:"橘子,你演技真是不行,这会儿你得气得嘴唇铁青,怕得两腿发软。尤其嗓音带一些颤音才像话。"

徐北枳望向翊麾校尉,声音如蚊鸣道:"你行,你来?"

"对了,你真有证据?"

"没有,真相我的确知道,可证据,没有。"

"你演技一般,挖坑的本事倒是不错。"

"别耽误我钓鱼。"

"……"

站在一旁,一字不漏听入耳中的刘妮蓉不明白这个世道到底是怎么了。

汤自毅举起北凉刀,身后甲士纷纷提矛推进。

汤自毅狞笑望着那批乌合之众。在龙睛郡没有他翊麾校尉不敢做的事情,尤其是当他殚精竭虑为钟澄心获取那方百八画龙砚后,就等于有了一块免死金牌,这张钟家给予的保命符,比起武当真人所画之符可要灵验太多了。各郡校尉历来都有拿帮派开刀换军功的习俗,远离边境战事,想要快速晋升,手上不沾血是绝对不现实的。汤自毅当然不仅是因为一个刘妮蓉就对鱼龙帮大开杀戒,而是鱼龙帮那一百多号青壮违禁当杀的谋逆头颅,这是一笔足以让龙睛下任郡守钟澄心眉开眼笑的丰厚功劳簿,既然那名来历不明的兵曹参军自己撞到了马蹄上,汤自毅不介意多宰一个,只要定海神针钟大将军身在龙睛郡,别说龙睛郡,就是陵州都翻不了天。

徐北枳在意的是汤自毅身后根深蒂固的联姻和勾结。他来龙睛郡的路途上，手头就有一份龙睛郡的详细族谱，翊麾校尉汤自毅原本在他眼中只能算是一尾小鱼，不足以兴师动众，徐北枳想要粘杆拎出水面的是龙睛郡新旧郡守，负责把鱼丢上砧板，至于如何下锅，是清蒸是红烧自然有人决定。他此时更在意那些地方甲士的精锐程度，这将直接决定北凉铁骑的战力厚度。边境二十余万铁骑，若是万一败退，夹缝中的地狭北凉能支撑到何时？

徐北枳身后的陈亮锡低头沉吟不语，双手五指轻轻对敲。这位寒士的切入口与徐北枳截然不同，徐北枳是向上追溯，陈亮锡则是向下推演。北凉百姓版籍以田地多寡腴瘠分五等，在翊麾校尉这类豪横之辈之下苟延残喘的百姓，例如鱼龙帮之流，这二十年积怨到底有多少？天下皆知北凉靠人屠徐骁一人支撑，支撑三十万雄甲天下的铁骑，支撑那北凉参差寒苦百万户，若是这座帝国西北门户终究免不了要改朝换代，第二位北凉王能带给百姓哪些不一样的实惠？

汤自毅当然不会想到那两名书生根本就没把他当一盘菜，手中北凉刀轻轻一挑，沉声道："都给我拿下！违抗者斩！"

徐凤年望向天空，一粒黑点越发显眼，破云直坠，羽禽神骏第一的青白鸾双爪钩住徐凤年的手臂，雪白翅膀一阵扑扇，面朝众人眼眸转动，冷冽非凡。徐凤年虽说跌境跌得江河日下，但还不至于沦落到手臂停不好一只飞禽，他伸手摸了摸绰号"小白"的青白鸾的脑袋，小白低头啄了啄主人手中马鞭，显得亲昵温驯。熬鹰养隼，对家境殷实的公子哥来说都不算难事，只不过马匹优劣有天壤之别，鹰隼也是同理。汤自毅是正统士族出身，兼具将门子孙身份，眼力不差，当下就有些狐疑，只是射出去的箭，没由头马上收回，正想着是否留下那兵曹参军的性命暂时不杀，蓦地身后整条街道就仿佛要炸裂开来，如巨石磨盘滚动不止。这让汤自毅有些骇然，这种声响对上过边境的翊麾校尉来说并不陌生，幽州铁骑五百人以上，城内驰骋，就具备这种震撼力。

汤自毅尚且如此忌惮，更别提身后那帮多数不曾去过边境厮杀的郡县甲士了，不用校尉大人发话，就都下意识转头望去。

在北凉军中籍籍无名的汪植披甲佩刀，大踏步进入鱼龙帮武馆，这位曾在剑阁外率领三千骑截杀韩貂寺的骁将，立下大功后，并未得到预想中的平步青云，而是得以跟大将军一场谈话，麾下精兵变作仅仅一千人，也没什

么实打实的将军头衔，却高兴得跟孩子似的，而且他亲身对阵过天下第十人的韩貂寺后，整个人的气势蜕变得越发沉稳，如刀在鞘养锋芒，少了几分粗粝，多了几分圆润，恐怕对上大将军钟洪武，也差得不远。他这一进入武馆，除去臂上停飞羽的徐凤年几人，其余人都立即给夺去了气焰，就连汤自毅也迅速收刀回鞘，翻身下马，抱拳恭声道："末将汤自毅见过汪将军！"

汪植仅是有意无意望向徐北枳一眼，视线交会后便悄悄岔开。目光游弋所致，刘老帮主这几位江湖沉浮大半辈子的老人都有些悚然——这名武将，里里外外，绝非汤自毅可以媲美。

北凉江湖势力始终不成气候，显得零零散散，这可并不是北凉莽夫不够悍勇崇武，或是不够抱团，委实是北凉虎狼之师太过彪悍善战了。汪植不认识当下白头握鞭戴面皮的徐凤年，也不认得寒士陈亮锡，他只认识徐北枳，因为这人用人屠的话说，就是他和副将洪书文，以及整整一千骑都死光了，这名读书人也不许死。离开凉州前，人屠允诺三年之内，不出纰漏，北凉骑军四位副帅之中，就会有他汪植一个位置！可想而知，这名叫徐北枳的兵曹参军对于整个北凉是何等重要，若非知道徐北枳那个惊世骇俗的真实身份，汪植差点都以为这小子是大将军的私生子了。你娘的，敢杀牵系老子前程的徐北枳？别说你一个小小校尉，就是过气的钟洪武亲自抽刀，我汪植也敢跟你杀上一杀！

洪书文脱离凤字营后堪称一步登天，铁门关一役他双刀斩杀御林军六人，金刀侍卫一人，虽然有两颗头颅出自捡漏，但急促接触战中能活命历来是本事，捡漏更是如此。洪狼子的赫赫战绩几乎掩盖了校尉袁猛的风采，可谓是顶尖高手之下表现最为出彩的一员猛汉。除了洪书文，还有四十余名凤字营轻骑渗入其余军旅，都成为跨过第一道门槛的校尉一流军官，这些人都跟此时的洪书文一样，提拔极为迅速，但名声仍是相对不显，曾经身为白马义从一事，更是被悄然掩饰。

洪书文腰悬双刀，跟在将军汪植身后，一如既往一副昏昏欲睡的萎靡神态，像那老虎打盹。

汪植毫不迟疑，冷笑道："摘刀！"

在北凉军中被迫摘刀无疑是奇耻大辱，等同于朝廷上文官的摘去官帽子。

汤自毅脸色难看，缓缓摘下佩刀，虽然他十分畏惧这名来历履历都是一个谜的外来将军，但仍是摘刀的同时咬牙问道："末将斗胆问将军一句，为何要我等摘刀？！"

汪植冰冷道："甭跟老子废话，要你摘刀就摘刀，不服气？有本事找靠山诉苦去，能搬来救兵让老子收回成命，就算你的本事，以后汪植再见着了你，避让一街，绕道而行！嘿，不妨与你实话实说，老子早就看你这个中饱私囊的翊麾校尉不顺眼了，一天油水比得上老子半年俸禄，也不知孝敬几个？今天就摘了你的刀！徐北枳是本将的本家兄弟，这些天给你们这帮龟儿子排挤得厉害，别把兵曹参军不当官，明天就取代你做那个翊麾校尉，反正你小子满屁股都是屎，谁来做这个校尉都比你名正言顺。摘了刀，带上你这帮杂碎给我立即滚出去！"

汤自毅心中气得无以复加，这个外地佬的吃相竟是如此难看，已经到了分一杯羹都嫌碗里没油水的地步，非要釜底抽薪，吃独食？！汤自毅脸上挂起冷笑怒容，你做初一，就别怪我汤某人做十五了！汤自毅摘下刀丢在地上，他这一丢，武馆内的甲士都丢了北凉刀和枪矛，俱是溢于言表的愤慨恼火。官大一级压死人，要他们对付鱼龙帮这种没后台的帮派，可以肆无忌惮，可真对上一千骑的将军，没胆量。神仙打架打得硝烟四起，自然有上头神仙们使出压箱法宝和撒手铜相互来往，轮不到他们去送死。他们还真不信汤校尉就栽在自家地盘上，这位翊麾校尉可是能常去钟府做客的大人物。在龙睛郡，你有没有地位，就看你有没有收过钟家长公子的美婢了。地位如何，很简单，以收过美婢人数多寡计算即可，汤校尉家里有两名侍妾，就是钟府调教出来的小尤物。

汤自毅蒙受如此羞辱，也顾不得去理会这个汪植背后是谁。北凉军旅有勋爵的将军无数，可又有几人比得上骑军统帅钟洪武？燕文鸾算一个，可那位老将军的根底都在幽州，你汪植要是有能耐搭上这条大船，何至于来龙睛郡寄人篱下？汤自毅按照规矩摘刀以后抱拳告辞，抬头阴森一笑，轻声道："汪将军如此不顾北凉军律行事，就不怕当天就有现世报？"

汪植好似那不知天高地厚的莽夫，咧嘴笑道："速速滚你的，老子不像你喜欢给人做摇尾狗，老子军功都一点一点挣来的，从不信什么背景不背景的，就信手里的北凉刀！钟洪武那只老鸟，都已经不是怀化大将军了，老鸟

没了毛，瞎扑腾个屁！"

汤自毅心情猛然舒爽，也没有撂下如何狠话，只是擦肩而过。

刘老帮主心中戚然。都说江湖上黑吃黑，血腥得很；这种官场上的黑吃黑，倒是不见血，可是却要更加毒辣不要脸啊。真是长见识了。不过既然有这位将军撑台面，鱼龙帮就算大祸临头，也有了一段极为宝贵的缓冲闲暇，狐假虎威的洪虎门注定不敢如何造次，足够让他疏散一些帮众，能逃走几个是几个，既然北凉不安生，暂时逃出北凉道也行，离乡背井总好过无缘无故就发配去九死一生的边境。刘老帮主长舒一口气，挤出笑脸，就要恭请那位气焰嚣张的将军入厅喝茶。汪植也未拒绝，大手一挥，带来的五百骑兵分散护卫鱼龙帮大宅。大厅中仅留下刘老帮主和孙女刘妮蓉，其余心腹都去安排逃命，心中祈求这座郡城还未到闭门戒严的凶险境地。

汪植大马金刀地坐下，一口就饮尽了一杯茶，洪书文本想站立在徐凤年身边，被徐凤年压了压手示意坐下，洪狼子也就优哉游哉喝起茶水来，他是个不谙风雅的地道蛮子，喝茶是连同茶叶一起咀嚼。

刘妮蓉见到王大石还傻乎乎站在徐凤年身边，走近了轻声训斥道："你还不走？不要命了？"

王大石这一年中在鱼龙帮待遇有所提升，有炖肉有米饭，个子蹿得很快，终于不再个头还不如刘妮蓉高，如今大抵持平，只是积蓄多年的自卑和羞赧，仍是让这名体魄越发强健的少年习惯性涨红了脸，战战兢兢鼓起勇气说道："小姐，我有些武艺，不怕死。"

刘妮蓉哭笑不得，"你那点把式能做什么，别意气用事，没有你这么不惜命的，快走！"

被她一瞪眼，王大石就完全不知所措了，本就不是能厚脸皮说豪气言语的人，少年急得面红耳赤，只能求救一般望向一旁笑意玩味的大恩人徐公子。在单纯少年的心中，天底下也就徐公子能说道理说服小姐，也只有徐公子这般文武出众的大侠配得上小姐。少年不奢望能做什么英雄救美的壮举，只是简单以为能够共患难，才算是不枉费一起行走过江湖。

徐凤年一手抚摸着青白鸾的羽毛，一边打圆场道："行了，大石留下也不打紧。"

刘妮蓉摇头道："不行！"

徐凤年气笑道："你能当家？你要真能，鱼龙帮自个儿跟翊麾校尉还有接下来的龙睛郡守大人死磕去。"

刘妮蓉胸脯起伏得厉害，一会儿丘陵一会儿山峦，高高低低，风景旖旎，好在徐凤年有心事要思量，没有占这份便宜，否则指不定就要先内斗起来。

随后有文士装束的钟府幕僚前来担当说客，官衔不高，仅是龙睛郡从七品的中层官员，不过有个宣德郎的散官爵位，架子很大，对汪植竟是丝毫不惧，一副颐指气使的做派，言语之间无非是汪植不看僧面看佛面，别越界过河行事，提醒汪将军这儿到底是谁做主。让汪植听得不胜其烦，当场就让甲士擒下一顿痛殴，等于彻底跟龙睛郡军政双方都撕破了脸皮。徐北枳坐在徐凤年身边冷眼旁观，喝了口茶，轻声叹道："这些事情，本该迟上一两年时间的。"

徐凤年摇头道："缺时间。有些顽疾，刮骨割肉就行，不一定非要慢慢医治。"

"你就不能让我多做几天兵曹参军？非要这么早去当那架在火堆上的郡守？"

"能者多劳。"

"接下来龙睛郡兵就要拥来，真要摆开车马大战一场？怀化大将军按军律有八百亲兵护驾，那才是正主。"

"就怕这八百精锐不来。"

刘妮蓉听着这两人打哑谜一般的对话，云里雾里，干脆不去深思。至于郡守将军之类的言语？她魂不守舍，更没有留心。

连同汤自毅部卒在内，郡兵总计千余人围住了鱼龙帮武馆。

一名华服世家子手里捧着一只紫砂壶，仅仅带着几名心腹，风度翩翩地走入武馆，若非脚步轻浮了些，还真有些能让寻常士子忍不住拍手叫好的国士风流。

不等他说圣贤道理，就又给人擒拿，五花大绑。

这位世家子嘴里嚷着我是钟澄心我是钟家嫡长子之类的废话。顾不得那柄价值纹银百两的名家制壶摔碎了一地。

鱼龙帮内外哗然。

再等。

马蹄声终于再响，远胜郡兵的脚步嘈杂不一。

一名老骥伏枥的健壮老将军一手提矛，杀入大厅，满头白发，怒喝道："哪家崽子，胆敢在老子辖境上撒野？！"

徐凤年放下马鞭，挥去青白鸾，缓缓站起身，笑了笑，手指搭在鬓角附近，一点一点撕去面皮，"我姓徐，徐骁的徐。名凤年。"

鱼龙帮这些年江河日下，难以为继，洪虎门、柳剑派这些年轻后生则广开财路，蒸蒸日上，鱼龙帮里都说是风水出了问题。刘老帮主无奈之下，寻了龙睛郡几位精于堪舆青囊的高人来一探究竟，银钱花去不少，也按照高人所说做了许多补救手段，依旧没能有起色，久而久之，私下有传言是阴阳犯冲，矛头直指不肯出嫁的刘妮蓉，当下更是几乎遭了灭门之灾，刘妮蓉心中的自责如何能轻了。尤其是当捆了龙睛郡下一任父母官钟澄心后，刘妮蓉就知道这场劫难绝无善罢甘休的可能了，刘老帮主也已不奢望再能在陵州立足。他们不清楚将军汪植的底细，这名武将就那么大大咧咧坐在从旧西楚流传到北凉的黄花梨太师椅上，镇压得刘老帮主诸位大气都不敢出，先是钟府文士给羁押，让人震撼，后来竟是连钟家长公子都没放过，不过近千人的郡卒都只敢在外头畏畏缩缩，让鱼龙帮吊着一口气半死不活、命悬一线的滋味，不好受啊。

当刘老帮主看到怀化大将军钟洪武大踏步跨过门槛，老人顿时心死如灰，手脚冰凉，他不以为在北凉惹上了以暴戾著称的钟大将军，谁还能救得了鱼龙帮。真扳手指头算起来，一只手都数得过来，可惜那几位都是高高在上的人物，例如北凉王徐骁，入蜀的陈芝豹，凶名在外的褚禄山，与钟洪武同掌北凉兵权的燕文鸾，刘老帮主这辈子都没能远远见过一面。钟洪武的到来，局势立即颠倒，连不可一世的汪植明显都有几分紧张，毕竟眼前这位老人是北凉十数万铁骑名义上的统帅，是北凉军中屈指可数的帅才式将军，跟随人屠戎马生涯三十年，尤其是春秋乱战中积攒下来的赫赫战功随便拣出一个，就能压死人。汪植放下茶杯，屏气凝神，仍是没有站起身。

北凉境内寥寥无几文人坯子之一的钟澄心则欣喜若狂，他这辈子还没有吃过如此大亏，给骄横甲士绑粽子似的随意丢在冰冷地板上，不断告诫自己士可被杀不可自辱，好不容易才憋住泪水和尿水。倒是那名幕僚文士心安释然的同时眼神阴沉，眼睛始终盯住那名横空出世的兵曹参军。他出身陵州书香门第，曾游学江南六载，跟随一名隐士潜心研习过纵横之说，并非是那种故纸堆里的愚士，起先钟府听说汪植暴起行凶，他曾婉言提醒钟澄心这其中必有蹊跷，不可莽撞行事，可以按兵不动静观事态，可极重颜面的钟澄心没能扛住汤自毅的鼓吹怂恿，加上他那个花天酒地的小舅子火上浇油，刻意说成是汪植有意要拿钟府开刀立威，只要钟府退一步示弱，以后就无路可退，以后汪植这种不知天高地厚的兵痞就会大摇大摆骑在钟家头顶拉屎撒尿，这可就是戳中钟家公子的软肋了。他一直以儒将自居，自幼艳羡曹长卿、陈芝豹文武双全的声望，平时在府上修身养性，除了那些琴棋书画，也会练剑，或是在宴席上跟人大谈兵法，众人敬畏他是怀化大将军独子，不敢有任何辩驳，只是溜须拍马，钟澄心便越发自怨自艾，曾亲自雕章一枚，书有"迟生二十年，憾不在春秋"十字，在文士眼中，只不过是轻巧滑稽的私闺怨言罢了。他作为幕僚，行事谨慎，也演得一手好戏，既然钟澄心执意要尝一尝亲手带兵的瘾头，他也就乐得来不值一提的鱼龙帮添一添柴火，只是没想到汪植还真下得了狠手，直接就给自己擒拿。他心中惊讶，而暗自忌惮，不在汪植的蛮横姿态，而在于鱼龙帮那几位年轻人不合情理的镇定，他瞧不起绣花枕头的钟澄心，并不意味着他就轻视所有世家子弟，难道被自己料中，是一场针对钟家的精心预谋？是钟澄心龙睛郡郡守的位置？还是所谋更大？

　　他本以为当怀化大将军提矛而来时，一切阴谋就要水落石出，然后如冰水迅速融化在大将军的炙热权势之中。钟洪武虽说跟北凉王赌气，辞去了骑军统帅之位，可俸禄还在，官衔依旧，虽说权柄有些折损，却绝非一般人可以挑衅，他敢断言这个时候看似在北凉王跟前"失宠"的老将军，是连燕文鸾都不敢公然置喙的扎硬人物。官场便是这般有趣，钟澄心成为龙睛郡下任郡守，便是对整个北凉官场的一声警钟。

　　但接下来一幕，大厅内众人毕生难忘。

　　白发年轻男子慢慢撕掉面皮，露出一张罕见俊美的阴柔脸庞，更有一双桃花眸子，但年轻公子哥相貌清逸，却有一股钟澄心这辈子都不会拥有的雄奇风度。

　　徐骁的徐。

汪植听到这句话后，猛然握紧了茶杯。汪植无疑是胆大包天并且身负真才实学的武夫，否则也做不出经常亲率精骑远赴西域千里剿匪的壮举，这恐怕也是边陲骁将独有的"怡情"手笔。能让汪植佩服的人不多，更别提比他年轻的角色，但是那场截杀过后，亲自领教了韩貂寺的无敌，加上事后与北凉王喝了场酒，大概知道了五六分真相的汪植，对世子殿下是真的有些既惊且惧。他汪植三千骑兵不过截杀韩貂寺一人，至于剑阁同僚何晏麾下的两千骑，还谈不上如何死战，韩貂寺穿过骑阵之后，他和何晏都心有灵犀地撤离了战场，各自皆是没有打算把十几二十年的心血都赔在西域。但铁门关一役，就汪植所知明面上的势力，就是皇子赵楷带着两百御林军和十几名深藏不露的金刀侍卫，更有一位顶尖高手的女菩萨护驾，徐凤年竟然带着亲卫营就那么直截了当杀了过去，万一赵楷和朝廷有后手安排，徐凤年就不怕憋屈地战死在那边？事后还得连累整个北凉都被戴上谋逆造反的大帽子，这可不像是只想安安稳稳当个十年世袭罔替北凉王的年轻人啊！是铁了心要既跟陈芝豹堂而皇之争凉王又让朝廷不得插手西边的双管齐下啊！

汪植深呼吸一口，披甲下跪，衣甲敲击，铿锵作响，恭声道："末将汪植参见世子殿下！"

刘老帮主丈二和尚摸不着头脑，愣在当场。刘妮蓉和王大石更是匪夷所思，半点都不信这位吃饱了撑的跑去北莽的徐公子是那北凉世子。

钟洪武不愧是跟随人屠半生征战的怀化大将军，骤然见到时隔多年再次见面的年轻世子，只有些许讶异，绝无半点畏惧，若是有半点看好或是忌惮这个年轻人，钟洪武怎么可能会当着徐骁的面大骂世子的卖官行径？老将军将手中铁矛轰然砸入地面，斜瞥了一眼汪植，满脸不屑，继而望向微服私访龙睛郡的徐凤年，冷笑道："哦？竟是世子亲自莅临陵州，敢情是瞧上眼哪位姑娘了？本将丑话说在前头，青楼里卖肉的娼妓，世子花了钱是最好，若是一个愿打一个愿挨，也就罢了，本将也懒得理睬，可如果在龙睛郡境内强抢民女，别说有汪植的一千骑，就算加上殿下你那白马义从，本将一样一个不漏，全部扣押！"

刘妮蓉被积威深重的怀化大将军顺势一眯眼，惊得毛骨悚然。

徐凤年将那张生根面皮交给青鸟，看了眼宛如虎死不倒架的钟洪武，轻轻笑道："别一口一个'本将'，都已经是解甲归田的老头子了，安心享福颐养天年就好。"

老将军发立须张，本就相貌惧人，瞪圆铜铃一般双眼后，更是气势惊人，喝道："竖子安敢？！别人当你是大将军的嫡长子，本将眼中你就是个不成材的废物，瞧瞧你这十几年的荒唐行径，北凉交付于你，如同儿戏！你小子也就幸好不是本将儿孙，否则早就被我亲手用棍棒打断手脚，不让你出去为非作歹！"

徐凤年一笑置之。

北凉世子的身份板上钉钉，刘妮蓉和王大石面面相觑。

钟澄心根性懦弱，听闻是世子徐凤年，哪怕有钟洪武坐镇，仍是悄悄咽了一口唾沫。他虽然凭仗着怀化大将军之子的身份在龙睛郡要风得风要雨得雨，可毕竟在官场上有过好些年的历练，加上钟府上有高人指点，对于人情世故并不陌生，阎王好见小鬼难缠的道理还是知道的。其实心底钟澄心对于爹违逆北凉王辞去官职，结怨于将来的北凉王，私下十分反感，也有不解，若是陈芝豹不曾主动离开北凉，这位白衣兵圣旧仍稳操胜券，爹如此作态，钟澄心还可以认同，权且当是一种官场投机。可当下是那位世子最为得势的阶段，钟澄心也读过不少页页死人鲜血淋漓的史书，其中改朝换代又最是人头滚落的大好时分，钟澄心可不希望这类前车之鉴套在钟家头上。退一步说，你这个当怀化大将军的老爹可以含饴弄孙，回乡享福个一二十年，自己还有大半辈子得在官场上攀爬，等徐凤年当上北凉王，自己就算没被殃及池鱼，岂不是这辈子就得乖乖老死在龙睛郡郡守这个不上不下的位置上？他钟澄心可是一直将下一任经略使视作囊中物的国器大才！

大厅之中以刘妮蓉最为懵懂迷茫和手足无措。

那个被鱼龙帮走镖帮众当面吐唾沫的陵州将军府管事亲戚？那个在倒马关围杀中毫无侠义心肠选择袖手旁观的末流官家子弟？那个性格冷僻只跟王大石谈得上话的凉薄子？那个在留下城跟富贾叔侄相称相谈甚欢的油滑公子？那个在雁回关跟卖水人讨价还价才略显暖人心的痞子？那个佩刀却一次都没有出刀的狗屁半个江湖人？

他怎么会是那个北凉世袭罔替的世子？

他姓徐，却怎么能是那个她本该一辈子都不该有交集的徐凤年？

怀化大将军把徐凤年的笑意当作理所当然的退缩，大手一挥，发号施令

道："松绑！"

徐凤年瞥了眼钟澄心和钟府文士，回头望向钟洪武，"为何？"

钟洪武气极反笑，"你算老几？就是大将军在此，本将也要让你老老实实放人！"

一直跪在地上的汪植抬头厉声道："钟洪武，休要倚老卖老！末将一千骑兵，就能踏平小小龙睛郡！"

钟洪武正眼都不瞧一下汪植，只是双手抱胸，倨傲道："你也配跟本将说话？姓汪的小子，你也是掏钱给徐凤年才买来的官爵吧？敢不敢去凉莽边境上走一遭？小心别瞧见了北莽骑军冲锋，就吓得三条腿都软了。"

汪植面无表情，冷冰冰说道："钟洪武，我敬你与我爹是同僚，你若再羞辱我，以后我汪植定要你吃不了兜着走！"

钟洪武哈哈大笑，"你爹？姓汪的？容老夫想一想。"

钟洪武敛去笑意，略作停顿，转头讥讽道："北凉军中，这三十几年还真没有入我眼的汪姓将军！你那不成气候的爹算哪根葱？"

汪植咬牙切齿，默不作声。

徐凤年冷眼旁观钟洪武的跋扈。

北凉军中小山头林立，钟洪武担任骑军统帅将近十年，他那一辈的老将中，也就燕文鸾军功威望能与之媲美，钟洪武是当之无愧的一座山头山大王，加上先前陈芝豹的青壮一脉，三者相互掣肘，北凉军除去大雪龙骑军和龙象军等几支亲军，绝大多数势力被三人瓜分殆尽。三者之中，当然又以官位军功尽是第一的北凉都护陈芝豹为首，燕文鸾紧随其后。燕老将军麾下势力要比钟洪武略少，但是远比性格暴烈的钟洪武更会为官之道，更懂得经营栽培，手下嫡系要比钟系爬升得快捷，扣除掉勋官散官的那八十余实权将领，燕文鸾门生手下接近三十人，数目远高于钟洪武的寥寥十余人。但越是如此，钟洪武越发不懂"规矩"，这么多年徐骁也一直多加忍让。

钟洪武训斥过了汪植，转头对徐凤年冷笑道："世子还不亲手松绑？否则小心本将再去王府跟大将军当面骂你一骂！"

原本还有些笑意的徐凤年听到这句话后，眼眸清凉如水，语气微带讶异："哦？"

钟洪武针锋相对："要不然你以为当如何？还打算跟去本将那府邸负荆

请罪？"

徐凤年握着马鞭，对刘老帮主几位如履薄冰的"外人"说道："劳烦老帮主先离开一下。"

钟洪武凌厉大笑道："不用！面子是你自己丢在地上的，就别怪外人踩上几脚。"

徐凤年也没有坚持，笑道："听说钟洪武你是名副其实的二品高手？春秋陷阵无敌手？"

钟洪武一手握住直立于地上的铁矛，"打你徐凤年两百个终归是不成问题的。"

陈亮锡眉头紧皱，十指紧扣。

徐北枳则是会心一笑。

陈亮锡眼角余光瞥见了徐北枳的闲适神情，悄悄松开十指。

徐凤年点了点头，"好，那我领教一下。"

钟洪武听到这句话后，环视一周，摇头笑道："让那青衣小女子替你上阵？还是让你的狗腿子汪植？徐凤年啊徐凤年，你怎么不让他们帮你做北凉王？"

徐凤年一手下垂，一手伸臂，衣袖在身前一掠。

十二柄飞剑悬空而停。

长短不一，色泽各异。

徐凤年屈指一弹其中一柄飞剑，轻声念道："太阿。"

"杀厅内次尉。"

一剑过头颅。

第二次屈指轻弹飞剑，"桃花。"

"杀翊麾校尉汤自毅。"

第三次屈指飞剑断长生，"玄雷。"

"杀钟府幕僚唐端。"

文士跟大厅内的次尉死法如出一辙，当场暴毙。

老当益壮的钟洪武健壮身躯颤抖，松开铁矛，好似无比艰辛地缓缓低头，低声道："见过世子殿下。"

第四剑，徐凤年手指搭在飞剑之上，"此剑黄桐。"

望向脸色苍白的钟洪武，问道："杀钟澄心？"

钟洪武微微抬头，眼中夹杂了诸多情绪：暴怒，阴鸷，愤恨……

还有一丝从未有过的敬畏。

徐凤年平静道："那余下这么多柄，杀一个大不敬的钟洪武总该够了。"

怀化大将军钟洪武扑通一声重重跪下，"钟洪武参见世子殿下！"

怀化大将军这一跪，简直是重重跪在了刘老帮主和刘妮蓉这些升斗小民的心坎上。

钟洪武低头望着地面，老人畏惧这个年轻人炉火纯青的飞剑手段，但真正让他畏惧的是这个世子的"荒唐"。钟洪武清晰记得老皇帝驾崩后，还是少年的徐凤年便在清凉山上歌舞升平，满城皆可望见那灯火通明，听见那支皇皇镇灵歌。钟洪武戎马生涯，敬服陈芝豹，却不怕那一杆梅子酒从不现世的白衣兵圣。钟洪武跟燕文鸾较劲争权了许多年，也不怕这位性子阴沉的步军统领。因为这些人，都是讲规矩的对手。像陈芝豹阵前用马拖死西楚姜白夔的妻儿，却绝不会对自己人有如此狠戾行径，燕文鸾会给他钟洪武暗地里挖陷阱下绊子，却绝不会撕破脸皮，哪怕是褚禄山这种王八蛋，明面上相见，也总是笑眯眯乐呵呵一副人畜无害的模样。可徐凤年不一样，钟洪武根本不知道他的底线在哪里，这才是最可怕的地方。万一这个家伙真驭剑杀了独子钟澄心，甚至杀了他阴沟里行船的钟洪武，难不成北凉王事后还能杀了嫡长子给钟家偿命？钟洪武被北凉官场高层视作不谙世情，公门修炼道行不如燕文鸾，那也仅是相对而言，钟洪武若只是个恃宠而骄的军旅莽夫，也走不到骑军统帅的高位。只是今日之辱，生平仅见，钟洪武已经想好今日过后，就要重返北凉军中，手握虎符，再跟这个世子殿下好好过招！你要当北凉王，本将拦不住，但你想当得痛快，得先过我钟洪武和身后十几万铁骑这一关！

这位二品实力的怀化大将军哪怕震怒之下，扬言可以打趴下两百个徐凤年，但同时也耍了心机，用话堵死了年轻世子。大厅内徐凤年、徐北枳、陈亮锡、青鸟、汪植五人，两位文弱书生显而易见，是不值一提的货色，徐凤年若是让展露过身手的青鸟或者骑将汪植出手，就等于自己承认可以让别人事事代劳干脆再让阿猫阿狗去当北凉王，可见钟洪武并非那种一根筋的武将，只可惜遇上了吴家剑冢继邓太阿之后又一位养剑大成的怪胎，算盘打得再好，也不顶用。钟洪武还没有自负到可以跟一气驭剑一十二的怪物面对面对峙。换一句话说，输给燕文鸾，钟洪武认栽，死在宰掉枪仙王绣的陈芝豹手上，那也叫虽死犹荣，可不明不白死在了这破烂地方，死在徐凤年手上，算怎么一回事？

徐凤年收剑入袖，走去搀扶钟洪武，在爵位犹在的老将军缓缓起身时，用只有两人可以听闻的嗓音轻轻说道："想着回去继续当名副其实的怀化大将军？可能晚了，袁左宗马上就要取代你骑军统帅的座位，至于陈芝豹空出的北凉都护，你跟燕文鸾都别想。"

欺人太甚！这是釜底抽薪的歹毒手段啊，钟洪武近距离怒视这个一直不喜的年轻世子，沉声道："袁左宗果真能服众？世子是不是太想当然了？"

言下之意，我钟洪武在这个大庙里当了十几年的唯一供奉菩萨，徒子徒孙无数，嫡系都以怀化大将军马首是瞻，袁左宗兴许在大雪龙骑军中那一亩三分地上威望足够，可十数万骑军这良田万顷，就未必能灵光了。

徐凤年微笑道："钟洪武，我知道你现在很想找徐骁诉苦。放心，我会让你连北凉王府的大门都进不去。"

钟洪武低声连说了几个"好"字。

徐凤年继续说道："你可能在思量，我这番举止，注定要寒了北凉众将士的心，到时候你安排部属们不断鼓噪，为你重返军中造势，你同样可以放心，谁敢废话，袁左宗就顺水推舟让他们滚出北凉军，他正愁没地方安插党羽心腹。"

钟洪武脸色微变。

这一次，他破天荒开始真正正视起这个打从娘胎出生几年就被他轻视几年的年轻人。

徐凤年挥挥袖，对汪植笑脸说道："汪将军，还不快给钟公子松绑扶起？"

这一记轻描淡写的挥袖，就已经让已成惊弓之鸟的钟澄心吓得面无人色，躺在地上用哭腔说道："启禀世子殿下，不用松绑，我躺着就好。"

钟澄心可是真怕了喜怒无常的世子殿下才将自己松绑，一个不顺眼就又

顺手给飞剑斩头颅了，还是躺在地上装死更加安生。怨言报复什么的，总得等安然回到钟府才好计较，反正钟澄心打定主意只要不是老爹跟世子和解后亲自解救，他打死都不起身。

徐凤年笑道："你儿子跟我好像是一路货色嘛，怎么也不见你打断他手脚，不让他跑出来丢人现眼？"

钟洪武脸色铁青，一言不发。

徐凤年极其没有"规矩"地拍了拍钟洪武的肩膀，"不送了，记得跟钟公子一起收尸。"

钟洪武黑着脸去给钟澄心解去绳缚，然后捧起世交好友之子唐端的尸体，至于那名次尉，则看也不看。钟洪武离开大厅前，想要拔出铁矛，徐凤年平淡道："留下。"

钟洪武转头看了一眼不给自己任何台阶走下的世子殿下，眯眼笑了笑。钟澄心吓了一激灵，也顾不得亲爹的脸色，赶紧壮胆转身弯腰，恭维谄媚道："听闻殿下诗学出众，小人府上有一枚古砚名百八，摸之寂寞无纤响，发墨而不损毫，回头就让人送给殿下把玩。"

徐凤年不负北凉首席纨绔的名头，笑道："你比你爹眼神要好，本来你的龙睛郡郡守是甭想了，看你识趣，今日就去赴任。"

北凉地理狭长，版籍户数比较那些江南道上的人稠州郡实在略显寒碜，也就没有当地人士必须外出为官的讲究。说来好笑，徐骁亲手毁掉了春秋豪阀世代盘踞的根基，疆域并不辽阔的北凉境内，短短二十年竟然就有了不下二十个世族的雏形，那些个北凉寥寥无几的本土士族，都无一例外地选择与将种高门联姻，势大豪横，陈亮锡所谓的盐铁封护，让官盐都尉成了形同虚设的官职，就有他们的"功劳"。

父子二人走出鱼龙帮，汤自毅就横尸在武馆沙地上，无人理会。

钟澄心顾不得礼节，走在钟洪武前头，委实是太怕一剑从背后透心而过了。他练剑纯粹是自娱自乐的花架子，可家世所致，也知道世间确有上乘的飞剑术，府上豢养的清客，其中也有两名剑术名家，经常争执是李淳罡的剑意更强还是邓太阿的飞剑杀人术更优，至于两位剑师本身，拼了一切硬要去驭剑，几尺就是修为极致。这回亲眼见到徐凤年驭剑十二杀人于无形，真是让钟澄心大开眼界，换在平时换个身份，可就要好好请进府中畅酒言欢一番了，那些个环肥燕瘦身姿摇曳的美艳婢女，任取任挑又何妨！

钟澄心坐入马车，心中大石终于得以落地，瘫软靠着车壁，小心翼翼问道："爹，如何是好？这个龙睛郡郡守，当还是不当？"

钟洪武冷笑道："当，怎么不当！这是大将军赏赐给钟家的，不是他徐凤年说了算！"

钟澄心对这个牵强说法，心中颇不以为然，不过当下也不敢顶嘴。瞥见唐端的尸体，赶忙缩了缩屁股，离远一些。

钟洪武看到这个动作，心中慨然，叹息一声。当初不让这个独子从军，是大有学问的，除了晚年得子必定的宠溺之外，心底自然不希望钟澄心去边境涉险搏杀；马革裹尸还，由那些欠缺前程军功的士卒去做便是，自己身为北凉实权排在前五的怀化大将军，无须锦上添花。除此私心之外，还因为钟洪武比谁都看得清楚将来二十年大趋势，如今武将掌权治政，弊端渐渐显露，那些郡守官位注定会被"文人"取代。不奢望北凉王重武抑文，但最不济也是文武双方步入持平的微妙局面，这历来是天下太平后的大势所趋，不是大将军一人可以阻挡，哪怕他是北凉王徐骁，是人屠也不例外。

钟澄心突然心疼起那个比宠妾还要在意的心肝宝贝百八砚，怯生生问道："那古砚还送不送？"

钟洪武瞪了一眼。

钟澄心尴尬干笑道："不送不送。"

钟洪武一拳砸在车板上，沉声道："你徐凤年为人不讲究，可就别怪我钟洪武做事不地道了！"

钟澄心愣了愣，不去看那具昨日还一起饮酒享乐的尸体，凑近了问道："爹，你要造反？"

钟洪武怒其不争，平稳了一下呼吸，反问道："大将军可以容忍文官叛出北凉，你见过几名武将可以活着反水北凉？"

钟澄心低头嘀咕道："这个我哪里知道。"

钟洪武扬起手掌就要一耳光甩下去，可抬起以后悬停片刻，仍是没有拍下去，缩回手，缓缓道："世间从无百战百胜的常胜将军，春秋十三甲中的姜白夔本来算一个，可是西垒壁一战，家破国亡，什么都输得一干二净。这才是大将军的厉害之处，跌得起，更爬得起。今天钟洪武输了这一仗，是太

过轻心，不算什么。"

钟澄心脑子急转，灵光一现，惊呼道："爹，你难不成要跟燕文鸾那只满肚子坏水的老狐狸联手？"

钟洪武欣慰一笑，既没有点头也没有摇头。这种事情，父子二人心知肚明即可。

马车骤停，钟洪武掀开帘子。

一骑疾驰而至，汪植拿刀鞘直指今天碰了一鼻子灰的怀化大将军，"钟洪武，你记下了！"

钟洪武一笑置之，正要放下帘子，犹豫了一下，"你爹是谁？"

汪植冷笑道："汪石渠！"

一骑扬长而去。

钟洪武慢慢放下帘子，恍然大悟，原来是这个北凉叛徒，去西蜀境内雄关剑阁当了个可有可无的杂号将军。

钟洪武没有把汪植的言语放在心上。

马车快要行驶到大将军府邸时，钟洪武猛然间悚然。

前段时间大将军亲自披甲带一万铁骑南下，在陵州、蜀州交界地带上跟顾剑棠旧部六万骑兵对上。

北凉王出马，兵压边境。

剑阁守将汪石渠之子汪植。

皇子赵楷持瓶赴西域，然后悄无声息。

世子无故白头。

钟洪武攥紧拳头，喃喃自语："这些年你到底做了什么？"

钟洪武走下马车前，平淡道："你去送古砚。"

钟澄心忧喜参半，试探性问道："让别人去送？"

钟洪武终于挥下了那一个响亮耳光。

鱼龙帮那边气氛十分尴尬，刘老帮主和几位老人跪地叩见世子殿下，说法也不一，有自称草民的，也有不忘自报名讳的，连自家绰号都没省略。徐凤年笑着让他们快快起身，至于刘妮蓉倔强得没有动静，以及少年王大石的完全惊呆，都没有计较。老人们都是活了五六十年的人物，很快就主动告退，对于眼下"鸠占鹊巢"的情景，乐见其成。刘老帮主给孙女刘妮蓉丢了个眼色后，就去安抚帮众，只敢点到即止说是风波平息，甚至不敢说是世子殿下亲临鱼龙帮。

走了汪植，大厅内都是有资格知晓铁门关截杀秘事的世子心腹，徐凤年打趣道："亮锡，咱们打个赌？"

陈亮锡笑道："打赌那方百八古砚送不送来？是否钟澄心割爱亲手奉上？"徐凤年点头道："我赌不会送，就更别提钟大公子亲自送上了。你要赢了，古砚归你。"

陈亮锡胸有成竹地笑道："那回头我用这方古砚研墨画龙，送殿下一幅三龙撼海图。"

徐北枳举起瓷杯喝了口茶水，慢悠悠说道："你这是逼着钟洪武倒向燕文鸾。"

徐凤年坐回太师椅，松开马鞭，靠着椅背说道："就怕燕文鸾不会轻易答应。可这把火烧得太旺，就不好收场，我也很为难，否则让钟洪武回府将密函寄去燕文鸾手上，要么派心腹快马加鞭传去口信，是最好。"

徐北枳摇头道："燕文鸾识大体，有'泥佛'之称，钟洪武除非下大血本，否则摇动不了这尊大佛。若还是那个大权在握的怀化大将军，才有几分可能性，如今失势落水，恐怕很难拖拽泥佛一起下水了。"

徐凤年无赖道："事在人为嘛，咱们要相信钟洪武的能耐。"

有关变动北凉军格局一事，徐骁先前让徐北枳和陈亮锡各自呈上一份密折，两人殊途同归，都是快刀斩乱麻，直接从顶尖高层下手。

褚禄山担任北凉都护，破格提拔一大批青壮校尉，出自陈亮锡的折子。

而必须逼迫钟洪武、燕文鸾退出边境，转为幕后养老，则出自徐北枳手笔，大概纲领便是你们不退，我便让你们不得不退。

一份阳谋一份阴谋。

王大石一直欲言又止，可是不敢插嘴。

徐凤年转头笑道："怎么了？"

王大石后知后觉地赧颜问道："徐公子，你真是咱们北凉的世子殿下啊？"

徐凤年调侃道："我就不许跟你一样行走江湖了？"

【第五章】徐凤年卖官鬻爵，鱼龙帮风波再起

少年挠头傻笑道："行的啊！"

徐凤年笑问道："我教你那套拳法练得如何了？"

王大石脸红道："每天都有练，可徐公子，哦不，世子殿下，你也知道我脑子笨，练不好。"

徐凤年笑道："你聪明，就不传你这套拳法了。对了，跟你说一声，这套拳法是武当洪洗象捣鼓出来的，他也不聪明，你来学很适合。"

王大石惊呆得无以复加。

武当掌教洪洗象，那可是骑鹤下江南，并且千里飞剑镇龙虎的仙人！

洪掌教还不够聪明？

的的确确不太聪明的王大石就更不懂了。

茶壶茶具就搁置在手边，徐凤年翻过一只茶杯，倒了一杯，起身递给站在对面的刘妮蓉，"坐着喝吧。"

刘妮蓉接过了茶杯，没有落座，脸色黯然道："民女不敢。"

徐凤年看了她一眼，"鱼龙帮明天挂旗吧，那个汪植会给你们撑腰。"

刘妮蓉咬着嘴唇，摇了摇头。

徐凤年当初跟她一路同行，知道她喜欢钻牛角尖的性子，也不奇怪，没有为难这名江湖女子，告辞了一声，就走向大厅门口，跨过门槛前，他跟青鸟嘀咕了声。

然后刘妮蓉看到一枚铜钱远远抛来。

这一次刘妮蓉没有像上一次在黄沙万里的山坡上故意视若无睹，而是接住了铜钱。

那一次，徐凤年讲了一些道理给她听，说了一些"做人要外圆内方"的言语。

刘妮蓉低头道："鱼龙帮会挂旗。"

徐凤年已经走远。

王大石轻声问道："小姐，咱们是不是再也见不着徐公子了啊？"

刘妮蓉点点头。

王大石跑到门口，感恩少年满怀愁滋味。

坐入街上那辆小马车，徐凤年对徐北枳说道："本来想让你当龙睛郡郡守去恶心钟家的，想一想还是算了，让钟澄心担任，好像更恶心人。其实抛开恶心人不说，你鲤鱼跳龙门，跳过龙门越多，越夸张越好。"

徐北枳目不斜视地笑道："我就算了。"

陈亮锡皱了皱眉头。

说话如见杯中茶，如纸上画龙，都是留白才有余韵。徐北枳的潜在意思，车厢内三人，都一清二楚。他徐北枳不做这条鲤鱼，乐得做一尾江河中的野鲤，也就只能让剩下那条好似听潮湖中的家鲤陈亮锡来做了。

谁高谁低，路遥知马力。

徐凤年貌似完全没发现车厢内的暗流涌动，笑道："才发现这些年的纨绔子弟没有白做，如今不管我做什么不合情理的举动，外人都不感到意外，人心如弓弦，咱们北凉这张弓，弧度被拉得足够大了。"

马车出城前，徐北枳正要下车，不再送行。钟澄心让几十扈骑远远跟随，战战兢兢赶来送名砚百八。

车厢内，陈亮锡接过价值连城的名砚。

车厢外，徐北枳婉拒了已是郡守大人钟澄心的名马相赠，后者也不敢骑马离去，牵马而行，与这位世子殿下身边心腹并肩，片刻言谈以后，钟澄心就由衷拜服。

陈亮锡放下檀盒，平淡问道："世人何时才能知晓殿下曾经亲手杀掉提兵山山主第五貉？"

徐凤年看了他一眼，笑道："你明明知道答案，还问我。"

陈亮锡扯了扯嘴角。

当天，一个骇人秘闻以龙睛郡为圆心，以星火燎原之势向整个北凉铺散开去。

世子徐凤年在弱水畔亲手割去北莽北院大王徐淮南的脑袋。

也曾在柔然山脉亲手割下第五貉的头颅。

而这两件惊天动地的事情，没有人质疑。

因为说出口之人，是徐淮南的孙子，徐北枳。

两颗头颅。

贺新凉。

第六章 徐凤年听潮摆子，五藩王启程赴京

倒尽了壶中绿蚁，独处一室的徐凤年泪流满面，哽咽道："师父，你让我以后带酒给谁喝？"

这是一个多事之秋。

但对于习惯了安稳日子的老百姓们而言，不过是多了几场茶余饭后的段子谈资。看不见风雨欲来，也就不会人心惶惶。

徐凤年从北莽返回北凉以后，先是赶去铁门关截杀赵楷，回到王府以后又得一步不离照看徐渭熊，之后更是开始借助徐陈二人的谋略去铺路，直到今天，才提着一壶绿蚁酒登楼。并非不能生生挤出时间早些去听潮阁，只是徐凤年不敢那样做。

小时候腿脚孱弱，却能在听潮阁内爬上爬下十分飞快，如今即便跌境仍有二品内力，竟是走得如此缓慢。

在阁顶一坐就是将近二十年的枯槁男人，不苟言笑，北凉首席谋士赵长陵死后，被压了一头的他本该正值出头之日，为离阳王朝熟识，百尺竿头更进一步，在青史上留下一份堪称浓墨重彩的评语。可他始终就在那儿闭关，为什么？谋士为明主指点江山，不就图一个死后名垂千古吗？

李义山死后无坟，也就无碑。

一坛骨灰被徐骁亲自带至边境洒下。按照李义山的说法，死无葬身之地，就是他的命，而且他也想着既然有生之年看不到徐骁带兵马踏北莽，就想着死后安静望北，由那个并不承认的徒弟去完成。这份苦心徐骁没有跟徐凤年诉说，但徐凤年何尝不知道？

徐凤年推开单薄阁门。阁内晦暗阴潮，他将绿蚁酒放在书案上，点燃案角上的铜盏油灯。

笔架上悬有一杆普普通通孤苦伶仃的硬毫笔。与以往满地纷乱书籍不同，大概是徐骁亲手整理过，但屋内显得越发空荡寂寥。小时候徐凤年很畏惧这里，既要跟这位半个师父的男人读史抄书，还要跟他下棋，一旦不合心意，就要被揍得结实，关键是都不能跟谁抱怨，更要看着他喝酒听着他的咳嗽。他喝酒很凶，咳嗽也很厉害，好像下一刻就会死于醉酒重咳。

徐凤年脚下的书案空腹中，放有一张刻线模糊的棋墩和两盒越发摩挲圆润的黑白棋子。他弯腰将棋墩和棋盒搬到案面上。当年为了考校并且加厚少年徐凤年的记忆力，师徒二人都是抬手指指点点悬空下棋，已经很少用到棋墩棋子。

徐凤年打开棋盒，抓出一把黑子。

对坐少一人。

以前常是少了出行的徐凤年，这一次则是少了李义山。

徐凤年轻声道：

"陈芝豹不带一兵一卒孤身去了西蜀，我树立了这样的敌手，让师父你不省心了。

"陈芝豹走得无牵无挂，可他那些愿意为他效死的嫡系心腹，一走就是近百人。我让徐骁没有拦下他们，你要骂就骂吧。以后万一输了，肯定会有野史说第二任昏聩北凉王，纵虎归山，放任百骑入蜀，徐凤年确实不堪大任。陈芝豹将将之才仅逊色于徐骁，将兵之才更是天下独一号，到了西蜀为王，光是拉开陈字蜀王旗，恐怕不出几年就可以坐拥可战可守的数万精兵。不过我想，既然注定要跟他一战，那就干脆光明正大战上一场，就不抖搂那些不入流的阴谋诡计了。

"跟师父你一块在阁内闭关的南宫仆射已经出关截杀韩貂寺，我也不知是不是因为权阉是白狐儿脸的四位仇家之一。我在北莽杀第五貉之前，本以为这辈子约莫是可以一鼓作气追上他的境界，不承想铁门关一役，就被打回原形了。好像师父你是从不排斥让我习武的，听潮九局，有一局是你跟徐骁赌我能否进入一品境，我进了一品又跌出，如今也不知是否让你失望。

"按照你的布置，慕容桐皇戴了一张入神面皮，潜伏北莽王庭。舒羞也去了襄樊城，拿十年性命换来了她梦寐以求的荣华富贵，不是王妃，胜似王妃。至于慕容桐皇能否落子生根，舒羞能否成功离间赵珣和那个与我擦肩而过的陆诩，你说过谋事在人成事在天，我等得起。

"徐北枳和陈亮锡各有千秋，谁像你谁像赵长陵，目前还不好说。投之以桃报之以李，我将徐淮南的头颅留在弱水畔，徐北枳果然自己心甘情愿说出了真相。他是一个极为大气的谋士，不拘泥于帷幕之后计谋迭出，治政也十分熟稔出色，谋士必备的预知之天赋更是出类拔萃，不出意料的话，我会让他成为下任经略使的第一人选。陈亮锡虽是寒士出身，鉴赏机变文才俱是一流。你曾评点谋士，谋己谋人谋兵谋国谋天下，依次层层递进，谋得自身太平，才可帮人出谋划策。谋士的谋兵才华，你说可遇不可求，自己是书生，却不推荐读书人对伐兵之事指手画脚，可以跳过此层境界，唯独不可缺少谋国之眼界。你更说北凉棋局，是无奈的治孤之局，只能险中求胜。谋士不用去刻意谋治天下，以此作为目标的话，就要拖垮北凉二十年辛苦积蓄起来的家底，而要相对愚笨地顺势而为，我不清楚徐陈二人心中所想，只能走一步看一步。北凉只能输一次，北莽、离阳却能输上多次，我不介意夹着尾巴做人，反正这么多年早就习惯成自然了。

"我二姐大概可以胜任谋兵之谋略重任，我会让梧桐院成为一座类似广陵王赵毅的军机要地春雪楼，谁说女子就如那绝无大器传世的龙泉窑？"

徐凤年就这样零零散散唠叨着。

他原本不是一个喜欢絮叨的人，杀敌是如此，清明时节杀留下城陶潜稚，杀魔头谢灵，杀拓跋春隼扈从，杀提兵山第五貉，都是如此。

徐凤年低头说道：

"你曾以手筋棋力来评点天下数位谋士之得失，其中以黄龙士夺魁，得七十六颗棋子，始终躲在皇帝背后的元本溪次之，得六十七颗。我今日斗胆给师父也盖棺论定。

"春秋之间，你替徐骁，等于是为赵家天子谋天下，一统中原，离阳王朝版图之辽阔，不输八百年前大秦帝国。十子得十子。"

徐凤年将十颗棋子落在棋盘上。

"洞察预知一事，师父几乎独身一人，力劝徐骁不争天下，不坐那张滚烫的龙椅。得六子。一步一步将陈芝豹驱逐入蜀，得四子。"

轻轻放下六子后，徐凤年又从棋盒抓起一把棋子。

"地理之事，在你引导之下，朝廷让徐骁带兵入北凉，封异姓王，远离京城，得以镇守王朝西北门户。得九子。

"你喜亲自谋兵，却一手促成妃子坟一战和褚禄山的千骑开蜀，平定西蜀以后更是用出绝户计；进入北凉后，更是营造出不下十万罪民流民簇聚而成的可战之兵，只等我当上北凉王后颁布一纸敕赦，便坐拥十万余兵马。得八子。

"外交一项，徐骁按照你的布局，与朝廷与张巨鹿与顾剑棠周旋十多年，不落下风，远胜燕刺王手下那名谋士，是当之无愧的天下治孤强手第一人。得九子。

"天文一事，你不信鬼神之说，不得一子。

"鉴赏识人，徐骁六名义子，袁左宗、褚禄山、齐当国三人都出自你独具慧眼。得六子。姚简、叶熙真二人，扣去四子。此后亲自为徐北枳陈亮锡

写下雕琢之法，暂且加上四子。

"北凉荒凉，手握仅仅三州之地，在你事事殚精竭虑治理谋划下，仍是让北莽不敢有丝毫动弹，并且顺利替徐骁得到世袭罔替，让我这种草包都有机会当上北凉王。得八子。"

棋盘上已经放有整整六十颗棋子。

然后是身具文才等相对闲散六事，棋盘上陆续慢慢增添棋子十一颗。

徐凤年痴痴望向棋盘，"谋士当先谋己。一手造就春秋乱局的'收官无敌'黄龙士仍然神仙逍遥，赵家幕后心算无敌'先手举世无双'的元本溪也安在，大隐隐于朝。燕刺王首席谋士更是在南疆一人之下万人之上，享尽人间富贵。师父，那你呢？"

提壶绿蚁酒。

倒酒在棋盘。

倒尽了壶中绿蚁，独处一室的徐凤年泪流满面，哽咽道："师父，你让我以后带酒给谁喝？"

天色渐黄昏。

徐凤年走出徐渭熊那间药味熏天的屋子。丫鬟黄瓜这几天一得闲就黏糊着许久没见面的世子，在门口皱鼻子嗅了嗅，就想着摘下腰间香囊给世子挂上，好冲散一些药味，可徐凤年摇了摇头，一起走到院子里。看到徐骁坐在石凳上打瞌睡，黄瓜悄悄掩嘴一笑，蹑手蹑脚离去院子，不打搅北凉王与世子殿下的相处，临出门前，回眸一望，世子白头，让她揪心得不行。徐凤年才坐下，打盹的徐骁就清醒过来，揉了揉脸颊，自嘲道："年纪大了就犯困，记得年轻时候不管是杀敌还是逃命，三天三夜不合眼都是常有的事情，也没见有啥疲乏，只要眯上一觉睡个饱，醒来能吃上四五斤熟肉，到底是不服老不行啊。"

徐凤年笑道："好汉不提当年勇。谁还没个年老的时候，你又不是道教躲在洞天福地里修炼长生的真人，再说就你那悟性也想证长生？一辈子二品小宗师境界，再瞧瞧比你还年轻的顾剑棠大将军，都入武榜了，你害臊不？"

徐骁本想放声大笑，可不敢吵到了屋子里疗伤休养的闺女，搂了搂袖口，双手插袖，既不像是北凉王，也不像是大将军，倒好似一个衣食无忧的村头老闲汉。

徐骁轻声笑道："这你就不懂了，已为人父，加上我这把年纪的，可不兴比武功高低或是官帽大小了，比来比去，说到底还是比自家儿子嘛。你瞧瞧顾剑棠那几个子女，男的文不成武不就，长相还歪瓜裂枣，女的也没的出奇，顾剑棠想要跟我徐骁比？我都不乐意搭理他，一边凉快耍他的大刀去。"

徐凤年嘲笑道："你想得开。"

徐骁转头看了眼清凉山顶的黄鹤楼，提议道："一边爬山一边聊天？"

徐凤年点点头，挥手将二姐院子里的大丫鬟喊来，要了两壶温过的黄酒，起身递给徐骁一壶，"少喝绿蚁，我都觉得有些嗓子冒烟，既然你自己都说服老了，以后多喝黄酒，养生。"

徐骁笑着接过黄酒，灌了一小口，走出院子，沿着一条青石主道向山顶走去。当年王府建造，按照这位北凉王的意思是怎么金玉满堂怎么来，这条山路恨不得直接用金子铺就，后来他媳妇说青石板就行，还能有一个"青云路"的好寓意，不求平步青云，子子孙孙哪怕走得吃力，总归还是升登青云。徐骁二话不说就应承下来，当年亲自参与了扛石铺路这种苦力活。

父子二人，悠然登山。

徐凤年说道："褚禄山已经前去就任北凉都护，授骠骑将军，因为陈亮锡准备着手整理北凉军职，许多杂号裨将都要取消，只存八个或者九个。校尉称呼会比以前值钱许多，就先由这个骠骑将军不加'大'字开始。袁左宗取代钟洪武成为骑军统领，授车骑将军。齐当国和宁峨眉两人分别担任铁浮屠主副将，黄蛮儿领衔新龙象军，三人暂时都不授将军。果毅都尉皇甫枰官升一级，至于具体是授幽州将军还是如何，我还得等陈亮锡的折子。轩辕青锋送来的徽山客卿洪骠，确实有领兵才学，是否顶替皇甫枰担任果毅都尉，仍在斟酌。等二姐醒来，由她统领你那支三万人马的大雪龙骑军，你有没有意见？"

徐骁笑道："既然能当个舒舒服服的甩手掌柜，我怎么会有意见。老黄瓜刷绿漆装嫩，也太不识趣了。"

徐凤年瞪眼道："听着怨气很大啊？"

徐骁连忙摆摆手道："没有的事。"

徐凤年叹气道："北凉军翻天覆地，由高往下都有不小的变动，如果万一有尖锐矛盾，而我又弹压不下，可能还要你出面安抚。"

徐骁平淡道："不会有什么大事的，赵家'家天下'二十年，咱们徐家'家北凉'也快二十年了，北凉这边跟我差不多岁数的老头子，爹扪心自问，一个都没亏欠，何况福泽绵延子孙，他们该知足了。钟洪武的事情我知道，他要是敢暗地里串联燕文鸾搞小动作，我不介意让他彻彻底底喝西北风去，将军没的当，连爵位都一起去掉，安心当个富家田舍翁。至于燕文鸾，当年他跟长陵是极力试图说服我划江共治天下，这么多年，一直是被义山笑称为'称帝派'的头目，拉拢了很多心里头有怨言的老家伙，燕文鸾一手提拔的那批青壮将领，多半是当年附龙无望心灰意冷退下来的老将子孙。"

徐凤年喝了口黄酒，"快二十年的腐肉了，亏得你有魄力，早就干脆利落让燕文鸾自立门庭，没让这根藤蔓攀延到骑军中去，才算没让整个北凉铁骑病入膏肓。"

徐骁提着酒壶，叹气道："也是没办法的事情。春秋一战，九国并峙争雄，咱们北凉军一口气就灭掉了六国，都是硬碰硬拿命换来的，你说要死多少英雄人物？我不愿称帝，后来马踏江湖，还好，走的都是一些跟江湖有牵连的老卒，可是征伐北莽，皇帝那道圣旨才是狠手，我那无奈一撤，北凉就开始军心涣散了。原因很复杂，但结果就是流失了大量校尉，许多原本靠绷着一口气想要建立不世功勋的老人，也淡出视野。所以说书生治国，很难；书生害人，轻而易举。你要格外小心元本溪这名与义山齐名的谋士，那份密旨就出自他手。春秋乱战，硬刀子靠我和顾剑棠这帮武人；这种不见血的软刀子，则大多是他的手笔。碧眼儿张巨鹿由一个小小黄门郎连跳那么多级台阶，三年后直接当上首辅，也是他的授意。在我看来，读书人自然比我们骑马提刀的莽夫要有才学，但大多眼高手低，成不了大事。才学极高，成事极少。真正可怕的是元本溪这种能乘势而为施展抱负的读书人。当今皇帝登基前，曾诚心诚意说过一句'我愿为元先生之牵线傀儡'，于是元本溪就让他当上了九五之尊。赵衡那个妇人，肯定临死都恨极了这个让他丢掉龙椅的元先生。哈哈，怨妇赵衡，死前倒是难得爷们儿了一回，以死换得赵珣的世袭罔替，他二十年前要有这份心智，早就没当今天子的事情了。那个叫陆诩的瞎子，眼瞎心活，二疏十四策，写得漂亮，连我都看得懂，听说你跟他在永子巷还下过棋？怎么没直接抓来北凉当谋士？"

徐凤年摇头道："当时顾不上他，当然主要还是不信自己的赌运，就错

144

过了。遗憾是有一些，不过也谈不上如何后悔。赵珣这个靖安王我领教过本事，很会隐忍，但说起来仍是比他爹还不如，要是没有陆诩，靖安王藩地肯定要换一个雄才大略的人物去镇守，到时候北凉会越发难受，还不如让赵珣在那边小家子气捣鼓折腾。藩王按例四年入京面圣，他要是敢捎上陆诩，我都替他担心会被挖墙脚，到时候他这个百年一遇的文官藩王就成了天大笑话。"

徐骁欣慰笑道："不愧是我徐骁的儿子，霸气。"

徐凤年无奈一笑。

徐骁哈哈道："敦煌城外，一人一剑守城门，也挺霸气。难怪红薯那丫头对你死心塌地。"

徐凤年在离山顶还有一段路程时驻足，跟徐骁一起眺望凉州州城全景，"叶熙真和褚禄山一明一暗，掌握北凉谍子机构，禄球儿既然当上了北凉都护，就得把其中一块肉吐出嘴，我打算让陈亮锡去打理。叶熙真那一块，你有没有合适的人选？"

徐骁轻声问道："为何你不选徐北枳？"

徐凤年摇头道："我想让他一心成为下任经略使，沾染谍子之事，劳心劳力，会让他分心太多。谍子是谋小谋细，经略使却要求谋大谋巨，再者徐北枳身体不好，不想让他步我师父的后尘。"

徐骁点了点头，望向远方，身形寂寥。

继续登山，徐骁说道："吴起应该已经从北莽进入蜀地投靠陈芝豹了。"

徐凤年苦涩道："这趟北莽走得艰辛，却连这个舅舅的面都没见到。"

徐骁摇头道："可能见过了，只是你不知道而已。这件事你不用多想，亲戚之间的缘分已尽。"

徐骁继续说道："没有谁的儿子生下来就是富贵命，也没有谁的儿子就一定不能死的道理，我徐骁的儿子也不例外。想要继承家业，得靠自己去打拼。这二十年，我在等你成长，陈芝豹是在等你夭折。我跟老陈家的情分，在他去铁门关想着连你和赵楷一起斩杀后，就没有了。如此也好，也没谁对不起谁。凤年，爹逼得你三次出门游历，别怪爹狠心。"

徐凤年打趣道："我知道，你是记仇那么多次我拿扫帚撵着打。"

徐骁差点笑出眼泪，咳嗽几声，灌了一口温酒平缓下情绪。

终于登顶清凉山，天空晴明，视野极佳。

徐骁伛偻着身形，眯眼望向西城门，"当今六大藩王，除了爹，以燕刺王赵炳最为兵强马壮，当初天子在大殿上要让陈芝豹封王南疆，未尝没有制衡赵炳的企图。广陵王赵毅，跟皇帝同母而出，深受器重，明面上那些敲打，无非都是演给外人看的。让门下省左仆射孙希济担任广陵道经略使，是担心赵毅手段过激，惹来非议，难保离阳王朝第三个世袭罔替。皇帝对这两人的做法，可见其亲疏。胶东王赵睢，因为坐镇两辽，与我难免有些情谊，这些年被皇帝和张巨鹿、顾剑棠先后夹枪带棒一顿收拾，处境确实有些凄凉，不过此人虽说生在帝王家，但性子难得直爽，交心以后，值得信赖。靖安王赵珣不去说，雄州淮南王赵英，原本酷似老皇帝，只是欠缺了气数，而且他本人也不得不清心寡欲，五位宗亲藩王中以他被压制得最为惨烈，半点实权都没有。这次藩王循例进京，我肯定不去，不过明面上尚未封王的陈芝豹注定要走一遭，因此会是一个'六王入京'的大场面。"

徐凤年摇晃了一下空酒壶，问道："太子还没有定下来？"

徐骁笑着道破天机："不出意外，在那些皇子封王就藩之前，四皇子赵篆就会被立为太子。谁让这小子被元本溪看好。"

徐凤年皱眉道："不是立长不立幼传嫡不传庶吗？赵篆虽是嫡子，可大皇子赵武却是名正言顺的嫡长子啊。"

徐骁把手上仍有大半壶酒的酒壶递给徐凤年，平静道："赵武性格刚烈，如今天下太平，要的是安稳守业，不需要一个适合逐鹿天下的太子。赵篆就不一样，八面玲珑藏拙多年，注定要不鸣则已一鸣惊人。还有一点很关键，这两人的亲母皇后赵稚，似乎打小就开始悄悄灌输他日哥哥以将军身份北伐、弟弟称帝的理念，赵武虽说脾气暴躁，但从小就对赵稚的言语深信不疑，跟弟弟赵篆的关系也极好。我相信这次空悬十几年的太子之位浮出水面，不会有太大波折。凤年，你要知道依附大皇子的青党可是已经分裂得不像样了，而跟江南文士争权夺利的北地士子集团，虽然押了重注在赵武身上，但只要赵武能够顺利前去两辽镇守边陲，加上日后登基的赵篆肯定会对这些人做出补偿，于他们而言，切身利益不损反增，当下怨言也不至于过大，也不敢太大。至于朝中第一大势力张党扶持的二皇子赵博，只是张巨鹿跟天子联袂演戏的障眼法而已，不值一提。"

徐凤年喝了一口酒。

徐骁笑道："新得宠的宦官宋堂禄印绶监，在人猫韩生宣出京以后，虽然还没至于直接当上司礼监掌印太监，但也从他师父手中接过十二监中的内官监。朝廷知道我明摆着不会搭理这场太子登位皇子外出的好戏，就让宋堂禄私下赶来北凉，给你带了两套藩王世子的补服，蟒衣一红一白，白的那套，算是专门为你破格缝造。说到底，是想让你去一趟京城观礼。你去不去？"

徐凤年问道："九死一生？"

徐骁摇头道："这趟不一样了，想死都难。皇帝皇后两边都会护着你。如今离阳大局已定，尤其是陈芝豹入蜀封蜀王，若是还想着北凉大乱，谁来替他们挡下北莽百万铁骑？没有咱们北凉，顾剑棠就算把东线打造得固若金汤，不说皇帝，整座京城也一样会人心惶惶，那帮王八蛋，也就骂我骂得凶，私底下还得庆幸有北凉的三十万铁骑。"

徐凤年问道："上次你入京，才出了大殿就打残一名官员，为什么？"

徐骁笑道："那不长眼的家伙说北凉铁骑是一条看门狗，我打得他半死，你看当时文武百官，谁敢吭声？还有，顾剑棠事后也好好拿捏了那家伙一顿，这话可是把他这位大将军也给骂进去了。"

死士寅神出鬼没，轻声道："宦官宋堂禄已经到府门外。"

徐骁问道："你真要去京城，人猫可是还没有被杀掉，你不担心？"

徐凤年摇头道："我就是等着他送上门来。"

徐骁欲言又止。

徐凤年突然说道："我杀了杨太岁，你会不会怪我？"

徐骁平静道："我这位老兄弟死得其所。"

京城白衣案，主谋是赵家天子，出谋划策的是那个鬼鬼祟祟的元本溪。众多高手中，韩貂寺是其中一人。至于那名天象境高手，另有其人。

徐骁轻声说道："下山吧。"

下山途中，徐骁见徐凤年手里提着两个酒壶，笑道："我来拎？年纪再大，好歹还能披甲上马，拎两个酒壶还是不在话下的。"

徐凤年放缓脚步，望着脚底的青石板说道："老了就老了，可不许死了。"

徐骁轻声感叹道："我也想抱上孙子啊。"

不到三十岁的宫中炙热新贵宋堂禄，即便已是内官监掌印大太监，即便

是深受皇后青眼相加的天子近侍，哪怕身负密旨，仍是只能带着几名乔装打扮的大内扈从，由北凉王府侧门悄悄进入，在府邸大堂门口见到徐骁后，都不敢多瞧半眼，让那几名皇宫侍卫留在门外，独身快步跨过门槛，扑通一声五体投地跪了个结实，当场脑门就磕出鲜红痕迹，闷声道："内官监宋堂禄参见北凉王，参见世子殿下！"

徐骁和徐凤年都没有落座，但也没有挪脚迎接这位已是手操煊赫权柄的大宦官。徐骁轻声笑道："宋貂寺，起来宣旨就是。"

貂寺与太监这两个称呼，可不是一般宦官可以往自己头上搂的，太安城皇宫内，一双手就数得过来。除了居高不下太多年的韩生宣，宋堂禄的师父，原先十二监中仅次于司礼监的内官监掌印算一个，宋堂禄被天子亲自赐姓，如今更是有望登顶，可谓青出于蓝而胜于蓝，让整个朝廷都看傻了眼。

宋堂禄出宫时早已想通透了，若是宣旨，按律藩王就得跪下，至于北凉王跪不跪其实都无妨，徐骁都可佩刀上殿，本就还有无须跪地听旨的特权，只是他如果一本正经拿腔捏调站在那里宣旨，恐怕会有示威嫌疑。宋堂禄一开始就不想如此给人猖狂嫌疑，哪怕明知不合礼节，他起身后仍是从袖中抽出包黄密旨，垂首快行，双手递给北凉王，直接将宣旨这件事跳过，忽略不计。徐骁接过密旨，随手递徐凤年，然后让这个颇为知情达理的宦官坐下。宋堂禄正襟危坐，目不斜视，只是眼角余光仍是瞥见了一头霜雪的徐凤年，心中震惊。不知为何，当他余光所及，那名世子殿下明明在低头舒展圣旨阅读，嘴角仍是勾起了一个弧度，宋堂禄能够在皇宫十万宦官中脱颖而出，一步一步走上巅峰，靠的就是堪称卓绝天赋的察言观色，立即知道这个年轻世子察觉到了自己的无心窥探，当下便低敛视线，只敢使劲望向自己的双膝。

徐骁笑着说了句寒暄话："宋貂寺这一路辛苦了。"

宋堂禄赶紧摇头道："不敢，是宋堂禄的分内事。"

徐骁笑问道："宋貂寺要不在北凉多待几天，本王也好尽情款待一番。"

被一口一个"宋貂寺"折腾得一惊一乍的年轻权宦赶紧起身，又跪地歉然道："宋堂禄需要马上赴京复命，可能连一顿饭都吃不上，还望北凉王万分海涵。"

徐骁走过去搀扶起宋堂禄，"无妨无妨，咱们也不用如何客套，怎么顺畅适宜怎么来，不耽搁宋貂寺回去复命，走，本王送你出门。"

饶是在宫中历练多年，修心一事不输任何顶尖高手的宋堂禄也明显有一抹恍惚失神，毕恭毕敬说道："委实不敢劳烦北凉王。"

徐骁摇了摇头，跟宋堂禄一起走出大堂，大内侍卫早已将行囊交给王府管事。一行人走在不见丝毫戒备森严的幽静小径上，那些侍卫也都是走得如履薄冰，趁这会儿赶忙多看了几眼这位异姓王的背影，等回到宫中，也好跟同僚们狠狠吹嘘一通，咱可是有过距离堂堂北凉王不到十步路的待遇！宋堂禄谨小慎微多年，不露痕迹地落后徐骁大半个身形，走到大门口，宋堂禄说什么都不敢让这位北凉王送出门半步，随即停下脚步；那些大内侍卫都默默鱼贯而出，翻身上马，远远等候。

一名侍卫啧啧道："不愧是灭掉春秋六国的大将军啊！"

另一人小声问道："咋的？"

侍卫沉声道："走路都有杀气。"

"没感觉到啊。"

"你懂个屁，那是因为你境界不够！"

"难怪有人说北凉王瞪眼就能杀人，会直接把人吓破苦胆。幸亏宋貂寺没惹恼了他老人家，要不咱们还不得被双眼一瞪就死一双？"

一名最为年老沉稳的侍卫听着后辈的荒唐对话，哭笑不得。

门口那边，徐骁轻声说道："别人都说你宋貂寺在印绶监当值的时候，兢兢业业，掌管古今通集文库、贴黄勘合等万般琐事，都办得井井有条，还能写一手好字好文章。本王是个粗人，这些头疼玩意想上心都难，也就不说了，不过有件事情，本王记得一清二楚，我家凤年世袭罔替的诰敕内容，出自你笔，府上有人说你写得好，这份人情，本王记下了，以后万一有事，用得着我儿凤年这个新任北凉王，只需知会一声，不敢夸口帮你摆平，本王只说他会尽力而为。"

宋貂寺如遭雷击，下意识就要再度跪下。

徐骁扶住他双手，笑骂道："男儿膝下有黄金，跪什么跪！宋堂禄，有机会再来北凉王府，记得就不用跪了，这与你身份无关，本王的确不讲理，只念情分。"

宋貂寺一咬牙，颤声道："以后职责所在，宋堂禄该做的，一定还是会

做。但是一些多余事情，绝不会多嘴。还有这番话，宋堂禄只记在心里，就当大将军没有提起过。"

徐骁点了点头，"本王就不送了。"

宋貂寺学那士子作揖行礼，转身出门而去。

徐骁慢慢踱步回到大堂，看到徐凤年拆完行囊，手指捏着一件蟒衣的袖子，在那儿神神叨叨，"瞧着顺眼，摸着也挺舒服，飞剑出袖的时候可得小心些，划破了找谁缝补去。"

徐骁打趣道："缝缝补补还怕找不到人？春秋遗民北奔有两股，流窜北莽那些，被我截下不少人，咱们北凉织造局的头目就是当年给南唐皇室做衣裳的，不过这回你的王袍缝织，具体事项交给了几名心灵手巧的女子，那人也就是绘制图案而已，年纪大了，眼神不顶用，他怕一个不合时宜就被砍头。"

徐凤年皱眉道："你那件蟒袍不行？"

徐骁气笑道："哪有新王穿旧衣的道理，咱们徐家没穷到那个份上！"

徐凤年放下手上御赐蟒衣，犹豫了一下说道："本来想去一趟西北端，把那将近十万戴罪流民抓在手上，既然要去京城观礼，那放一放，先去太安城。"

徐骁问道："何时动身？需要带多少铁骑？"

徐凤年笑道："就明天。带什么铁骑，我又不是藩王，去京城不用讲究排场。再说像燕刺王那般带了近千骑兵，韩貂寺恐怕就得藏头缩尾，我这回就开门揖盗一次，让人猫痛痛快快杀上一杀。"

徐骁点头道："除去你自己的安排，我也暗中把寅和丑交给你。"

徐凤年问道："那你怎么办？万一韩貂寺不杀我杀你？"

徐骁笑问道："你可知为何剑神李淳罡会被镇压在听潮阁下二十年？可知当初他下山龙虎斩魔台，又是被何方神圣斩去一臂？"

徐凤年黯然无语。

徐骁坐在椅子上淡然道："你放心去你的京城，爹的安危不用担心，这么多年想杀我的人多如过江之鲫，我有的是法子对付。"

死士寅的阴阴声音又传入父子二人耳中："南宫仆射已经回阁，轩辕青锋在湖心亭中。两人受伤不轻。"

徐凤年问道："戊？"

150

死士寅刻板答复道："回禀殿下，安然无恙。"

在地支死士眼中，同僚生死，根本无足轻重。

徐凤年站起身，前往听潮湖，少年死士蹲在湖边生闷气。

徐凤年走过去，见他转头一脸愧疚，笑道："吃你的饭去，然后明天跟我去京城，到时候有的是机会跟韩貂寺过招。"

少年蹦跳起来，笑脸灿烂，"当真？"

徐凤年抬腿作势要踹他入湖，这心性活泼而不阴沉的少年咧嘴一笑，自己就跳入湖中，欢快地狗刨游向对岸。

徐凤年会心一笑，走向湖心亭，走近以后，看到轩辕青锋靠廊柱颓然而坐。

徐凤年眯起那双丹凤眸子，懒散坐下后讥讽笑道："同为指玄，那天下第二指玄的韩貂寺，比你老到厉害多了吧？"

轩辕青锋厉声道："等我入了天象……"

徐凤年轻声道："你忘了韩貂寺最擅长指玄杀天象？所以这才有了'陆地神仙以下韩无敌'的说法。你也别觉得憋屈，武功境界这东西，人比人气死人，总会有一山还有一山高。我知道你想要成为王仙芝那样的货色，可你在这之前，还是要放宽心，很多事情急不来的。旁门八百左道三千，你挑了一条险峻至极的羊肠小道，就要越发珍稀当下的活命。我呢，短暂进入过伪天象，算是白驹过隙的光景，但有一点可以明确告诉你，你一旦升境，说不定要成为三百年来第一个遭受天劫雷劈的天象高手。天网恢恢疏而不漏，你逃不掉的。"

轩辕青锋脸色瞬间雪白无人色。

徐凤年站起身，"跟我来，既然你纳了投名状，我就可以与你放心做笔大买卖，我给你的东西，价值连城这个比喻都是说轻了，所以你就算以身相许，我都不觉得你吃亏。"

轩辕青锋破天荒没有出言顶撞，安静跟在徐凤年身后。看来这场围剿韩貂寺无功而返，让她目中无人无法无天的出格性子有所收敛。

徐凤年推门进入听潮阁，带着轩辕青锋直接走到八楼，朱袍阴物浮现在廊道中，以地藏悲悯相示人，徐凤年笑道："你就别逞强进入了，白白丢失修为。"

开门关门。

轩辕青锋看到一幅毕生难忘的场景。

九枚大小不一的玉玺。

浮空而悬。

各自悬停位置以春秋九国版图而定。

徐凤年负手站定，平静道："后隋，西楚，南唐，西蜀，北汉，大魏，这六个亡国后如今史书上的记载国号，都是被徐骁所灭。离阳朝廷为了表彰徐骁军功，除去西楚皇帝大印失踪不见，老皇帝当时特地将其中五枚传国玉玺赐予徐家。当年大楚之所以被视为中原正统，很大程度是它传承到了大秦帝国的承运之玺。后来春秋割裂，各国都有摹刻或者干脆重刻，玺和宝各类称呼都有。你所看到的九枚，三枚都是仿制，只为了凑成'九'这个数字，听潮阁高九层，不是无缘无故的。知道你想问什么，既然朝廷才赐下五枚，仿制三枚，还有一枚来自何处？咱俩算是一根绳上的蚂蚱，跟你直说无妨。北凉王府私藏了承载西楚气运的小公主，你瞧见那块最小的玉玺没有？不过方四寸，却是货真价实的大秦皇帝阳印，至于阴印，我在北莽进入过大秦帝陵，只是当初那人有意藏私，只肯带我见识陵墓的冰山一角，我一心想着保命逃命，也顾不得深究。我弟弟黄蛮儿此生不得入天象，洪洗象拐跑了我大姐，为了还人情，剑斩五国气运，北凉明面上不得半点，只是以七三分，分别流入了离阳和西楚气运柱。"

徐凤年不理睬轩辕青锋的目瞪口呆，指了指西楚国印，"先前全无色泽，跟普通玉石无异，骑牛的飞剑斩运后，则熠熠生辉，除了依旧比不得离阳仿印，已是远胜七枚宝玺的光彩。这个符阵是窃取天地气运的东西，曹长卿已经准备复国，估计过不了几年就要抽掉取回西楚国印。与其被他白白拿走，还不如做生意卖给你，你这两年都携带在身慢慢汲取，以后跻身天象，用作抵挡天劫。玉玺的气数虽说不过王朝的百千分之一不等，但你一人独占，我估计怎么都不至于做个天底下最短命的天象境高手。"

轩辕青锋小声问道："那你那个被我父亲说是只可指玄的弟弟？"

徐凤年扯了扯嘴角道："算你还有点良心。少了一块必然失去的大秦阳印，还有其余八枚。况且我家黄蛮儿，我一辈子都不会让他进入天象境，这个符阵，只是以防万一。再说了，黄蛮儿与你不一样，哪怕是这个符阵有所裨益，对他来说也是治标不治本，归根结底，不论是你目前的指玄境还是你将来的天象境，在黄蛮儿面前就像是小孩子的把戏。"

轩辕青锋平静道："但我不会止步于天象境。"

徐凤年一笑置之，踏步潜行，伸出一只手悬空，朝西楚传国玉玺轻轻一抓。

如同蟒龙汲水，随着玉玺被扯向徐凤年手中，空气还出现一阵阵竟是肉眼可见的玄妙涟漪。

其余八枚宝玺俱是颤抖不止。

当徐凤年握住玉玺后，如被风吹皱的水面才逐渐平静如镜面。

徐凤年转身将玉玺交到轩辕青锋手上。

她脸色剧变，整只手掌都由红转紫。

徐凤年幸灾乐祸道："烫手？别松开。"

轩辕青锋强忍着心如刀割的刺痛，怒道："为何在你手中便毫无异样？"

徐凤年自嘲道："天底下就没有比我气运更空白如新纸的可怜虫了。要是铁门关截杀赵楷之前，身为徐骁嫡长子的我想要去握住这枚西楚玉玺，恐怕想要活命，就得当即自断一条胳膊才行。"

轩辕青锋几乎痛得晕厥过去，但她不但毫无动摇神色，反而更加握紧玉玺。

徐凤年暗叹一声，心道真是个不可理喻的疯婆娘，嘴上却说道："你的命半条归你，半条归我了，答应与否？"

轩辕青锋直截了当道："可以，但得等到我进入天象境以后，活下来才作数！"

徐凤年无奈笑道："你吃点亏会死啊？"

轩辕青锋冷哼一声，狭长秋眸里倒是有些说不清道不明的隐晦笑意。

徐凤年走向门口，"等会儿你自己下楼。"

才出门，轩辕青锋就干脆利落地直接飘拂出去。

徐凤年摇了摇头，关上门，下楼后轻松在外廊找到怔怔出神的白狐儿脸。

徐凤年好言安慰道："喂喂喂，打不过天下第十的韩貂寺又不丢脸，这只是说明你还没有进入前十而已。"

腰间悬绣冬的白狐儿脸没有说话，转身走向楼内。

徐凤年问道："我明日就要去趟京城，韩貂寺十有八九会缠上来，你有没有兴趣？"

白狐儿脸停下脚步，"你就这么怕死？"

徐凤年嘀咕道:"好心当驴肝肺。"

白狐儿脸转身笑道:"放心好了,我还不至于杀不到韩貂寺就心境受阻,以致境界停滞。我跟你们北凉铁骑一样,走的是以战养战的悲苦路数,以后有的是几场大败仗要吃,不死就行。"

徐凤年不死心又问道:"真不去京城?"

白狐儿脸玩味说道:"怎的,觉得京城美女如云,不捎上我这天下第一美人,会没面子?"

杀气,杀机!

被揭穿那点歪肚肠的徐凤年仓皇狼狈地逃窜下楼。

白狐儿脸也没有追杀,跨过这层楼的门槛,心境莫名地安定下来,凄然道:"没想到这儿倒成了家,以后我又该死在哪里才对?"

余晖渐去,暮色渐沉。

徐凤年不知不觉来到了芦苇荡中的湖畔茅舍,只是没有去找独居此地的裴南苇,而是沿着一条通往听潮湖的泥土小路,兴许是被她踩踏得次数多了,小径平坦而柔软。

湖边搭建了一条出水长达几丈的木质架空渡口。比人还高的荻芦渐渐转霜白,风起飘絮如飘雪。

徐凤年脱去鞋袜放在一边,后仰躺下,闭目休憩养神。

不知过了多久,耳边传来一阵细碎声响。

光脚女子在他身边抱膝坐下。

她沉默许久,终于开口道:"这下我开心了,你比我还惨,报应。"

徐凤年没有睁开眼睛,轻声道:"芦苇制成苇索可以用来悬挂抵御凶邪,春芦嫩茎可做笛膜,辟邪也好笛膜也罢,芦苇都不是让你来扎草人诅咒我的。"

裴南苇把下巴枕在膝盖上,清风拂面,她柔声道:"按照宗藩法例,今年藩王要赴京面圣,你去不去?去的话,带上我,我这辈子都没去过太安城呢,想去看一眼。看完以后,我就心甘情愿老死在这儿了。"

徐凤年站起身,折了一根芦苇,坐在木桥边缘,"我要去京城,不过不带你。"

裴南苇平淡道:"行啊,那我继续扎草人咒你不得好死。"

徐凤年转头说道："信不信一巴掌把你拍进水里？"

裴南苇摇摇头。

徐凤年转过头，不理会这个脑子向来拎不清的女子。

裴南苇坐在他身边，然后抬脚轻轻踢了他的脚背，"带我去吗？我这辈子就这么一个未了心愿，我可以给你做丫鬟。"

徐凤年斩钉截铁道："不带。"

"不仅端茶送水喊你大爷，还帮你揉肩敲背喊公子。"

"不稀罕。"

"陪你下棋，帮你读书。"

"值几个钱？"

"你不舒心的时候，奴婢一定笑脸着愿打愿挨。"

"我怜香惜玉。"

"暖床。"

"啥？"

"暖床！"

"好，一言为定！咱们明天就动身去京城，记得雅素和艳美的衣裳都带上几件，可以换着穿，胭脂水粉也别忘了，抹太多也不好，稍微来点就差不多。再有就是暖床的时候……"

"我不去了……"

"真不去？"

"嗯。这儿就挺好。"

"就你还想跟我斗？"

徐凤年笑着起身，弯腰把那根秋苇放在她膝上，提着靴袜离开芦苇荡。

一辆马车缓缓驶出州城西门，马夫是名皮肤黝黑的壮硕少年，身边坐着一位青衣女子，在教他如何驾马，好在马匹是上等熟马中拣选出来的良驹，否则出城前就要歪扭着撞到不少行人。车厢内只有一双男女，年纪都不大。女子紫衣，阴森凛然。年轻男子，白发白蟒衣，不知是身份缘故，还是如何，稳稳压她一头气势。这件整个离阳王朝独一份的蟒衣远观不细看，与绸缎子的富贵白袍无异；细看就极为精美绝伦，九蟒吐珠，栩栩如生，呼之欲出。

　　徐凤年就这么简简单单赶赴太安城，比起第一次出门游历要好些，比起第二次百骑护驾则要寒碜太多。靖安王妃裴南苇终究没有那个脸皮露面随行，沦为笼中雀的她无法去那座京城瞧瞧看看，恐怕得多扎几个草人才能解气，好在那一大片闹中取静的芦苇荡，一年到头都不缺芦苇。徐凤年生平第一次赴京，带了两方名砚。百八砚已经送给陈亮锡，当然不在此列。其中一方，凉州独有，由大河深水之底捞出的冻铁砚，号称淬笔锋利如锥，与北凉彪悍民风相符——真是一方水土养一方人，连养育出来的石头都是如此硬得离奇。还有一方则是轩辕青锋锦上添花的歙鳝黄石如意瓶池砚，是徽山附近的特产，徽砚与南唐周砚互争天下第一砚的名头，有"徽砚如仕人，周砚似美妇"的谐趣说法。

　　徐凤年见缝插针，显得无比精明市侩，说道："你跟徽砚近水楼台，回头送些给我，多多益善。北凉士子就好这一口，徽砚如仕嘛，很乐意为此一掷千金的。咱们北凉除了盐铁就没什么牟利手段，你送那些秘籍，我总不能摆个摊子吆喝一本书几千两银子；卖名砚就简单多了，而且还显得文雅。况且以后北凉文官壮大是大势所趋，你送了古砚过来，我还能转手赠送。我能帮徐骁省一分银钱是一分。"

　　轩辕青锋讥笑道："你还是那个逛青楼花钱如流水的世子殿下吗？听说撞上了游侠也都追着送银子的。"

　　徐凤年坦然笑道："不当家不知柴米贵，再说那会儿怎么纨绔怎么来，很多事情毕竟不是你想如何就如何，身不由己的不仅是你们江湖人。"

　　轩辕青锋盯着他瞧了许久。

　　徐凤年对此熟视无睹，自顾自说道："这段时间你想一想有没有给北凉带来滚滚财源的偏门。天底下最大的貔貅就是军伍了，北凉铁骑三十万，这么多年能不减员，还可以保持战力，外人看来就是一桩天大奇迹，可其中艰辛，我就不跟你掏心掏肺了，你这种从小随手拿一袋子金珠子弹鸟雀的千金小姐，跟你说了也不理解。"

　　轩辕青锋冷笑道："我主持徽山，不一样是当家不易？"

　　徐凤年言辞尖酸挖苦道："反正你只想着提升境界，心底根本不管轩辕世家死活，你那种竭泽而渔的当家法子也叫当家？败家娘们儿，干脆破罐子破摔得了。"

轩辕青锋隐约怒容，徐凤年摆摆手道："你跟我磨嘴皮子没意思，多想想正经事，关于生财一事，我没开玩笑。"

轩辕青锋冷笑不语。

徐凤年过了一会儿，紧皱眉头问道："你放屁了？"

轩辕青锋怒气勃发，杀机流溢盈满车厢。

徐凤年捧腹大笑，"逗你玩，很好玩。"

轩辕青锋收敛杀意，生硬道："当年就该在灯市上杀了你，一了百了！"

徐凤年一手托着腮帮，凝视这个不打不相识的女子，笑容醉人。

轩辕青锋别过头，安静入定。她那条生僻武道看似一条捷径，其实走的是驳杂路子，要知道她的记忆力不逊色于徐凤年，自幼在牯牛大岗藏书楼浏览群书，又有比曹长卿还要更早入圣的轩辕敬城留下详细心得，机缘一事，本就是各人有各福。木剑温华遇上黄三甲是如此，愈挫愈勇的袁庭山也是，至于那些成名已久的巅峰人物，无一例外。

徐凤年突然说道："要是你哪天不小心看上了合适的男子，记得请我喝喜酒。"

轩辕青锋冷笑道："再说一句，我拔掉你的那玩意儿，刚好让你去宫中当宦官。"

徐凤年白眼道："就你这德行，这辈子都别想嫁出去了。"

一千精锐铁骑从王朝南方边境浩荡北行。

骑军中段，有一辆豪奢到寸板寸金的马车，车厢内香炉袅袅紫烟升腾，一名发髻别有一根紫檀花簪的中年儒雅男子，正在伸手轻轻拍拂那些沁人心脾的龙涎香气，看着烟气绕掌而旋，乐此不疲。偶尔会凌空勾画写字，喃喃自语。按道理而言，马车外边是整整一千藩王亲骑，他如此独占马车的恢宏做派，就该是燕剌王赵炳无疑。

听到有一骑手指叩响外车壁，连续叩了十余下，如文士的俊美男子这才懒洋洋掀起帘子，外头那一骑健壮汉子身着便装，笑问道："纳兰，真不出来骑马试试看？"

见"燕剌王"就要放下帘子，相貌粗犷的骑士无奈道："好好好，喊你右慈行了吧？你呀，真是得好好锻炼锻炼身子骨，总归没错的。"

文士微笑道：“养生之法众多，服气、饵药、慎时、寡欲等百十种，又以养德为第一要事。”

骑士一阵头大，“怕了你，你坐你的马车，我骑我的马，井水不犯河水。”

文士笑眯眯道：“上来坐一坐，我刚好有兴致，给你念念《阴符经》。”

骑士佯怒道：“你是燕刺王还是我是燕刺王？”

文士依旧还是笑容清淡，“天下事意外者十有二三，世人只见得眼前无事，便都放下心来。你要上车，我就给你说说这趟京城之行的二三意外。”

骑士冷哼一声，“这回偏不遂你心愿。”

被他称呼纳兰又改口右慈的温雅男子笑着放下帘子。骑士重重叹息一声，乖乖下马上车。

骑士，燕刺王赵炳！

文士，则是那王朝声名鼎盛无双的谋士，纳兰右慈。

广陵王赵毅带了八百背魁铁骑北上赴京。

临行前专程去与经略使孙希济道别，结果吃了个大大的闭门羹。

这支骑队马车多达十余辆，最大两辆毫无疑问是父子二人相加得有七百斤肉的藩王赵毅、世子赵骠。

早已被驱散路人的驿路宽敞而清净，马车并行，肥壮如猪的世子赵骠拉开帘子喊道：“爹，那孙老儿是不是太跋扈了？连你的面子也不给，想造反不成？”

车厢内广陵王如同一座小山堆，两名艳婢只得坐在他大腿上，赵毅甩了个眼色给其中一名尤物，她媚笑着掀起帘子，赵毅这才懒洋洋说道：“骠儿，托你吉言。老太师造反才好。”

獐头鼠目的春雪楼首席谋士眼珠子滴溜溜转。

身边当朝名将卢升象一骑赤马，雄壮英武。

两人形成鲜明对比。

两撇山羊须的谋士抬了抬酸疼屁股，策马靠近了进京以后便是第九位大将军的卢升象，轻声问道：“万一孙希济真的跟曹长卿眉来眼去，铁了心复国，到时候北莽再来一个里应外合，不提顾大将军北线注定无暇顾及，京畿之地的驻军也不敢轻易南下驰援，咱们南边的那位燕刺王亦乐得坐山观虎斗。西楚心存谋反的遗民，那可是野火烧不尽春风吹又生。咱们广陵道少了你卢将军，可真是屋漏偏逢连夜雨啊。"

离阳王朝授予武将大将军总计八位，北凉有藩王徐骁、前都护陈芝豹，朝廷中有兵部尚书顾剑棠，一辈子雄踞两辽险关的老将军公孙永乐，其余四位也都是春秋中战功煊赫的花甲老将，不过这四人大多解甲归田，仅余一人辗转进入风马牛不相及的户部。而卢升象即将脱离广陵道这一隅之地，升任兵部侍郎，与江南道卢家的棠溪剑仙并列。春秋灭八国，出现过许多场精彩战事，像那妃子坟死战，西垒壁苦战，襄樊城长达十年攻守战，顾剑棠大将军的蚕食雄州。但被兵家誉为最为灵动的两场奔袭战，则是褚禄山的开蜀，再就是卢升象千骑雪夜破东越。卢升象作为当世屈指可数的名将，毋庸置疑，他赴京进入顾剑棠逐渐退出的兵部，远比并无寸功的卢白颉来得理所当然。

卢升象冷笑道："孙希济敢反，我就敢亲手杀。"

被誉为春雪楼楼主的山羊须谋士发出啧啧笑声。

胶东王赵睢率五百扈骑南下，他也是唯一"南下"面圣的藩王。

赵睢面容枯肃坐于简陋马车内，忧心忡忡。

世子赵翼杂入骑队，与普通骑卒一模一样。

因为早年与徐骁交好，这么多年来深受其累，当年身陷一场京城精心构陷的圈套，麾下精锐嫡系三十余人就被贬官的贬官发配的发配，人心摇动，元气大伤，至今尚未痊愈。

赵睢放下手中一本兵书，苦笑道："徐瘸子肯定不乐意来，不知道那个臭名昭著的侄子有没有这份胆识。"

三百骑由襄樊城出行。

与燕刺王和纳兰右慈的关系如出一辙，乘坐马车的不是靖安王赵珣，而是那目盲谋士。

赵珣倍感神清气爽。

以陆诩之谋，看架势原本要雄霸文坛三代人的宋家果真被轻轻一推，便纸糊老虎一般轰然倒塌，宋老夫子更是在病榻之上活活吐血气死。

王朝内公认最懦弱的淮南王赵英只带了寥寥几十骑东去京城。

在车内喝得酩酊大醉，看脚边那么多坛子酒，这一路恐怕是醉醺时光远多于清醒了。

他酣睡时，不知有一骑单枪匹马，与他那支可怜骑队擦身而过。

西蜀白衣梅子酒。

依旧挎木剑的温华一路走得憋屈，好不容易从北莽流窜到了离阳境内，本来想着是不是能先去趟北凉，把那辛辛苦苦攒钱买下的整套春宫图送给小年，结果黄老头硬是不许，说要送自己跑路去送，温华气得一佛出世二佛升天，身无分文的游侠儿当下就准备靠两条腿走着去北凉，不承想黄老头威胁他走了以后别想在京城相见，温华破口大骂以后仍是执意去北凉，黄老头破天荒软了口风，说迟早会见面的，指不定就在京城，这才打消了温华的念头。两人买了辆破破烂烂的马车。温华倒是过惯了苦日子，已经很知足，不过走了几里路，就怂恿黄老头别乘坐马车了，都是习过武的江湖人，要多打磨砺练体魄，干脆两人牵马而行得了。黄老头哪里不知道这兔崽子是想着独自骑马摆阔，好抖搂那点屁大的威风，一开始没答应，后来实在是拗不过温华的婆妈唠叨，只得掏银钱给他买了匹骡子。至今还是没出息到只有一柄木剑的落魄游侠儿不讲究，骑着骡子当骏马，照样扬扬得意，一路上伺候骡子吃喝拉撒，比起在茶馆打杂还来得殷勤，让黄老头瞅一眼就心烦一次。

骡子在屁股底下，就越发木剑在手天下我有的温华嬉皮笑脸问道："到了京城，我找谁比剑去？事先说好，我以前打擂台抢亲，给人打趴下都有小年抬我走的，到时候你可别见死不救。"

驾马的黄老头淡然道："东越剑池的白江山。"

温华倒抽一口凉气，嘿嘿笑道："东越剑池？我可听说过厉害得一塌糊涂，能不能换一个？不是说我怕了他们，可高手过招，总得让我先热热身吧？"

黄老头嗤笑道："行啊，祁嘉节。"

温华小心翼翼问道："干啥的？十八般武艺里头，耍哪一样？"

黄老头没好气道："京城第一剑客。"

温华赔笑道："黄老头，不是让你找个稍微次一点的高手吗？名头都这么大，不合适啊。"

黄老头问道："找名声小一点的？"

160

温华厚颜无耻地使劲点头，"咱们慢慢来，循序渐进，一口也吃不成胖子不是？"

黄老头跟着点头："那就找一个叫翠花的女子，是一名剑客的侍女，行不行？"

温华实在没脸皮再说不行，琢磨一番，觉着一位侍女能生猛到哪里去，拍胸脯豪气道："行啊，怎么不行，是爷们儿就不能说不行！"

黄老头斜眼一瞥，温华被看得火冒三丈，怒道："我就是个没尝过荤的雏儿咋了，咋了吧？！你倒是给我弄出个细蜂腰大馒头大屁股的姑娘来！"

黄老头平静道："好啊，我给你找一个。"

温华试探性问道："没唬我？你可别给我纸上画大饼，到时候我记恨你一辈子！"

黄老头干脆就懒得说话。

温华希冀乐和了片刻，有些惆怅问道："黄老头，我到底是啥个境界哟，你只教我两剑，我练剑又晚，真打得过别人？你给我透个底，我到底有没有三品境界！"

黄老头呵呵一笑，"三品？"

温华听到"呵呵"二字，顿时一激灵，后怕之余，又有些想念那个不知为何没办法离开那座小茶馆的姑娘了，她脾气是差了点，可话不多，对女子而言，很不容易了。温华不去多想她，小心翼翼问道："那四品总该有的吧？"

老黄头不耐烦道："你管这些有的没的做什么，逢敌只管递出一剑，一剑不成，再递出第二剑，打不过就滚蛋。"

温华做了个习惯性动作，摸了摸裤裆，唉声叹气，"他娘的，当初跟小年聊了半天，才想出几个'中原第一剑'之类的霸气名头，看样子到时候就算在京城一战成名，也肯定要被人说成啥'温二剑'啊'温两剑'啊。"

老黄头笑问道："温二剑温两剑还不好听？那要不叫温二两？温小二也行嘛。"

温华七窍生烟骂道："二两小二你大爷啊！"

老黄头喟叹道："两剑还不够？很多了。李淳罡要是当年不是为两袖青蛇所耽误，早些直入一剑开天门的剑仙大境，哪里会有后边的凄惨境遇。邓太阿如今前往东海，何尝不是想要由万剑归一剑。"

温华听这话就不乐意了，"黄老头，你这么指指点点两位新老剑神就真不厚道了啊。"

老人洒然一笑，不予理会。

瞥了一眼初出茅庐无忧无虑的游侠儿，二剑到一剑，天人之差啊，你小子真过得了我帮你立起的那道坎？

到时候，你小子会选陆地剑仙，还是选那黄粱一梦？

离阳先帝曾言春秋英才尽入我瓮。

宫城东墙以外六部等衙门所在的区域就被京城百姓戏称"赵家瓮"，京官大员云集，每逢早晚进出衙门，车马所载都是跳过一座乃至多座龙门的大小鲤鱼，翰林院能够在千金难买一寸地的赵家瓮独占一地，在六部之间左右逢源，足见那些黄门郎是何其清贵超俗。首辅张巨鹿出自此地，寂然无名整整二十年才后发制人，更是让四十余员大小黄门底气十足，何况最近这块名臣辈出的风水宝地才出了一个晋兰亭，一跃成为天子近臣，更是让人眼馋，可惜这地儿不是谁削尖了脑袋就能进去的。不过大多数黄门郎都能熬过一些年月后，陆续进入六部担任要职，也有在这里屁股一坐就是几十年没长进的榆木疙瘩，学问自然不小，可都没本事把清誉换成实打实的官爵品秩和真金实银，撑死了偷摸挣几笔润笔，令人哭笑不得的是这类润笔收入都是绢布或是白米，执笔人双手不接黄白物，可想而知，这些个迂腐黄门郎爱惜羽毛到了何种地步。

黄门郎不轻易增员，晋兰亭曾经是例外，他这位大黄门退出翰林院担任起居郎后，一位世族出身的小黄门耗费家族无数人情才得以递升，腾空的小黄门位置仍旧空悬，让朝廷里那些个子嗣优秀的中枢权贵争红了脸，这不听说吏部侍郎就跟轻车将军在朝会出宫后险些动手打架，不过对于已是黄门郎的诸人来说，这些都是闲暇时的趣闻笑谈。

唯一笑不起来的也许就只有宋恪礼了。宋老夫子硬生生气死，晚节不保。宋二夫子也不得不引咎辞去国子监右祭酒，闭门谢客，好不容易在跟礼部尚书卢道林明争暗斗中赢取了一些，猛然间溃不成军，皆成云烟。至于宋家雏凤倒尚未被波及，但在翰林院内也是摇摇欲坠，原先那些好似君子之交的知己都渐行渐远，比女子脸色还要善变。唯独一个翰林院笑柄人物，原本跟宋恪礼仅是点头之交，如今凤凰落难不如鸡，反倒是主动走近了几分，今日便又拎了壶不优不劣的杏子烧来找宋恪礼切磋学问。离阳朝廷，唯独翰林院可以白日饮酒，只要不耽误公务，便是酣睡打鼾也不打紧。皇帝陛下前些年冬日一次毫无征兆地登门，见着一位醉酒还梦话念诗的疏狂黄门郎，旁人惊吓得噤若寒蝉，不料以勤政著称的陛下只是笑着替那家伙披上一件狐裘，对其余黄门郎坦言"朕容不得自己懈怠，容不得别部官员偷懒，唯独容得下你们恃才傲物"，朝野上下传为美谈。

无事可做的宋恪礼正在埋头阅读一本翻了许多遍的《且夕知录》，那名据说五十多岁却保养如不惑之年的老黄门笑着坐下，把酒壶搁在书案上。宋恪礼望着这个翰林院最不懂钻营的老前辈，心中难免叹息，谈不上如何感激，只是有些无奈。天有不测风云不假，可自己的家族竟然也会朝福暮祸，让出生以后便顺风顺水的宋恪礼十分迷茫，前途晦暗难明，哪有心情喝酒。可这位年纪不小的仁兄偏偏如此不识趣，隔三岔五就来找他喝酒，所幸也不如何说话。宋恪礼知道他口齿不清，字写得倒是独具一格，钝而筋骨，跟父亲那一手曾经风靡朝野的"官家宋体"截然相反。翰林院摊上苦差事，同僚都喜欢推托给此人，这个姓元名朴的古怪男人倒也好说话，来者不拒。传言膝下无儿无女，也不像其余黄门郎那般动辄给自己弄一大堆什么"先生""山人"的字号。宋恪礼进入翰林院以后，没有见过他哪一次呼朋引伴去青楼买醉，也没有人来这里求他办事，虽说君子不朋党，可如元朴这样孤寡得彻彻底底，实在是凤毛麟角。

约莫是自卑于口齿不清，一大把年纪仍是小黄门的元朴见宋恪礼不饮酒，继续自顾自独饮起来，宋恪礼实在是扛不住此人的作态，放下书籍，轻声问道："元黄门，恕我直言，你是想烧我宋家的冷灶？想着以后宋家死灰复燃，我好念你这段时日的亲近？"

老黄门笑着摇摇头。

换成别人，宋恪礼一定不会轻易相信，不知为何，见到此人，却深信不疑了。于是宋恪礼越发好奇，忍不住问道："那你为何此时请我喝酒？"

讷于言的元朴提笔铺纸，勾画不重，绝不刻意追求入木三分，却写得急缓有度，写完以后搁笔，掉转宣纸。

宋恪礼瞄了一眼，上面写的是："匹夫悍勇无礼则乱禁，书生悍勇无义

则乱国。君子悍勇不在胜人，而在胜己。"

宋恪礼苦涩道："你是说我软弱？可我人微言轻，如何能够力挽狂澜？陛下龙颜大怒，我爹不仅闭门拒客，在家中都是闭口不言语，我又能如何？"

看上去不老其实挺年迈的老黄门又提起笔，转回本就留白十之八九的宣纸，继续写下一句话。

"士有三不顾，齐家不顾修身，治国不顾齐家，平天下不顾治国。"

宋恪礼咀嚼一番，仍是摇头道："儒教之修身齐家治国平天下，并非那熊掌鲜鱼不可兼得。"

元黄门一手按住宣纸旋转，然后笑着在宣纸上写下"儒教"二字，轻轻压下笔锋，重重抹去"教"字，加上一个"家"字。宋恪礼点了点头，对此并不反驳。

这人又写下一行字："'公私'二字，人鬼之关。"

宋恪礼不是那笨人，一点即通，举一反三，"元黄门是想说'公'这一字，还分大小？而我非但连小公之心都欠缺，而且只存私心？"

老黄门点了点头。不是不谙人情世故到了极点的书呆子，会如此直白？读书人重名声重脸面，千年以前是如此，千年以后注定仍是如此。

宋恪礼被戳中七寸，凄然一笑，这回倒是真想一醉方休万事不想了，拿过酒壶倒了满满一杯酒，抬头一饮而尽。

元黄门不厌其烦地写下一行字："人心本炎凉，非世态过错。"

然后他拿毫尖指了指自己脑袋，又指了指自己心口。

宋恪礼轻声问道："元黄门是教我要记在脑中，放下心头。"

元黄门欣慰点头，准备搁笔，想了想，又缓缓写下第四行字："天下家国败亡，逃不出'积渐'二字祸根。天下家国兴起，离不开'积渐'二字功劳。"

"谢元先生教我，宋恪礼此生不敢忘。"

宋恪礼起身，怆然泪下，深深作揖。

元朴没有出声，只是喝了口酒，低头轻吹墨迹，等干涸以后，才翻面，换了一支硬毫笔，以蝇头小楷写下："可知宋家之亡，出自谁手？"

宋恪礼落座后，转头拿袖子擦去泪水，深呼吸一口，平静道："看山是山看水是水。必然是那靖安王赵珣。"

两位年龄相差悬殊的小黄门一落笔一说话，古怪诡谲。

"若你得掌权柄国器，公私相害，可会报仇解恨？"

"不会！"

"若你成为朝廷柱石，公私且不相害，可会报仇泄恨？"

"因事因势而定，于国于民如何有利，我便如何。我宋恪礼哪怕被元先生当成志大才疏之辈，也愿谋天下。"这确是宋恪礼肺腑之言。

"士有三不顾，此时你可仍是摇头？"

"再不敢。"

元黄门放下笔，两指相互搓指尖墨汁，终于沙哑含糊开口："宋恪礼，道理你是懂，因为你很聪明，很多事情一点就通。可我还是要多问你一句，能忍辱偷生、籍籍无名十几二十年吗？"

宋恪礼毫不犹豫道："张首辅都做得，为何我做不得？"

元黄门吐字极为艰辛，言语也就缓如老龟攀爬："你爹会告罪还乡，一生不得出仕。"

宋恪礼脸色苍白。

元黄门继续面无表情，慢慢在这位宋雏凤心口扎刀子："张巨鹿尚且可以在翰林院蛰伏蓄势，最终有老首辅赐予荫袭，可你就要连小黄门都做不得。"

宋恪礼头脑一片空白。

明知这种惨事只是有些许可能性，绝不是眼前老黄门可以一语成谶，但听在耳中，便是滚滚天雷。

元黄门起身面带讥讽道："读书人谁不会做几篇锦绣文章，谁听不懂几句大道理，谁不是自称怀才不遇？你宋恪礼本就该滚出翰林院。"

提酒而来，挥袖离去。

宋恪礼缓缓起身，对跨过门槛的老黄门背影轻声说道："再谢元先生教我。"

当天，被将翰林院当作龙门流水来去无数同僚当作笑柄的元黄门，在皇宫夜禁以后，叩响了一扇偏门上的铜环。

才从内官监掌印退下来的老太监开门后，弯腰几乎都要双手及地。

他没有任何言语，也没有结伴随行。

　　恐怕连十二监当值几十年的老宦官都不知，格局森严的皇宫中竟然有一条侧门直道直达天子住处。

　　一路上没有任何身影。

　　元黄门就这样闲庭信步般走到了皇帝住处，哪怕见到了那名匆忙披衣走下台阶的赵家天子，仍是没有一人出现。

　　这位离阳王朝的皇帝陛下，见到半哑元黄门后，笑着作揖道："见过先生。"

　　天子这一揖，天底下谁人受得起?

　　皇帝走近几步，轻声问道："找到人选了?"

　　这名自断半截舌的老黄门点了点头，平淡而含糊说道："宋恪礼。"

　　赵家天子如释重负，根本不去问为何。

　　因为眼前此人曾被荀平同时引为知己与大敌，最终借手烹杀荀平。

　　八龙夺嫡，扶持当今天子赵简坐上龙椅，让老靖安王赵衡含恨终身。

　　白衣案主谋。

　　擢升张巨鹿。

　　密旨斥退北凉王。

　　构陷胶东王赵睢。

　　建言纳北凉世子为驸马。

　　禁锢顾剑棠在兵部尚书之位整整十八年。

　　引诱宋老夫子藏下奏章副本。

　　提议皇子赵楷持瓶赴西域。

　　内里儒法并用，表面崇道斥佛。

　　让九五之尊自称牵线傀儡。

　　被北凉李义山落子六十七颗。

　　唯有元本溪!

第七章

回头亭白头回头，太安城千人朝会

六百老卒，面对那久久作揖不直腰的年轻男子。

此起彼伏，六百声恭送！

凉州州城外三十里有一座回头亭，寓意送人至此便回头。从清晨时分就陆陆续续有老人赶来，正午时分已是满亭霜白，临近黄昏，亭内亭外少说有五六百人，三教九流，也不全是城内百姓，也有从几百里以外专程赶来的花甲老人，有些是城内相熟结伴出行，然后在回头亭偶见许多年不曾见的老兄弟，百感交集，少不得一番推心置腹唏嘘世事，更多是原先并不认得，因为凑近了等人，按捺不住寂寥，相互攀谈，才知道都是各个老字营的。一来二去，回头亭场景古怪得很：有锦衣华服老者跪拜穷酸憨朴的老农，有带了佳酿美酒却仍是喝那廉价绿蚁酒，有双方为春秋中某一战事争执得面红耳赤，也有拄拐老人孤苦伶仃独坐。

驿路上来来往往，不乏鲜衣怒马、豪车骑队，不谙旧事的年轻人们见着这儿老家伙扎堆，都纳闷这帮老家伙是吃错了药还是咋的。下午时分，有一位乘牛车而来的缺臂老人正要下车牵牛走下驿道，好不耽误驿路商旅来往，不巧仍是拦住了一辆马车去路。驾车的是个体魄健壮的汉子，约莫是狐假虎威，脾气暴躁习惯了，粗嗓门嚷嚷。可那头老牛犯了犟性，豪横家族里出来的马夫跳下马车，嫌弃这老头不长眼，骂骂咧咧了一句好狗不挡道，一鞭子就要抽在那孤苦老头的脑袋上，至于是死是活，他哪里管这档子鸟事。可马鞭挥去，被那牵牛的寒酸老头轻巧握住，然后致歉几声。松开马鞭后，继续跟那头相依为命的老牛"讲道理"。这让正值壮年的马夫只觉得颜面尽失，火冒三丈，上前就要把这老不死的踹翻在地，省得被车厢内老爷见到光景，嫌弃自己办事不爽利，只是不承想他凶猛一踢，给老人好似醉酒踉跄躲过，独臂轻轻推在马夫胸口，然后马夫整个人就往后飘出三四丈远，却也不倒地。马夫站在原地，心中惊骇，敢情自己遇上真人不露相的高人了？

回头亭和驿路两边老人见到这一幕，轰然叫好，喝彩不断。马夫受挫，马车后头一荣俱荣一辱俱辱的五六扈骑家丁就看不下去，正要展开冲锋，亭外有一名身穿华贵蜀锦的老人厉喝一声，几乎同时，不下十余声不约而同的阻拦，这些穿着打扮相对富态的老人走过人堆，相视一笑，然后抱拳行了个简简单单的见面礼，蜀锦老人面朝骑士怒道："你们谁敢冲一个试试看？"

豪奢马车内走下一名肥头大耳的富贾，见着了蜀锦老人，吓得肝胆欲裂，斥退狗腿子，给了马夫重重一耳光，这才跪地颤声道："下官宋隆见过幽州将军。"

蜀锦老者面无表情道："你认识老子，老子不认识你，什么玩意儿，滚远一点！"

宋隆身为凉州六品文官，曾在敬陪末席的一场盛宴上见过这周将军，虽然周老已经从煊赫无比的幽州将军位置退下，但门生无数，哪怕是钟洪武、燕文鸾这样的大将军见着了此人，也一样客客气气，把手言欢。哪里是他小小六品官可以违逆的。北凉道仅辖三州，除了镇守边陲的边境军中那些一等实权将军，接下来便是以凉州、幽州、陵州三州将军为权柄深重。凉、幽毗邻北莽，又远非陵州将军可以媲美并肩，这三州将军称号可非那光好听没虎符的杂号将军，就算白给宋隆十个熊心豹子胆也不敢挑衅周老。

跟旧幽州将军周康同时走出的一位高大老人，比起周康略显年轻雄健几分，对着坐牛车而来的独臂老人定睛一看，热泪盈眶，当下就跪在驿道上，泣不成声道："莲子营老卒袁南亭参见林将军！"

正想着怎么让周老将军降火泄气的宋隆听到这话后，又是心肝一颤。袁南亭，北凉军中弩射第一的白羽骑一分为三，北凉四牙之一的韦甫诚赶赴西蜀后，袁南亭将军便独占其二，真真正正大权在握。可这也就罢了，能让正四品将军袁南亭跪地不起的林将军又是谁？飞来一桩天大横祸砸在头上的宋隆想死的心都有了！这会儿顾不得周老将军让他滚的"军令"，也跟着跪下去，使劲磕头，也不管林将军到底是哪位北凉军中不显山不露水的大菩萨，只管烧香磕头便是。

周康把持幽州将军一职十余年，与手握北凉羽弩骑射第一白羽卫的袁南亭自然认得面孔，但并不如何熟识。北凉军无敌铁骑成军于两辽，后来南下在春秋硝烟中越战越勇，不断壮大，使得成分极其复杂，各有渊源，他跟袁南亭便是出自不同派系，各有老一辈资深老将贵人提携。不过当袁南亭跪拜以后口呼"林将军"，周康立即就知道那名比自己大上十来岁的独臂老人是谁了——十八老营莲子营的第一任当家的——林斗房！为了救大将军，被人砍去一臂，大将军曾亲言"斗房老哥若有女儿孙女，日后当为我徐骁儿媳妇"一说！只是大将军封王以后，就再听不到林老将军任何音讯，幸运得见此人，便是倨傲自负如周康也心悦诚服地抱拳恭声道："周康拜见林老将军！"

独臂老人牵牛下驿道，走回路边，跟周康点头以后，走去扶起宋隆，平静道："大将军好不容易练出一支称雄天下的精兵，不是用来给你们跟老百

姓耍威风的。好了，宋大人，也别跪了，忙你的事情去，今日之事无须对我上心，多与百姓上心。"

宋隆连额头汗水都不敢抹去，连忙点头称是，生怕碍眼，狼狈逃走。

这帮老人都根本不把跳梁小丑的宋隆当回事，周康笑问道："林老将军怎么也来了？"

独臂林斗房不是那种故弄玄虚的官油子，在北凉军最该封功受赏的时候"急流勇退"，一口气隐姓埋名做了将近二十年的平头百姓，望向驿路轻声感慨道："你们还没有等着世子进京？"

作为莲子营老卒，袁南亭即便当上了将军，面对这位老上司，依然毕恭毕敬，抱拳说道："启禀林将军，袁南亭已经跟老兄弟们等了一个白天，仍然没有遇见有铁骑护卫马车途经回头亭。"

林斗房点了点头，笑道："来的路上，也听说了他去北莽摘下两颗头颅的事情，你们信不信？"

周康沉声道："北院大王徐淮南和提兵山第五貉之事，已经传遍北莽，纸包不住火，确是被人硬生生割去头颅无疑。若说仅是徐淮南一人死，周某可以视作北莽女帝狡兔死走狗烹的手腕，可第五貉也跟着暴毙，就绝非是北莽内讧可以解释了。现在断断续续有消息传来，留下城陶潜稚之死，也出自世子之手，更有那北莽魔头谢灵，也被斩杀，后来世子更是遇上了拓跋菩萨的幼子拓跋春隼，手下两大榜上有名的魔头，硬是被独身迎战的世子杀去一人。周康私下在府邸画出一条世子北莽之行的路线，完全符合这些枭雄人物的死亡时间，应是真实无误。这些年，咱们这帮老家伙可真是老眼昏花了。"

林斗房笑了笑，淡然道："这些吓人的说法，暂且不论真假，我倒是没有十分在意，我这次趁着还没死之前跑来回头亭，只是因为听说了鱼龙营许涌关一事，他被人踩断一条腿后，死前曾经有一个救下他的年轻人经常买酒给他喝，还答应他死后抬棺送行。若非当时殿下出行游历，给大将军代为抬棺，恐怕许涌关一辈子都不知道那个年轻人是谁。我呢，性子倔，反正就认这件事，觉得咱们跟着大将军在马背上杀来杀去几十年，然后有了这么一个年轻人接手北凉，不憋屈。当初跟大将军赌气，跑去种田了，前些年听说了这个年轻人的荒唐行径，还隔着老远在肚子里骂大将军来着，骂大将军你就养了这么个兔崽子，也亏得我林斗房没女儿没孙女，要不咱还不得悔青肠子？"

170

周康、袁南亭和附近一圈老人都是会心哈哈大笑。

林斗房也跟着乐，笑道："结果如今更悔了，早知道当年就娶了那南唐公主做媳妇，那模样可俏得不像话，可惜当时心气高，一犹豫就错过了，要不然这会儿可就是一大窝的子孙了。"

在军中不苟言笑跟丧门神似的袁南亭这会儿就如顽劣儿童一般，觍着脸笑道："林将军，您老还跟南唐公主有这档子美事？给说道说道？"

林斗房一瞪眼，袁南亭立即眼观鼻鼻观心，林斗房一巴掌拍在这名旧属脑门上，教训道："你小子当小卒子的时候挺人模狗样，当了将军，怎的还无赖起来了。丑话说前头，听说你新提拔管着大半支白羽卫，可别猪油蒙心光顾着捞钱，以后万一给我听到了，看不打断你三条腿！我要是没那机会，还得劳烦周将军代劳了，到时候这小子敢还手，周将军你就跟大将军说理去。"

周康爽朗大笑，"有这句话，周康可就真记下了。袁将军，这些年几次撞面，你对我横鼻子竖眼的，如今我有了林老将军这道'圣旨'，你以后还不隔三岔五拎着鸡鸭鱼肉到我府上套近乎？"

袁南亭直截了当道："以前跟周将军你不对眼，那是没法子的事情，边境军跟幽州本地军伍难免有些磕磕碰碰，可不是袁某对你有意见有看法，实话说，今天既然能在这里碰上你，我袁南亭就认定了你可以做老兄弟，你周康不继续当幽州将军，可惜了！回头我跟大将军说去，不做幽州将军，就不能做凉州将军了？！"

周康摇头笑道："跟袁老弟生龙活虎不一样，咱啊，身子骨不行了，就不厚着脸皮跟年轻人抢饭碗了。不过真有需要咱骑马上阵那一天，周康倒也还算每天喝得几大碗酒吃得几大斤牛肉，豁去性命，杀几十个北蛮子不在话下！"

林斗房突然说道："我看这次他去京城，就根本没有带上骑兵，说不定咱们都错过了。"

周康愣了愣，袁南亭大笑道："这样才好，大将军的嫡长子，咱们以后的北凉王，就该有这份傲气。"

身边一大帮老人都笑着点头，虽说没能跟世子殿下碰面，白等了一天，也没有什么后悔。

一辆简陋马车缓缓驶过，驶出了回头亭，似乎有所犹豫，停顿了一下。

一名白头白衣的男子走出马车。

众目睽睽之下，男子一揖到底。

拜老卒。

林斗房看到此人，竟是热泪盈眶。

他拍了拍粗鄙衣袖，跪地后，朗声道："莲子营林斗房，恭送世子殿下赴京！"

周康紧随其后，跪地沉声道："幽州周康，恭送世子殿下赴京！"

"末将袁南亭，恭送世子殿下赴京！"

"十八老营登城营瞿安，恭送世子殿下赴京！"

"骑军老卒贺推仁，恭送世子殿下赴京！"

六百老卒，面对那久久作揖不直腰的年轻男子。

此起彼伏，六百声恭送！

巍巍天下中枢太安城，一辆不起眼的马车停在门外，夹杂在车水马龙当中，都挣不到冷眼一瞥。这段时日这座中天之城热闹得无以复加，先是宋老夫子一家惨遭波澜，几乎一夜之间便大厦倾覆，街头巷尾都在议论纷纷，大多替老夫子觉得不值当，留下奏章副本求一份青史名声，才多大点的事情，气死了不说，连宋二夫子和小雏凤也都被殃及池鱼，给朝廷一捋到底，一家老小卷铺盖离开了京城，当时送行之人，三省六部官员，加上国子监读书人，再加上许多手不沾权的皇亲国戚，浩浩荡荡得有两三千人。宋家失势后，便是五王入京这件更为壮阔的大事了。胶东王赵睢首先进入京城，淮南王赵英紧随其后，接下来是广陵王赵毅、靖安王赵珣和燕刺王赵炳，这让宗藩府以及兼掌宾礼事宜的礼部尚书和侍郎等高官都忙得焦头烂额，估计都足足清减了好几斤肉。但真要说起来轰动之大，还要算那个不是藩王尤胜藩王的西蜀白衣陈芝豹，一骑入城，在当年白衣僧人李当心之后，第一次如此万人空巷。那天正值霜降节气，这位兵圣白衣白马，一杆梅子酒，哪怕是那些原先只闻其名不见其人的北凉旧敌，亲眼见过以后，也被其无双儒将气度深深折服，更遑论天晓得惹来主道两旁多少女子尖叫发狂。精明的卖花小贩更是赚得钱囊鼓鼓，也甭管是否认得那白衣男子，只管闭眼瞎话一通，往死里吹捧几句好话，保准能从大家闺秀和富家千金手中骗来银钱。

徐凤年掀起帘子仰头去看那雄伟城头的时候，平静说道："回头亭我本来不想下车的，因为怕对不起他们的期望。你在徽山处境，跟我在北凉不一样。有些时候拿你撒气，你一个立志于武道登顶的女侠，别跟我这种不是高手的俗人一般见识。"

原本打算这趟京城之行不再与他多说一字一句的轩辕青锋，鬼使神差轻声道："要不你当皇帝算了，我可以入天象境之前，就卖命给你。"

徐凤年笑道："突然替你想到一个报复我的好办法，你下车以后就开始嚷嚷北凉世子要谋反称帝，肯定能让我吃不了兜着走。"

不等轩辕青锋说话，徐凤年朝身后摆手道："别当真。"

徐凤年对青鸟说道："去下马嵬驿馆。"

放下帘子，轩辕青锋皱眉道："你就不让礼部官员大张旗鼓一下？"

徐凤年笑道："礼部尚书卢道林跟我徐家是亲家，到时候我去登门拜访一下即可。"

轩辕青锋笑道："还真是国法不如家法。"

徐凤年无奈道："别给你点颜色就开染坊。"

轩辕青锋冷不丁问道："你是不是很多年没跟女子花言巧语了？"

徐凤年闭上眼睛，"肚子饿得没力气想问题了。"

交过了户牒，马车缓缓驶入太安城主城门。可供十辆马车并肩驾驶的恢宏主道直达宫城，熙熙攘攘。轩辕青锋掀起帘子望去，看了几眼后就放下，"也就这么回事。"

徐凤年轻笑道："要是读史书，以几十字记载一人一事一役，你也都会觉得就么回事，只有身临其境，才知其中坎坷荣辱。比如我，若是之前死在任何一个地方，史书上不过记载北凉世子徐凤年无德无才这么句话。可我坐在你身边，一路行来，你动了多少次不由自主的杀机？"

轩辕青锋斜眼讥讽道："呦，还会说道理了。"

徐凤年会心笑道："你这话可就冤枉我了，当初跟温华在灯市上被你家仆役追着揍之前，我道理还少说了？我差点都磨破嘴皮子了，还是免不了一顿撺打。"

轩辕青锋嘴角微扬。

太安城真是大啊，太安城主城门与下马嵬驿站还未曾跨过半座城池，却

感觉就像已经把北凉任意一座州城来回走了好几趟。

下马嵬驿馆的捉驿大人童梓良，这段半旬时日就没睡过一天好觉，生怕错过了世子殿下驾临。他是北凉旧员，军中退下来之前兵不算兵将称不上将，做了驿馆负责人，反而如鱼得水，在寸土寸金的京城也算安顿下来，比许多一辈子当官都没能买上府邸的京官老爷都还要阔绰，在西南角置办了一座小宅子，膝下孙儿也念书好些年，童捉驿正盼着小娃儿以后在科举上有些出息，也就没什么更大心愿了。唯一的遗憾就是这座驿馆驿丁一茬换一茬，新人换旧人，到今天竟是除了他是北凉军的老人，再没有一人能算是大将军麾下的卒子，先前在驿馆里总能跟老兄弟们喝上酒，如今想要找人喝酒，都找不着了。

童梓良站在驿馆外头的龙爪老槐树下翘首以盼，下属们都笑话他自作多情，那位名声奇臭的北凉世子就算进了京城，也是下榻在礼部专程安排的豪门府第，最不济也是不缺美人美酒美食的住处，会乐意住在驿馆里头？可童捉驿没多余解释什么，就是这么站着。他当年就是这么一次次等着北凉王载功而还，等着北凉将军们荣耀归来。唯一一次失望地没有等到人，是西垒壁战事期间，冯将军和马岭在内共计十四位将军一起去皇宫外，冯将军没有回驿馆，那些从北凉军退下养老的将军也都没有返回各自家门，都死了。

马车停下。走下一位年轻俊逸却白头的男子，朝童梓良走来，温颜笑道：“童捉驿，辛苦了。”

童梓良错愕问道：“世子殿下？”

才问出口，童梓良便想自己扇自己几个大嘴巴，近观眼前男子那一身陌生却勋贵的白缎蟒衣，不是世子能是谁？要不然哪家皇亲国戚乐意来下马嵬找不自在？童梓良双膝跪地，眼睛微涩，沉声道：“下马嵬童梓良拜见世子殿下！”

徐凤年搀扶他起身，笑道：“徐骁让我捎话给童捉驿，‘小心你待字闺中的小女儿，别让徐凤年跟她碰面，省得被祸害了。’”

童梓良起身一愣过后，忍俊不禁，忍耐得有些吃力。

徐凤年跟他一起走向驿馆大门，说道：“我这段时日就住在这里，徐骁以前怎么来我就怎么来，不用特意安排什么。”

童梓良点头道：“一定按照世子殿下的意思办。”

身后少年戊小声说道：“捉驿大人，记得饭给多些。”

童梓良哈哈大笑，“这个放心，饭管饱酒肉管够。”

他们身后青鸟青衣，轩辕紫衣，十分扎眼。

徐凤年突然转头，看到远处一名头顶纯阳巾的中年寒士，身后有灵秀童子背一柄黑檀剑匣。徐凤年先让戊跟着童梓良进驿馆进食，走向那名短短两年便在京城炙手可热的兵部侍郎，笑道："见过棠溪剑仙。"

兵部侍郎，卢家卢白颉。

棠溪剑仙笑道："所幸这次殿下没有问我这腐儒卖几斤仁义道德。如今在京为官，被人喊多了侍郎大人，都快忘了自己是剑士了。这不特意让书童捧剑而来，本想着不顾长辈颜面跟你切磋剑技，不承想是自取其辱。"

徐凤年拍马屁道："卢侍郎独具慧眼。"

卢白颉无奈摇头道："成了高手，脸皮也厚了。"

徐凤年将这些话全部笑纳，问道："进去坐一坐？"

卢白颉点头道："正好跟你问些剑道。"

徐凤年赧颜道："卢叔叔不怕问道于盲？"

卢白颉淡然道："且不说李淳罡亲授两袖青蛇，邓太阿赠剑一十二，我卢白颉再是那井底之蛙，总该也知道那第五貉就算站着让我刺上几剑，我也未必能刺死他。"

徐凤年默然无声。

卢白颉打趣道："你放心，京城这边没人信你真杀了提兵山山主，都说是北凉王死士所为，跟你没半枚铜钱关系。"

徐凤年正想说话，负剑书童骇然喊道："先生，槐树上有一只鬼！"

卢白颉回头敲了他一下额头。

枝繁叶茂的龙爪老槐上吊着一袭大红袍子。

卢白颉却也不看一眼，轻声道："指玄？"

徐凤年摇头道："它已是天象。"

卢白颉笑道："我无愧井底之蛙之称啊。"

徐凤年忍住笑意。卢白颉正在纳闷，看到那位徽山紫衣女子以后，喟然长叹，以棠溪剑仙多年古井无波的绝佳心境，也难免有些百感交集，开门见山自嘲道："在官场上左右皆是那些须眉皆白的老人，今天见到你以后，才知道官场上小得意，武道便要大失意。早知道便不来了。"

秋高气爽，京城的天空格外洁净。捉驿童梓良见人多，就干脆把桌子搬

到了院中，一切亲力亲为，根本不让驿馆中人有机会接近世子徐凤年。

院中老槐与门外龙爪槐本就是一对。树下一桌人：赴京观礼的徐凤年，兵部侍郎卢白颉，徽山轩辕青锋，青鸟，少年死士戊，负剑书童。

还有一位。

那书童脸色发白地指向阴森森老槐树，无比委屈道："先生你看，我没骗你，树上真有一只女鬼啊！"

树下一桌人，槐上一只鬼。一次欢喜容颜，一次悲悯面相。

两次白日见鬼的负剑书童吓得不轻，卢白颉这次都懒得训斥，等童捉驿离开院落，这才开口说道："既然已知曹先生要带公主姜妮复国西楚，我进入兵部以后便一直针对广陵道部署，殿下若是有机会见到曹先生，还望能替我道歉一声，委实是职责所在，不能袖手观望。"

徐凤年随口笑道："铁门关外见过曹青衣一次，恐怕近几年都没机会再见到了，再者他也未必会对此事在意。"

卢白颉听到"铁门关"三字后，面无异色，平静依旧，暮色中略微吃过了饭食，放下筷子，轻声说道："问剑。"

徐凤年坐在原地，点了点头。一桌人轩辕青锋和青鸟都束手静坐，唯独少年戊还在那里扒饭。书童摘下紫檀剑匣毕恭毕敬交给棠溪剑仙后，就跑到离龙爪老槐最远的院门口，一边恼火那白了头的北凉世子如何傲慢无礼，何德何能可以在自家先生问剑后仍旧安坐不动弹，一边惊骇是不是自己惹上了不干净的阴物，为何像是独独自己见着了那只艳红袍子的女鬼？

卢白颉横匣而站，一手拍在檀匣尾端，剑匣剑鞘齐齐飞去书童面前，留下棠溪剑炉铸就的最后一柄传世名剑——霸秀。

不等卢白颉握住霸秀古剑，只听传来叮咚一声金石声响。这柄长剑平白无故从剑身中段凹陷出一个弧度。棠溪剑仙不惊反喜，微微一笑，握住剑身扭曲的古剑剑柄，轻轻抖腕，剑气荡出丝丝缕缕的波纹，一剑横扫千军，莹白剑气裂空推向桌边徐凤年，只是剑气才生便散，竟是出奇无疾而终的下场。

徐凤年叩指于桌面，卢白颉身体向后仰去，霸秀剑抡出半圆，剑气辉煌如皎洁月牙，只是不等月牙剑气激荡而出，卢白颉就又主动将罡气倒流归剑，手掌拍地，身体旋转，手中霸秀剑尖扭出一段蛇游之势。院中叶落不止，在两人之间飘零纷纷。剑尖生气，却不是长线直冲，这一线之上有三片落叶，唯有中央一片碾为齑粉，显然是断处溢气的上乘剑术。徐凤年手指在桌面一划，飞剑与剑气相击，好似一团水烟雾气弥散开来。

棠溪剑仙踩步如踏罡，剑意暴涨，院中地面落叶为剑气裹挟，乘风而起。风起剑气浓，卢白颉猛然收剑，将霸秀抛向书童和剑匣。书童连忙接住古剑放入鞘中，定睛一看，才看到自家那位被赞誉"剑有仙气"的先生四周，十余柄飞剑微颤而停。他心中震撼，转头望向徐凤年，难道从头到尾这家伙都仅是驭剑于无形，这份本事，怎么都该有惊世骇俗的一品境界了吧？

卢白颉坐回桌旁，皱眉道："你的内力相较江南道初次见面，为何不进反退？你如何能飞剑十二？"

徐凤年开诚布公道："吴家剑冢养剑，另辟蹊径，一柄飞剑剑胎圆满以后，别说二品内力，就是三品，也可以驭剑掠空数丈，外人传言吴家稚童小儿便可以竹马飞剑斩蝴蝶，也不算夸大之词。"

卢白颉笑问道："可你如何能短短一年之内养出十二柄剑胎如意的飞剑？有终南捷径可走？"

徐凤年摇头道："机缘巧合是有几次，但大抵还是靠最笨的水磨功夫，十二柄剑，一柄剑一个时辰养剑一次，坚持了大半年。"

卢白颉感叹道："吃得苦中苦方为人上人，古人诚不欺我。"

徐凤年苦涩道："我曾经跻身金刚境界，可两次进入伪境，估计此生是无望再在一品境有尺寸之功了。"

卢白颉问道："两次伪指玄？"

徐凤年笑道："一次指玄一次天象，所以哪怕可以跃境，也得必须是由金刚直入陆地神仙，可我又不是那佛头人物。"

这下连卢白颉都神情剧变，拍桌轻叹道："可惜啊，可惜！"

徐凤年洒然道："以后也由不得我一门心思钻研武道，就当自己顺水推舟，找到一个台阶下好了。"

卢白颉摇头道："原本我不信黄龙士将春秋溃散气运转入江湖一说，可如今年轻后辈如雨后春笋，不论根骨资质还是机缘福运，确实都远胜前一甲子，甚至用五百年来独具异彩来形容也不过分，不得不信。我原本对你寄予厚望，希望有朝一日你也可以在天下十人之间占据一席之地。此番问剑于你，本是想在你答剑以后，若是不负我所望，便干脆将恩师羊豫章剑道感悟

和霸秀剑一并转赠于你。唉，怎知会是这般光景。”

棠溪剑仙面有戚容，仰头望去龙爪老槐，自言自语：“古书记载老槐晦暗，春夏槐荫呈现青黑之色，单株吉兆，双数栖鬼，果真如此吗？凤年，你为何带阴物在身侧，不怕折损气数吗？”

徐凤年平静道：“我已经没有气数可以折损了。如今它不离不弃，已经让我感激涕零。至于它是灵智初开而心存感恩，还是凭借直觉以为我依然奇货可居，对我来说也都无所谓，有这么一张天象护身符，进京也心安一些。”

卢白颉点了点头，突然笑道：“你可知当下京城最为引人注目的剑客是谁？”

徐凤年反问道：“不是太安城那对久负盛名老冤家，祁嘉节跟白江山？我记得祁嘉节在你入京任职时，曾仗剑拦路。”

卢白颉摇头道：“不是这两人，而是一个先前没有半点名声的游侠儿，找上了此代吴家剑冠吴六鼎，看似拣软柿子捏，绕过了吴六鼎挑战他的那名女子剑侍，不承想双方皆是一战成名，只知叫作翠花的女子竟然用出了剑神李淳罡死后便成千古绝唱的两袖青蛇，而那游侠儿也颇为不俗，据说只递出了两剑，虽败犹荣。那一场比剑，我错过了，后来游侠儿又去找白江山和祁嘉节打了两场，我都曾亲自赶去观战。这个年轻人的剑法极为出奇，那两剑堪称剑之术道各自巅峰，好像剑练到此地此景，会当凌绝顶，一览众山小，就再无登高观景的欲望，可谁都看得出来他不论与谁对敌，都只有两剑的本领。当年王仙芝初入江湖，一开始走得是博采众长熔炉百家的繁复路子，那年轻剑侠则不同，可以说截然相反。”

徐凤年直截了当说道：“是两剑舍一剑，跳过了绝大多数剑士恐怕一辈子都走不到尽头的一大段路程，明显是有绝顶高人指点，否则绝不会如此自负。如果真的能让他只剩一剑大成，恐怕就是一记大大的无理手了，到时候只有剑冠吴六鼎、北莽剑气近、龙虎齐仙侠、武当王小屏等寥寥几人，才可与他一战。由诡道入道，我怎么感觉有点黄三甲的意思。”

说到这里，徐凤年意态阑珊，那个她何尝不是直接连驭剑都不屑，直接闯入半个剑仙的御剑之门？

卢白颉笑道：“那幸好此子是三天以后找我比剑，否则我不是必败无疑？”

徐凤年愕然道：“那家伙找上你了？”

棠溪剑仙笑了笑，“我这不想着送剑给你，好找个由头躲过去，为了白日观看他那两场比剑，言官弹劾已经多如雪片飞入皇宫，事不过三啊。”

徐凤年小声道："你本想让我代替你比剑？"

卢白颉点头平道："满座京城百万人，不是都不信你杀的第五貉吗？"

徐凤年无奈道："让卢叔叔失望了。"

卢白颉也没有出言安慰，反而雪上加霜道："所以这场比剑还是我亲自上阵好了，就当给自己无望登顶的剑道践行一次。霸秀剑你就别想要了，至于恩师羊豫章的剑道心得，你只要别在立冬观礼之前闹出么蛾子，我还可以考虑考虑。"

徐凤年轻声道："树欲静而风不止。"

卢白颉叹息一声，起身告辞离去。

小书童再不敢像起初那般小觑那白头年轻人，跟着先生匆匆走出院子，满腹委屈狐疑，压低嗓音轻声说道："先生。"

棠溪剑仙又打赏了一个板栗，"心中无愧，何来鬼神。"

背剑匣少年低头嘀咕道："可那红袍子女鬼，挂在老槐树上跟吊死鬼一般，真的很吓人啊。"

"回去闭门思过抄书。"

"先生，世子他怎么白头发了？"

"你不会自己问他？"

"我可不敢，他都会飞剑了，我在江南道上也没给他好脸色啊，万一他小肚鸡肠，一剑飞来取我头颅，以后谁帮先生背剑，是吧？"

"先前你不是也不信他杀了提兵山山主吗？私下还跟二乔打赌来着，输了多少？"

"嘿，才几钱银子，我还嫌输少了。"

"瞧你出息的。年轻时候，万幸遇见了自己喜欢的姑娘，若是有信心以后让她幸福安稳，就赶紧说出口。"

"我读书还不多，学问还不够，剑法也没学好，先生，要不还是晚一些吧？"

"随你。"

卢白颉跟守在院外的下马嵬捉驿童梓良点头别过，走到驿馆门外，转头看了一眼龙爪槐。

药书有云槐初生嫩芽，滚水煎药，服之可令人发不白而长生。

又有何用？

徐家子女，才知原来最苦还是徐凤年啊。

老槐树下纳凉，轩辕青锋试探性问道："今日造访下马嵬，应该算是那棠溪剑仙你卢叔叔，还是兵部侍郎卢家卢白颉？"

徐凤年轻声道："都算。以棠溪剑仙的身份问剑赠剑，了清情分，自降身份以长辈率先问候晚辈，我就不用去礼部尚书卢道林那边多事。卢叔叔为人不俗，可惜身在庙堂，官居高位，事事要为家族设想，自然没办法情义两全。我识趣，就不让他难堪了。换作别人来做，哪里敢在天子眼皮子底下亲自登门，和颜悦色跟我吃上一顿饭，恐怕也就是找人传信下马嵬而已。"

轩辕青锋冷笑道："官场人物，果然弯弯肠子比九曲黄河还来得多。"

徐凤年笑道："这都算浅显直白的了。"

轩辕青锋撇过这档子乌烟瘴气的事情，好奇问道："你猜谁会第一个来下马嵬找你的不痛快？"

徐凤年想了想，缓缓说道："京城多的是手眼通天的大人物，不过敢直接杀将上门的二愣子，屈指可数，跟我不共戴天的隋珠公主肯定算一个。接下来还有几人……"才说到这里，便见捉驿童梓良站在院门口敲门几声，禀报道："殿下，公主殿下微服私访下马嵬。"

轩辕青锋愣了一下，一向很乌鸦嘴的徐凤年一脸自嘲起身道："我去见下。"

那隋珠公主赵风雅已经到了外院，身边扈从依旧是那名腰悬蛮锦双刀的东越亡国贵族张桓；当初一起上武当的十二监掌印之一孙貂寺，回宫以后就很快失势，迅速淡出视野。她见着了腰间除了玉带子空无一物的徐凤年，啧啧道："如今连刀都不敢佩了？怎么，怕有人找你比武，露馅？还说什么杀了提兵山的第五貉，你糊弄谁？"

徐凤年眯起那双太多女子可遇不可求的丹凤眸子，微微笑道："信则有，不信则无。"

赵风雅勃然大怒道："为何不是徐伯伯来京城，你一个废物来这里凑什么热闹，不嫌丢人吗？"

徐凤年不痛不痒说道："徐骁说让你带我去尝些京城小吃食，我看就算了。"

赵风雅呸了一声，"你这么一大坨狗屎，本宫绕道而行还来不及！"

徐凤年故作讶异道："公主当下可不像是绕道而行的行事啊。"

赵风雅冷笑道："本来只是让张桓来揭穿你的面皮而已，不过见你越活越回去，竟是连佩刀的胆子都没有，本宫连踩上一脚狗屎的兴趣都欠奉！”

轩辕青锋站在徐凤年身后，嘴角翘起，显而易见的幸灾乐祸。

腰悬长短两柄犷誉刀的张桓起先见着徐凤年以后，就不敢有任何掉以轻心，看到紫衣年轻女子以后，更是如临大敌。对于公主殿下不知天高地厚的启衅于人，实在是哑巴吃黄连有苦自知。江湖跟官场不一样，官场上越是成精的老狐狸越是毒辣，越让人尊老。而行走江湖，则是宁欺白须公莫欺少年郎。江湖人士过了壮年后，大多如棋之定式，境界攀升远远逊色年轻时代，大器晚成毕竟罕见。对上一个比起武当山上差别云壤的北凉世子，就已经让张桓觉得不可捉摸深浅，何况还有那名容颜服饰俱是妖冶媚人的阴沉女子，其气机之鼎盛，已经到了让张桓几乎不用拔刀便认输的可怕程度。

徐凤年笑眯眯道：“那正好不用脏了公主的脚，皆大欢喜。”

隋珠公主转身，撂下一句石破天惊的谶语，“敢截杀皇子，本宫看你徐凤年怎么活着走出太安城！”

徐凤年抬头望着那一片空荡荡的秋天，闲淡说道：“快看，一只麻雀来了，麻雀又走了。”

赵风雅怒气冲冲转身，张桓都不敢阻挡，她走到台阶下，指着站在台阶上的徐凤年，“你再说一遍！”

徐凤年低头笑望向这名泼辣骄横女子的小巧鼻尖，雀斑细碎而俏皮，“我说麻雀呢，跟公主殿下有什么关系？”

赵风雅头也不转，喊道：“张桓，砍死他！”

张桓无奈只得缓缓抽出一柄相对较长的犷誉蛮刀，然后，就没有然后了。

一头雾水的隋珠公主转头看去，正要恼火斥责几句，然后看到让她尖声大叫的一幅场景：侍卫张桓身后悬浮有一挂大红袍子，女鬼在欢喜笑，伸出六臂，其中一臂按住了张桓抽刀的手臂，一臂按在了张桓头颅之上。

赵风雅与大多数皇室女子一样信黄老而信仙神，当场吓得往后退去，磕到台阶，向后倒下，下意识闭眼等待那一阵磕碰疼痛，却倒入了一怀温暖中。

睁开眼眸，是一张她从未如此近距离凝视过的脸庞，他鬓角一缕白发下垂到了她鼻尖，柔柔的，痒痒的。

京城一处狭小老宅，两个大老爷们可怜兮兮蹲坐在台阶上，望着一名

女子在院中以一方巨大青石压制腌酸菜。京城不论贫富，家家户户都有大石大缸于秋末腌菜御冬的习俗。女子衣着朴素，素水芙蓉，长相与气质一般无二，也寡淡得很，唯独聚精会神对付酸白菜的时候，神情格外专注。院中有两口缸，一口水缸里头有五六尾晚上就要一命呜呼的河鲤，是两名馋嘴男子前几夜专程去河中偷来，养在清水缸中先祛除泥污土气。可怜其中一位还负着伤，包裹得跟一颗粽子无异，这酸菜鱼的做法也是出自他提议，主仆男女二人尝过一次后，都觉得不错。

负伤男子瞧不清楚面容，腰间挎了一柄木剑，由于对身边那哥们儿心怀怨气，就喜欢拿言语挖苦，"六缸啊，你有这名字是不是因为你喜欢吃酸菜，而腌制白菜又得用上大缸，你家恰好有六只缸？那你爹取名字也太不上心了，我觉得吧，你十有八九是路边捡来的便宜儿子，你这次好不容易逮着机会行走江湖，还不赶紧找你亲爹去？你说你天大地大的，要死不死偏偏来京城作甚？来京城蹭饭吃也就罢了，为啥偏偏你侍女的剑术还比你强？你这不坑人吗？！你娘的，黄老头也不是个东西，故意给老子下套，跟祁嘉节和白江山那双老乌龟比剑以后，才知道就数你家喜欢做酸菜的侍女最厉害，害得老子差点心灰意冷偷溜出京城，想着再练剑个七年八年再重出江湖，要不是遇上了心爱女子，就真亏死了。对了，六只缸，以后要不你让她安心腌白菜得了，耍什么剑，然后跟外人就说第二场比斗输给我了，使得她无心练剑，如何？"

被取了个"六缸"绰号的年轻男子不说话，只是盯着院中女子劳作。

三次比剑三次输人的木剑游侠自怨自艾道："本来以为来了京城，怎么也该轮到我温华扬眉吐气，没想到倒灶倒了八辈子霉，前两天咱们去河里偷鱼，给巡城甲士撞上，见着我以后就问是不是那个温不胜，老子不胜你大爷啊！老子不就是比剑前喜欢掏一掏裤裆里的小兄弟吗，不就是少了一点高手风范吗？可我英俊相貌毕竟摆在那里，怎就没有女子比完剑来跟我套近乎？六缸啊，你呢，剑术平平，也就是比我多吃一两年江湖饭，给我说说是为啥，回头我见着李姑娘，好对症下药，说上几句讨巧的话惹她笑。"

膝上搁放有一根短竹竿的青衫男子平淡道："你不是跟她扬言你要当天下第一出名的剑客，然后迎娶她过门吗？她也答应了，那你还走什么歪门邪道，练剑练出个无敌于世就行。"

裹粽子木剑男子怒道："无敌个屁，你真当剑术第一是你家侍女的一坛子酸菜？糊弄糊弄几下就可以上桌了？”

青衫青竹竿儒雅男子始终目不转睛望向女子，嘴上笑道：“只要你胜了棠溪剑仙卢白颉，那你最不济也是太安城第一出名的剑士了，还怕李姑娘不对你刮目相看？”

落拓寒酸的木剑游侠儿唉声叹气道：“你这人乏味，跟小年比差了十万八千里，我也就是没银子租屋住，否则打死都不跟你们住在一起。卢白颉可是兵部侍郎，天底下都有数的大官，我就算比剑赢了他，以后也算彻底跟官府结仇，万一卢白颉心思歹毒一些，随便喊上几百上千号喽啰截我，我也就只有两剑的功夫，内力还不如你，如何是好？就算逃了出去，刀剑无眼，砍伤了官兵，更惨，这趟行走江湖还没赢过谁就被传首江湖，那我还不得被小年笑话死。”

吴家年轻剑冠转头瞥了一眼这个很用心去忧郁的剑客，只觉得荒诞不经，这么一个贪生怕死的地方游侠怎就能使出那可谓炉火纯青的两剑？内力平平，造诣平平，心性平平。黄三甲难不成真有化腐朽为神奇的能耐，可以点石成金？吴六鼎作为数百年来一直作为剑道圣地吴家剑冢的当代翘楚，对于剑道领悟之深广，除去桃花剑神邓太阿和几棵剑冢老枯木，当之无愧的无人出其左右，唯独想不通身边这木剑男子如何能够脱颖而出。诡道剑，一直被视作剑术末流，剑冢海纳百川，对于千百剑术万千剑招虽说一视同仁，可历代枯剑士都以参悟诡道剑最少，王道剑与霸道剑最多。

温华转头问道：“六缸，手上有闲钱不，借我一些，我过几日跟棠溪剑仙比剑，总不能还穿这一身破破烂烂，太对不起我的一身才学了。唉，要是小年在，他就是偷鸡摸狗，也会帮我置办一身，哪像你，半点悟性都无。活该你一辈子剑术不如你侍女。我咒你晚上吃酸菜鱼被鱼刺卡死。”

吴六鼎语气颇为无奈道：“你这像是开口借钱的人？”

温华白眼道：“你家侍女还用从老剑神那里偷学来的两袖青蛇对付老子，就厚道了？”

每次腌制酸菜都比练剑还要用心的女子转头望来，也只有这种时候，她才会睁眼，这个名字很俗却佩有素王剑的翠花平静问道：“你可知李淳罡有两愿？”

温华出奇地没有出言刻薄她，后仰倒地，望着天空轻声道：“自然知道，老前辈为后人在剑道上逢山开山逢水开水。可惜我温华这辈子都没能见上李老剑神一面。我呢，也死活练不出李老前辈的那种剑意，最多就是在桃

花剑仙邓太阿屁股后头跟着跑，吃灰的命。"

李淳罡愿世间心诚剑士人人会两袖青蛇。

李淳罡愿天下惊艳后辈人人可剑开天门。

雍洪六年秋末，今日大朝，是立冬之前的最后一场鼎盛朝会，除去五王入京，几乎所有朝廷外官柱石也都携大势隐势"滚"入京城，其中便有传言要彻底交出兵部尚书一位的大将军顾剑棠，春秋名将卢升象，其余勋爵犹在的大将军也都纷纷披上朝服，于天色晦明交集之际跟随洪流，由四面八方的高门府邸折入御道，慢慢拥至皇城门外。

太安城是天下拱卫的中心，成为这名新妇腰肢的御道，长达十六里，无疑是历史上最为壮观的一条中轴，九经九纬前朝后市，融入天象之道，中轴上的建筑群比历朝历代都来得厚重浩然。

下马嵬驿馆位于内外城之间，距离中轴线上的雍安门天桥不过半里路，桥下河水是谓龙须沟，老百姓都说是京城水脉至此而凝成龙须，可离阳王朝崇火，便以一座桥镇压降伏水龙。一辆并不张扬的马车沿着御道，缓缓驶向皇城正门外的赵家瓮。皇城第一门外，两侧各树有名为敷文振武的两座牌坊。兵部、刑部等衙门属武即阴，位于左侧振武牌坊之后；礼部、户部、翰林院等属文即阳，位于右侧敷文牌坊之后。"敷文"二字曾出自宋老夫子之手，如今也换上一副新匾额。

今日早朝规格奇伟，赵家瓮附近几乎无立锥之地，停满了各式马车，站满了各样仆役。离阳王朝二十年治太平，早朝停车一事也有了许多不成文的规矩：按品秩爵位高低划分，位高者马车停留，离皇城墙越近；位卑者依次渐行渐远；许多官职不上不下的文武官员大多熟谙朝会事态，干脆就步行上朝，不伤和气，不至于跟谁抢占位置而争执得面红耳赤。天子脚下，在京为官大不易啊。

不下千人的壮阔阵容，其中有白发苍苍却始终没能迈过五品官这道坎的花甲老人，有而立之年却前程似锦已是四品大员，更有不惑之年已是手握一部权柄的天之骄子，有地位超然的黄紫贵人，有身穿蟒袍的皇亲国戚。有人戏言，若是有一位陆地神仙能在每次早朝，胡乱大杀一通，离阳王朝就得大伤元气。也有戏言，仅是将这些官员悬佩玉器都给收入囊中，那就是一笔天大的财富。还有戏言，你认识了城门外这数百近千张面孔，你就理清了离阳王朝的脉络。

碧眼儿张巨鹿领衔的张党，大将军顾剑棠为首的顾党，孙希济离京后便群龙无首的遗党，轰然倒塌的青党，这仅是明面上的粗略划分，内里则是错综复杂的各个皇子党、外戚党、翰林黄门党、国子监党、言官党、恩荫党、新科进士党，或根深蒂固经久不衰，或日薄西山失势式微，没有一个人敢说自己可以在这座鱼龙混杂的大泥塘中左右逢源，即便是首辅张巨鹿也不敢。城门紧闭，尚未开启，有资格入朝进门的浩浩荡荡千余人陆续在各自位置上站定，不乏油滑之人仍在混迹多个圈子搭腔说话，但大多数官员都感受到一股雷雨欲来风满城的气息，纷纷屏气凝神，显得格外安静，偶有感悟，窃窃私语，也是小心翼翼只对身边"朋党"吱声。

下马嵬那辆马车来得稍晚了，见缝插针都极为困难，只得远远停下，走下一名有不合礼制嫌疑的白衣男子。十几名生怕错过朝会的官员匆匆跑过，甚至来不及望上一眼。一个中年黑胖子跑得尤为艰辛，气喘吁吁，才跟白头男子擦肩而过，就辛苦弯腰，双手搭在膝盖上，满头大汗。看他朝服上的官补子，是正五品的天策祭酒，还算是在清水衙门国子监排得上号的要员，毕竟左祭酒桓温也不过是从三品，可这胖子撅着那鼓胀得朝服几乎崩裂开的大屁股，实在称不上雅观。他低头气喘如牛时，眼角余光瞥见身边男子缓缓前行，腰间系有一根不常见的玉带，这让官场钻营没有天赋唯独练就一双火眼金睛的黑胖子就奇了怪哉，难不成是赵家宗室里头哪一房的远支子弟，若非赵家跟先帝那一房得关系极远的龙子龙孙，都不至于在这里落脚步行上朝。可当他瞪眼再看，顿时吓了一跳，竟是照搬龙衮服的尊贵样式——五爪蟒龙，不减一蟒不减一爪。黑胖子赶忙抬头端详，就越发纳闷了——是个早生华发的年轻男子。黑胖子别看仪容寒碜，倒也是个古道热肠的好男人，一咬牙，跟上前去，小声问道："这位爷，容我多嘴一句，你这身蟒袍，我可从没有听说过，可千万别冒冒失失僭用了。若是这位爷袭爵了前朝哪位亲王，这身朝服，当下却也不可穿上，前头再走几步，就有不少言官和司礼太监盯着的。"

胖子这话说得太不讲究了。也难怪他只能被按在极难出头的国子监当差。

白发男子转头看了他一眼，一笑置之。黑胖子兴许是那钻牛角尖的性子，叨叨不休："这位爷，你可真别不上心啊。前些年就有一位远房郡王子弟，没见过世面，也没谁跟他讲过规矩，结果照着老皇历上朝，没进门就给剥去了蟒袍，当天就降爵两阶。今儿又是十多年来至关紧要的一次朝会，爷

你可真要听我一声劝，回头赶忙去换上一身朝服，宁肯晚了挨罚，也别错了挨打啊。我瞅你这身蟒衣，搁在如今雍洪年间，也就当朝宰辅和一些殿阁大学士才能穿上朝会。"

白头男子皱了皱眉头，默然前行。

走在他右手边的黑胖子瞥见年轻人腰间悬刀，一巴掌狠狠拍在大腿上，跟自家遭了劫难一般哭丧脸道："我说这位爷，你可真是胆子不能再大了，佩刀上殿，你这是……"

白头白蟒衣，自然是生平第一次参加离阳朝会的北凉世子徐凤年，轻声笑道："祭酒先生是说我找死？"

黑胖子讪讪一笑，使劲摆手，尴尬道："当不起祭酒也当不起先生。"

在国子监相当于一部侍郎的黑壮胖子，总算没有继续不识趣地提起僭越那一茬，到底没有缺眼力见儿到锅底的地步。不过显然担忧给殃及，黑胖子下意识跟徐凤年拉开一段距离，可实在是良心煎熬得厉害，走了片刻不过五六十步，就又苦着脸低声道："我说这位爷，冒昧问一句，在哪儿高就，朝中可有硬实的靠山，能不能跟宫里头的某位贵人说上话？要是后两样都没有，真劝你别冒冒失失去早朝。京城不比地方啊，死板规矩多着呢。"

悬有一柄北凉刀的徐凤年轻声笑道："我的确是第一次入京，规矩什么都没人给我怎么提醒过，家里老爹健在，这身衣服也是朝廷临时送去府上的，应该没有坏了规矩。至于佩刀一事，要是真坏了朝仪，我就当吃回教训，大不了不进城门不上殿，灰溜溜离开京城，反正入京时候，也没见着任何礼部官员接待。"

听说蟒衣是朝廷新近钦赐，黑胖子如释重负，只当这个初生牛犊不知虎凶猛的年轻人板上钉钉会给人拦在城门外，这会儿亡羊补牢竖起大拇指称赞道："别的不说，这位爷胆识气魄足够。"

徐凤年跟黑胖子结伴而行，缓慢行走在这一段中轴御道的尾端。黑胖子虽说当官当得一穷二白，可好歹是入了流品的国子监清贵，还有资格再往前凑上几十步路程。别小觑了这几十步蕴含的意味，有多少京官，第一次入朝面圣排名垫底，站在最远处，最后一次仍是如此凄凉。离城门哪怕近上一步半步都是天大幸事，要不为何都说朝会门外，最是能五十步笑百步。越往前走，黑壮胖子就越觉得气氛古怪起来，这让习惯了被人漠视轻视笑话的国子

186

监天策祭酒，浑身不自在。直线向前，他跟身边那个不知道哪个旯旮冒出来的年轻世子，就如劈江斩浪，一些个原本看待他鼻孔朝天的权贵官员都眼神复杂，脸色异常僵硬，撕裂出两边队列，继而轰然后撤再后撤几步，如潮水倒流。黑壮胖子已经看到国子监大多同僚的面孔，正想着跟往常一样偷摸进去闭嘴装孙子，就看见国子监左祭酒桓温桓老爷竟然这次没跟首辅凑一堆去，而是笑望向自己，这让最忌惮桓祭酒那张老狐精独有笑脸的黑胖子毛骨悚然。

这位因为仪容天生不佳而沦为笑柄的小祭酒走近了国子监大队伍，被私下称为桓老爷的左祭酒大人拍了拍胖子的肩膀，笑道："王铜炉，了不得啊。"

身边国子监众多同僚也都眼神玩味，这让钝感的黑胖子越发一头雾水。干瘦左祭酒笑眯眯道："铜炉啊，啥时候搭上北凉这条大船了，深藏不露嘛，以后飞黄腾达，可别忘了我这个糟老头子。"

王铜炉丈二和尚摸不着头脑，疑惑问道："老爷子，说啥呢，下官听不明白啊。"

桓温斜眼望向那个本该二十一年前便胎死腹中的年轻人，撇了撇嘴，打趣道："瞧一瞧那位，你是不是一路上走得纳闷，为何那小子胆敢穿一袭白蟒袍，还敢佩刀上朝？"

王铜炉使劲点头，如小鸡啄米，"对啊对啊。我都给他劝了半天，那位小爷就只是跟我笑，也不听劝，把我给急的哦。"

饶是左祭酒历经宦海沉浮，摊上这么个后知还不后觉的榆木疙瘩下属，也有些许的哭笑不得，一巴掌重重拍在王铜炉肩头，"你这憨子，八成是去帮着编撰新历编傻了，没瞅见这一路走来，见你都跟见瘟神一样？"

王铜炉急得满脸涨红，那么一张黑炭脸都能让人瞧出红色，足可见其火急火燎，"老爷子，就别跟小的卖关子喽。再不透底，我就说肚子疼，不敢去早朝了！"

左祭酒哈哈大笑："那小子就是被说成拿下徐淮南和第五貉头颅的北凉世子。你呀你，这趟狐假虎威，可是百年一遇了。"

黑胖子两腿一软，幸亏有桓温搀扶，老人气笑道："赶紧站直了，我一大把年纪，扶不起你这两百斤秋膘。"

王铜炉伸长脖子望向那个望去便是只剩雪白的背影，如丧考妣道："老爷子，我真肚子疼。"

左祭酒桓温在京官要员中历来以护犊子著称，笑骂道："丢人现眼的玩意儿，亏得一身才学跟你一身肉等斤等两，等会儿你就跟在我后头。"

王铜炉双腿打着摆子，颓然哦了一声。

皇城正门外呈现出扇面场景，气势惊人。

以首辅张巨鹿和大将军顾剑棠为首。

更有燕刺王赵炳、广陵王赵毅、胶东王赵睢、淮南王赵英、靖安王赵珣，五大宗室藩王。

还有那换上一身崭新鲜红蟒服的陈芝豹。

身穿白蟒衣的年轻男子身后更是缝隙消失，将他围在当中。

孤立无援。

跟北凉和三十万铁骑所处境地，如出一辙。

徐凤年面无表情，心中默念："徐骁，这回我替你走一遭！"

祥开紫禁。

王公九卿、文武百官鱼贯而入，徐凤年终于看见了眼前那座大殿，黄顶红墙，两翼黄琉璃瓦顶逐渐跌落，大殿建在白色须弥座承托之上，脚底中轴线左右是磨砖对缝的海墁砖地。徐凤年略懂风水堪舆，知道身后这条中轴一直向南，不光是十六里御道，还有一条延伸至帝国南方的漫长地轴，封禅泰山，淮中群山，加上江南诸多山脉，构成了气势磅礴的三重案山，那名京城赵家天子，就在大殿龙椅上，南面而听天下。

文官魁首张巨鹿靠右而行，武将鳌头顾剑棠偏左，五位宗室藩王都在张巨鹿周边缓行，唯独陈芝豹堪堪与顾剑棠并肩而行。徐凤年身为藩王世子，位列本不该如此靠前，可没有任何人提出异议，言官闭嘴，太监噤声。五大藩王中靖安王赵珣走在淮南王赵英身后，而胶东王赵睢有意无意落后一个身形，掉在了后辈侄子赵珣之后，仅仅走在徐凤年之前，却没有任何言语。好似一堵摇摇欲坠的老墙，最后一次为年轻人遮风挡雨。徐凤年一直视线低垂，默默数着步子，当视野中映入辉煌龙壁，就要开始拾级而上，一脚踏在白玉石阶上，轻轻回首望去，人头攒动，玉打玉，声琅琅。他这一身形微微凝滞，身后那名曾经抬棺死谏北凉王的年迈文臣就下意识赶忙缩回踏出一脚，重重鼻哼一声，显然是不满这年轻世子的不识大体。徐凤年收回视线，也不理会这位阁老的借机示威，反身步步高升，登高入殿。

殿中设龙椅宝座，殿前为丹陛，摆有铜龟、铜鹤、日晷、嘉量四样重器，上下露台列有十八尊鼎。当有资格入殿朝会的权臣大员就位站定，一身正黄龙袍的天子终于出现，几位皇子也都轻轻步入殿内。按照旧例，此时太监出声开启早朝礼仪，大殿内外百官便要跪下叩见皇帝，可这一次朝会显然与以往大有不同，不光是韩貂寺为宋堂禄代替，皇帝更是没有急于落座。

面容肃穆的内官监掌印宋堂禄朗声道："今日早朝，尚书令张巨鹿无须下跪。"

紫髯碧眼的张首辅纹丝不动，他本就站在右首最前位置，并肩而立的几位皇子，也都垂目低敛，自然无人可知这位当朝宰辅的表情。自从离阳平定春秋以后，可获特勋的官员屈指可数，扳手指算来，不过寥寥三人：老首辅，即张巨鹿的授业恩师，朝会可不跪天子；西楚老太师入京担任门下省左仆射后，御赐可坐于丹陛下的一张黄花梨太师椅上，只是老人不曾一次落座；再就是曾经还是大柱国的北凉王面圣不跪，听圣不跪，并且可佩刀上殿。三人中，就数文武官爵位都是极人臣的徐骁依仗军功，最是不客气，自然招惹非议。

"大将军顾剑棠不跪。"

宋堂禄不似太监的浑厚嗓音继续沉沉传下。

大殿左首第一人兵部尚书顾剑棠微微低头，算是谢恩。离阳上下，非议徐骁事事大不敬，也大多惋惜这名同为春秋功勋重臣的大将军不得施展抱负，十八年困于兵部尚书一职，直到最近几年，赶赴北境边陲，朝野上下都深感天子圣明——有顾剑棠守卫京城北门，离阳自可安枕无忧。只是时下不断有小道消息从京城高门府邸中流出，说顾大将军即将卸任兵部尚书，这让许多人又开始犯嘀咕，想着万万不要连顾尚书的军权都一并给撤了，如今北地边陲军镇才略有起色，难道就要过河拆桥？那未免也太卸磨杀驴了些。

"兵圣陈芝豹不跪。以后朝会，陈芝豹可便服入殿，佩剑登堂。"

陈芝豹面无表情。

但殿内朝廷栋梁勋贵们都倒抽了一口冷气，一些年轻的臣子，兴许只是听老一辈说小人屠是如何被当今天子器重推崇，大多不以为然，今天算是彻底领教了。陈芝豹时下既无封王也无官职，那好，直接就在庙堂百官面前封你一个"兵圣"！这两个字，比起面圣不跪还要来得分量更重！显然陈芝豹

之于一统春秋的离阳，几乎等同于春秋十三甲之一的"兵甲"叶白夔之于西楚了。前段时候五王入京，皇帝并无任何出格礼遇，唯独白马白衣西蜀梅子酒入京，皇帝亲自出宫迎接！如今更是便服佩剑参加朝会，成为徐骁、老首辅及孙希济之后第四人！陈芝豹所获殊荣，可谓登峰造极。

"燕刺王赵炳不跪。"

燕刺王低头轻声道："谢主隆恩。"

"国子监左祭酒桓温不跪。"

干瘦老头儿桓温洒然一笑，坦然受之。桓温是离阳朝廷的一个异类，以不争出名。一次不争不算什么，可桓温则是足足不争了大半辈子。当年老首辅得意门生中，公认桓温诗才犹在张巨鹿之上，老首辅去世前可恩荫一人入翰林院担任黄门郎，据说便是桓温让给了碧眼儿，自己偷溜出京，当了个芝麻绿豆大的外地官，不骄不躁慢慢爬升。后来入京复职，皇帝本意是让他入主吏部或是礼部，可当时那两个正三品高位，恰好想要坐上去的都是他的至交老友，于是桓温就又跑去清汤寡水的国子监担任祭酒，闭门一心研究学问。朝廷重臣论清誉之高，可与桓温相提并论的士林领袖，不过晚节不保的宋老夫子和时下礼部尚书卢道林几人而已。

"雄州姚白峰不跪。"

一名位置靠后的儒雅老者微微作揖还礼，不卑不亢。姚白峰一向是离阳王朝中散仙式的逍遥巨儒，自身便是一等一的理学大家。姚门五雄，声名丝毫不逊色于先前的宋门三杰，更是以家学跟坐镇上阴学宫齐阳龙的私学抗衡。张巨鹿年轻时候多次向姚大家问道，碧眼儿及冠时负笈游学，第一个去处，便是雄州姚家的文治楼。姚白峰毕生致力于将格物致知等理学精髓演化为国学，桃李满天下。这次赴京面圣，若非实在是五王齐聚以及陈芝豹单骑而来太过于吸引目光，换作平时任何时分，姚白峰的行程都不该如此略显"清净"。

"北凉世子徐凤年不跪。"

掌印太监宋堂禄此言一出，大殿内终于哗然开来，并排官员大多面面相觑。

但紧接下来一句更是让人震撼得无以复加："可悬北凉刀入殿，可着便服随意出入宫禁。"

无数朝臣心中叹息，这是朝廷在给这小王八蛋——将来世袭罔替的北凉王造势啊。

好一个北凉。

几次不跪之中，显然又有轻重之别。张巨鹿、顾剑棠、赵炳、桓温、姚白峰这五人，他们的不跪只在今日朝会，以后面圣恐怕就没有这份待遇了；而同样是北凉出身的陈芝豹、徐凤年两人，且不去说以后跪不跪，一个已经可以佩剑登堂，一个则是悬刀上殿，意味着两人以后只要不犯下谋逆大罪，这份荣耀就会一直绵延传承下去，每多参与一次朝会，就多一分不可言喻的煊赫。对于被天子亲口誉为白衣战仙的陈芝豹，大殿群臣早已有心理准备，至于姚白峰好歹也是久负盛名的当朝硕儒，一次不跪，还在情理之中，唯独这个北凉世子徐凤年，何德何能？！一些痛恨北凉忌惮人屠的骨鲠臣子，斜眼偷瞥那满头霜白如老人的年轻男子，都不约而同暗自腹诽：既然都白了头，干脆去死好了！北凉白发人送白发人，那才真是举国欢庆的大喜事！

七不跪，再无谁可不跪。

殿内殿外千余人在掌印太监出声后，缓缓跪下，如潮水由南向北迅速涌去。

不说广场上那些不得见到天子龙颜的朝臣，宽阔大殿丹墀上三百余臣子跪拜以后，也只能望见龙椅上皇帝的双足。

一道道圣旨颁下。

看那些文武百官的面色，就知道很快便是一场气势汹汹的朝野震动。

"擢升国子监左祭酒桓温为门下省左仆射，封文亭阁大学士。"

"擢升姚白峰为国子监左祭酒。"

"擢升晋兰亭为国子监右祭酒。"

"顾剑棠卸任兵部尚书，封大柱国，总领北地军政。"

"擢升卢升象为兵部侍郎。"

"封严杰溪洞渊阁大学士。"

……

最后一道圣旨则是："陈芝豹掌兵部尚书，日后若有外任，亦可遥领兵部。"

宣读至此，陈芝豹转头右望，恰好有一人左望而来。

龙椅之上，皇帝眼神玩味。

第八章 徐凤年一刀鸿沟，温不胜为义折剑

徐凤年平声静气道：「我将为中原大地镇守西北，北凉三州以外，不受北莽

百万铁骑一蹄之祸。」

轻轻一句无事退朝。

殿上无事，整个王朝已是疾风骤雨。今日任何一次单独提拔，都足以让京城津津乐道上几月半年，可一次当头泼下，就容易让人发蒙了。数百位朝臣起身，缓缓走向殿外，大多数老人都向转任门下省左仆射的桓温桓老爷子道贺，对于坦坦翁的官升数级，都可以称之为喜闻乐见，无人嫉妒眼红。年轻一些的当红朝臣则拥向晋兰亭，称兄唤弟，好不热闹。本以为晋兰亭会在天子近侍起居郎的位置上再打磨几年，才复出担任要职，不承想一跃成为了宋二夫子遗留下来的国子监右祭酒，这可是才三十岁出头的堂堂从三品啊，更是当上了数万太学生的领袖，一举成名天下知，所有人都知道晋兰亭这个外来户注定要在官场上势如破竹了，不禁猜想难道真是下一个模板的张首辅？

晋兰亭还礼给众人后，加快步伐，走向桓老爷子和新任左祭酒的姚氏家主，毕恭毕敬作揖致礼，两老笑着同时扶起这位已经不足以用"新贵"二字形容的年轻人。三人出入国子监，本就是一脉相承，无形中关系也就亲近几分，况且晋兰亭早就是姚白峰半个座下门生。出殿队列圈子，这三人为一个核心，另外一个是张巨鹿、顾剑棠、陈芝豹三人，竟是无人敢于凑上前去客套寒暄半句，再就是卢道林、卢白颉兄弟和卢升象这"三卢"，以后兵部便构成了双卢双侍郎的有趣情景。

几大藩王都各自散开，偶有跟京官们的攀谈，也是蜻蜓点水，不痛不痒。胶东王赵睢找到了世子赵翼后，回首看了一眼孤苦独行的白头男子，也没有上前去说几句，可当这位在两辽势力越削越弱的藩王投去视线后，那名腰间佩刀的北凉世子却轻轻抱拳低头，毕恭毕敬行了无声一礼。赵睢面无异色，转头前行。倒是同为藩王世子却籍籍无名的赵翼有些愣神，听到父王轻轻一声咳嗽，迅速跟上。徐凤年走得耳根清净，瞥了一眼前方被人簇拥的晋兰亭，当年被自己吓得要死要活的小小县官，如今真是春风得意步子疾了，升官之快，几可媲美宰辅张巨鹿。对于这个投机钻营一等高明的家伙，徐凤年没有半点好感，上梁拆梯，就怕你以后再想下，就下不来了，只能直接跌摔而下。

除了晋兰亭，还有叛出北凉后便成为皇亲国戚的严杰溪，嫁出一个女儿，得手一个外戚身份和实打实的殿阁大学士，这笔买卖，赚大发了。这老头补上了三殿三阁大学士中的洞渊阁，桓温封为三阁为首的文亭阁大学士后，当下只剩下那个留给张巨鹿死后才会送出的武英殿，依旧空悬。何况还有家族根基靠近北凉的姚白峰给扯入京城，得享高官厚禄，如此一来，北凉文官恐怕就要蠢蠢欲动了。徐凤年本想这回返回北凉借道去一次姚家，试着能否"怂恿拐骗"姚家子弟入仕急需大量中层文官的北凉。以往姚家抱着只跟北凉眉来眼去却打死不上床的娇羞姿态，如今干脆正大光明人了天子赵家床帏，徐凤年倒也光棍省事了。

不知不觉徐凤年落在了所有人身后，跨出大殿门槛后，站在台阶顶端，停下身形。看见新补黄门郎的严池集跟在父亲身边，几次想要往回走，都给严杰溪不露痕迹地拽住。徐凤年笑了笑，也亏得有个马上就是太子妃的姐姐撑腰，否则以这小子的懦弱淳善，早就给京城贵胄子弟吃得骨头不剩了。

徐凤年举目望去，没有看见许多年没碰面的孔武痴，想必是官阶仍旧不够，没有资历参与朝会。徐凤年一手扶在雕龙栏杆上，清楚这次庙堂上七人不跪，其实多半归功于自己，准确说是皇帝卖了个天大人情给徐骁，不过给了甜枣以后，就是几下十分结实的棍棒伺候了。挖姚家墙脚纳入京城囊中，用破格提拔晋兰亭来恶心北凉。至于陈芝豹暂掌兵部，也不会耽误他外封蜀王一事，无非是赵家天子太过青眼此人，才有锦上添花的举动。这种行为，就像一个男人千辛万苦追到手一个思慕已久的女子，恨不得把胭脂水粉金钗华裳一股脑都用在她身上，才能显得自己心诚。再者，朝廷也万万不能错过这个千载难逢的机会，因为让陈芝豹接手铁桶一个的兵部，既能够服众，压制那群桀骜不驯惯了的兵部官吏，也算给朝廷给顾剑棠都有台阶走下，否则哪怕封爵顾剑棠为本朝仅有的大柱国，可兵部尚书如此权柄煊赫的高位都交出去，若是无人接过烫手山芋，那也仍是太打顾剑棠的脸面了。历来庙算之事，就要讲究一个环环相扣。

徐凤年按住腰间那柄北凉刀，自言自语笑道："师父，难怪你讲庙算有一刀一剑两件法宝：袖里藏刀的刀，口蜜腹剑的剑。"

徐凤年走下台阶，回头望了眼大殿屋檐，当年有三人曾在屋顶对酒当歌。广场上有几名宦官来来回回，打扫地面，其中拾得几名粗心官员的遗失玉佩，他们见到最后走出皇城大门的白蟒衣男子，都有些畏惧，不管此人如何声名狼藉，毕竟是个带刀早朝的主儿，不是他们这些小宦官可以招惹取笑得起的。何况傻子也知道陈芝豹离开北凉后，异姓藩王北凉王落在谁手也就毫无悬念。徐凤年走出大门以后，就看到明显是在等自己的那一袭鲜红蟒衣，许多官员都故意离远了停脚，就等着看一场好戏。

孤身赴蜀的陈芝豹，又单枪匹马入京师，众人只会觉得这位新任兵部尚书手握再重的权柄，都不唐突。

人屠加三十万铁骑都扶不起的徐凤年，众人一边倒以为这小子早点当个优哉游哉的驸马，就万事皆休。

徐凤年走近以后，两人并肩在墙根下行走，徐凤年轻声笑问道："上次你入蜀，我没来得及送行，不见怪吧？"

陈芝豹温和道："无妨，他日你做上北凉王，我也未必能去观礼，两不相欠。"

徐凤年一笑置之。

陈芝豹不再白衣，换作身边白头男子一身白蟒华服，真是世事难料。离开北凉偏隅之地，一遇风雨便化龙的陈芝豹淡然道："做得好北凉世子，有信心做得好北凉王？"

徐凤年反问道："如果做不好，难不成你来做？"

陈芝豹转头看着这个本就交集不多的北凉世子，笑道："你的性子脾气，的确像大将军。"

徐凤年开门见山问道："当几年兵部尚书才去蜀地封王？到时候还会遥领兵部？"

虽是生死大敌，但陈芝豹十分光明磊落，平静道："先是封王却不就藩一两年，然后就藩封王再违例遥领兵部一两年，因此你还有几年时间积蓄实力。不过等我没了耐心，北莽差不多也要大举南下，到时候腹背受敌，你要是还没能打通西域，就等着把大将军积攒下来的家底都消耗殆尽吧。不过我可以明确告诉你，只要守业失败，徐家不得不逃亡西域，我肯定第一个截杀你。你死在梅子酒下，好歹对得起你的身份，总好过被朝廷暗中袭杀。"

徐凤年一手滑过城墙，没有说话。

原本公认油嘴滑舌的北凉世子沉默寡言，反而是常年不苟言笑的陈芝豹说话更多，"我等了那么多年，没有等到你死于横祸，也不介意再等几年，等你死于两朝争锋的大势。北凉三十万铁骑，该是义父的，就是他的，我作为曾经的义子，不好争也不敢抢，可你一个连春秋战事都没有经历过的人物，不是你如何精于韬光养晦，不是如何败絮其外金玉其中，就可以轻轻松

松拿到手上的。天底下有很多天经地义的事情，可惜这一件，不算在内。"

徐凤年手指触碰着微凉的墙壁，平静说道："我等你。"

陈芝豹轻轻一笑，转身离去。

既没有骂起来，也没有打起来，这让旁观看热闹的官员们都大失所望，纷纷急匆匆散去，以免落在新任兵部尚书眼中，给惦念记仇上。

徐凤年则继续沿着墙根走去，然后遇上了乔装打扮过的隋珠公主，她在这里守株待兔，然后很没有惊喜地出言讥讽道："就怕货比货，两个人站在一起，真是云泥之别，我都替你害臊。"

徐凤年直截了当说道："你真是狗改不了吃屎。"

隋珠公主勃然大怒道："姓徐的，你有本事再说一遍？！"

徐凤年突然手指了指墙顶，"快看，又有一只麻雀。"

隋珠公主走过去就给徐凤年踹了一脚，结果吃疼得还是她自己。出下马嵬驿馆的回宫路上，亡国东越的皇室成员张桓坦言北凉世子身手不俗，可赵风雅这种不见棺材不掉泪的死犟性子，哪里愿意相信。

徐凤年胆大包天地伸手捏住她的精巧鼻子，遮住了那些星星点点的俏皮雀斑，打趣道："这下子终于好看点了。"

赵风雅张牙舞爪，乱打一通，徐凤年松手后不知死活地说道："就别一而再再而三对我使用名不副实的美人计了，我又不可能娶你当驸马，难道你想嫁入北凉做王妃？"

赵风雅呸了一声，气势汹汹道："照镜子瞧瞧你德行！"

徐凤年眯眼笑道："小心你被嫁给陈芝豹。"

隋珠公主愣了一下，然后那双秋水眸子中流溢着无法掩饰的恐惧慌乱。

徐凤年转身前行，说道："我就是随口一说。不过我向来乌鸦嘴。"

赵风雅追上去，对着徐凤年后背就是狠狠一拳。

徐凤年没有反应，折向马车方位。

隋珠公主咬牙切齿道："你可知钦天监有六字谶语？鼠吃粮！蜀吃凉！"

徐凤年转头笑道："那你还不赶紧去做蜀王妃？"

赵风雅冷笑道："你真能任由这种事情发生？陈芝豹一旦成为皇亲国戚，你就算当上北凉王，能有一天好日子过？"

徐凤年眨了眨眼睛，反身在她耳边悄声道："徐骁还让我捎话给你，万一真被逼着送去西蜀，跟他说一声。"

隋珠公主破天荒没有针锋相对，跟着眨眼，低声道："没骗我？"

徐凤年一本正经说道："当然是骗你的。"

赵风雅差点气昏过去，嚷着"打死你"，好好一件雍容华贵的白蟒袍子，印上了无数脚印尘土。

她颓然无力地靠着墙壁，只能眼睁睁看着那个浑蛋渐行渐远，咒骂道："鼠吃粮，吃光你！蜀王杀凉王，杀死你！"

孰料那个王八蛋走出去不远，转身张了张嘴，传递出无声无息三字。

"是真的。"

赵风雅发现自己从未如此的不反感眼前仇家。

她告诉自己那是可怜他，谁让他年纪轻轻就白了头。

而且白头以后，不难看，反而更好看了。

赵风雅皱了皱鼻子，沿着墙根蹲下发呆，有些想哭有些想笑。

想要天下谁人不识君，很简单，弹劾人屠。想要一夜之间享誉京城，很简单，还是骂北凉王。跻身朝廷中枢的晋兰亭无疑是最好的例子。皇城门外赵家瓮两座牌坊，退朝以后武臣入振武，文官入敷文，井然有序，各自去衙门处理朝政事务，不过很快就去而复还，除去一些京官大佬稳坐钓鱼台，没有理睬中轴御道上的纷扰，甚至大批恩荫子弟都掉转马头，因为有大热闹可看了。国子监太学生先是几十人拦住了白头佩刀男子的去路，继而是百人，千人，汹涌如过江之鲫。明日才入主国子监的晋兰亭稳如磐石，安静坐在路旁马车内，袖手旁观。已经卸去左祭酒的桓温笑眯眯站在路边，没有刻意阻挡这股士子民心所向，只是不轻不重说了几句类似君子动口不动手的长辈唠叨。国子监建筑连绵不绝，规模在皇城和内城之间首屈一指，便是六部衙门也无法与之抗衡，历来太学生一旦群情激奋，都成为朝廷极为头疼的一桩事情，本就是朝廷自家孩子，骂了没用，太学生中多的是饱读诗书舌灿莲花的高人，打重更是打不得，也不舍得，国子监已经隐约超过江南道士子集团，成为离阳第一大输出朝臣的鱼龙之地。

别说京城，就是整个离阳朝廷也从未出现过如此有趣的一场对峙。

御道上聚集了数千名太学生，都是未来的国之栋梁，不出意外，其中佼

佼者更会成为离阳的中流砥柱，而且人数不减反增，阵形越来越壮大，占尽天时地利，自当气势如虹。国子监内许多天策祭酒根本劝说不住这些豪阀寒门出身皆有的得意门生，何况劝说得也远远称不上不遗余力，大多数还是乐见其成，只是督学授业传道的职责所在，才懒洋洋提上一嘴；几个不拘小节喜欢跟太学生打成一片的祭酒，还打趣说着得空儿就去京城某地某街购买几份解馋吃食回来。国子监官员的不作为，无形中助长了太学生的气焰，如此一股巨大的书生意气，震动朝野，一些个毗邻赵家瓮的西楚老遗民见闻以后，也禁不住悲喜交加，难免感慨一句春秋大义转入赵瓮，理当离阳得天下。

这一方权重势大，那一边就越发显得孤苦伶仃惹人厌了。

北凉世子徐凤年站在天下地轴线之上，摘下那柄从徐骁手上接过的北凉刀，刀不出鞘，双手放于刀柄，拄刀而立。

他曾一人一剑守敦煌。他今日则是一人一刀站御道，独当万人。

小半座国子监士子都拥入御道，堆积得密密麻麻，本以为这名纨绔子弟见着己方恢宏声势后，就会吓得屁滚尿流，抱头鼠窜，哪承想还真打肿脸硬杠上了，正好，要不然他们也没了发挥余地。听闻退朝返回的国子监祭酒们说此子竟然佩刀上殿，简直就是荒谬至极，他们惹不得二皇帝徐瘸子，惹不起离凉入蜀再赴京后众望所归的陈芝豹，还不敢教训这个顺杆子往上爬的无良世子？今天不说唾沫淹死他，也要让他留下那柄臭名昭著杀人如麻的北凉刀！

一名儒生踏出一步，怒容诘问道："听闻北凉放出风声，你在弱水河畔杀北院大王徐淮南，在柔然山脉杀提兵山第五貉，你可敢对天发誓，所传不假？！"

徐凤年默不作声。

儒生向前走出三步，痛打落水狗，掐住七寸，追问道："别说杀二人，你徐凤年何时去的北莽？可否说来一听？"

众人眼中的北凉世子，绝大多数人皆是头一次亲眼目睹，若非是知晓人屠嫡长子的身份，又有无数北凉境内士子赴京，诉说痛骂此人的荒唐行径，否则换成平时路上偶遇，恐怕都要心生嫉妒，或是暗赞几声好风流的俊哥儿，委实是皮囊好得无法无天了，尤其是当他身穿一袭御赐五爪九蟒的藩王世子补服，真是有那么点卓尔不群的味道。只是这人劣迹斑斑，罄竹难书。先帝驾崩时，清凉山上竟是灯火辉煌，歌舞升平，满城皆知。上次游历江南，竟是用马拖死了一名性情淳厚颇富才气的名流士子，更在广陵道上指使扈从大开杀戒，血流成河。及冠之后，也不见任何收敛，身上全无半点温良恭俭，只听说北凉王府梧桐院每日都有投井自尽的贞烈女子；只听说近年来尚未等到世袭罔替，就已经开始贩官卖爵，按官帽子斤两去卖，再拿去青楼一掷千金买笙歌。这样的膏粱子弟，如何有资格佩刀上殿？豺狼当道，置天下读书人于何地？

那位在国子监中一直以擂台辩论无敌手著称的儒生，没有因为那白头男子双手挂刀的虚张声势而丝毫露怯，只是觉得滑稽可笑。这里是天子脚下，是天下拱卫的泱泱京城，岂能容你一个腹中空空的外地佬来这里抖搂威风！儒生再次重重踏出三步，其不畏权贵的文士风采，令人倾倒，身后不断厚实的阵形随之上前三步，声响沉闷。春秋那些只知争抢权势的武夫让神州陆沉，我辈书生就要拔回神州齐五岳！儒生只觉得胸中浩然正气要直冲云霄，抬起手臂直指不作声的白衣男子，厉声道："大秦皇帝坐拥天下全盛之力，仍受制于匹夫，我离阳岂可步其后尘？！朝廷处处敬你北凉一丈，北凉何曾一事敬朝廷一尺？天祸小人，使其得志！"

北凉刀悄然入地一寸，徐凤年淡然笑道："刻薄之见，君子不为。"

声音不大，却是整条御道都清晰入耳。少数识货者顿时刮目相看。

儒生朗声讥笑道："'君子'二字从你口中出，真是滑天下之大稽。徐凤年，你既然不愿正面回答我那两问，我便再问你一问，你可想知道自己这些年在北凉所犯下的累累罪行？"

果不其然，国子监近万太学生只见那家伙哑口无言，根本不敢接话，更没有胆量反驳。

晋兰亭提着车帘子，嘴角冷笑。三十年河东三十年河西，你徐凤年也有今天。当年在北凉境内，让我那般受辱，活该你有今天被万人唾弃白眼！等我进入国子监，更要让你徐凤年和徐骁父子二人一同在史书上声名狼藉，遗臭千百年！以后等我晋三郎也如张首辅这般有了遍布朝野的门生，再去编撰史书，少不得让你们二人沦为奸佞贼子！

老爷子桓温个头不高，只得拣了个石礅子站上去，伸长脖子望去，也没谁会觉得这位老翁是在幸灾乐祸，只是觉得桓祭酒一如既往的诙谐聪慧。连初入国子监的太学生都对那北凉世子无比轻视，自觉高过一等，何须坦坦翁桓温上心？不过瞧着桓老爷子言笑晏晏，外人也不知在官场上老而弥坚的老人心中真正所想。

北凉刀却已入地三寸，徐凤年双手仅是虚按刀柄。

儒生如得天助，虽仍是无官家身份的一介书生，但气势惊人，继续前行，距离那北凉世子不过百步路程，正要再出声圣人教诲和道德文字，不承想那装聋作哑的白头世子竟然率先发难："入钉唯恐不深，拔钉唯恐不出。"

太学生多的是善于言语含蓄的聪明人，一听就知道这是在讥讽朝廷对北凉卸磨杀驴。徐凤年继续平静说道："我只知春秋之中，徐骁麾下士卒战死沙场三十多万，嘉和年间征伐北莽，马革裹尸又十余万，随后十年中，又有八万余人战死。你们骂我徐凤年无才无德无品无志，都无妨，可又何曾记得这五十万人埋骨何处？国子监数万读书人，终年佳篇颂太平，可曾为五十万人做祭文一篇？"

儒生涨红了脸怒道："五十万人为国捐躯，死得其所，与你徐凤年何干？"

徐凤年平声静气道："我将为中原大地镇守西北，北凉三州以外，不受北莽百万铁骑一蹄之祸。"

儒生正要诘难一番，徐凤年却已经轻轻拔出北凉刀。

借万人之愤，养一刀之意。

御道一瞬撕裂两百丈。

御道中央人仰马翻，好不热闹，许多太学生艰难狼狈地爬出沟壑，骂声喧沸。

徐凤年悬好北凉刀，沿着那条养意一刀劈就的鸿沟边缘，缓缓前行。

经过那名战战兢兢的儒生身边，徐凤年目不斜视，只是轻轻笑道："我杀没杀第五貉，等你死了自己去问。"

儒生嘴唇铁青发紫，一屁股坐在地上。

车厢内晋兰亭好像看到那北凉世子冷眼瞥来，吓得手腕一抖，甩下帘子。

国子监右祭酒大人脸色苍白，色厉内荏道："徐凤年，我晋兰亭有今日成就，与你无关！你休要恃力猖狂！"

站在石礅子上的桓温揉了揉脸颊，喃喃自语："虽千万人吾往矣，不是儒士胜儒士。好一个坐镇西北，只为百姓守国门啊。"

畅通无阻轻松穿过万人太学生，白衣白头男子步入马车前，这个曾经对六百北凉老卒久久弯腰不肯起的北凉世子，在众目睽睽之下，转身面朝先前意气风发的国子监万人，重重吐了一口唾沫。

尚未立冬，便已是一场鹅毛大雪，给太安城这位雍容妇人披上了一件白狐裘。

这小半旬内，京城轰动不止，各种封赏擢升不提，还有北凉世子胆大包天破坏御道，言官弹劾奏章飞似天上雪，都石沉大海，没有一次被御笔朱批。城内道观真人都说是徐凤年凭恃假借阴怪之力，必不为举头三尺神明所喜，言之凿凿，让忙碌着补冬习俗用以感谢老天爷的市井瓦舍百姓们都深信不疑。除此之外，还有一场轰动京城的盛事，兵部侍郎卢白颉跟三战三败的外乡游侠儿在按鹰台比剑，天子亲自准许卢爱卿告假一日，双方登上按鹰台比剑之前，恰好落雪伊始，一身寒儒装束的卢侍郎负剑霸秀飘然而至，不愧一剑满仙气之说，一些个原本觉着这位江南卢氏成员不够资历担任兵部权臣的京城人士，那一日也都为尚未出剑的卢白颉文雅气度折服。然后便是那吊儿郎当的剑士登台，总算换了一身不那么邋遢的光鲜行头。这家伙先败于吴家剑冢女子剑侍，再败于京城剑术宗师祁嘉节，三败于东越剑池白江山，已经有了温不胜的名头，说来奇怪，这家伙相貌气度不讨喜，尤其是不得女子青睐，可灰头土脸连败三场以后，在市井底层却是极为受到欢迎，甚至许多军卒甲士也都高看一眼。

当温不胜慢悠悠登台时，围观百姓中便有中气十足者高声吆喝"温不胜这次总该赢一次了吧"，姓温的落魄剑客当场便回骂一句"去你娘的"！观战人士三教九流，女子不管年幼年长，大多皱眉嫌弃，倒是粗粝的大老爷们儿都轰然喝彩，为其摇旗呐喊。

这一次比剑，按鹰台本就是赏雪观景的好地方，加之卢白颉有显赫的官家身份，更有传言几位皇子都会微服轻车简从悄悄来到按鹰台，更有声色双甲的大美人李白狮大张旗鼓亲临，故而比起前三次较技都来得人声鼎沸。但谁都心知肚明，其实他们都在好奇期待那名佩刀的北凉世子露面。那日朝会退朝以后，姓徐的藩王子弟仅是跟国子监斗了一场，对升斗小民来说怎么能过瘾够劲，就想着这次会大闹按鹰台，被京城官宦子弟纠缠上，恶人恶狗斗成一团才精彩。

徐凤年在比剑之前，本来已经走出下马嵬驿馆，准备乘车前往按鹰台凑个无伤大雅的热闹，蓦地却看到一个穷酸至极的老儒士蹲在龙爪槐下，惴惴不安。徐凤年哑然失笑，犹豫了一下，返回驿馆后院，让青鸟温了一壶黄

酒。徐凤年过目不忘，记得驿馆外头守株待兔的老书生是谁。当年离开徽山船至江畔，恰逢二姐徐渭熊从封山五百年的地肺山携龙砂去往上阴学宫，这个叫刘文豹的南唐遗民得到徐渭熊一个"杂而不精"的评点，毛遂自荐时张口闭口便是张巨鹿、赵右龄、王雄贵、元虢、韩林等诸位当朝显贵权臣，扬言要以相权入手剖析庙堂大事。徐凤年当时不喜老书生的语不惊人死不休，给他吃了闭门羹，没料到这老儿落叶归根返乡以后，就腿脚麻利地跑来京城堵自己了。其功名利禄心之重，可见一斑。

吃过了丰盛午饭，童梓良起身离去，叮嘱女儿慢慢收拾碗筷。徐凤年望着院中老槐迅速铺上了一层雪垫子，转头对青鸟说道："拿一袋子银钱，丢给院外的刘文豹，什么都不要说。"

青鸟点头，回屋装了一小囊碎银，轻轻出院。轩辕青锋看着桌上还剩下的食物，问道："一饭之恩，可比一袋银子来得礼轻情意重。你就这样收买人心？是不是拙劣了一些？"

徐凤年笑着摇头道："豪阀养士，就如风流名士调教青伶小婢，或者熬鹰驯马，如出一辙，得先磨去傲气，但不能连骨气一并磨去。我不可能对谁都广开门路，总得先知道这些为荣华富贵奔波劳碌的家伙，到底有几斤傲气有几两骨气。那刘文豹要是摔下银子气愤而走，临走不忘骂我几句不识货，那就是傲气远重骨气，这种迂腐书生，活该他一辈子没办法出人头地。可他如果收下了银钱，卑躬屈膝，乞求青鸟见我一面，放话说自个儿有多少真才实学，我还真不稀罕。北凉不需要锦绣文章歌功颂德之辈，在那块贫瘠土地上，死板书生活不长久，奸猾读书人又于北凉无益。我们来赌一赌，这个刘文豹是何种作态？小赌怡情，一百两黄金，怎样？"

一旁竖起耳朵的童年听到百两黄金后，张大嘴巴，惊讶得说不出话。

轩辕青锋冷笑道："行啊，我赌这老腐儒根本不接过那份'嗟来之食'，置之不理，继续在雪地里枯等。"

徐凤年摇头道："那我赌他接过了银子，然后继续等我回心转意。"

青鸟快步返回，轻声道："刘文豹收下了银钱，说先回去填饱肚子买件暖和的貂裘子，再来等公子。临行前还问我驿馆内可有残羹冷炙，要是有，他刚好省下一笔开销。"

童年掩嘴一笑。

轩辕青锋啧啧道："这老头儿脸皮硬是可以，跟你物以类聚，以后八成会相谈甚欢。"

徐凤年哈哈笑道："就算咱们都没输没赢。接下来我们再赌一场？赌注再添一百两，就赌这个刘文豹能等几天？当然前提是这之前我不理睬他。"

轩辕青锋平淡道："那我得先知道你会在京城逗留几天。"

不等徐凤年回答，她便胸有成竹地说道："我赌老头儿你留京几日，他便等上几日。"

徐凤年站起身，伸出手掌接住沁凉雪花，"但愿是我输了。两百两黄金换一名真士子，北凉不亏。"

徐凤年站在檐下，伸出手去接雪，不知不觉接了一捧雪。

同为"小年"的女子看得目不转睛，怔怔出神，等他转身望向自己询问，她犹浑然不知。

轩辕青锋拣选了一条藤椅躺着，摇摇晃晃，抚额观雪。

徐凤年伸手在温婉女子眼前挥了挥，一脸暖意。她终于还魂回神，羞得恨不得钻入雪堆里。徐凤年知她脸皮薄，跟身边躺在躺椅上那位是截然不同，重复了一遍："听说你学琴，借我一次？"

她咬了咬嘴唇，点头道："我这就帮公子去取琴。"

徐凤年温颜笑道："走慢些不妨事。"

女子虽然使劲点了头，可仍是转身就跑，显然当作了耳边风鬓角雪。

轩辕青锋扯了扯嘴角，缓缓吐出二字："痴心。"

女子捧琴跑得急促，摘去裹布时依然十指颤抖。徐凤年一声谢过，接了这把并不如何值钱的新琴，一抹袖，十二飞剑悬停做琴台。

徐凤年闭上眼睛，手臂悬空，不急于抚琴。

北凉参差百万户，其中多少铁衣裹枯骨？

试听谁在敲美人鼓，试看谁是阳间人屠。

星斗满天，谁睡也？

徐凤年低头时，眼眶泛红，不为人知地嘴唇微颤。

一手猛然敲响琴弦。

敲！

一支皇皇北凉镇灵歌。

雪中琴声阵阵，如那北凉铁骑的马蹄如雷。

下马嵬驿馆龙爪槐下，蹲着一位老儒士，拿银钱从当铺买了件掉毛老貂裘，正往嘴里塞着肉包子，听闻琴声后，缓缓停下狼吞虎咽，靠着冰凉老槐树，闭上眼睛，轻声道："来一壶绿蚁该多好。"

　

僻静小院，不腌酸菜时喜欢闭眼的剑侍翠花站在屋檐下"赏"雪，青衫剑客吴六鼎蹲在台阶上等那王八蛋比剑归来。风雪漫天中，用他银子去换了一身洁净衣服的游侠儿推门而入，吊儿郎当，入门后拍了拍肩头积雪。吴六鼎哪壶不开提哪壶，问道："温不胜，又输了？"

腰间多了一柄佩剑的木剑温华瞪眼道："怎么说话的，六只缸，你就是个吃娘们儿软饭的，要是没翠花没酸菜，看我不削死你。"

对此并无异议的吴家当代剑冠笑眯眯道："哟，哪儿捡来的剑，瞅着不含糊啊，给我过过眼。"

温华大大咧咧道："老子的剑，就是老子的小媳妇，你随便摸得？"

翠花嘴角翘起，本就是玩世不恭性子的吴六鼎啧啧道："那你这次弄了个新媳妇回来，不怕喜新厌旧，旧媳妇吃醋？"

温华一拍木剑，"瞎扯，老子向来喜新不厌旧，不对，是喜旧不喜新。这把新剑的名堂大得很，说出来怕吓死你。不过剑是好剑，比起我这柄相依为命十来年的木剑，还是差远了。"

温不胜终归不负众望，还是没能胜下一场比剑，不过这一次相较前三次落败，总算打了个平手，事后棠溪剑仙还将古剑霸秀相赠，那哥们儿也不含糊，二话不说就接过挂在了腰间。京城都习惯了这家伙比剑前掏裤裆的不雅做派，跟祁嘉节比剑时还要伤风败俗。找上门去比剑，递了两剑，稳居京城第一剑客多年的祁嘉节正要还以颜色，温不胜就开始嚷嚷认输不打，然后屁都不放一个，也不说什么客气话，一溜烟跑得没影，不说观战的江湖人士目瞪口呆，就连祁嘉节本人都哭笑不得，被两剑惊出一身冷汗，辛辛苦苦扛下剑势剑意俱是出类拔萃的两剑，之后就看到那小子招呼不打就滚远了，观战的老百姓们笑成一团，往死里喝倒彩。

吴六鼎瞥了一眼卢白颉的霸秀剑，笑道："几万把木剑，也换不来一把棠溪剑炉的铸剑。落在你手上，真是遇人不淑，可怜了霸秀，媚眼给瞎子看。"

温华今天心情好，不跟六只缸一般见识，小跑到屋檐下躲雪，抖了抖衣袖，然后转头望向明明不瞎却装瞎的女子剑侍，问道："翠花，咋还不给你温哥哥温大侠上一碗酸菜面，你也太不讲究了。以后等我出名了，你就算求我吃你的酸菜面酸菜鱼，也得看我心情。"

平时不睁眼，芦苇荡一役睁眼便学得李淳罡两袖青蛇六分神意的女子扯了扯嘴角，转身就去下面。温华蹲在吴六鼎身边，小声嘀咕道："六缸啊，当你是小半个朋友，我才跟你说心里话。翠花长得是一般般，远比不上我喜欢的李姑娘，可翠花脾气好，你又吃不腻歪酸菜，反正你小子一辈子没的大出息，跟她在一块凑成一对，算你占了天大便宜。"

吴六鼎笑道："就许你温不胜有出息，不许我吴六鼎有成就了？"

温华也从不忌讳言语伤人心，说道："你不行，比翠花差远了，我温华看人看剑，奇准无比。"

吴六鼎气笑道："要不咱们比一场？"

温华如同野猫奓毛了，"呦，有翠花给你撑腰，胆气足啊，比就比。不过事先说好，我一招轻轻松松赢了你，你别翻脸让我搬出院子，也不许跟我提马上还你买衣服的银钱，还有，你得把你那间大屋子让给我住。我温华如今是名头响彻京城的大剑客，衣食住行都得跟上……"

吴六鼎被温华的唠叨给折腾得完全没了脾气，那点小荷才露尖尖角的争强斗胜之心迅速烟消云散，无奈道："比个屁，不比了。赢了你温不胜，我也没半点好处，万一输了才是真掉茅坑里。"

温华哈哈大笑，一巴掌使劲拍在剑冢剑冠的肩膀上，"怕了吧，没事，不丢人！"

吴六鼎懒得跟这家伙废话，闭口欣赏院中不断扑落的鹅毛大雪。

温华突然想到一事，摘下木剑，弯腰在积雪上一丝不苟刻下一字，转头问道："六缸，认识不？"

雪地上一个"福"字。

吴六鼎白眼以对。

温华自顾自笑道："当年我跟兄弟一起闯荡江湖的时候，偷了地瓜烤熟大吃一顿后，一起在荒郊野外舒舒服服拉屎，闲来无事，他就拿树枝写了这

么一个字。你知道他是咋个说法？"

吴六鼎淡笑道："一个福字也有说法？"

温华一脸鄙夷道："福字，便是衣，加上一口田。意思是啥，你懂？衣食无忧，就是天大福气！这里头意思可大了，你六只缸自然不懂的。我那兄弟别的不说，歪歪肠子多，相貌嘛，没天理地比我还来得英俊。不过偏门学问也大，给他一身破烂道袍就能装神弄鬼骗人钱财，还可以在小巷弄里跟人赌棋，要不就是帮人写家书，字写得那叫一个漂亮！不是老子夸海口，咱们每次拉屎撒尿，都是那懂风水的小子指了块风水宝地才解裤腰带，你说我跟他那样行走江湖，虽说穷酸了点，可牛气不牛气？"

吴六鼎看着大雪下坠要掩盖那福字，都给身边游侠儿拿剑挥去，好似一剑断了天地相接的元气，轻轻笑道："这些天除了听你吹嘘自己剑法如何厉害，再就是听你说这个叫小年的公子哥，我耳朵都起茧子了。"

温华破天荒正儿八经道："六缸，两件事，你记住了：不许碰我的木剑，再就是不许说我兄弟坏话，我说他好话的时候你爱听就听，不爱听就捂住耳朵。"

吴六鼎笑脸温醇道："爱听，你说。"

翠花端来一碗筋道十足的酸菜面，温华收回木剑，接过碗筷，几嘴工夫就解决掉一碗，还给剑侍，觍着脸笑道："再来一碗，再来一碗，翠花你手艺，不去当厨子可惜了。练啥剑，以后跟六缸开一间小饭馆，我天天给你们撑场子。你想啊，那时候我肯定是天下有数的剑术宗师了，我去给你们捧场，生意保准兴隆，你们俩就等着晚上躲在被窝里数白花花的银子吧。"

吴六鼎抚摸着额头，实在是很想一脚踹死这个王八蛋，才吃过人家的酸菜面，就想着怂恿翠花不要练剑，好不遮掩他的风头。倒是翠花轻轻浅浅笑了笑，转身又去给温华煮面。

望着大雪中那个渐渐消弭的"福"字，温华抹过嘴，感慨道："我答应过教我练剑的黄老头，要替他杀过一人，然后我就不跟他厮混了，好好跟李姑娘过日子，她说等我做成了天底下最有威名的剑客，就嫁给我。我想呢，跟翠花、祁嘉节和白江山都打过了，这不就成了京城第一出名的剑师了嘛。其实也不算太难，再磨砺个几年，出了京城找六七八九十个剑道宗师剑术名家，比完一圈剑，也就有脸面跟她提亲了。我除了小年这么一个兄弟，也没啥朋友，到时候你要愿意，就来喝喜酒，不愿意拉倒，反正老子也不稀罕你那点礼金。"

吴六鼎点了点头，平静道：“我曾经在江面上一竿子掀船，拦截过一个年轻人，后来襄樊城那边，又差点跟他对上，不凑巧，他也叫徐凤年，是北凉的世子殿下。”

温华哈哈笑道：“北凉世子？那我的小年可比不上。我这个兄弟啊，也就是寻常殷实家境里的公子哥，出门游学，混得跟我一样惨。”

吴六鼎眯眼笑道：“万一是同一个人？”

温华大手一挥，毫不犹豫道：“不可能！”

停顿了一下，木剑游侠儿笑道：“是了又如何，就不是我兄弟了？”

温华裆下有些忧郁了，伸手掏了掏，叹息道：“万一，万一真是，我那春宫图可就拿不出手了啊。”

小院外的巷弄，积雪深沉，一脚踏下便会吱呀吱呀作响。

一辆寻常装饰的马车停下，帘子掀起一角，坐着一个老头和一名被誉为“声色双甲”的绝美女子。

入评胭脂榜的女子微笑道：“让他杀徐凤年？”

正是那黄老头的老人，脸色平静地点了点头。

绝色美人腰间挂有一只白玉狮子滚绣球的香囊，得到答案后轻轻叹气。

老人姓黄，名龙士，自号黄三甲。

他面无表情道：“见过了温华，尽量表现得贤良淑德，晚饭由你亲手下厨。他给你送行时，就无意间‘多嘴’说一句你仇家在北凉，但具体是谁，先别说，省得弄巧成拙，坏了我布局。”

这头天下名妓夺魁的白玉狮子嫣然笑道：“那北凉世子那边，我该如何做？”

黄三甲笑道：“我自会安排你在合适时间合适地点与他见上一面，到时候你的清白身子，徐凤年就算不要，你也不能再有。”

李白狮收敛笑意，平淡道：“我的性命都是恩师你给的，何妨那点清白。”

老头儿盘膝坐地，说道：“温华不重义，只重情。可天下‘情’之一字，分男女私情和兄弟之情，我倒要看看，这小子舍不舍得拼去他有望成就陆地神仙的剑，舍去他心爱的女子，去换一份短短一年结下的兄弟情。”

她下车后，拢了拢披在身上的雪白狐裘，默念道：“可怜。”

院中“福”字已不见。

大雪不愿歇，好似哪家顽劣孩子的哭不停休。

下马嵬驿馆后院，龙爪槐银装素裹。

少年死士戊在院子里堆了个雪人，取了两块木炭做眼睛。

徐凤年见轩辕青锋躺在藤椅摇摇晃晃，十分惬意，不让她独乐乐，便托童捉驿添搬了一条藤椅进院子，两人在檐下躺着闲聊。

童梓良送椅子的时候，徐凤年问了几句有关兵部侍郎卢白颉跟人比剑的盛况，此时躺在椅子上，自言自语："姓温，挎木剑，你娘的该不会是温华吧？"

轩辕青锋冷笑道："就他？"

徐凤年不乐意了，斜眼道："温华怎么了？当年你我他三人在灯市上碰头，我手无缚鸡之力，你好到哪里去了？如今我又如何？窃取所谓的儒家浩然，来养刀意，再借力于丹婴，就在御道上一气撕裂了两百丈。再说说你自己？"

轩辕青锋默不作声。

徐凤年突然笑道："这次带你来京城，躲不过那些躲躲藏藏的眼睛，也算你第二次递交投名状，回头我找机会补偿你。"

轩辕青锋转头玩味笑道："才发现跟你做生意，实在是不怎么亏。"

徐凤年微笑道："那是。"

轩辕青锋好奇问道："你这次入京带了一柄北凉刀，为何不带春雷了，而只是带了那柄春秋。"

徐凤年平淡道："才二品内力，带那么多兵器做什么，当我是开兵器铺子的吗？"

轩辕青锋嗤笑道："你这话真是睁眼瞎话了，十二柄飞剑算什么？"

徐凤年无奈坦白道："春秋剑在我手上，很为难。"

轩辕青锋刨根问底道："怎么说？"

徐凤年轻轻吐气，吹走几片斜飞到檐下的雪花，平静道："不知为何，春秋时不时会有颤鸣。"

轩辕青锋不再追问，她对那柄剑没有半点觊觎之心。

徐凤年自顾自说道："这柄剑，我一开始是想送给羊皮裘老头的，后来他死了，我想着送给邓太阿也好，也算回礼。不过估计他也不会收下，而且这辈子也未必能见上一面了，就想着万一，万一见到了温华那小子，干脆送他好了，出门摆阔，他也容易拐骗女子。"

一袭紫衣的轩辕青锋躺在椅上，闭上眼睛，"真不知道你堂堂北凉世子，为何那么在意一个没出息的浪荡子。"

徐凤年笑眯起那双丹凤眸子，这些天心中阴霾一扫而空，轻声道："不懂就对了。"

狐裘女子轻叩门扉，始终蹲在檐下发呆的吴六鼎皱了皱眉头，松开以后懒洋洋说了一声"请进"，李白狮低头跨过柴门，朝吴家剑冠施了一个万福，风情万种，却媚而不妖。吴六鼎朝屋里头喊了声"温不胜有人找"，正趴在床上欣赏霸秀古剑的温华挎好木剑，骂骂咧咧走出，看到院中女子，愣过以后大惊喜，也不掩饰什么，讪笑着小跑过去，在她身前几步停下，说道："李姑娘怎么来了，事先说一声，我也好跟六缸借钱，找个大些的地方待客。反正借他十两是借，一百两也是借，江湖儿郎相逢是缘，就不能小家子气，你说对不对，路边捡来的六只缸？"

吴六鼎看到那个朝自己使劲使眼色的无赖游侠儿，只是翻了个白眼，侧身望向另一边院墙。李白狮手里挽着一竹篮子新鲜果蔬，篮子里还有几尾用凿冰出湖没多久的鲤鱼，一根草绳串鳃而过，都还能活蹦乱跳。她柔声道："吃过了没，要是没吃，这趟我不顺路，不过可以顺手给你做顿饭。"

才两碗酸菜面下肚的温华挠头道："吃了两碗面条，不过不顶事。"

李白狮嫣然一笑，"这就给你做去，不合胃口就直接说，下回也好将功补过。"

温华嘿嘿道："放心，我这人最不矫情，向来有话直说。"

她轻轻看了他一眼，温华想起两人初见，哑然失笑。她往里屋走去，恰好跟剑侍翠花擦身而过，女子之间也就是点头即止，京城名士见上一面都难的李白狮竟然真下厨去了。

吴六鼎蹲着，翠花站着，温华手足无措地在房门口进退失据，犹豫半天还是来到吴六鼎身边，靠着红漆早已斑驳剥落的廊柱。

大雪纷飞，温华练剑以后，成就高低自己不知，但最不济如今不惧这份寒意，但仍是下意识收了收袖子。过惯了穷日子的小人物，每逢冬季大雪，衣衫单薄，无处可躲，那就是恨得牙痒痒，恨不得把老天爷揪下来揍

一顿。别说李白狮身上那件价值千金的裘子，寒苦人家一炉子炭都舍不得烧。温华当年寄人篱下，跟哥哥嫂子一起熬岁月，嫂子嫌弃他不务正业心比天高，哥哥总护着他，但难免被嫂子唠叨，而温华也知道自己的德行，嘴巴刻薄，说话毒辣，从未说过几句好话给嫂子听。其实她人不坏，那么多年让自己白吃白喝，就是说话难听一些，却也从未想过真把他赶出家门去吃苦，于是哥哥就里外不是人。温华一气之下就离家出走，偷鸡摸狗的勾当干了不少，然后就撞见了小年。

当时一起在瓜农地里偷瓜，双方都心虚，斗智斗勇了半天，才他娘知道是一路货色，那块瓜地就彻彻底底遭了灾，这算不算不偷不相识？厮混在一起后，小年总取笑他见了任何一个有胸脯有屁股的女子就饿虎扑食，这样的一见钟情不值钱，温华对情情爱爱哪里懂，只是就跟饿疯了的人见着馒头就是天底下顶可口的美食一个道理。那次惨淡却不孤单的游历中，一见钟情的次数一双手都数不过来。两人离别时，小年说了一句天下没有不散的宴席，文绉绉的。温华当时眼睛泛酸，加上也觉得总跟着他蹭吃蹭喝不算个事，也就痛痛快快转身，独自游历江湖，一路往西北走去，然后在襄樊城附近遇上了此时鸠占鹊巢的李姑娘。初次见到她，是她从一辆豪奢富贵的马车里走下，将一块银子弯腰放入断腿小乞儿破碗中。温华当时看到她不光给了银子，还笑着摸了摸小乞丐的脑袋，那会儿，温华就告诉自己这次一见钟情，是他最后一次了。因为最喜欢讲歪理还让人服气的小年说过一句话，女子漂亮一些不算了不起的大事，漂亮女子心地好，不抢回家当媳妇好好心疼，活该天打雷劈！温华当时奋不顾身就冲了上去，当街拦下马车，照旧是市井泼皮调戏良家女的三板斧路数，没啥新意，小姐芳名小姐芳龄家住何处。不过温华还添了一句，说自己是立志于练剑练成绝顶剑客的游侠儿，他不耍无赖，只想着姑娘能多等上几年，等他练出个大名堂，若是几年以后杳无音讯，那就不用等他了。温华一开始觉得傻子才信自己这番诚心话，可那姑娘还真就自报姓名了，还问他自己是青楼女子，不嫌弃？温华说不嫌弃，然后她就说等他三年。她果真等了他三年，再见面，已是泱泱京城，他遭受白眼无数的温华哪怕被嘲笑温不胜，可好歹再没有小鱼小虾都可以不把他当盘菜。温华练剑，不求利不求钱，只求名，只求那一口憋了太多年的气。徐凤年说人这辈子吃喝拉撒还不是最平常的事情，而是那一呼一吸，什么时候最后一次只呼不吸，便是人死卵朝天了。那会儿，那死前呼出的一口气，得爷们儿！好像还有"酒入豪肠吸剑气，张口一吐摧五岳"的说法。前半段说得直白，温华记得一清二楚；后半段酸文了，他也就记不太清楚。跟黄老头练剑以后，他便一直狠狠憋气，咬牙想着如何他日一口吐气，就让江湖震动，让那李姑娘青眼相加，让小年觉得他温华这个兄弟没有白结交！

新剑神邓太阿的桃花枝是举世无敌的杀人剑，温华不想学。老剑神李淳罡的剑为后人逢山开山逢水开水，他又学不来。温华只想练自己的剑。想练了剑，娶上心爱的媳妇，过安稳日子。再跟兄弟徐凤年好好相聚，把那一年欠下的酒欠下的肉欠下的情，都慢慢还上。

李白狮做了一桌子饭菜，色香味俱全，看得温华不饿也饿了，狼吞虎咽。

她仅是夹了几筷子素菜，便不再动筷子，只是看着这个年轻男子，有些想笑却笑不出来。

倒是温华给她夹了一筷子，笑道："多吃一些，身体要紧，吃胖了也无妨，反正你长得太好看了，稍微不好看一点，不打紧。"

李白狮这回终于笑了。

陋巷陋室一顿饭，很快临近尾声，她不忘如勤俭持家的妇人收拾干净碗筷，只挽了那只篮子离去，温华当然要送行，可她只让他送到院外巷子。

一路无言。

拐角之前，她柔声说道："温华，记得要当天下最有名的剑客，你答应过我的。"

温华重重点头道："这个你放心，我就算去杀皇帝也敢，大不了跟你一起浪迹天涯。"

他笑着赶忙补充一句："只要你愿意。"

李白狮点了点头，低下头去，神情复杂，抬头以后眼神便清澈，轻声道："不许送了，可以做到？"

温华笑道："听你的，不过你自己路上小心一些。"

李白狮妩媚一笑，"当年我所乘马车动了以后，我偷见你在后头站了半天，这回你先走，我等你。"

温华大笑着转身离去，也不拖泥带水，拖雪带泥才是。

李白狮轻轻捧手呵出一口气，等温华进入院子，这才走过拐角，进入那辆马车，看到老人还在，有些愕然。

黄三甲语气平淡道："我不过去了一次下马嵬附近，就给元本溪那半寸舌给盯上了，有些事情得提前一些。"

李白狮颤声道："这就要去跟温华直说？可院子里还有吴家剑冢的剑冠、剑侍二人啊。"

黄龙士笑道："襄樊城芦苇荡截杀徐凤年，这两人本就是我挪动剑冢的一次落子。陪我坐一会儿，约莫个把时辰后我去院子，你等消息，回去后打开这只锦囊。"

李白狮接过一只锦囊。

手脚冰凉。

一个时辰后黄龙士缓缓走下马车，马车渐渐远去，消失于风雪中。

黄龙士没有急于入院，而是在巷弄来回走了两趟，这才推开门扉。

短短一炷香后，一名年轻男子断一臂，瘸一腿，自断全身筋脉，只存一条性命，只拎上那柄原本就属于自己的木剑，离开了院子。

巷中雪道上长长一条血线。

"在老子家乡那边，借人钱财，借你十两就还得还十二三两。我温华的剑，是你教的，我废去全身武功，再还你一条手臂一条腿！"

他在院中，就对那个黄老头说了这么一句话。

然后这个雪中血人在拐角处颓然蹲下，手边只剩下一柄带血木剑。

年轻游侠儿泪眼模糊，凄然一笑，站起身，拿木剑对准墙壁，狠狠折断。

此后江湖再无温华的消息，这名才出江湖便已名动天下的木剑游侠儿，一夜之间，以最决然的苍凉姿态，离开了江湖。

刺骨大雪中，他最后对自己说了一句。

"不练剑了。"

今年立冬前的这场京城大雪尤为磅礴，依然不停歇，京城里许多孩子欢天喜地的同时，都纳闷住在天上的老天爷这到底是养了多少只大白鹅哦。

这座可以用"有龙则灵"形容的小院中，原本住着三名皆是有望为剑道扛鼎的天纵之才，一夜之间就三去其一？吴六鼎无趣时，就喜欢拿过那根只

212

比剑略长的青竹竿，此时蹲在檐下，肩上扛竿，有些寂寥，哪怕青梅竹马的翠花就站在身边，这位不学王道剑却学霸道剑的年轻剑冠也有些戚容。吊儿郎当温游侠那句话字字入耳，只留一条苟活性命出院，断一臂断一条脚筋，自行毁去窍穴，就这样走了。温不胜，你不是说要成为天底下有数的大剑客吗？你不是才见过你爱慕的女子吗？杀一个无亲无故才一年交情的男子，然后名动天下不好吗？

翠花察觉到年轻剑主转头，两人心有灵犀，无须吴六鼎问话，她就开口道："我也不懂。"

芦苇荡一役天下第十一王明寅，是老靖安王赵衡拿此人与春秋名将王明阳的兄弟情谊枷锁，将其从那青山绿水山野几亩田中套出江湖。

那温华才入江湖天下知，怎么就这般凄凉离开江湖了？

这些时日经常跟温不胜拌嘴的吴六鼎松开手，竹竿滚落在地上，他狠狠揉了揉脸颊，"我没有兄弟，也没有朋友，一心问剑道，可这辈子都会记住这个笨蛋了。要不咱们送送温华？这冰天雪地的，他离得了院子，离不开京城的。"

翠花默不作声，天天被绰号六只缸的剑冠吐出一口积郁深重的浊气，平静起身，"别管屋里头那个算计来算计去不知道到底算计谁的老王八，真惹恼了我，大不了撕破脸皮，一拍两散。我不喜欢京城这地方，没有江湖味也没有人情味，好不容易才发现一点吴家剑冢都不曾有的剑味，可又太晚了。翠花，要不咱们护着温不胜出京以后，再去南海那边走一走？听说邓太阿出海访仙，说不定能遇上。"

翠花只是拍了拍身后所背的素王剑，吴六鼎大笑出院。

黄三甲从屋中缓缓走出，手中提了那柄遗留下来的古剑霸秀，面无异样，不见丝毫情绪起伏，只是将霸秀剑朝墙头那边一抛。

古剑入一人之手，一只袖管空荡荡的老者蹲坐在墙头之上，单手接过了棠溪剑炉最后一柄存世铸剑，舍弃了剑鞘，手掌摊开，将古朴名剑搁在手心上，拇指食指一抹，锋芒不入天下名剑前三甲，坚韧却高居榜眼位置的霸秀剑瞬间弯曲，剑尖剑柄铿铿撞击，如一条龙蛇头尾相咬，双指剑气所致，这柄当世名剑竟是硬生生从中崩断，一作二，二作四，四作八截，以此类推，霸秀寸寸断，寸剑都落入断臂大袖之中，然后老头儿拣选了一截剑尖，丢入嘴中，如嚼黄豆，嘎嘣脆，嚼劲十足。老人未必真实无名无姓，却实实在在

籍籍无名了一甲子，这些年偶尔入世，也都是跟黄龙士做买卖：他杀人伤人，黄龙士都要负责给他一柄好剑入腹。

要说他做了什么壮举，江湖上从无半点渲染，可他毕生极痴于剑，几近百年岁数，不过收徒两个半，"半个"是那让他大失所望的木剑游侠儿，一个则是名头更大一些——西蜀剑皇。可老人也曾对黄三甲明言两个大徒弟也比不上一个半路徒弟温华，与天赋无关，天赋不全等于根骨，江湖千年，近乎天道的剑道，便不兴惊才绝艳便可成事那一套。因此即便收下了慢慢下嘴入腹的霸秀剑，老头儿也十分不满，这柄剑的滋味本就不够，他是冲着那柄春秋剑来的；剑冢的素王剑其实也不错，可这二十年最为念念不忘，仍是那柄大凉龙雀剑。老头儿缺了一臂，可由于身材魁梧，也不显得如何年迈衰老，尤其是双眉极长，扎了一根雪白长辫，就好似那北凉、离阳、北莽三足鼎立。

双眉长如柳枝的老头儿桀桀而笑，嗓音沙哑如同一头夜鸮，阴森道："黄龙士啊黄龙士，天底下自有你算不准的人，料不准的事！"

黄三甲平淡道："天下哪来算无遗策的人。种下庄稼，长势如何，本就既靠人力也靠天时。我黄龙士也没自负到要人比天高的地步，温华乐意自毁前程，无碍大局。"

身份不明的老头儿显然很乐意见到黄龙士吃瘪，继续在伤口上撒盐，"温华这小子在京城杀北凉世子，不让北凉、离阳有半天如胶似漆的日子，最不济也要让徐凤年那苦命小娃落下心上病根，好让你继续浑水摸鱼，这种狠辣算盘也就只有你打得响。怎的，你还是看重那陈芝豹？觉着他才是两座江山的天命之主？这些事情我懒得多想，但有眼下一笔账我得跟你算清楚。你请出了剑冢老吴出山，我不好对素王剑下口，不过温华，我这半个徒儿可不止只值一柄霸秀剑，既然素王剑下不了腹，那说好了的徐凤年那柄春秋，你该如何满足我的胃口？"

黄龙士步入院中，望着头顶纷乱落雪，"我从不觉得谁是天命所归，我只是见不得暮气沉沉的春秋，见不得这天下那么多的理所应当。于我而言，没有什么仇家没有什么恩主，此生所作所为，不过都是要那朽木之上发新芽。"

难得听到吐露心事，脾气不算好的老头儿也破天荒没有追问那春秋剑的事情，继续慢悠悠一次一截断剑放入嘴中。

黄龙士笑了笑，自言自语道："'公平'二字最难得，既然曹长卿敢带着亡国公主姜姒，坏了我多年安排的白衣并斩龙蟒这一场大局，我就能让徐凤年吃不了兜着走。但徐凤年赢了，我也不是纠缠不休的人，春秋剑你就别想了，我自能让你填饱肚子。走，咱们去武帝城。你敢不敢？"

老头儿吃光了霸秀剑身，丢去剑柄，"那儿开胃菜倒是真多，有何不敢的。王老二自称天下第二一甲子，早就看他不顺眼了，什么狗屁天下第二，天下第三还差不多。"

黄三甲点头笑道："确实，天下也就只有你敢跟李淳罡互换一臂。"

老头儿陷入沉思，黄三甲也不急于催促出城，"天底下风流子，为情为义为仁，大多难免作茧自缚。王仙芝自困于一城，轩辕敬城自困于一山，曹长卿自困于一国，李义山自困于一楼，李当心自困于一禅。真正超脱于世的，你，那个现在正四处找我寻仇的元本溪，出海的邓太阿还算不上，屈指算来，只有骑鹤下武当的洪洗象，断臂以后的李淳罡，再就是折剑不练剑的温华了。江湖注定很快就会记不住温华，但正是这样的人物，才让江湖生动而有生气。我黄龙士输了？可我输得心甘情愿。因为温华，我会送给徐凤年一份大礼，要不然这小子活得太凄凉了些，小小年纪，就要跟元本溪这种老狐精辛苦过招。"

手上无剑并且喜欢吃剑的老头儿跃下墙头，身高吓人，足足比黄龙士高出两个脑袋，"都说人之将死其言也善，黄龙士，你该不会是自知时日不多了？"

黄三甲淡然笑道："你盼我死都盼了多少年了？"

老头儿双眉竟是及膝，"你死不死无所谓，我上哪儿去找好苗子继承我那一剑？"

黄三甲轻声笑道："要我说，你用你的一剑去换他的春秋剑，正好。春秋已亡，还要春秋剑做什么？"

老头儿讥笑道："这便是你给那小子的大礼？"

黄三甲摇了摇头，走向院门，等那名曾经一人独扛吴家剑冢声势的老头儿率先走出院子，这才掩上门扉，"温华与你不算师徒，只是我跟你做的一场生意。真算起来，你不过收了两个徒弟，两个徒弟都因北凉而死。"

老头儿轻笑道："这算什么，剑士为剑死，再没有比这更死得其所的幸事。既然挑起了我的兴致，黄龙士，那你就别跟我藏藏掖掖，说吧，原先除了让温华去杀徐家小子，还有谁？我得去看看，李淳罡是我生平唯一视为大

敌和知己的剑客，既然他教了那小子两袖青蛇和剑开天门，我得去瞅瞅；那女子剑侍才学会半数两袖青蛇，太少了。那小子若是真如李淳罡器重的那般有意思，我不介意求他学我这一剑。"

黄龙士一笑置之，这孤僻古怪的老头儿教人学剑，你明面上的资质越好，教你反而越少。那位西蜀剑皇得授四剑，自悟百剑，结果毕生潜心剑道，却无一剑入老头儿法眼。后边的徒弟才教了三剑，却有一剑让老家伙赞不绝口。然后黄龙士拐骗了他两剑传给温华，只可惜这一次没能看到庄稼长成而已。到底那个小子还是选择了黄粱一梦，而不是那有望登顶的名剑，以及天底下最美的女子。至于这口味刁钻的老头儿真见着了徐凤年，是一言不合痛下杀手吃春秋，还是稀里糊涂教那一剑，可就不是他黄三甲会去惦念的多余事情了。之所以提起这一茬，只因为一句话，或者说是两句话。

"我将为中原大地镇守西北。"

"北凉三州以外，不受北莽百万铁骑一蹄之祸！"

黄龙士笑了笑，有点自己年轻那会儿的意思。

黄龙士望着白茫茫的小巷，弯腰抓起一捧雪，问道："那咱们先出城，你再入城？"

老头儿不置一词。

世人不知天地之间有正气，杂然赋流形。此气势磅礴，凛冽万古存。

黄龙士仰头微笑道："元本溪啊元本溪，我如何死法，都不至于死在你手上，但你也要等着，自然有人收拾你。京城白衣案，新账旧账，看你怎么还！"

吴六鼎背着一个都半死不活了还念叨要翠花背他的王八蛋，怨念的同时也如释重负，还会油嘴滑舌，说明没心死。以我手中剑修天道，剑心通明最为可贵，身体这只皮囊，反而是其次，剑心染尘垢，那就注定一辈子别指望入化境。吴六鼎在雪地上飞掠而过，前方翠花背负素王剑开道。京城夜禁森严超乎常人想象，只是这一大片京畿辖境的巡夜甲士和一些精锐谍子早就得到上头明令，对三人行踪可以睁一只眼闭一只眼，只要不做那杀人劫舍的行径，一律不予理会，故而剑冠、剑侍违例夜行，一路仍是畅通无阻。

吴六鼎到了一栋院落，不去叩门，想着直接翻墙跃入，结果院中大雪一瞬倾斜如同千万剑，老老实实去推门的翠花根本就不理睬，吴六鼎被逼退回小巷，缩了缩脖子，只得跟在翠花后边，由院门入雅院。院中无人，吴六鼎急匆匆嚷嚷道："老祖宗，老祖宗，急着出城，您老面子大，给带个路？"

屋内只有一盏微小灯火，寂静无声，吴六鼎苦着脸望向翠花，后者平静道："还望冢主出手。"

一个平淡无奇的嗓音传出："那两剑学了几成？"

翠花睁开眼睛，缓缓道："九成形似，六成神意。"

屋内之人轻轻嗯了一声，清瘦老者曲出一根食指，身形伛偻缓缓走出，指尖上有那截下的一团灯火。他看也不看一眼吴六鼎，皱眉问道："怎么回事？"

吴六鼎正要开口，老者屈指一弹，那一小团灯火骤然而至，翠花无动于衷，吴六鼎更是闭眼等死。灯火悠然旋回老者指尖，如一棵发霉枯树死气沉沉的老人"提灯"走出院子，步入一辆马车。驾车马夫是一名甚至比老人还要苍老年迈的老家伙，便是说他两甲子的岁数也有人信。事实上此人四十岁自视己身剑道坠入瓶颈，便去吴家剑冢取剑，结果便成了吴家画地为牢的枯剑士，甲子高龄成为马车内老者的剑侍，如今年数，都可以跟武当山上炼丹大家宋知命去掰手腕较劲了。吴六鼎背着温华坐入车厢，翠花继续领路奔行，马车驶向中轴御道。老人轻轻弹指，灯火出车，犹在翠花身前，道路尺余厚的积雪顿时消融。

老人枯坐，轻声问道："这就是温华？"

吴六鼎是藏不住话的直性子，竹筒倒豆子说来："这小子一根筋，黄龙士那只千年王八教他练剑，是要他去杀那个北凉世子的兄弟徐凤年，他不肯，不光从卢白颉手上赢来的霸秀剑留给黄王八，连那把看得比命还重的木剑都折断了。断了一只手臂断了一条腿就算了，毕竟有李淳罡珠玉在前，也未必不能东山再起，可这小子丢了木剑，毁了窍穴，如水溃堤，半点不剩，以后还练个屁的剑！说什么借老子十两银子还十二三两，你这是血本无归了，二十两都不止！温不胜，你脑袋被驴踢了？"

温华靠着车壁，浑身血腥气，咬牙不出声。

老人平淡道："不这样做，你以为黄龙士能让他活下来？黄龙士那个疯子，什么时候与人念过旧情？他肚子里的那些道理，没有人能明白。既然是他的棋子，想要活着离开棋盘，就要跟死人无异。"

吴六鼎冷哼一声。

老人始终闭眼，依然语气和缓，"六鼎，换成是你，如他这般，就不能练剑了？那好，如果你是这般认为，我就断你一手一臂，废你修为，丢去剑山，什么时候觉得可以练剑了再说。"

吴六鼎一点都不以为老祖宗是在开玩笑，赶忙赔笑道："老祖宗别生气，我只是替温不胜不值而已。练得剑，一万个练得剑！"

老人睁开眼睛，望向满身鲜血淋漓的年轻游侠，问道："一人事一人了，你如今空空荡荡，正该否极泰来，可曾想过与我回剑冢？"

温华一手捂住断臂处，脸色苍白如车外雪，摇了摇头，眼神异常清澈道："我知道你是吴家剑冢了不得的老祖宗，可我说过不练剑了，这辈子就都不会去碰剑。"

老人一笑置之，没有再勉强，闭上眼睛。

街上那一粒浮游灯火是剑，车外无数雪是剑，甚至这座京城都可以是剑，本身更是剑，剑去剑来，岂是手上有无剑就说得清楚？

吴六鼎瞪大眼睛，一脸震惊，老祖宗竟然在笑？！

马车尚未到达，城门便缓缓开启，可见吴家剑冢也不全是江湖传言的那般远离是非。马夫下车，缰绳交由同为剑侍的翠花，吴家家主下车前两指一抹，车外灯火熄灭，说道："温华，我记下了这个名字。什么时候想起了你缺一把剑，不妨来剑冢看一看。八百年藏剑收剑抢剑，剑山数十万柄剑堆积成山，若是到时候没有你想要的那一柄，再下山出冢也不迟。"

温华仍是钻牛角尖地惨然摇头。

吴六鼎恨不得一巴掌把这个不识趣的温不胜搨翻在地上，然后直接拿雪埋了。

被誉为剑道"素王"的吴家老人跟剑侍站在街道上，望着马车出城远去，身后大雪很快又铺盖严实了那条好似没有尽头的御道。

老人自言自语道："外人误以为吴家枯剑便是那无情剑，大错特错了，六鼎这一次，应该理解这个道理了。天道无情，从来不是说那世人凉薄的无情，而是'公平'二字，人若无情，别说提剑，做人也不配。"

素王身边剑侍岿然不动。

老人回头望去，"不知为何，从这里到皇宫，共计十八道门，总觉得以后有后辈可以一剑而过。"

马车驶出京城半里路，车厢内温不胜突然说道："让我再看一眼。"

翠花停下马车，挂起帘子，吴六鼎扶着这个家伙望向京城。

吴六鼎轻声说道："后悔了？还来得及，我家老祖宗这辈子入他法眼的剑客，撑死了一只手，你小子要是想去剑冢，我送你。"

温华正襟危坐，直直望向京城，"有句话很早就想跟你们两个说了，以前是我小肚鸡肠，怕你们听了我的，剑道境界突飞猛进，就藏了私。既然我不练剑了，就多嘴两句，有没有道理，我不确定，你们听不听也是你们的事。六缸，你练的是霸道剑，可既然我知道了徐凤年真是人屠徐骁的儿子，那我就更相信所谓的霸道，不可能真正无情无义，因为我相信能教出小年这样的儿子，那位踏平春秋的北凉王，肯定是个不错的老人。再有，翠花，北凉王妃的出世剑转入世剑，你可以学学，如何颠倒，我就说不来了，自个儿费脑子，反正你除了聪明还是聪明，我其实哪里知道什么剑道，都是瞎琢磨掰扯的。"

吴六鼎骂道："你小子跟我交代遗言？老子不爱听！"

温华摇头道："凭啥要死，我还得找媳妇，还得生娃。我哥不争气，生了一窝裤裆里不带把的闺女，还得指望我传承香火。我这就回老家开小馆子去。葱花面，我拿手，可惜酸菜面，估计我家那边没谁爱吃，能酸掉牙，也就你六只缸乐意吃。翠花，我说句心里话，六缸不错，别嫌弃他本事不如你，没出息的男人才牢靠。还有，以后甭来找我，老子害臊，丢不起那人。等我伤好得差不多，随便找个地方把我放下，分道扬镳，各走各的。对了，六缸，在京城里欠下你那些银钱，我也还不起，不过不管你们怎么看，我都当你是小半个兄弟，不与你客气，就当以后我娶媳妇你俩欠下的红包了。"

吴六鼎呸了一声，眼睛却有些发涩。

温华伸出独臂，揉了揉脸，才发现自己竟然满脸泪水，咧嘴笑了笑，竭力朝京城那边喊道："小年，咱哥俩就此别过，认识你，老子这辈子不亏！你小子以后他娘的敢没出息，没有天下第一的出息，把兄弟那份一起算上，老子就不认你这个兄弟了！"

温华艰辛地嘿嘿笑道："也就说说，哪能真不把你当兄弟。"

温华伸手挥了挥，"小年，好走。"

他温华，一个无名小卒到了泥土里的浪荡子，到了江湖，跟落难时的小年一起勾肩搭背闯荡过，被人喊过一声公子，骑过那匹劣马还骑过骡子，练成了两剑，临了那最后一口江湖气，更是没对不起过兄弟，这辈子值了！

温华有些困乏了，闭上眼睛，嘴角轻轻翘起。

因为在他睡去之前，想起那一年，一起哼过的歪腔小调。

馒头白啊白，白不过姑娘胸脯。

荷尖翘啊翘，翘不过小娘屁股。

……

温华不知京城中，一人疯魔了一般在中轴御道上狂奔，满头白发。

他一掠上城头。

"温华，我操你祖宗十八代，谁他娘准许你不练剑的！"

一柄剑被他狠狠丢掷出京城。

"你不要拉倒，老子就当没这把剑！"

白发男子丢了那柄春秋。

低下头去，泪眼模糊，嘴唇颤抖，轻声哽咽，泣不成声。

"谁准你不练剑的，我就不准。说好了要一起让所有人都不敢瞧不起咱们兄弟的啊。

"你傻啊，咱们以前合伙骗人钱财多熟稔，你就不知道装着来杀我？徐凤年就算给你温华刺上一剑又怎么了？那一年，我哪次不扮恶人帮着你坑骗那些小娘子？

"就许你是我兄弟，不许我是你兄弟？有你这么做兄弟的？"

第九章

下马嵬奇人有约，九九馆龙蟒相争

老人将剑鞘丢入空中，御剑而去离京城。

朗朗笑声传遍太安城。

「天上剑仙三百万，遇我也须尽低眉。」

临近立冬，下马嵬驿馆多了一名神出鬼没的奇怪老头子，两条白眉修长如垂柳。轩辕青锋只知道这老人前几日闯入院中，跟徐凤年说了几句话，然后出院一趟返回后，徐凤年这几天就变了样，饭还吃，话还聊，觉继续睡，可轩辕青锋总觉得不对劲。

大雪渐停，少年戊把那个原本搬到了廊道中的雪人重新放回院子。

今天云开一线，天地间骤放光明，徐凤年躺在藤椅上。

身份不明的白眉老祖宗神龙见首不见尾。

雪人立在龙爪槐树下，徐凤年看得怔怔出神。轩辕青锋搬了藤椅在边上，躺下后摇摇晃晃，咿咿呀呀。女子站立时挺起胸脯让双峰高耸，那不算什么，平躺时尤为壮观，才显真风采，横看成岭侧成峰，跟文章喜不平是一个道理。轩辕青锋问道："那老头儿是谁？"

徐凤年这些天有问必答，没有板着脸给谁看，脾气反而渐好，"他只说跟李淳罡互换一臂。"

轩辕青锋又开始挑事，"李老剑神不是你半个师父吗？仇家在眼前，这都不拔刀相向？"

徐凤年轻声笑道："一剑恩仇一剑了，李淳罡何须别人替他报仇？再说了，老黄还是他徒弟。"

轩辕青锋皱眉道："缺门牙的剑九黄，是这老家伙的徒弟？"

徐凤年点了点头。

轩辕青锋犹豫了一下，终究还是开口问道："到底发生什么事了？"

徐凤年直直望着那座雪人，在轩辕青锋忍耐到极限前一刻，缓缓说道："轩辕青锋，你的梦想是成为王仙芝那般的武夫？成为离阳江湖的女帝？可我知道这是牯牛大岗一战后的事情，更早的梦想是什么？"

轩辕青锋平静道："我爹能走入我娘的院子，中秋团圆，一起喝自酿的桂子酒。"

徐凤年投桃报李，微笑道："我小时候的梦想是做一个惩奸除恶的大侠，用刀用剑都无妨，但一定要仗义恩仇，先给我娘报完了仇，然后去江湖上闯下很大的名声，最好是能在江湖上找到一个像我娘那样好的女子。那会儿还没想过以后是不是要当北凉王，因为从没想过徐骁会老。"

然后他伸出手指点了点雪人，"梦想就是那座小雪人，卖不了钱，只有

222

小孩子才把它当个宝，觉得金山银山也不换。可到了你我这个岁数，大多不爱谈梦想了，觉得矫情，也不实在。就像我，哪里还对什么江湖侠客梦有指望。跟你也是尔虞我诈，相互买卖，以后所作所为，那些投靠北凉的江湖人士，也不过被按本事论斤两卖钱买官。我先前在御道上说的那番话，不叫梦想，是责任。你如今的梦想，也不是梦想，是野心。我认识的人里，就只有两个人真的有梦想，而且这么多年一直没有变过。而我们的梦想，一到太阳底下，雪人消融，没了也就没了。他们两人的梦想，今年雪人没了，就还会等明年的大雪，再做一个雪人，年复一年。"

轩辕青锋笑道："一个是一门心思想杀你的姜姒，一个是只想当上剑客买得起铁剑的温华。"

徐凤年点头道："对。长大以后，觉得自己梦想很幼稚的，那些其实都不是梦想。"

徐凤年平静道："温华是一个把梦想看得比性命还重的傻子，因为他身上有我没有的可贵东西，所以我才佩服他。聪明人都喜欢笑话别人不见棺材不掉泪，温华就一直是那个被笑话的笨蛋。小时候刻竹剑，可能是被家里人笑话，大起来还挎木剑，是被乡里乡亲笑话，跟我遇见以后，我也隔三岔五就笑话他一根筋，活该没出息。分开以后，我有些时候想起温华，觉得这小子哪天行走江湖万一真给人宰了，我一定去给他报仇，灭他仇家满门。这次京城里出现那个温不胜，我其实不希望就是温华，不是我怕自己兄弟抢了什么风头，而是我自己也练刀也习武，比谁都清楚想要获得什么，就得付出什么。我徐凤年是北凉世子，许多听上去很吓唬人的付出，可因为我家底雄厚，不至于以后爬不起来；但温华是谁，不过就是普普通通的升斗百姓，他能付出的，除了比命还重的梦想，还能有什么？北凉基业，尚且在离阳、北莽虎视眈眈之下，一次败仗输不得，就更别提温华了。"

轩辕青锋淡然道："所以温华就是温不胜。"

徐凤年站起身，走到老槐树下蹲下。轩辕青锋鬼使神差地跟在他身后。徐凤年伸手从地上挖出一捧雪，堆在雪人身上，轻轻拍了几下，"温华的两剑是黄三甲代为传授，就是成就温华他梦想的大恩人。黄三甲要他杀我，换成是你，杀我，不论功成与否，都有很大机会全身而退，有滔天大的名声，有胭脂评上的女子做媳妇。轩辕青锋，你会怎么做？"

纯色衣裳，寻常女子极难压下，黑白两色还好，若是红色紫色，可就难如登天了。轩辕青锋能镇得住大紫，可见她姿容气质是如何出彩。她想了想，笑道："废话，肯定杀你，而且毫不犹豫。哪怕那枚传国玉玺是你买卖于我，让我占了大便宜，但若换成黄龙士今天站到我面前，说能让我几年之内进入陆地神仙境界，还没有后顾之忧，我杀你，就会杀得干脆利落，撑死了念一份旧情，留你全尸。"

徐凤年笑着抬头，"你我还有旧情可念了？"

轩辕青锋太阳打西边出来，没有在他伤口上撒盐，不过此时此景，用雪上加霜四个字去形容更合适。

徐凤年给雪人不断加上一捧捧积雪。轩辕青锋不知为何涌起一股无名之火，一脚就踢碎了雪人。

徐凤年站起身，见他那条藤椅上躺着那一夜前来传信的沧桑老头儿。轩辕青锋挥了挥手，示意徐凤年滚出院子，她则重新堆起雪人。

徐凤年躺在老人旁边的躺椅上，一老一少，年龄悬殊，恐怕得有四五代人。

双眉飘拂，老人双手搭在白眉上细拢慢捻，优哉游哉，"我一生唯独喜好问剑，而且只问敌手最强剑。吴家剑冢自诩天下剑术第一，剑招登峰造极，我便让剑冢素王无地自容。邓太阿年幼时在剑山苟延残喘，我没有教这娃儿任何一剑，只告诉他如何不去拿剑，可到底，邓太阿还是走了术，这是打从娘胎就有的倔性，我也没办法。龙虎山斩魔台下，我去问李淳罡的剑道，互换一剑道，也就互换了一臂，是仇家，也算半个知己。我第二个徒弟，也就是你北凉王府上的马夫，跟你一起出门游历的黄阵图，论天赋异禀，跟大徒弟相比，如同身份，一个铁匠，一个西蜀皇叔，天壤之别，可我心底却更器重黄阵图一些，因为他的剑，更接近于道。事实上大徒弟以剑守国门，临死之前，仍然没有给出像样一剑，倒是二徒弟，被你取名'六千里'的剑九，第九剑，让我深以为然。"

徐凤年问道："老前辈，老黄藏剑六柄，都是帮你做下酒菜的？"

老人心情舒朗，点头笑道："这痴儿没有身份束缚，故而练剑来练剑去，都是练一个'情'字。笨鸟先飞，反倒是比他师兄更有出息。两次造访武帝城，第一次他是想要让世人知道他师父的名号；第二次则是希望我这个师父知道，收了他这么个笨徒弟，不丢人。"

徐凤年说道："练的是剑，还的是恩情。"

老人笑道："我这辈子跟黄龙士打过三个赌：他赌北凉王妃在皇宫一战中入得剑仙境界，他赌在听潮阁画地为牢的李淳罡再入陆地神仙，第三赌赌温华，我赌温华不练剑。总算最后关头赢了一次，要不然我也得有个'隋不胜'的绰号。"

老人不用去看徐凤年，就开门见山道："不用去费神想我这个姓隋的老不死是何方神圣，黄龙士都不知我真实姓名。说来也怪，我跟黄龙士做了几次交换，仍是看不透他到底想要什么。当年京城白衣案，赵家要断你们徐家的香火，元本溪和赵家老皇帝是主谋，杨太岁算是半个帮凶。黄龙士赌的是你娘吴素入剑仙境，仍是用一柄名剑换我出山，以防万一，好护住你娘儿俩的性命。我这般泄露天机，也不是要你不记仇于黄龙士，这老头儿，早就该死了，处处煽风点火，只不过我不希望他死在宵小手上而已。"

老人感慨颇深道："天下招式，在我看来无非是好用的和好看的两种。李当心挂一条黄河在道德宗头顶，就属于好看的，没办法，因为他终归还是三教中人。吴家素王的星罗棋布，也是好看不好用。真要解释那便是，遇敌一万，一招剑，杀三百人伤六百人，比不上一剑直接斩杀五百人。李淳罡的两袖青蛇，有些不一样，好看也好用，我当年问剑李淳罡，一开始想问的不是两袖青蛇，而是剑开天门。但李淳罡当时心境受损，开不了天门，但论剑招威势，两袖青蛇仍在巅峰，我那一趟问剑答剑，哪怕互断一臂，我仍算是乘兴而去，乘兴而归，谈不上仇怨。"

徐凤年好奇问道："那王仙芝自称天下第二？"

老人哈哈笑道："自谦的说法，哪怕是吕祖转世的龙虎齐玄帧和武当洪洗象，也就都是打个平手，唯独五百年前过天门而反身的吕祖亲临，才有七分胜算。"

徐凤年闭口不言。

老人轻声道："我们所处的江湖，哪有越混越回去的江湖，都是要潮头更高一些的。"

老人轻轻一伸手，被徐凤年抛在城外然后被收缴入皇宫大内的春秋剑，一闪而逝，瞬间来到老人手中，"我当年跟李淳罡没有分出胜负，一直有心结，你既然身负李淳罡的两剑精髓，尤其是还有那剑开天门一剑，我就教你一剑，以后分出高下，去李淳罡坟头敬酒时，说给他听。这柄剑，我只拿一鞘，剑你替我留着，我要去一趟武帝城。春秋何时归鞘，也就是我何时教了

你那一剑。"

老人将剑鞘丢入空中，御剑离京城而去。

朗朗笑声传遍太安城。

"天上剑仙三百万，遇我也须尽低眉。"

徐凤年哭腔沙哑，哭着哭着，哭弯了腰。

京城上空云层低垂，一大片绚烂的火烧云。

女子紫衣拖曳雪地中，终于还是被她堆出一个歪歪扭扭的雪人。徐凤年躺在藤椅上笑问道："你带了几套紫衣？我当年听听潮阁里的老人讲述江湖传奇，总是很好奇那些白衣飘飘的剑客，如何打理自己的行头。上次去北莽在倒马关，就见着一个。我这会儿就纳闷以后你轩辕青锋行走武林，也就铁了心只穿紫衣？不过说起来也是，天下颜色繁多，可纯色毕竟就那么几种，青衣有曹长卿了，白衣有陈芝豹，轮到你这个晚辈，也没几种可以挑选。"

轩辕青锋似乎对那座小雪人很满意，笑了笑，站起身拍拍手，敛去笑意，"你就不去想为何姓隋的吃剑老头前来下马嵬驿馆，是不是没安好心？退一万步说，黄三甲号称官子功夫更在曹长卿之上，除了温华的折剑，伤口犹在出剑之上，黄龙士真就没有其他鬼蜮伎俩？你要是被人杀死在京城，不管是仇恨北凉王的春秋遗民乱党，还是北莽潜伏势力，相信都会拍手叫好，何止是浮一大白？再者立冬朝会观礼，封王就藩立太子，都没见你怎么上心，这些天就只会窝在这座驿馆，你不嫌憋气憋得慌？"

徐凤年看了眼那一坨可怜兮兮的雪人，坐起身笑问道："那出去走走？徐骁说过一些绝妙的小吃食，我也想尝尝，不过我估计你瞧不上眼，落个座都嫌脏。"

轩辕青锋本想下意识为了反驳而反驳，可还是将到嘴边的话咽下肚子，轻声笑道："你跟我本就不是一路人。"

徐凤年点头道："对，你跟下马嵬外边街上酒楼客栈，那茫茫多的京城士子是一路人。"

轩辕青锋懒得理会，只是记起一事。前两天这家伙突然来了兴致，要出门买一种不易见到的黄酒，仍是大雪连天地，街道两旁院落楼阁早已给京城吃饱了撑的三教九流霸占，轩辕青锋跟徐凤年一起出行，除了刘文豹继续在龙爪槐树下瑟瑟发抖，离下马嵬远一些的地方，还有比起有破落裘子裹暖的刘文豹更惨的一对老幼乞儿。轩辕青锋当时见徐凤年朝他们走去，本以为是打赏银钱的惺惺作态，不承想只是踹了老乞儿一脚，似乎嫌弃老家伙恶狗挡道，与一般纨绔子弟的恶劣行径无异，轩辕青锋当时没有深思，可两人走出一段路程后，就看到多人跑出楼房屋子，不光是大把银子丢下，还有送狐裘的送狐裘，送饭食的送饭食，先前空无一物的破碗，立即堆满了白花花银子，连银票都有好几张。再后来，两人买酒归来，听下马嵬驿馆童梓良说那个在这条街上乞讨了好些年数的爷孙，已经给一位豪绅接去朱门高墙的华美府邸，给老乞丐打赏了一份衣食无忧的闲适差事，而那豪绅当天便博得将近半座京城的赞誉。轩辕青锋听闻以后哑然失笑，再看只是当初轻轻踢出一脚的徐凤年，就有些明白。轩辕青锋走在雪扫得干干净净的路上，街道两旁蹲满了从其他地方蜂拥而来的乞丐，其中又以游手好闲的青壮居多，眼睁睁望着那个北凉世子，只恨自己不敢拦住去路，被他踢一脚或者挨上一耳光。

轩辕青锋记起自己年幼时看爹酿酒时，他曾说过一番话："侯家灯火贫家月，一样元宵两样看。一直被认为极见世情。侯家灯火亮却骤，贫家圆月千百年。才见真世情。"

徐凤年听到轩辕青锋喃喃自语，问道："你在念叨什么？"

轩辕青锋淡然道："可怜你。"

徐凤年轻轻笑道："我需要你来可怜？"

直达下马嵬的街道尽头拐角，跟徐凤年、轩辕青锋一行人相反的路上，停有一辆马车，帘子掀起一角，女子容颜堪称绝代风华，四字分量，显然比起所谓的沉鱼落雁倾国倾城还来得重。

胭脂评上，她不输南宫。

除了这位美女，还有一对姿色要远逊色于她的母女。女儿鼻尖有雀斑，对她不掩饰敌意；妇人神态平静，母仪天下。

相貌平平的妇人轻声道："原来真的白头了。"

京畿之地一场鹅毛大雪，瑞雪兆丰年，京城内外百姓进出城脸上都带了几分喜庆，哪怕是向来以谨小慎微作为公门修行第一宗旨的城门甲士，眉眼间也沾了快要过年的喜气。太安城海纳百川，城门校尉甲士巡卒见多了奇奇怪怪的人物，可今日一对男女仍是让城门士卒多瞧了几眼。少女长得并不如

何倾国倾城，京城美人乱人眼，她顶多就是中人之姿，让人很难记住；不过少女身边的年轻和尚可就不一般了，袈裟染有红绿，在京城也不多见，得是有大功德加身，才能披上的说法高僧。小和尚唇红齿白，一路上惹来许多视线，当今天下朝廷灭佛，和尚跟过街老鼠没两样，这小和尚的神态倒是镇定。

他临近城门，跟城卫递交了异于百姓的两本户牒。身后少女蹑手蹑脚抓捏了一个不算结实的松软雪球，跳起来啪一声砸在他脑袋上，许多都溅射到袈裟领口内，冻得小和尚一激灵，转头一脸苦相，少女做了个鬼脸。城卫拿过户牒后，使劲看了几眼小和尚，不敢造次，赶紧上报给城门校尉，核实无误过后，礼送入城。乖乖，这位小和尚可是正儿八经的两禅寺讲僧，而且如此年轻，谁知道以后是不是佛陀？烧香拜菩萨心诚则灵，这些城卫都毕恭毕敬，小心翼翼护送，心里都想着多沾一些佛气，好带回去庇佑家人。灭佛，那都是朝廷官老爷们的计较，他们这些小鱼小虾，可吃罪不起菩萨们。

小和尚见少女又要去路边捏雪球，一脸苦相问道："东西，下雪开始你就砸我，这雪都停了，还没有砸够啊？"

"够了我自然就不砸你，需要你问？你说你笨不笨，笨南北？"

小和尚抱住脑袋，让她砸了一下。

"不准挡！"

说完了，她又去捏雪球，这一次一口气倒腾出两个。

笨南北壮起胆子说道："我就这么一件袈裟，弄脏了清洗，就要好几天穿不上，耽误了我去宫内讲经，东西，我可真生气了。"

"我让你生气。"东西不怀好意地瞄准笨南北光秃秃的脑袋，"让你生气！"

啪啪两声，不敢用手遮挡的笨南北那颗光头，又挨了两下雪球。

笨南北揉了揉光头，看到她鼓着腮帮的模样，用心想了想，"不生气。"

少女认真瞅了瞅他，好像真不生气，这让她反而有些郁闷，又跑去捏雪球，笑着跳起来，又是一拍。

笨南北见她自从老方丈圆寂后第一次有笑脸，应该是真的不生气了。

李东西拿袖子擦了擦手，这些天一路疯玩过来，都在跟雪打交道，双手冻得红肿，望着一眼看去好像没有尽头的御道，叹息问道："你说咱们怎么找徐凤年啊？听爹说京城得有百万人呢。"

笨南北笑容灿烂道："进了宫，我帮你问啊。"

"你行不行啊？"

"行！"

"要是你找不到，信不信我让你从咱们身后的城门口开始滚雪球，一直滚到那一头的城门？"

"我答应是可以答应，可我又不会武功，滚不动那么大的雪球。"

"就你这么笨，能做咱们寺里的住持？"

"唉，我也愁啊。"

"咦？快看，胭脂铺！"

"愁啊。"

"笨南北！把头转过来，说，你愁什么？"

"……"

"我让你愁！站着不许动，拍死你！"

"李子李子，快看快看，胭脂铺快打烊关门了。"

"啊，赶紧！"

徐凤年一行人安静走在小巷中，屋檐倒挂一串串冰凌子，少年戊折了两根握在手里，蹦跳着耍了几个花架子。途经一座两进小院子，恰好房门没关，兴许是院里孩子还在外边疯玩，还没来得及赶回家吃饭，一眼望去，屋里八仙桌上搁了一只红铜色的锅子，下边炭火熊熊，烟雾缭绕，因为是小院子小户人家，涮羊肉没太多花样，能祛风散寒就行了，比不得大宅门里头涮锅子的五花八门。少年戊听着炭裂声和水沸声，抽了抽鼻子，真香。太安城有太多家道中落的破落户，这些人千金散去不复来，可身上那股子刁钻挑剔依然转不过弯，这就让京城有了太多的规矩，不时不食，顺四时而不逾矩，吃东西都吃出了大讲究。

徐凤年笑着说道："我知道龙须沟有个吃羊肉的好地儿，咱们尝尝去？"

轩辕青锋皱眉道："我不吃羊肉，闻着恶心。"

徐凤年摇头笑道："那是你没吃过好吃的，太安城的好羊肉都是山外来的黑头白羊，用的肉也是羊后脖颈子那块肉，一头羊出不了几两这样的肉，吃起来那叫一个不腥不膻不腻，你们徽山那边就算有钱也买不到。再差一些的，就是羊臀尖的肉了，接下来几样俗称大小三叉磨裆黄瓜条的羊肉，都进

不了讲究人的嘴里。咱们去的那家馆子，只做前两样，掌勺师傅一斤肉据说能切出九九八十一片，所以馆子就叫九九馆，样样都地道，就是价钱贵了些，吃饭点上，也未必有咱们的座位。"

一行人走到了镇压京城水脉的天桥边上，沿着河边找人问，跟几位上了年纪的京城百姓问着了去处。馆子藏得不深，门外街道也宽敞，停了许多辆瞧上去贵气煊赫的马车，光看这架势，不像是涮羊肉的饭馆，倒像是一掷千金的青楼楚馆。徐凤年抬头看去，"九九馆"的匾额三字还是宋老夫子的亲笔题写，馆子开得不大，就一层，估摸着就十几座的位置。徐凤年犹豫着要不要进去，对羊肉反感的轩辕青锋竟是抬脚就去，徐凤年心想真是个唯恐天下不乱的坏心眼娘们儿，就这么恨不得我跟京城地头蛇的达官显贵们较劲？四人入了九九馆，青鸟和少年戊都瞧着像是正经人家，徐凤年和轩辕青锋就十分扎眼了，尤其是一袭紫衣的徽山山主，连徐骁都说确实有几分宫里头正牌娘娘的丰姿，她这一进去，虽说是环视一周的动作，却明明白白让人察觉到她的目中无人。轩辕青锋瞅准了角落一张空桌子，也不理睬桌上放了一柄象牙骨扇，走过去一屁股坐下，一挥袖将那柄值好些真金白银的雅扇拂到地上。少年戊想着让青鸟姐姐好跟公子坐一张长凳上，就要坐在轩辕青锋身边，被冷冷一斜眼，只得乖乖坐在对面，当初跟她还有白狐儿脸一起围剿韩貂寺，这位天不怕地不怕的少年死士可是吃了不少苦头。

徐凤年本想跟戊和青鸟挤一张凳子，可青鸟嘴角一翘，故意没给他留座位，徐凤年也就只能硬着头皮让轩辕青锋坐进去靠墙壁一些。她那被轩辕敬城娇纵惯了的臭脾气，也就对着徐骁还能有几分拘谨敬畏，对徐凤年从来就谈不上好脸色，左耳进右耳出，仍是坐在长凳中间，纹丝不动。

徐凤年侧着身坐下。小馆子藏龙卧虎，往来无白丁。有官味十足的花甲老人，如同座师带了些拮据门生来改善伙食；也有几乎把"皇亲国戚"四个字写纸上贴在额头的膏粱子弟，身边女子环肥燕瘦，配饰都很是拿得出手，美人身上随意一件配饰典当出去，都能让小户人家几年不愁大鱼大肉；还有一些江湖草莽气浓郁的雄壮汉子，呼朋唤友。轩辕青锋不讲理在前，徐凤年只得给她亡羊补牢，在九九馆伙计发火之前拾起那把象牙扇，才发现扇柄上绿绳子系有一颗镂空象牙雕球，球内藏球，徐凤年轻轻一摇晃，眯眼望去，竟然累积多达十九颗，这份心思这份手艺，堪称一绝，哪怕见多识广的徐凤年，也忍不住仔细端详起来。馆内小二是个年轻小伙，年轻气盛火气旺，加之九九馆见多了京城大人物，难免眼高于顶，虽说眼前这座男女不像俗人，可自家地盘上不能堕了威风，言语中就带了几分火气，"我说你们几个，怎么回事，懂不懂先来后到？我不管你们是谁，想要吃咱们馆子的涮羊肉，就得去外头老实等着！"

馆子伙计说话时眼睛时不时往紫衣女子身上瞥去，之所以如此大嗓门，不外乎有些想引来她注意的小肚肠小算计。

轩辕青锋转过头，伸出双指，指向伙计双眼。徐凤年不动声色按下她的手，朝伙计歉意笑道："后来占了位置，是我们理亏，等扇子主人到了，我自会跟他们说一声，要是不愿通融，我们再去外头老老实实等着。这会儿天冷，就当我们借贵地暖一暖身子。我这妹子脾气差，别跟她一般见识。"

少年戊撇过头，忍住笑，忍得艰辛，自家公子真是走哪儿都不吃亏，这不就成了牯牛大岗女主人的哥？

差点就给轩辕青锋剜去双目的伙计犹自不知逃过一劫，不过他心底当然希望那冷冰冰的绝美女子能够在店里坐着养眼，见眼下这白头公子哥说话说得圆滑周到，也乐得顺水推舟，在九九馆抢位置抢出大打出手的次数多了去，见怪不怪，九九馆的火爆生意就是这么闹腾出来的。今年年初的正月里，吏部尚书赵右龄的孙子不就跟外地来的一位公子哥打了一架，就在九九馆外头，好些家丁扈从都落了水，第二天九九馆就排队排了小半里路。老板说了，打他们的，卖咱们的，井水不犯河水，和气生财。

九九馆内气氛骤然一凝，四五位衣着鲜亮的锦衣子弟晃入门槛，饭馆里头的事已经给通风报信，为首一人相貌长得对不起那身华贵服饰，看到轩辕青锋的背影后，眼前一亮，来到徐凤年身边，屈起双指在桌面上敲了敲，眼神阴沉晦暗，脸上倒是笑眯眯道："喂喂，你摔了我的扇子占了我的地儿，这可就是你不讲究了啊。"

徐凤年抬头望去，笑道："折扇名贵，可还算有价商量，这象牙滚雕绣球就真是无价宝了，我妹子摔出了几丝裂痕，是我们不对，这位公子宰相肚里能撑船，开个价，就算砸锅卖铁，我们也尽量赔偿公子。"

相貌粗劣的公子哥哈哈笑道："宰相肚里能撑船？"

身边帮闲的狐朋狗友也都哄堂大笑，其中一人给逗乐了，话里有话："王大公子，咱们离阳王朝称得上宰相的，不过是三省尚书令和三殿三阁大

学士，先前空悬大半，如今倒是补齐了七七八八。这小子独具慧眼啊，竟然知晓你爹有可能马上成为宰相之一？"

公子哥摆摆手，貌似不喜同伴搬出他爹的旗帜"仗势欺人"，依然跟那个长得"面目可憎"的白头年轻人讲道理，"谈钱就俗了，本公子不差那点，不过这扇柄系着滚绣球的小物件，是本公子打算送给天下第一名妓李白狮的见面礼，里头有大情谊，你怎么赔？赔得起？本公子向来与人为善，本不打算跟你一般见识，既然你说了要赔，那咱们就坐下来计较计较？你起身，我坐下，我跟你妹子慢慢计较。"

徐凤年笑道："你真不跟我计较，要跟我妹子计较？"

一位帮闲坏笑道："一不小心就计较成了大舅子和妹夫，皆大欢喜。白头的家伙，你小子走大运了，比出门捡着金元宝还来得走运，昨天去玉皇观里烧了几百炷香？知道这位公子是谁吗？户部王尚书的三公子！"

徐凤年嘴上说着幸会幸会正要起身，结果被轩辕青锋一脚狠狠踩在脚背上，没能站起来。徐凤年不知道身边这歪瓜裂枣的纨绔子弟叫什么，不过户部王雄贵倒还算是如雷贯耳。如刘文豹在船上所说，永徽元年到永徽四年之间，被誉为科举之春，那四年中冒出头的及第进士，大多乘势龙飞，尤为瞩目。进士一甲第一人殷茂春领衔，如今已是翰林院主事人，当朝储相之首；除此之外更有赵右龄平步青云，依次递官至位高权重的吏部尚书，尚书省中仅次于宰辅张巨鹿和兵部尚书顾剑棠；再就是寒族读书人王雄贵、元虢、韩林分别入主各部，一举扭转南方士子不掌实权的庙堂颓势。永徽之春中年纪最轻的王雄贵当时座主是张巨鹿，考《礼记》，房师便是阅《礼记》考卷的昔日国子监左祭酒桓温，王雄贵的飞黄腾达也就可想而知，不过这永徽年间跃过龙门的庶寒两族这十几尾鲤鱼，大多数后代都不成气候，好似一口气用光了历代祖宗积攒下来的阴荫，难以为继。

王雄贵的幼子见那女子脸色如冰霜，非但不怒，反而更喜，吃腻了逆来顺受的柔绵女子，都跟吃家养羔羊一般无趣无味，当下这位跟野马般桀骜的女子，骑乘驯服的过程，想必一定十分够劲。天子脚下，他由于家世缘故，也知晓许多轻重，强抢民女什么的，少做为妙，就算要做，也得把对方家底祖宗十八代都给摸清楚再说，万一牵扯到了不显山不露水的暗礁，把深潭泥底的老王八老乌龟都给钓出来，就算他是户部尚书的小儿子，那也远不能只手遮天。京城的圈子，大大小小左左右右，相互纠缠，极为复杂，何况这段时日爹和两个在六部任职的哥哥都叮嘱他不要惹是生非，提醒他如今事态敏感，他甚至连去青楼见白玉狮子的事情都给耽搁了，一想到这个，他就火冒三丈。不过今天在九九馆偶遇了这位紫衣女子，就泻火了大半，塞翁失马焉知非福，真是浑身舒坦。觉着这般性子冷冽的女子，抱去床上行鱼水之欢，偶有婉转呻吟，真是滋味无穷；到了过些时节的炎炎夏日，见一面摸一下可不就是能在三伏天都透心凉？

徐凤年方才挡去轩辕青锋的剜目举动，此时给踩了脚背外加往死里狠辣几拧，也有些吃痛，别忘了身边这一肚子祸水的歹毒娘们儿可真是指玄境的高手。徐凤年见她没有收脚的意图，只得弯腰拍了拍，仍是没有动静，无意间瞅见她紫衣裙摆沾染了许多泥泞，如今徐凤年过日子十分勤俭，见不得她糟蹋银子，就帮她裙摆系了一个轻巧小挽，既不耽误行走，而且再走雪地泥路就不易沾带泥泞，嘴上还不忘碎碎念，"真是不懂过日子的败家娘们儿。"

"滚一边去。"

轩辕青锋桌下轻轻抬脚，刀子眼神剜的则是那边抖搂家世的京城世家子，她一开口就惊吓满座食客。混江湖的豪客们尤为佩服，心想这位看不透道行深浅的小娘别的不说，胆识绝对是人中龙凤了。江湖朝庙堂低头已经有些年头，敢在太安城跟一部尚书之子横眉冷对，多半不会是纯粹的武林中人，难道亦是分量十足的官宦子孙？王雄贵最不成材的幼子听到这句谩骂后，捧腹大笑，挺直了腰杆，手上旋转象牙绣球，眉开眼笑，竟是半点都不恼。女子只要长得祸水，便是泼辣骄横一点，也别有风情。他王远燃拾掇那些家世差自己一线的世家子弟毫不留情，对于京城里头哪些同龄人千万不去惹，哪些见面要含笑寒暄，哪些要装孙子，心里都有谱。太安城百万人，可台面上，不过那一小撮千余人，刨去老不死的退隐家伙，加上他爹这一拨旗鼓相当的朝廷柱石，剩下那百来号年轻世家公子，能让他心生忌惮，大多低头不见抬头见，熟稔得很，还真不认识眼下这对年轻面生的男女。他笑得胸有成竹，老神在在，瞥了眼那紫衣女子的胸脯，深藏不露啊，又居高临下看了眼卑躬屈膝给她系裙成挽儿的外乡男子，兄妹？糊弄小爷我？王远燃心中腹诽冷笑，你小子以为白个头，就当自己是那佩刀上殿还不跪的北凉世子了？

徐凤年笑道："好了，礼数买卖都两清了，双眼换绣球，怎么看都是王

尚书的公子你赚到了，再不走，我可不保证你会不会直着进来横着出去。王雄贵自永徽年间入仕，弹劾徐骁大小十二次，冤有头债有主，我不像京城某些人，不跟你这个当儿子的算这笔旧账，你也不配。"

九九馆内不管羊肉锅如何热气升腾，都在这席话入耳后，变得格外应景饭馆外头的冷清刺寒。座师门生那一座有官家身份的食客，更是不约而同放下碗筷，本来没有如何细看的花甲老人定睛一看，脸色泛白继而铁青。那一日早朝，老人身为正五品官衔的吏部诸司郎中，位置靠后，没能近观北凉世子的跋扈，后来此人独自对峙国子监万余人，老人倒是走到敷文牌坊下凑了回热闹，遥遥看到白蟒衣年轻人的恶劣行径，跟同僚都感叹北凉确是盛产恶獠，不过才及冠，尚未世袭罔替，便已是如此大逆不道，以后当上了北凉王，朝廷边疆重地的西北大门，真能指望这种夸夸其谈的竖子去镇守？

王远燃气得七窍生烟，伸出手指，怒极笑道："小子，你真当自个儿是北凉世子了？就算真是又如何，你敢咬我？"

徐凤年伸出一臂，五指成钩，京城一流纨绔王远燃就给牵扯得扑向桌面。徐凤年按住他后脑勺往桌子狠狠一撞，桌面给尚书幼子的头颅撞出一个窟窿。王远燃直挺挺躺在地上，闭气晕厥过去，那些个帮闲吓得噤若寒蝉，两股战战。作为在京城都排得上名号的世家子，胜券在握的前提下踩几脚扇几耳光还行，什么时候真的会卷袖管干架，那也太掉价跌身份了，他们做的光彩事情，撑死了不过在别人跪地求饶后，吐口水到了碗碟里让那些人喝下去，撒尿在别人身上的狠人也有，不过都是父辈权柄在握的将种子孙。眼前这哥们儿总不会真是那北凉蛮子吧？

徐凤年对少年撇了撇嘴，"都丢出去。"

少年死士猛然起身，抓住一个就跟拎鸡鸭似的，朝门外砸出去，可一波未平一波又起，才给丢掷出去的王远燃帮闲又给掷回饭馆，撞在了狐朋狗友身上，瘫软在地，估计是吓蒙了，都忘了哭爹喊娘。徐凤年转头望去，眯了眯眼，京城里真正的主人之一驾到了。赵家都已家天下，自然也"家京城"，踏入饭馆中的五六人中，就有两位姓赵。隋珠公主赵风雅，一名高壮男子身形犹在她之前跨入九九馆，多年以来一直被朝野上下视作下一任赵家天子的大皇子赵武！赵风雅一脸幸灾乐祸，赵武则脸色阴沉，身后三人，一名女子姿色远超出九十文——陈渔。还有两名气机绵长如江河的大内扈从，步伐稳重，腰佩裹有黄丝的御赐金刀。

已经打眼一次的吏部某司郎中脸色骇然，这一次万万不敢岔眼，正要跪迎皇子和公主殿下。以雄毅负有先帝气概著称的赵武皱眉摆手，阻止花甲老人的兴师动众。吏部郎中赶紧带着得意门生匆匆弯腰离开饭馆；江湖草莽也不敢在是非之地久留，放下银子顾不得找钱就溜之大吉；王远燃昏死过去，那些帮闲就结结实实遭了大罪，丑八怪照镜子，自己把自己吓到了，扑通几声，也没敢喊出声，就跪在那里请罪。赵武挑了一张凳子坐下，也不看徐凤年，冷笑道："野狗就是没家教，处处撒尿，也不看是什么地方。"

徐凤年转过身，跟店伙计做了个端锅上菜摆碗碟的手势，然后轻声笑道："家狗在家门口，倒是叫唤得殷勤，见人就吠上几声，也不怕一砖撂倒下锅。京城的大冬天，吃上一顿土生土长土狗肉，真是不错。"

隋珠公主低着头，看似大家闺秀，娴雅无双，其实脸上笑开了花，一手捂住腹部，肚子都给没心没肺地笑疼了。

新胭脂评上号称姿容让天下女子俱是"避让一头"的女子，听闻两人粗俗刻薄的对话以后，悄悄皱了皱眉头。

两名金刀扈从的气韵自是寻常高门仆役难以比肩，屏气凝神，按刀而立，只是安静守在饭馆门口，对小馆子里的针锋相对，置若罔闻。

大皇子赵武平淡道："也就只配跟王远燃这种看门狗对着咬了，真是出息。"

九九馆的伙计已经不敢露面了，饭馆老板是个徐娘半老风韵犹存的妇人，也不知是谁家豢养的金丝雀，遇上这种大风大浪，也是怡然不惧，娇笑姗姗走出，双手端了铜锅在桌上，又手脚麻利地送来三盘透着大理石花纹的鲜嫩羊肉片儿，更有芝麻烧饼、酸白菜、白皮糖蒜等几样精致小食，外加七八只碗碟，产自清徐的熏醋，自家晒出的老抽，现炸的小辣椒，韭菜花儿，等等，红绿黄青白，一碟是一碟，一碗是一碗，清清爽爽，看着就让人胃口大开。她跟赵武那一桌招呼一声说稍等，然后就去挂帘子的屋门口倚门而立，风情摇曳。她摆明了不会错过这场地头龙与过江蟒之间的恶斗风波，别说小鱼小虾，就是几百斤的大鱼，在这两伙人当中自以为还能翻江倒海，也得乖乖被下锅去清蒸红烧。

陈渔出声道："你们先出去。"

那些帮闲如蒙大赦，感激涕零，可仍是不敢动弹，生怕这位仙子说话不算数，又让他们罪加一等，那回家以后还不得爹娘剥皮抽筋。皇子赵武板

着脸挥了挥手，帮闲们脚底抹油，头也不回，直接就给王远燃晾在冰凉地面上，共富贵共患难六个字，不是花天酒地几句拍胸脯言语，或是喝一碗鸡血就能换来的。赵武一语石破天惊："听说是你亲自在铁门关截杀了赵楷，我虽也不喜这个来历不明的弟弟，可毕竟他姓赵。"

风韵犹胜年轻女子的老板娘一听这话，叹息一声，退回里屋，放下帘子。这已经不是她可以听闻的秘事了，哪怕她的靠山很大，甚至大到超出王远燃这些富贵子弟的想象，可天底下谁不是在赵家寄人篱下？不识大体，在京城是混不下去的。不过她也是头回亲眼见到自幼便被偷偷送去边陲重地历练的大皇子，以前常听说他每逢陷阵必定身先士卒，若非皇子身份，军功累积早已可以当上掌兵三千的实权校尉，言谈举止雄奇豪迈，这次真是眼见为实，直来直往，确实是个爽利汉子。

徐凤年转过身子，"饭可以乱吃，话可不能乱说。"

赵武哈哈笑道："姓徐的，敢做不敢承认？"

徐凤年跟着笑，"别的不好说，揍一条家狗，敢做也敢认。"

赵武点头道："一条野狗要是撒尿能撒到我脚上，也算本事，就怕满嘴叼粪，光嘴臭不咬人。"

徐凤年缓缓站起身。

赵武啧啧道："就凭你，不喊其他人代劳？到时候可别自己给自己台阶下，说没吃上饭，手脚没力气。"

一名金刀侍卫踏出三步，抽刀出鞘几寸。

徐凤年继续前行，侍卫一步跨出，裹黄金刀迅速出鞘，刀光乍现。

可眨眼工夫，徐凤年就站在他面前，一手按住刀柄，将即将全部出鞘的刀塞回刀鞘。近乎二品实力的御前侍卫眼神一凛，抬膝一撞。徐凤年左手松开刀柄，轻轻一推。侍卫膝撞落空，惊骇之间，徐凤年一记旋身鞭腿就砸出，呼啸成劲风。侍卫顾不得注定占不到便宜的仓促拔刀，猛然千斤坠，身体往后倒去，一手拍地，正要向后一丈然后扶摇起身，就给徐凤年欺身而进，一掌仙人抚大顶，直接轰入地面，口吐鲜血，挣扎着站不起来。

没了伪境指玄的内力，更没了伪境天象，却已是让徐凤年亲眼见证了长卷铺开的恢宏，哪怕只是可怜捡得那凤毛麟角，也远非一个不到二品实力的侍卫可以叫板。

236

另外一名金刀侍卫一跃而过同僚身体，举刀当头劈下。

雨巷激战目盲琴师，曾有胡笳十八拍。

徐凤年侧身在刀身连拍六下而已，刀势就荡然无存，一袖挥去，把这名大内侍从挥到墙壁上，然后驭剑黄桐与青梅，钉入肩头在墙壁。余下十剑俱是瞬间一瞬刺透。侍卫倒在桌上后，墙上留下触目惊心的十二摊血迹。

徐凤年转身一手掐住大皇子赵武的脖子，低头狞笑道："你赵武除了姓氏，拿什么跟我比？"

徐凤年往后一推，陈渔给直接撞得倒地，这个北凉世子竟是将离阳大皇子掐在墙壁上喘不过气。徐凤年一字一字问出口："你就算姓赵又如何？！"

"徐凤年。"

门口一位妇人轻轻喊出声，容颜不过平平，却不怒自威。她身边还站着一位跟大皇子赵武有几分形似的年轻男子，不过比起赵武的粗犷气息，多了许多内敛的儒雅气，一看就是对养玉极有心得的行家老手。受辱滔天，本该恼羞成怒的莽夫赵武嘴角一丝弧线稍纵即逝，只有徐凤年敏锐捕捉到，恐怕连一门心思盯住北凉世子的妇人都不曾留心。徐凤年本想甩竿钓出藏头躲尾的韩貂寺，却没有想到是皇后赵稚和四皇子赵篆浮出水面，笑着慢慢松开赵武脖子，转身微微躬身，语气恭敬，可称呼则大不敬至极："侄儿见过赵姨。"

赵稚神情复杂，压在内心深处的愧疚都浮上心头，冷冷道："这是你第一次如此喊本宫，也是最后一次，好自为之。"

徐赵两家上一辈人已是恩断义绝，原本对徐家还有一丝恻隐之情的赵稚，也彻底亲自掐灭那点飘忽不定的香火，突然转头望去。脸色阴沉的白头男子复又笑容如和煦春风，这让赵稚心中掠过一抹不为人知的阴霾。她不怕这个年轻人成为第二个徐骁，徐骁得势，是马蹄下的春秋六国成就了他，后人再想凭借战功位极人臣，难如登天。赵稚更不怕他随那名女子的磊落性格，唯独怕他不管不顾，跟疯了的野狗一般咬人。赵武扶起两名伤势各有轻重的金刀侍卫，四皇子赵篆走上前去，搀扶其中受伤较轻的一人，让那名大内扈从顿时感恩戴德。两位同父同母的皇子悄悄相视一笑，赵武更是转头咧嘴，朝北凉世子做了个刀割脖子的血腥手势，赵篆则轻轻按下赵武的手，对徐凤年微微致歉一笑。

隋珠公主赵风雅低着头，看不清表情。摔了一跤的陈渔依然云淡风轻，养气功夫也不俗。

三名女子坐入马车，大皇子赵武和四皇子赵篆骑马护驾。

这样的车队，实在是惊世骇俗。

隋珠公主眼角眉梢俱是笑意，嘴上却骂道："一介莽夫！"

赵稚摇摇头道："梯子是你四哥架上去的，徐凤年也聪明，如此一来，两家人都走下了梯子。"

赵风雅一头雾水道："我不懂。"

赵稚掀开帘子，瞪了一眼自作聪明的儿子赵篆，后者嬉皮笑脸做了个鬼脸。

赵稚平淡道："徐凤年借此告诉我们赵家，徐家以后只为离阳百姓守国门，跟赵家没关系了。"

赵风雅怒道："胆子也太肥了！"

赵风雅犹不解气，冷哼一声，然后自顾自笑起来，差点笑出眼泪，"母后，我要是有李淳罡的本事就好了，就学老剑神去北凉边上喊几声'钱来''马来''刀来'，嗖嗖嗖，徐凤年的家底就没啦，一干二净！要不就学白衣僧人挂一条黄河在他头上，哗啦一下，淹死他！"

赵稚爱怜地摸了摸女儿脑袋，"孩子气，总长不大。"

赵风雅好奇问道："那老板娘谁啊？上次我跟徐伯伯来这儿吃羊肉，也有说有笑的。"

赵稚脸上蒙上一层淡淡的惆怅，摇头道："算不清楚的老账本。"

赵风雅扑在当今皇后怀里，低声坏笑道："母后，你跟我透底，你比徐伯伯小不了几岁，当年有没有暗恋过徐伯伯？"

赵稚一愣，拧了一下荒唐言语的女儿耳朵，"无法无天，早点把你嫁出去才行！"

跟母女二人显然隔阂极深的陈渔一直一言不发，不闻不问不听不说。

有的地方剑拔弩张。有的地方其乐融融。

龙虎和武当争天下道教祖庭数百年，也许很多人都忘了这之前，一百二十年前曾有一名野狐逸仙般的年轻道士在太安城画符龙，传言点睛之后便入云，这株无根浮萍，呼召风雷，劾治鬼物，以一己之力力压龙虎、武当，获得当时的离阳皇帝器重，封为太玄辅化大真人，总领三山符箓，主掌一国道教，奉诏祈雪悼雨，无不灵验。在离阳先帝手上敕加崇德教主，当今天子登基以后又赠号太玄明诚大真人，层层累加，恐怕龙虎山那些老天师牌位都难以媲美。可两甲子过后，这位与天子同姓的仙人修道之处便日渐颓败，香炉不见插有半根香火。苍松翠柏，在冬日里格外青翠欲滴，只是没有仙气，反而显得阴气森森。一株老柏树下摆了张小桌，两人对饮，身后站了五名婢女，一名丰腴婢女温酒，一名清瘦婢女煮茶，酒壶茶炉，划桌而放，泾渭分明。喝酒之人面容枯肃，瞧着四十岁左右，大概是气色不佳的缘故，暮气沉沉。饮茶之人就要风流倜傥太多，相貌清雅，哪怕是鱼龙混杂的京城，也少有这般气质一眼望去便给人超凡脱俗感觉的出彩男子，保养得比妇人还要精心小心。

六十七颗元本溪。六十四颗纳兰右慈。

纳兰右慈五位贴身婢女，天下皆知，酆都东岳西蜀三尸乘履，绰号取得气吞万里，煮茶女子便是三尸，温酒丫鬟则是乘履。

纳兰右慈躺在檀木小榻上，铲了铲香料，笑问道："元本溪，真要把晋兰亭那只白眼狼当第二个碧眼儿栽培？小心血本无归。我虽未亲耳听过亲眼见过，可听旁人说其言行，不像是能让你安心托付大任的英才，一部尚书撑死了。贫气彻骨，寡情在面，不是个好东西，让他辅政治国，你就不怕辛苦一世，临了满盘皆输？"

元本溪含糊不清道："京城事自有我打理，不用你上心。"

纳兰右慈接过一盏黑釉茶杯，手指旋了旋杯沿，闻着沁人心脾的香气，好像茶香也能让人醺醉一般，眯眼道："我看靖安王赵珣手下的谋士陆诩就不错，你不挖挖墙脚？没了年轻瞎子辅佐，控扼中原腰膂之地的襄樊，还不是尽在你手？陆诩也恰好可以接过你的纵横术衣钵。"

元本溪面无表情，慢慢饮酒。

纳兰右慈一拍自己额头，不只是自嘲还是笑人，举目望向院中冬景，"差点忘了，你元本溪膝下无子嗣，跟宦官无异，而且不树敌不朋党，本就是让赵家人放心，你要是有了继承人，也就是你元本溪被卸磨杀驴的那一天了。如此说来，你真该羡慕我。"

元本溪看了一眼这位站在燕刺王幕后的男子。

纳兰右慈哈哈一笑，"陆诩真是黄龙士的一颗棋子？那命格清高的陈渔是不是？"

元本溪仰头快饮一杯酒。

纳兰右慈知道这人的脾性，也懒得刨根问底，换了一个问题，"你没能在自家院子里逮住黄龙士这只串门老鼠？"

元本溪摇了摇头。

纳兰右慈感觉有些冷了，抬起手，身子滑腻如凝脂的婢女酆都便弯腰，轻柔握住主子白皙如玉的手，放入自己温热胸脯之间。纳兰右慈这才懒洋洋说道："想想真是滑稽，你元本溪一手策划了京城白衣案，又说服赵稚招那小子做驸马，就是希望北凉一代而终。如今好不容易盼来了北凉世子赴京，在京城里偏偏杀不得，还得当亲生儿子护着，连韩貂寺都不许他入城捣乱，只许他在京城五百里以外出手截杀。"

元本溪因为当年自断半寸舌，口齿不清道："那徐凤年耗赢了陈芝豹，这局棋我就输给北凉，就当我敬酒给李义山了。"

纳兰右慈由衷笑道："这点你比我强，愿赌服输，我呢，就没这种气度。要不然我这会儿还能跟姓谢的做知己，他死后，别说敬酒，我恨不得刨了他的坟。听说他还有余孽后代，不跟他姓，我挖地三尺找了好些年都没消息，亏得那份胭脂评，才知道叫南宫仆射。"

元本溪抬臂停杯，神游万里，根本没有搭理这一茬。

纳兰右慈轻声笑道："藩王世袭罔替，按宗藩法例，需要三年守孝。我猜徐骁死前一定会启衅边境，再跟北莽打上一场大仗，好让他嫡长子顺利封王，以防夜长梦多。元本溪，我劝你趁早下手，釜底抽薪，早早打乱李义山死前留下的后手算计。"

元本溪一语盖棺定论，"知道你为何比不上李义山吗？"

纳兰右慈平声静气道："知道啊，黄龙士骂我只能谋得十年得失，你是半个哑巴，我则是半个瞎子。"

元本溪一笑置之。

纳兰右慈皱了皱那双柔媚女子般的柳叶眉，"那小子果真孤身去了北莽，杀了徐淮南和正值武力巅峰的第五貉？"

元本溪点了点头。

纳兰右慈啧啧道："那你就不怕？"

元本溪摇头道："除非他灭得了北莽，才有斤两借刀赵家杀我。"

纳兰右慈笑道："若真是如此，拿你性命换一个北凉一个北莽，你也是赚的。"

"那陈芝豹，你不担心养虎为患？"

"已不是春秋，莽夫不成事。天下未乱蜀地乱，天下已平蜀未平。占据蜀地，与坐拥北凉一般无二，无望吞并天下。"

"元本溪，我得提醒一句，这是我辈书生经验之谈。春秋之中，谁又能想到一个才二品实力的年轻将领，可以成为人屠？"

"不一样。"

纳兰右慈叹息一声，望着天空，喃喃道："情之所钟，皆可以死，不独有男女痴情。据说北莽李密弼有一只笼子，养有蝴蝶，我们说到底都还是笼中蝶，唯独黄龙士，超然世外。元本溪，你有想过他到底想要什么吗？"

元本溪站起身，"人生三不朽，立言立功立德。一世三大统，尚忠尚文尚质。恐怕数百年乃至千年以后，才能给黄龙士盖棺论定。"

纳兰右慈没有恭送元本溪，坐在小榻上，"最好是黄龙士死在你我手上，然后我死在谢家小儿手上，你死在徐凤年手上，天下太平。"

元本溪突然转身笑道："都死在徐凤年手上，不更有趣？"

纳兰右慈笑骂道："晦气！"

等元本溪走出荒败道观，纳兰右慈想了想，伸出手指蘸了蘸茶水，在桌面上写下两字。

皇帝。

坐回桌位，轩辕青锋冷笑道："让你意气用事，是被大皇子赵武陷害了，还是被四皇子赵篆那只笑面狐坑了一把？"

徐凤年平静道："多半是赵家老四。赵武虽说故意隐藏了身手，但应该没这份心机。"

"我听说太子就是这两个人里其中一个，那你岂不是注定得罪了以后的离阳皇帝？"

"谁说不是呢。"

"呦，连皇后娘娘都动了真怒，可你瞧着一点都不担心啊，装的？"

"我说装的，行了吧？"

"那女子就是胭脂评上的陈渔吧，是要做大皇子妃，还是宫里新纳的娘娘？"

"没兴趣知道。"

"我看着你跟她关系不简单。"

"瞎猜。"

"我的直觉一向很准。"

徐凤年在锅里涮了几片羊肉，分别夹到青鸟和戊的碗里。

相由心生，女子十八变，轩辕青锋是徐凤年见过二十岁后还变化奇大的古怪女人，烂漫女子的骄纵气，家破以后的阴戾气，怀玺之后的浩然气。八十文，八十五文，九十文，步步攀升步步莲。看着轩辕青锋，徐凤年就经常想起那个在大雪坪入圣的男子。徐凤年对读书人向来有偏见，第二次游历中见到的寒士陈亮锡是例外，轩辕敬城更是。徐凤年当然对轩辕青锋没有什么多余的念想，只不过说不清是荣誉与共互利互惠，还是各自身处无路可退绝境下的同病相怜，对于骄傲得整天孔雀开屏的轩辕青锋，总持有一些超出水准的忍耐。既然庙堂和江湖自古都是男子搏杀的名利沉浮地，女子被裹挟其中，徐凤年大概对那些身世飘零又不失倔强的女子，总能在不知不觉中多付出一些，倒马关许小娘是如此，北莽境内早早死了女儿的贩酒青竹娘也是。

徐凤年好似想起一事，笑着朝挂帘里屋那边喊道："洪姨。可没你这么当长辈的！"

妇人作势吐口水，"呸呸呸，小兔崽子，才喊了那女子一声赵姨，我哪里当得起一个'姨'字，小心让我折寿。来，给我仔细瞧瞧，啧啧，长得真是像极了吴素，亏得不是徐骁那副粗糙德行，否则哪家闺女瞎了眼才给你做媳妇。我这些年可担心坏了，就怕你小子娶不到媳妇。"

"洪姨，第一回见面，就这么挖苦我？徐骁欠你那几顿饭钱，我不还了。"

"喊姨就喊姨吧，反正一大把年纪了，也不怕被你喊老喽。还什么银子，洪姨不是你那薄情寡义的赵姨。她啊，护犊子护得厉害，跟只老母鸡似的，只要近了家窝边，见人就啄，什么情分都不讲。当年我跟你娘，加上她，三个女子姐妹相称，就数她最精明会算计。可惜了，当年那点儿本就不厚的姐妹情谊，都给你们这两代男人的大义什么的，挥霍得一点不剩。"

妇人跟徐凤年挤在一条长凳上，轩辕青锋默默靠着墙壁而坐，眼角余光看到妇人说话间，不忘伸手拿捏徐凤年的脸颊，称得上是爱不释手，偏偏他还不能阻拦，如此有趣的场景，可真是百年难遇。

妇人揉了揉徐凤年的白头，柔声道："这些年委屈你了。"

徐凤年抿起嘴唇，摇了摇头。

离阳更换年号前的最后一次立冬。一场瑞雪兆丰年，今冬麦盖三层被，来年就能枕着馒头睡啊。

这一天没有早朝，皇帝率领规模更为浩荡盛大的文武官员前往北郊登坛祭祀，不受累于早朝，官员们俱是神清气爽，跑去沾官气权贵气的沿途百姓都大开眼界，一些跟队伍中高官远远沾亲带故的市井百姓，都在那儿扬扬得意吹嘘与之关系如何瓷实，身边知根知底的街坊邻里自然笑而不语，一些隔了好几条街道的百姓则听得一惊一乍。百姓中六成都是冲着新任兵部尚书陈芝豹而去，三成则是好奇北凉世子到底是怎样一个年轻人。老百姓就是这样，哪怕耳朵听那位世子殿下的坏话起了茧子，可真当他在御道上做出了撕裂百丈地皮的壮举，惊疑之余，仍是心中震撼，即便京城道观里的大小真人们都说凭恃阴物所为，不值一提，可老百姓心底终归还是无形中高看了那北凉世子太多——太安城耍剑玩刀的纨绔子弟没有十万，也有一万，哪一个有这份能耐？看来这个从北凉走出来的白头年轻人，还真不是人人可欺的善茬。

嘀咕的同时，老百姓心里也有小算盘，以后跟风起哄骂北凉，是不是嘴上留情积德一些？万一落入北凉王、世子这对父子耳中，岂不是要遭殃？

陈芝豹一袭大红蟒衣，可惜不曾提有那一杆梅子酒，队列中皇帝特意安排他宛如一骑独行，京城女子不论大家闺秀还是小家碧玉，不论待字闺中还是已为人妇，都为之倾倒。

附近燕刺王赵炳、广陵王赵毅、胶东王赵睢、淮南王赵英、靖安王赵珣，五位宗室藩王，风采几乎全被陈芝豹一人夺去。

俱是身穿正黄蟒衣的皇子们，又跟一位穿有醒目白蟒衣的白头世子刻意拉开一段距离。

一个年轻瞎子在侍女杏花帮忙下来到路旁，没有非要挤入其中，只是安静站在围观百姓蜂拥集结而成的厚实队伍外缘，当徐凤年在街上一骑而过，杏花轻声提醒了一句，从襄樊城赶来的瞎子陆诩抬头"望去"，脸色肃穆。永子巷对坐手谈十局，从正午时分在棋盘上杀至黄昏，毕生难忘。杏花小心

翼翼伸手护着这位老靖安王要她不惜拿命去护着的书生。老藩王只说要他生，她不希望有一天新藩王会要他死，最不济也莫要死在她杏花手上。杏花与他之间极有默契，言谈无忌，柔声问道："公子，你认得北凉世子？"

陆诩也不隐瞒，微笑道："我是瞎子，也不好说什么有过一面之缘，在永子巷赌棋谋生的时候，赚了徐世子好些铜钱。十局棋，挣到手足足一百一十文。"

杏花笑道："他也会下棋？还不被公子你杀得丢盔卸甲？"

陆诩摇头道："棋力相当不俗，无理手极多，我也赢得不轻松。"

主仆二人停留片刻后，正要离去，杏花猛然转身，死死盯住远处走来的一名老儒生，认不清真实年岁的读书人本身不足惧，但潜藏的气机，如汪洋肆意涌来，让死士杏花如临大敌。

陆诩拍了拍她的手臂，作揖问道："可是元先生？"

来者轻声含糊笑道："翰林院小编修元朴。"

陆诩站定后神情自若，惊奇惊喜惊惧都无。

元朴，或者说是元本溪走近几步，不理会如一头择人而噬母老虎的杏花，继续用他言语模糊却仍算地道的京腔说道："陆公子作茧自缚，屈才了。"

陆诩摇头道："新庙新气候，庙再小，香客香火也不至于太少。老庙庙再大，逢雨漏水，逢风漏风，你就是给我当住持，也不愿意去的。何况老庙大庙，香火不论多少，纷争注定要多。什么时候被赶出庙都不知。何况陆诩眼瞎不知人，却知自己斤两，不想成为下一个宋家人。"

元本溪似乎被逗笑，即便跟智谋堪称旗鼓相当的纳兰右慈也没有这般想说话的兴致，说道："陆公子，别忘了宋家老夫子为何而死，宋家老庙为何而倒塌。"

陆诩平淡道："寻常富裕人家，以货财害子孙。宋家以学术杀后世，早就该死。再者，元先生也别忘了是谁借我的刀去扶持宋家雏凤。"

元本溪微微会心一笑，继而叹息道："我所选储相多达十余人，宋恪礼最不引人注目。这桩谋划，恐怕连纳兰右慈也得离开京城才想得到。"

陆诩再次摇头道："纳兰先生所谋不在京城，甚至不在庙堂，与元先生各走独木桥阳关道，自然不在这些事情上花心思去多加思量，难免会有遗漏。"

元本溪陷入沉思。

继而缓缓问道："北凉世子对你有引荐之恩，你当如何？"

陆诩反问道："在其位谋其政，这难道不是一位谋士的底线所在？"

元本溪笑道："别人说这种冠冕堂皇的言语，我全然不信，你陆诩说出口，我信七八分。"

杏花只是偏居襄樊一隅的死士，就算才情不低，也万万想不到跟陆公子言谈的老儒生，会是离阳王朝万人之上并且不在一人之下的首席谋士，不过再如何孤陋寡闻，杏花仍是知晓纳兰右慈的厉害。不说那些纳兰与燕剌王有断袖癖的传闻，纳兰本身就是当之无愧的春秋一流韬略大家。杏花此时头疼在于如何跟靖安王赵珣去阐述今日见闻，如何不徇私情，却又能让陆公子不被新靖安王生出丝毫的猜忌疑心。

元本溪问道："为何你没有去北凉？"

陆诩笑道："我倒是想去，可徐凤年没有带我走出永子巷。"

元本溪哈哈大笑，转头对杏花直接道出连陆诩都不曾知道的真实名讳："柳灵宝，先前我与陆诩闲谈言语，你尽管据实禀报给赵珣，要想跟你公子一起多活几年，这句话就不要提起了。"

杏花脸色苍白。

元本溪说道："就此别过。"

陆诩犹豫了一下，对杏花说道："谢元先生赏赐下的一张十年保命符。"

杏花一头雾水，仍是学寻常门户里的女子施了个万福。

元本溪挥了挥手，转身离去。

杏花嘴唇发抖，轻声问道："公子，保命符？此话怎解？"

陆诩坦然道："咱们的靖安王生性多疑，发迹之前，可以隐忍不发，一旦成就大势，难免得意忘形，就要与人清算旧账。元先生则是他不管如何得势，都不敢招惹的人物，这位先生今日见我，是赠我保命符，给我，自然也就是给你的。"

杏花面容惨然说道："这句话也会烂在肚中，公子请放心。"

陆诩突然揉了揉杏花的头发，柔声笑道："柳灵宝，这名字有福气。"

杏花蓦地粲然一笑，"借公子吉言。"

陆诩转头一"望"，自言自语道："北凉啊。"

第十章 太安城青衣观礼，下马嵬真武见我

一名风姿可谓举世无双的年轻女子御剑，直过十八门。

一剑悬停众人顶。

中轴三大殿第二殿中和殿，册立太子颁诏时，皇帝需要先至此殿着龙袍衮冕，再到前殿升座。当今天子望着身边不远处的皇后赵稚，对其轻柔一笑，尽在不言中。原本皇后与天子同姓，于礼不合，只是皇帝仍是不被器重的皇子时，与这位统率后宫的女子便相敬如宾，奉为知己，私下曾发誓他日登基称帝，定会立她儿子为太子，赵稚偏爱小儿子赵篆，皇帝更是不惜有违立嫡长不立庶幼的祖训，可见在以英明神武著称朝野的天子心中，皇后赵稚是如何的分量。如此抉择，言官清流更是破天荒没有一人质疑，显而易见，赵家对江山的掌控，达到了空前强大的地步。几位诞下皇子成年的娘娘也都脸色如常，不敢流露出丝毫异样情绪。六位皇子中除了最为年幼的六皇子赵纯才十二岁，可以留在京城等到及冠，其余四位无望太子之位的皇子，今日封王，三日以后就要出城就藩，就藩之前，必须与新太子辞行，叩头三次，行如此大礼，用以彰显太子尊崇。

武英殿内静候朝会的六位皇子不露痕迹地分作两拨，大皇子四皇子和六皇子聚在一边。赵武即将封辽王，并且授镇北将军，在诸位皇子中得以独掌兵权。二皇子赵文封汉王，他娘亲是江南出身的淑妃聂元贞，并非那豪阀世族的女子，在后宫恪守礼仪，与世无争，是极为严谨温婉的性子；皇子赵文也颇为温良恭俭，辞藻华美，被誉为笔砚有灵腕中有神，经常与青词宰相赵丹坪相谈论道，不负一个"文"字。三皇子赵雄封汉王，马上会就藩于边境蓟州，娘亲为德妃彭元清，北地世子集团执牛耳者之一辽东彭家的女子；赵雄也是皇子中最不让皇室省心的一位，市井传言曾多次为难皇子赵楷；五皇子赵鸿，封越王，其娘不在妃嫔之列，仅是一名婕妤，名薛筌，家世平平。

皇子妃中严东吴始终被四皇子赵篆拉住手。她的手沁凉如冰霜，清丽面容有些拘束，笑容温柔的赵篆则手心俱是汗水，恰好互补。与大哥赵武低声闲聊时，不断侧头对她一笑。不知为何，初次赴京嫁入皇室，对于嫁给一个不被世人看好的四皇子，她日子过得心安理得，夫妻二人的日子如胶似漆，可当她察觉到一切都不如她想象的那般直白闲淡时，严东吴反而越发如履薄冰。尤其是当半年前一次算是出宫省亲，见到爹那张不管如何按捺都遮掩不住激动的沧桑脸庞，亲眼看着爹喜极而泣，而他又什么都不说时，严东吴就开始意识到一切态势要野马脱缰了。回宫以后她越发沉默寡言，慎言慎行，每次和夫君一起去问候皇后"婆婆"，都像是一场不见硝烟的战事，这让严东

吴很懵懂茫然，唯独没有要当太子妃的半分窃喜。落在了朝野公认宫斗无敌的皇后赵稚眼中，心底越发欣慰，只是赵稚自不会将这份赞赏说给儿媳听。

赵稚来到两个儿子身前，分别理了理赵武、赵篆兄弟二人的衣领和袖口，一丝不苟。大皇子赵武咧嘴一笑，即将以太子身份被昭告天下的赵篆依旧是那玩世不恭的无赖脾性，握着母后的手在自己脸上摩挲了一下，看得少年六皇子觉得四皇兄比他还要孩子心性，歪嘴轻笑。赵稚抽回手，在赵篆额头敲了敲，佯怒道："多大的人了，还没脸没臊。"赵武搂过弟弟的肩膀，打抱不平道："再大，这辈子可都是母后的儿子嘛。"

赵篆轻声道："母后，要不让大哥晚些时候出京？"

赵稚怒容瞪眼道："混账话！"

脸皮奇厚的赵篆怡然不惧，吐了吐舌头，揉乱了少年赵纯的头发，"还好有小纯儿留在京城陪我玩耍。"

少年皇子拉住赵篆的袖管，一脸期待道："四哥四哥，啥时候把那只常胜将军送我呗？"

严东吴拧了一下信誓旦旦骗她不再斗蛐蛐的四皇子，对赵纯柔声笑道："小纯，回头都送你。你四哥敢私藏一只，你就跟我告状。"

年幼皇子对一脸苦相的四哥挤出一个阳光灿烂的坏笑，然后装模作样弯腰朝钦定太子妃作了一个大揖，"纯儿谢过嫂子大恩咧。"

赵稚眉眼泛着笑意。

皇帝陛下已经穿好正黄龙袍，来到他们身旁，看到这幅众人打心眼里融融洽洽的温馨光景，也是欣慰满怀，面朝严东吴，威严而不失长辈慈祥，"东吴，以后该怎么管束篆儿就怎么管，他要敢给你脸色看，朕给你撑腰，替你收拾他！篆儿就是敲一棍子走一步路的怠懒混子，不过有一点篆儿不错，随朕这个当爹的，可能会让自己媳妇受累，却绝不会让媳妇受气。"

严东吴正要恭敬谢恩，被赵稚拉住双臂，"都是自家人，只在外人面前客客气气就行了。"

赵篆委屈道："父皇母后，我好不容易找到个帮我说话的好媳妇，你们可别教坏了！到时候看我不天天去你们跟前念叨！"

赵家天子笑而不语，皇后赵稚抬手作势要打，"别得了便宜还卖乖。"

大皇子赵武幸灾乐祸道："四弟，你真惨，以后我可没机会陪你喝闷酒了，你找六弟去。"

六皇子赵纯慌张摆手道："别别别，我一闻酒气就醉。"

皇帝爽朗一笑，环视一周，然后对所有皇子沉声道："这次分封你们为王，是要你们分镇各地，夹辅皇室，他日出京就藩，不许有半点懈怠！"

除赵篆以外，所有皇子都一丝不苟躬身领命。

两位皇妃和一位婕妤几乎同时都望向那位太子殿下，这么多年在皇宫里头对谁都和和气气，哪怕是对她们几位也都恭敬有加，甚至她们身边的心腹宫女都颇为心生亲近，原本谁都以为是个心无大志打算老死在藩地上的风流名士，不承想一不留神就封为太子了，当下心里都有些五味杂陈。她们不约而同望去，四皇子赵篆眼神清澈地望来，轻轻点了点下巴，依然是没有半点得志便猖狂的浮躁作态。这让三位后宫娘娘中某些有些犹然不肯服输的，也有点无奈。对上这样憎恶不起来的对手，确实不能愤懑迁怒于自己的亲生儿子不争气。

今日朝会时，大概是自得于将近二十年的文治武功，离阳皇帝恩典特赐那些殿阁大学士和上柱国文官可有所逾矩。几位顶着四镇四征爵位的年迈大将军得以佩剑上朝，武将中顾剑棠更是佩有那柄极少露面的南华刀，陈芝豹尤为出彩，持有一杆梅子酒。北凉世子徐凤年照旧，腰间悬有那柄朴拙北凉刀。只是今日不同往日，文武百官都不得急于入殿，需要等到皇帝和皇后皇子都登殿，才可进入。近千人便都在大殿以外城门以内的白玉广场上耐心静候。不同于新封为王的皇子，还有三日逗留太安城的时光，五位宗室藩王在朝会以后就要立即出京赶赴藩地。

离阳皇帝若是此时高踞龙椅，一眼望去，群英荟萃，确有一种天下英雄豪杰尽入吾家瓮的豪气。

胶东王赵睢挪步十几，来到徐凤年身边，一起望向正南城门。再往南至外城，将近十八里路，总计竖立有十八巍峨城门。

赵睢不像是与人言语，只像是独自感慨道："一晃三十年，当年一起喝酒说荤话的年轻人，都老了。"

徐凤年平静道："徐骁说过一直对赵伯伯你愧疚得很。"

赵睢洒然笑道："愧疚什么，也就是欠了几顿酒，等你们都成家立业了，再过些年，老头子们都闭了眼，有的是机会在下头一起喝酒。"

徐凤年点了点头。

赵睢转头说道："以后有机会去两辽看看，记得找赵翼，这小子这两年不仰慕那些飞来飞去的江湖高手了，只仰慕你。他对你，就两个字，服气。"

徐凤年一头雾水。

赵睢微笑道："是实诚话，可不是嘴上客套。前些年听闻你在大雪坪上对龙虎山天师府的言语，这小子天天在我这个爹面前说'放屁'，如今都成口头禅了。只要谁跟他提还钱，他就这么说：'还个屁！'"

徐凤年一脸尴尬。

不远处胶东王世子赵翼也大致猜出对话内容，对投来视线的徐凤年含蓄笑了笑。

胶东王赵睢望向南方，"这次册立太子分封皇子，肯定要防着西楚曹长卿来京城启衅，就是不知武帝城那个天下第二会不会坐镇十八城门之一。"

知晓嗜好吃剑的隋姓老剑客前往东海武帝城，徐凤年摇头道："应该不会。"

赵睢不问理由，深信不疑。只是轻声笑道："不过听说吴家老祖宗，'素王'会带剑八百柄，镇守其中一门，其余城门也多有高手把守，不知拦不拦得下那位儒圣曹官子。"

一阵哗然声轰响开来。

徐凤年循声抬头望去。

他咬了咬嘴唇，渗出一抹不易察觉的血丝。

中轴御道某座城门，飞剑近千，拔地而起。

一袭青衣裹袖破剑阵，潇洒跃门前行，无视飞剑身后追杀。

太安城，满城轰动。

曹长卿由城门内以势如破竹之势，长掠而来。

更有一名风姿可谓举世无双的年轻女子御剑，直过十八门。

一剑悬停众人顶。

站在那柄大概二十三年前也曾如此入宫城的名剑之上。

大凉龙雀。

百无聊赖在中和殿侧殿武英殿台阶上跳着玩的隋珠公主，瞪大眼睛，几乎惊掉了下巴。

那长得绝美的女子，可不就是武当山上，那个把一块破烂菜圃当宝贝的寒酸丫鬟吗？

就她？

会那御剑三万里的剑仙神通？

曹长卿掠至城门外，一跃上城楼，站在御剑女子身边，朗声道："西楚曹长卿，随公主姜姒观礼太安城！"

老话劝人都说事不过三。

可这位西楚遗民已经是第四次来皇宫了。

只是宦子曹长卿这一次踏足太安城，身边多了一名年轻女子。

她御剑悬停，衣袂飘摇。稍有名士风采的文官都有瞬间失神，女子倾人城倾人国，不过如此了吧？

千余人齐齐回神过后，文武官员瞬间由东西划分，变成了南北割裂，武将以兵部两位侍郎卢白颉、卢升象以及多位老骥伏枥的年迈大将军为首，往南急行，文官则后撤北方。还有两百余人脚步极快或者极慢，步伐急促者都是西楚下一辈遗民，见风使舵，十分灵活，只想着撇清关系，生怕惹祸上身。老一辈则截然相反，几乎同时潸然泪下，转身后撤时抬袖掩面，步子踉跄；更有数十位年迈老人当场老泪纵横，其中有胆战心惊的家族后生想要去搀扶，无一例外都被老人甩袖，怒目相向，这让好不容易在庙堂上占据一席之地的年轻俊彦都有些赧颜，无地自容。

众多为离阳朝廷不计前嫌纳入朝廷的遗民官员，也有些唏嘘感慨，神情复杂。春秋八个亡国，尽数慢慢融入离阳，唯独西楚至今仍是"余孽猖獗"，一心想要那死灰复燃。

离阳皇帝率先踏出大殿，出人意料，三番四次被忤逆龙鳞的赵家天子没有震怒，只是大声笑道："曹先生好一个西楚观礼太安城！"

曹长卿一袭普通青衣，双鬓霜白，若非此时高立于皇宫城头，也就与一名翰林院寒酸老儒无异。

赵家天子继续豪爽笑道："我离阳王朝既有白衣僧人挂黄河于北莽道德宗，又有曹先生连过十八门闯城而来，自是我朝幸事。"

此话一出，广场上原本惴惴不安的文武官员都吃了颗定心丸，笑逐颜开。

一代雄才帝王当如此气吞天下。

曹长卿平淡道："静等还礼。"

这位曹官子脚下顿时骂声一片，大骂他不知好歹，多半是出自文臣之口，多数武将气恼得怒发冲冠，只恨手无兵器，加上忌惮曹青衣的儒圣名头，不敢造次，生怕立功不成，反被耻笑。

哗啦一声，不知谁率先转头，然后众人一起转过身，望向红蟒衣的伟岸男子拖枪，拾级而上，一杆梅子酒枪尖朝地，来到皇帝陛下身侧后，枪身一旋，枪柄插入地面。

一夫当关。

梅子青转紫。

有兵圣陈芝豹护驾，赵家天子更是豪迈气概横生，眯眼望向阶下的大将军顾剑棠。离阳军伍第一高手的宝座，迄今为止无人撼动，当陈芝豹入京以后，众人翘首以盼，想着两位分出一个高下，不承想两位新老兵部尚书非但没有势同水火，反倒是有顾剑棠亲自提酒去陈府聚头对饮的传言。顾剑棠看到天子投来视线，轻轻点头，按住刀柄，大踏步前行，武将相继后退。顾剑棠并未直接拔出那柄南华刀。世人皆知顾剑棠有双刀，这柄南华出自东越皇宫大内珍藏，说是符刀也不假，曾被东越历代道教国师层层符箓加持。东越自古便是名剑产地，仍是被南华一刀夺走兵器魁首的称号，与王小屏手中那把武当符剑神荼并称"双符"。

宫墙正南，是徒手徒步而来的曹长卿与御剑的亡国公主姜姒。

东侧则是阻拦无果的吴家剑冢"素王"，身后是一只被剑冢独有驭剑术编织而出的大蜂巢，八百柄吴家藏剑汇聚而成。

西侧，来自龙虎山的青词宰相赵丹坪，这位羽衣卿相的大天师跟一名世人不知身份的魁梧老者并肩而立，老者斜背有一柄几乎有寻常古剑两倍长度的大剑。

墙脚两排持有彩绣礼戟的御林军岿然不动。

"顾剑棠先还一礼。"

顾剑棠说完以后一探臂，一柄礼戟从一名羽林卫手中脱手而出，天下用刀第一人顾剑棠大踏步奔出，握住急速飞来的礼戟，轻喝一声，如一道炸雷轰向墙头曹长卿。

曹青衣一步踏出，悬停天空，并拢食指中指，对着挟雷霆之势而激至的戟尖轻轻竖起。

长达一丈半的礼戟根本不是寸寸折断，而是毫厘崩裂，碾作齑粉。

曹长卿发丝不曾拂乱些许。

"赵丹坪二还礼。"

仙风道骨的赵丹坪身穿黄紫道袍，飘飘欲仙，抬起大袖，祭出九柄贴有桃符的桃木剑，飞剑有九，竟然一出手便是道门指玄问长生的仙家手段。

曹长卿冷笑一声："诵的是上古人语，做的是自家人。如何问道长生？"

天下风流独占八斗的大官子伸出一根手指，轻轻一点。

九剑之中有八剑自相残杀，在空中砰然碎裂，最后一剑竭力来到曹长卿身前，便是那些手无缚鸡之力的文弱文官也看得出来，相当强弩之末。曹长卿那根没有收回的手指，顺势一拨，桃木剑掉转剑尖，朝赵丹坪一掠而去，速度快了太多，堪称鸡隼之别。赵丹坪眉头紧皱，飞剑出袖去时卓尔不群，来时收剑狼狈尽显，飞剑入袖归入袖，可众人都看到道袍大袖鼓荡摇晃，久久不肯安静。都说这位大真人降妖除魔十分熟稔，可毕竟儒圣一剑充沛浩然气，如何能轻松得了？

两次还礼，都被青衣弹指之间化解。

曹长卿三过皇宫如过廊，可都不是如此众目睽睽之下，除去韩貂寺等少数皇宫内蛰伏的顶尖高手，都不曾亲眼目睹，更别提领教。第二次闯入皇宫，曾有三百铁甲御林军横在路前，便是直接被这位青衣裂甲三百而过，那一次若非韩貂寺有指玄针对天象的独有优势，恐怕赵家天子还姓赵，却不是陈芝豹身边这个皇帝。佩刀出列的顾剑棠本就才还了一半礼，被那位青词宰相打断，眉宇之间本就隐约有不悦，可仍是敬他是龙虎山天师，强行按捺下磅礴气机，等到此时二还礼结束，拔地而起，南华出鞘一刀，几乎让天地黯然失色。

一直浮空而站的曹长卿踏出三步，一手傲然负后，一手迎向那柄南华刀。

手掌直接透过刀芒，按住了南华刀锋！

"斩的便是圣人。"

顾剑棠轻笑一声，南华刀芒消失不见，任由曹长卿按住刀锋，他左手与右手一起按住刀柄。

曹长卿微微皱眉，瞬间释然，身体旋如陀螺，最终头朝地脚朝天，右手不离南华，只见天空中一声闷雷炸开。

轰隆隆不绝于耳。

天空晴朗，万里无云，真是好一场毫无征兆的冬雷阵阵。

曹长卿握住南华刀，重新站定。顾剑棠并未强行夺刀，而是后撤两步，飘然落地。

曹长卿一挥袖。

大袖撕裂。

天空中又相继响起五声雷。

曹长卿一笑而过，"原来是如此的出窍，不愧是让刀超凡入圣的顾剑棠。"

言罢轻轻将南华刀丢向落脚在广场上的顾剑棠。

顾剑棠也没有胡搅蛮缠，悬好古刀南华，转身前行。

这时候，所有人才看到曹长卿身后斜向九天的那条"路径"，云气剧烈震动，寻常人也是清晰可见。

台阶之上，陈芝豹与皇帝窃窃私语，后者一脸恍然。

陆地神仙本就是世间所谓高高在上的天人，可曹长卿的儒圣，踏足时间不长，却已是骇人听闻地几入地仙巅峰境，离数百年前吕祖过天门而反身，恐怕只差一层半境界。

接了倾力两礼仅是一袖略微破败的曹长卿脸色平静。

广场上许多文官都猛然记起此人西垒壁入圣时，朗朗乾坤下，他曾经对整个西楚所说的一句话。

"曹长卿愿身死换翻天覆地，愿身死换天地清宁。"

曹长卿已是如此近乎无敌。

可马上所有人都感到一阵凌厉剑意，刺骨冰冷。

御剑女子视线所及，那一条线上的文官武将都下意识左右侧移躲开。

直到一人"浮出水面"。

北凉徐凤年。

那一年，西楚亡了国。

那一年，她两颊有梨涡。

那一年，他还不曾白头。

众人痴痴望向那名横空出世的西楚亡国公主，上了年纪的京官也不妨碍他们的爱美之心，委实是没有见过如此出彩的女子，或许那名胭脂评上的陈渔可以媲美容颜，可陈渔终归是只提得起笔毫绣针的女子，绝不会御剑而来。

本名姜姒却被一个王八蛋窜改成姜泥的女子，嘴中轻吐四字，敕天律浩然。

剑鞘不动人不动，大凉龙雀已经出鞘取头颅去。

大黄大紫两种剑气萦绕长古剑，朝广场上一袭醒目白蟒衣掠去。

飞剑出鞘前一瞬，得以登龙门参与朝会的袁庭山一脸狞笑，望向未来岳父大人的顾剑棠，伸出一手，"大将军，借刀！"

顾剑棠神情古井无波，不见任何犹豫，更没有任何多余动作，腰间南华刀如青龙出水，铿锵出鞘，草莽出身却骤然享富贵的袁庭山非但没有任何惜福心态，更想着在这太安城一鸣惊人，这些时日几乎都想疯了。此时不出手，更待何时？你们世家子坐享荣华，心安理得，老子就得次次搏命富贵险中求，谁拦老子谁去死！境界始终一路暴涨的袁庭山握住南华刀那一刻，整个人发丝拂乱，如天人附体，有如走火魔怔，一刀在手，顿时知晓了大将军不光借了南华刀，还蕴含了一股磅礴真气，如此美意，袁庭山怎能让天下用刀第一人的老丈人大失所望？

袁庭山转为双手握刀，眼眸泛红，怒喝一声，一刀朝画弧坠地的飞剑劈去。

城楼之上，力敌顾剑棠、赵丹坪两大高手的曹青衣视若无睹，只是平静道："西楚一还北凉礼。"

这才是真正的平地起惊雷。

恶名远播的袁庭山一刀抢下，妙至巅峰，堪堪劈在了大凉龙雀剑尖，可飞剑仍是笔直掠去，剑身不颤分毫。

"双符"之一的南华刀就这样在飞剑身上一气滑抹而过。

袁庭山脚下广场龟裂得飞石四溅，声响刺破耳膜，所幸这头疯狗身后都是有武艺傍身的将领，面对突如其来的殃及池鱼，除了卢升象和卢白颉轻描淡写挥袖散飞石，其余大多都遮挡得十分狼狈。

徐凤年左脚踏出一步，右脚后撤一步。

双手抬起。

一手截大江，一手撼昆仑。

一剑直直破二势，剑尖直刺徐凤年胸口。

徐凤年默念一声："剑来。"

玄甲、青梅、竹马，朝露、春水、桃花。蛾眉、朱雀、黄桐，蚍蜉、金

缕、太阿。

叮叮咚咚十二响。

响彻皇城。

剑尖仍是不改方向，离徐凤年心口仅剩一丈距离。

天地间风卷云涌。

然后一抹刺眼大红轰然坠地，如一道天劫大雷由天庭来到人间，试图横亘在飞剑和徐凤年两者之中。

这头跻身天象巅峰境的朱袍阴物一脚踩在飞剑剑尖之上。

身具六臂。

以悲悯相示人，欢喜相独望向徐凤年。

自甲子以前仙人齐玄帧在莲花台斩魔以后，恐怕这是世人第一次真眼见到天魔降世。

阴物踮起脚尖，飞剑在它身前颠倒，顺势抛掠向空中。

姜姒面无表情，伸出一指，轻轻一挥。

曹长卿继续淡然道："西楚二还离阳礼。"

飞剑刺杀北凉世子无果，仿佛仍有余力无穷尽，高过朱袍阴物和白蟒衣男子头顶，朝台阶之上的离阳皇帝飞去，剑气如漫天银河挟星斗倒泻人间。

赵家天子握紧拳头，竟是一步不退。

陈芝豹伸手握住那杆梅子酒。

往下一按。

梅子酒瞬间消失不见。

敕地，伏兵十万。

离赵家天子十步，梅子酒破土而出，撞在飞剑剑尖之上。

刹那悬停。

分明没有任何声响，文武百官不谙武艺之辈，顿时捂住耳朵蹲在地上，一些体质羸弱的文官，更是有七窍流血的凄凉迹象。

卢升象和棠溪剑仙卢白颉等人都高高跃起，将飞剑梅子酒和千余人之间隔去那股杂乱如洪水外泄的无形气机。

梅子酒终于弹回陈芝豹手中。

站在剑鞘之上的姜姒冷哼一声，飞剑一闪而逝即归鞘。

几乎同时，嘴角血丝越来越浓的徐凤年握住阴物一臂，狠狠丢掷向宫城一侧墙头。

朱袍大袖，如同一只白日里的大红蝠扑向赵丹坪身边的魁梧老人。

镇守皇宫的两位高手之一，只论境界，犹在指玄韩貂寺之上。

柳蒿师。

徐凤年丢出阴物之后，一步跨出将近十丈，飘向袁庭山。

江南道上，他曾想杀徐脂虎。

徐凤年抬起手臂，五指如钩，沉声道："剑再来！"

玄雷，太阿，桃花，金缕，黄桐。

五柄锋芒最为剑气冲斗牛的飞剑，一气砸下。

仙人抚大顶！

袁庭山脸色剧变，南华刀撩起一阵眼花缭乱的刀芒，同时步步后撤，可手掌虎口裂血硬生生挡去五剑，才撤出三步，就横向一滚，后背溅出一串血珠，被一柄悬停位置极为毒辣刁钻的蚍蜉飞剑，划破了那身他梦寐以求的官服。好不容易横滚出杀机，又有五柄剑当头如冷水泼洒而下。袁庭山脸色狰狞，大好前程才走出去没几步，岂会在这里束手等死！一咬牙，袁庭山拔起南华刀，一鼓作气击飞三柄飞剑，脑袋一歪，躲过擦颊而过的一柄，借南华刀击剑反弹之势，在最后一柄飞剑穿心而过之前贴在胸口，本就没有站稳的袁庭山一个趔趄，摇摇欲坠，终归还是被他站定，伸手摸了摸血水，不怒反笑，桀桀笑道："有本事再来！"

看得广场上文官武将都咋舌，真是一条不怕死的疯狗！

然后接下来几乎所有人都瞠目结舌，只见得徐凤年缓缓前行，闲庭信步，但被这位北凉世子莫名其妙敌对的袁庭山，却好似一尾不幸掉落在岸上的草鱼，乱蹦乱跳，垂死挣扎。

已经不足五丈距离。

袁庭山不断鲜血四溅。

世人只知桃花剑神邓太阿小匣珍藏十二柄飞剑，都不知世间还有第二人可以驭剑如此之多。

终至三丈。

一直在等这一刻的袁庭山躲去致命三剑，任由两剑透体，一刀劈下。

广场上大气不敢喘的官员都捏了一把冷汗，希冀着这条疯狗一刀就劈死那个城府可怕的北凉世子！

可接下来一幕让绝大多数人都感到匪夷所思，只有卢升象、卢白颉等人轻轻摇头，有些惋惜，又有些惊艳。

袁庭山逆气收刀偏锋芒。

卢升象惋惜真正的生死关头，袁庭山不惜福，可到底还是惜命了，没有做那一命换一命的勾当。

卢白颉则是惊艳徐凤年的胆大妄为，此人可以赢得相对轻松一些，但他没有，他还是敢去赌袁庭山比他更先怕死，这样的搏杀，带给袁庭山的巨大心理阴影，恐怕一辈子都抹不去。

徐凤年一掌拍在气势衰竭的袁庭山胸口，脚步连绵踏出，抓起空中袁庭山的一只脚，转身就是猛然砸在地上。

一个大坑。

袁庭山显然已是奄奄一息。

一直眯眼观战的顾剑棠终于踏出一步。

要袁庭山死在京城，还得过他顾剑棠这一关。

微风起，安静站在广场上的白头年轻人，蟒衣大袖随风飘飘摇摇。

一如他身世那般风雨飘摇。

当年那个谁都不看好的徐家长子，终于彻底撕去了败絮外衣。

拥有一种说不清道不明的绝伦风采。

徐凤年望向坑中袁庭山，咧嘴一笑，"就你？都不配我拔刀。今天算你走运，有个好岳父，下一次，我亲手剥你的皮。"

顾剑棠瞥了一眼躺在坑中不动弹的袁庭山，手中仍是死死握有南华刀，顾剑棠并不觉得北凉世子胆大包天到胆敢在皇帝眼皮子底下擅杀官员，教训一顿早有旧仇的袁庭山，手法稍微过火，掌握不住火候，京城这边也不至于真跟徐凤年斤斤计较，反正他的荒唐行径早就让太安城耳朵磨出了茧子，更有御道之上独当一万太学生，还吐了口水，也算是给今日打闹一场埋下伏笔，见怪却也不算太怪。藏拙二十几年，天道酬勤，终归是有莫大好处的，换作一个历来口碑极好的藩王世子如此举动，早就给拖下去剥掉世袭罔替的恩赐了。真正让顾剑棠感兴趣的其实只有两件事，邓太阿十二柄飞剑为何辗转到了徐凤年之手，第二件则是那头将柳蒿师扑落城头的朱袍阴物根底所在。一般阴物根本进不了紫黄龙气弥漫的皇城，自从占据半壁江湖的魔教于斩魔台一役彻底烟消云散之后，世间公认再无一头天魔。顾剑棠刹那恍惚之间，担任了十八年兵部尚书的养气功夫，仍是骤然暴怒，那徐家小儿竟然出尔反尔，跟他玩了一手欲擒故纵，不见动作，仅是心意所至，一柄剑胎圆满的飞剑便直刺袁庭山头颅。这让顾剑棠惊怒得无以复加，天子脚下，你一个异姓藩王世子仗着赵家亏欠徐家的糊涂账去讨要几笔老债，挑了个最佳时机火中取栗，顾某睁一只眼闭一只眼，也就随你肆意妄为，可你不知轻重，还敢当着离阳所有重臣权贵的面折损我顾剑棠，真当顾某是一条人人可打的落水狗了？

顾剑棠一袖驭气挥掉飞剑桃花，正要抬手御回南华刀教训这丧心病狂的北凉小蛮子，无意间看到徐凤年嘴角笑意一闪而逝，在宦海沉浮中历练得八风不动的顾剑棠，眨眼时分便收回浓郁杀机，平静道："袁庭山出刀拦剑，对北凉大不敬，确实失礼在前，这顿教训，天经地义，可你若要杀袁庭山，不管是今天还是下一次，顾某都会对你拔刀一次。"

一辈恩怨一辈了。这是寥寥几位庙堂柱石独有的傲气。顾剑棠若是今日对年轻了一辈的徐凤年动手，注定要为天下人诟病。顾剑棠是天下用刀第一人，赢了绝无半分光彩，又不能重伤了他，碍手碍脚，只会助长了北凉世子注定要水涨船高的气焰。顾剑棠对兵部嫡系，素来不吝啬于锦上添花的馈赠，可身前这位人屠的嫡长子，顾剑棠搁在平时，正眼都懒得瞧上一眼。

徐凤年抖了抖蟒衣袖管，十二柄飞剑入袖归位，然后双手轻轻插袖，这个充满市井气的动作，跟徐骁如出一辙，真是上梁不正下梁歪。

徐凤年轻笑道："顾尚书可杀三教圣人的方寸雷，真是让我大开眼界，以后是要领教领教。"

顾尚书，哪壶不开提哪壶的玩味称呼。

顾剑棠没有故作大度地一笑置之，徐瘸子可以当着双方将领的面，把一柄北凉刀搁在他肩头，肆意拍打，辱人至极，顾剑棠可以一忍再忍。可面对徐凤年，顾剑棠就没有了那份镇定。这与度量大小无关。辞任兵部尚书授予大柱国头衔的春秋四大名将之一，顾剑棠这一生是头一次如此认真凝视着徐

家长子，"顾某等你来两辽祭祖，只要你敢来跟我争用刀第一人的名头，辽地境内，除了顾某会与你光明正大一战，没有谁敢对你要阴谋诡计。"

徐凤年依然双手插袖，一副懒散无赖的姿态。

顾剑棠一挥手，两名宦官带着一批羽林卫从坑中抬走一身鲜血淋漓的袁庭山。顾剑棠看了一眼面容死寂眼神死灰的年轻疯狗，猩红血迹顺着南华刀滴落在广场上，他平淡道："南华刀今日起就属于你袁庭山的私物，就当北湖的一份嫁妆。"

袁庭山缓缓扭头，望向这位顶替北凉王成为王朝唯一一位大柱国的大将军，眼眸中炸起一抹神采，艰难咧了咧嘴。

顾剑棠没有理睬，只是抬头看向正南城头上的曹长卿和御剑女子。对于西楚赴京观礼一事，朝廷中枢早有预料，剑冢的吴家素王也是因此而出山。中轴十八门，以剑道大宗师素王坐镇，之外还有不下六七名久居京城这座深潭的顶尖高手；前些时候顾剑棠曾自荐为朝廷镇守一门，阻拦那位曹青衣，只是陛下并未允许。可以说曹长卿的出现对顾剑棠这一小撮人来说并不意外，西楚只要还想复国，今日无疑是最好的露面机会，这就跟徐凤年想要在京城出一口恶气只能在此时无理手一记，是同样的"歪理"。但顾剑棠身为执掌兵部将近二十年的武将，对于西楚复国根本就不看好，甚至极有可能成为张巨鹿疏泄暗流的奇佳切入口。紫髯碧眼儿执政离阳，整顿吏治，受到的阻力是外界根本无法想象的巨大，看似依仗皇帝陛下的信赖，气势如虹，可内里如何，又在何时剧烈反弹，连顾剑棠都不敢设想。

这场观礼，何尝不是一种不足为外人道的心有灵犀？曹长卿自负于儒圣手段，太安城这边若敢撕破脸皮，入圣时曾发有宏愿以身死换天翻地覆的西楚棋待诏，当然真的就敢拼去身死，让那名亡国公主御剑离去，而用他曹长卿的一条圣人性命，换来京城封王成为一桩官员死伤数百人的大惨剧。如果皇帝真想铁了心让曹长卿不入太安城，原本大可以让他顾剑棠佩南华、陈芝豹带梅子酒、剑冢素王老祖宗和柳蒿师分镇四方城门，各自携带精锐势力，只要遇上曹长卿，只需拖延上小半炷香，其余三位就可以第一时间带人赶来堵截围杀。但是出乎顾剑棠意料，皇帝和张巨鹿，以及那名一辈子没有走出过太安城的断舌谋士，都没有如此保守布局，仍是让曹长卿大摇大摆来到了城头，昭告天下，西楚复国！

顾剑棠笑了笑，当初离阳、西楚南北对峙，是谁都猜不出结局的旗鼓相当，可如今二十年海晏清平，西楚几乎是试图用半国之力抗衡其余春秋诸国联手，蛇吞象？顾剑棠摇了摇头，曹长卿到底还是书生意气了。

离阳皇帝踏出一步，朗声道："朕希望有生之年，能跟曹先生平心静气地在这太安宫城内以棋会友。"

曹长卿洒然一笑，没有附言。

姜泥御剑离开城头十丈，让广场上文官武将又是一阵战战兢兢。她扯了扯嘴角，大凉龙雀高入云霄，不见踪影。

两颊漩梨涡，是笑他白了头？

曹长卿随即也转身掠去。

皇帝让内官监掌印宋堂禄上阶，轻声说了一句，然后这位炙手可热的权宦走到台阶附近，面对广场沉声道："特许北凉世子徐凤年退朝，何时出城，无须向朝廷禀报。"

徐凤年听闻圣旨后，仍是双手插袖，转身便走。

一直留心北凉世子下一步动静的赵家天子眯了眯眼眸，但很快就释然，脸色如常，几乎在徐凤年转身同时，走向大殿，跨入门槛。

赵徐两家，分道扬镳。

大半官员都在徐凤年转身时，不约而同咽了咽口水。尤其是那位本该意气风发的国子监右祭酒晋兰亭，脸色颓废如丧考妣。

徐凤年走出城门以后，停下身形。阴物丹婴与自己心意相通，比起早已不用耗费气机去牵驭的飞剑也毫不逊色，它将皇宫里的那条年迈蛰龙扑落城头后，不到半炷香，悄无声息之中就是无数次的生死来回，阴物最下双臂颓败下垂，一袭鲜亮红袍也破烂褴褛了几分，毕竟是阴秽之物，在太安城内进行天象境高手的巅峰对决，不占天时，本是致命的劣势，它能够如此作为，已是足够惊世骇俗。传言跻身天象境界年数比起常人一辈子还来得久远的柳蒿师，安安静静站在墙根下，看不出半点气急败坏，只是眼神阴沉如毒蛇，死死咬住了北凉世子。

徐凤年先对阴物展颜一笑，然后走向柳蒿师，相距十数丈后停脚，开口说道："你可别老死得太快。"

老人笑声沙哑，如老驴拖磨盘磨浆，伸出一掌，一次翻覆动作，"老夫当年杀不得大的，杀个小的，不过如此而已。"

徐凤年伸出一根手指，抹了抹嘴角，"老王八躲在深潭里，我暂时是奈何不得，不过春秋十座豪阀，尊你为老祖宗的南阳柳氏，还有好些有望报效朝廷的英才俊彦，我这就让人去斩草除根，你救还是不救？我先前故意不做这些脏事，就是想着进京以后，亲口跟你好好说上一声。"

老人漠然无情，冷笑一声，"泥菩萨过河自身难保，也敢在老夫面前大放厥词。"

徐凤年笑道："大好河山，骑驴走着瞧。"

白头年轻人双手插袖，缓缓走在御道上，朱袍阴物欢喜相望向这个落寞的背影，悲悯相看着那个辛苦隐忍杀机的柳蒿师。

徐凤年走出一段路程后，拔出双手，没有转头突然问道："以后你叫徐婴，好不好？"

阴物伸出一臂，轻轻扯住他一只袖子。

徐凤年单独走向偏离中轴御道的马车，马夫自然是青衣青绣鞋的青鸟。身怀传国玉玺的轩辕青锋一袭紫衣，侧身坐在青鸟身后，双脚垂在马车以外。见到徐凤年如此之早退朝，轩辕青锋虽有疑惑，却也没有询问。一起坐入车厢，徐凤年落座后，微笑道："西楚还了我一剑，咱们迟些时候出京，让曹先生多等上几天，顺便吓唬吓唬那位不知在哪儿守株待兔的韩貂寺。这位儒圣不会在京城里取回阳玺，你这几天抓紧时间汲取气运。"

轩辕青锋皱眉道："才纳入四五分。"

徐凤年笑道："做人要知足，能到手四五分就差不多了，过犹不及。气运一事，神鬼莫测，万一出了差池，说到底遭罪的还是你，不是我。来，掏出来给我瞅瞅，好帮你掌掌眼。"

轩辕青锋欲言又止，冷哼一声，终归没有动静。徐凤年一头雾水，无奈道："真当这枚玉玺是你禁脔了？借钱还钱是天经地义的事情，以往你跟我蛮横不讲理，那是我好说话，不跟你一般见识。这几年我在藏私，陈芝豹比我更狠，早已经悄然入圣。铁门关一役，陈芝豹正值武道巅峰，尚且敌不过曹青衣，你要是惹恼了这位西楚棋待诏，耽误了他的复国大业，注定没好果子吃。再说牵扯到玉玺的气数谶纬，你比你爹差了十万八千里，就是个门外汉，远不如我，我替你掌眼，查漏补缺，你还不满意？"

轩辕青锋犹豫再三，死死盯着徐凤年，终于慢腾腾伸出纤细两指，歪了歪脸庞，从脖子里捻住一根串住玉玺的红线，轻轻一提，看那胸口风景，应该是从羊脂美玉的双峰之间，拎出了玉玺。徐凤年哭笑不得，心想难怪你扭扭捏捏，到底是在这类事情上脸皮厚不起来的女子。徐凤年立即故作正经古板，省得她恼羞成怒，心平气和地接过仍然留有丝丝缕缕体温的红绳，低头凝视这枚西楚玉玺。轩辕青锋撇过头，捂住心口，看不清她容颜是愠怒还是娇羞。绳坠下的玉玺呈现出晶莹通透的圆润景象，其中又有黄紫两气急速流转，如夏季汛期的江河，如雏鸟离巢，心之所向，仍是轩辕青锋。气运外泄于玉玺，一起飘荡渗入轩辕青锋七窍三丹田。徐凤年哭笑不得，抬头望向那个仍在跟自己置气的娘们儿，气骂道："这哪里是四五分，分明已经给你偷窃入六七分，以前说你只会败家，真是冤枉你了。"

轩辕青锋如徐凤年所说是货真价实的门外汉，得手玉玺之后，只是埋头汲取玉玺蕴藏的气运，听闻真相以后，也有些雀跃惊喜，"当真有六七分？"

徐凤年点头道："你试着将全部气机都倾泻出来。"

眨眼之间，车厢内气海扶摇，两匹马骤然停蹄，一副雷打不动的架势。徐凤年发丝飘拂不定，发出啧啧声，眯眼感慨道："用道门练气士来说，便是气蒸云梦泽，波撼玉皇楼，摇动昆仑山。跟武当老掌教的大黄庭也差不离了。"

轩辕青锋闭上眼睛，摊开双臂，临近宫城的太安城一带，肉眼不可见的气机以马车为圆心，迅猛汇聚而来。她一脸陶醉自然。

徐凤年见手中玉玺摇摇晃晃，幅度越来越大，沉声道："收手，打住！"

轩辕青锋迅速回神，收敛气机，似乎察觉到自己的举止太过温顺，狠狠瞪了一眼发号施令的徐凤年。

徐凤年对她从娘胎里带出来的骄横刁蛮，并不以为意，也没想着如何用心打压调教。女子都给磨去棱角，如青州陆丞燕般个个如鹅卵石似的圆滑世故，不论是江湖还是府邸，那得多么乏味无趣？

徐凤年递还给她红绳玉玺，"趁这几天再汲取一分半分，别人心不足，一口吃成胖子也不好，尤其是女人，太胖了不好看。"

轩辕青锋安静凝视着这个家伙，不领情道："一点都不好笑。"

徐凤年双手插袖，笑了笑，"是真的冷。"

今年入冬以后，太安城的确格外的冷。

徐凤年等轩辕青锋转过身塞回玉玺到那峰峦凹陷之中，突然问道："轩辕青锋，你有没有发现你其实很有谋算天赋，别人靠脚踏实地的学问积累和官场上的经验累积，你靠的是直觉？"

轩辕青锋一脸不屑道："你休想我给你当北凉豢养的鹰犬，我与你做买卖，一桩是一桩！"

徐凤年摇头道："别紧张，我没有到饥不择食的地步，只是难得心情好，所以口头嘉奖你一次。"

轩辕青锋一语中的，"你跟京城白衣案的柳蒿师挑明了？摆好了擂台？这次出京，跟赵家天子那边也彻底结清，以后各凭本事，公开划下道来？"

徐凤年笑着点点头。

庙堂之上很多事情，深深重重帷幕后的布局，步步为营，锱铢必较，可放到台面上，最终落在朝臣眼中，其实往往也就那么回事，很难一眼看出高明之处。徐凤年以藩王世子身份赴京观礼，明面上佩刀入殿可不跪，赵家天子无疑给了天大面子，可给了这颗甜枣之外，几大棍子下来，都结结实实敲在了北凉头上：破格提拔晋兰亭为国子监右祭酒，"勾搭"理学大家姚白峰入京任职，擢升北凉都护陈芝豹为兵部尚书，陵州牧严杰溪更是一举成为当朝最为殊荣显赫的皇亲国戚。这正大光明的四大棍子，可都是当着满朝文武的面敲打在徐凤年身上，徐凤年怎能不借势大闹一场？看上去是怄气行径，可未尝不是徐凤年在用自己的方式去极力安稳北凉铁骑军心。

马车缓缓回到下马嵬驿馆，腐儒刘文豹已经跟一个老叫花子无异，依旧在龙爪槐下苦苦等候，等北凉世子给他一个施展抱负的机会。此时正蹲着啃一个冰凉生硬的馒头，虽说衣食住行那一块吃了苦头，但看他的精气神还不错。这些个人下人之人，大多如此，只要有丁点儿盼头可以去期待，就可以表现出惊人的韧性，这与心气有关。刘文豹无疑是口气极大心气更大的那一类人物。徐凤年下车以后，仍是正眼都没有一个，斜视一眼都欠奉，寻常自恃腹中才学韬略不输他人的读书人，早就转投别家明主去了，不过刘文豹一生坎坷，傲骨犹在，寒窗苦读圣贤书读出的傲气，也几乎全部消散，自然有咬定青山不放松的大毅力，不过准确说来，咬定身旁徐家槐树不松嘴，似乎更合适一些。

看到徐凤年要径直走入驿馆，刘文豹小跑过来，轻声说道："徐公子，有人找你，是个姓李的小姑娘，也不进驿馆，只是与我闲聊，她等了半天，结果熬不住饿，这会儿买吃食去了。"

徐凤年愕然，笑道："她是不是说家住在一座寺里，寺是她家的？"

刘文豹使劲点头笑道："对的对的，小姑娘可也有趣，我正纳闷呢，还有女子住在寺里的。"

徐凤年这次是真的心情大好，对刘文豹说道："你去驿馆里找个暖和的地方，童梓良问起，就说是我让你住下。"

不承想老书生不知好歹，摇头道："不在乎这一两天，刘文豹吃得住苦，这么多年都撑过来了，想着以后苦尽甘来才大。"

徐凤年也不刻意与五十几岁都没有成家立业的老儒生客气，轩辕青锋已经直截了当进了驿馆，就让青鸟先进去，自己单独留下在门口迎接李子姑娘。

刘文豹小心翼翼好奇问道："公子为何这么快就退朝？"

徐凤年半真半假道："差点跟顾剑棠动手，给赶回来了。"

刘文豹咋舌，不敢再问。

远处，那个立志要做行侠仗义江湖女侠的少女蹦蹦跳跳，往下马嵬驿馆这边跳着方格。

她好不容易打听到徐凤年住在下马嵬，自觉历经千辛万苦翻山越岭跑来了，这份江湖儿女才能有的行径，实在是没二话！

她这趟出门，倒也带了几张银票，可都叮嘱笨南北去逢人便送礼了，没想着如何购置衣裳脂粉，身上只有一些可怜的碎银铜钱。今天破天荒起了个大早，火急火燎就赶来下马嵬外边，大清早都忘了填饱肚子，给冻得浑身直哆嗦，终于拗不过肚子打鼓，就买了一屉白馒头，就因为这八九个馒头，对太安城的印象糟糕到了极点，太贵了！当年跟徐凤年要是在京城行走江湖，十有八九早给饿死了。狠狠咬着一个在家里山下能买好几个的昂贵馒头，小姑娘蹦跳着向驿馆慢慢推移。

远远看到一个熟悉身影，可瞧那人一身白，白头白衣白鞋子，怎么跟雪人似的，就有些不确定，不会是徐凤年吧？

都说羁旅之人才会近乡情怯，可下马嵬也不是她家乡，只不过因为他，就不蹦跳了，慢慢挪步向那棵龙爪老槐走去。

走近了，认清了那张朝思暮想的脸孔，小姑娘愣在当场，口里还咬着一口馒头，怔怔看着那个熟悉又陌生的男子，顾不得女侠风范和淑女礼仪，转

身就跑，手里馒头丢了一地。

刘文豹一脸匪夷所思，这小姑娘是给身边世子殿下吓傻了？

徐凤年忍俊不禁，走过去捡起不算太脏的馒头，都捧在怀里。

小姑娘跑出去一段路程，又跑回来，梨花带雨，"徐凤年，你是要死了吗？我爹本事大，我回去跟他说说，你等着，一定要等我啊！"

然后她又转身打算跑路。

徐凤年腾出一只手，按住她的小脑袋，把她拧转身，"死不了，我这是觉着出门在外，想要引人注目，得剑走偏锋，就染成了白发。"

小姑娘性格天真烂漫，却不笨，气坏了，"你骗我！"

徐凤年把一个馒头塞到她嘴里，自己也叼了一个，含混不清道："你家南北和尚呢？"

李子姑娘拿着馒头，抽泣道："笨南北去宫里等着面圣了，又要跟那个什么青词宰相，还有白莲先生吵架。"

徐凤年伸手帮她擦去脸颊上的泪水。小女侠小脸蛋冻得两坨通红，十分滑稽可爱。徐凤年没有妹妹，一直把她当作自己的亲妹妹看待，看着她温柔笑道："好不容易见了面就跟我哭得稀里哗啦？也不怕被南北笑话。"

李子姑娘闷闷不乐道："他那么笨，我都不笑话他。"

徐凤年牵起她的冰凉小手，走向下马嵬。

人生一大喜，他乡遇故知。

徐凤年转头抬起，轻轻望去。

有人来时，入江湖，意气风发。去时，出江湖，问心无愧。

徐凤年转过头，低头看了眼小姑娘，平静道："可惜温华没机会跟咱们一起行走江湖了。"

"为啥啊，他练剑还是那么没出息？还是挎了柄木剑？"

"大出息了，不过他不练剑了。"

"不在京城吗？他去哪儿了？"

"我在找。"

"哼，温华都不等我！不仗义！以后被我见到，骂死他！"

"好的，要是我先找到那小子，连你那份，一起骂。"

观礼封王第二日。

太安城海纳百川，对于一个背负桃木剑的年轻道人入城，城门校尉甲士都不曾上心。龙虎山道士便经常入京画符设醮，京城百姓也见过不少天师府上与天子同姓的黄紫贵人，城门这边唯一刮目相看的是这位素朴道士，既不是出自道教祖庭龙虎山，也不是寻常洞天福地的真人弟子，而是来自数百年来名声不显的武当山。天下道士户牒统辖于掌管天下道事的羽衣卿相赵丹霞，唯独这座武当山是例外，这让城门卫士放行后，忍不住多瞄了几眼，也没瞧出如何真人不露相，只当是寻常身份的道人，熬不住武当的清规戒律，来京城走终南捷径了。这名道士入城以后，问了下马嵬驿馆的方位，步行而往，不小心绕了远路，走了将近一个时辰，才看到驿馆外头的龙爪槐，对守门驿卒通报了身份，言说武当山李玉斧，求见北凉世子徐凤年。驿卒不敢耽搁，一头雾水地赶往后院禀告。仅靠两条腿从武当走到京城的李玉斧也没有道人风范，坐在驿馆门外的台阶上稍作休憩，按照玉柱峰心法轻轻吐纳。老儒生刘文豹瞥了一眼就没有再去理睬。徐凤年正在后院跟李子姑娘堆第八座雪人，听到童梓良的禀报后，皱着眉头走到门口。李玉斧起身打了个稽首，略显拘谨。徐凤年眉头舒展，笑道："李掌教，我可当不起你如此大礼啊。"

武当山李玉斧，继修成大黄庭的王重楼、吕祖转世洪洗象后，又一位武当掌教。

结果李玉斧似乎比徐凤年还紧张万分，连客套寒暄的言语也没憋出口，有些赧颜脸红，不像是武当众望所归的大真人，反而像是见着了英俊男子的小娘，这让徐凤年身陷云里雾里，只觉得莫名其妙。他几次上山，除去骑牛的年轻师叔祖和一些顽劣小道童，也就只见过脾气极好的王重楼和神荼一剑示威的王小屏，甚至没有见过一面李玉斧，谈不上过节恩怨，都说洪洗象对此人抱以厚望，怎的这般腼腆内秀？徐凤年按下心中好奇，领着李玉斧往后院走去。之所以开始不喜，是怕那雪上加霜的最坏结果，担心李玉斧象征武当山进京面圣，为赵家天子招徕入囊中。北凉内部被朝廷东一榔头西一锄头挖了太多墙脚，若是再加上一个武当山，就真是让人恨不得破罐子破摔了。再者有一点至关重要，武当山对徐凤年来说有着极为特殊的情感寄托，大姐徐脂虎当年在那里遇上了骑牛的胆小鬼，他也曾在那里练刀，受过王掌教一份天大恩惠，那里，还有一块不知是否已荒芜的菜圃，和注定已经消散无影踪的《大庚角誓

《杀》帖。若是武当山叛出北凉，就算北凉可以忍，徐凤年也独独不能忍。

徐凤年入了院子，对正在拿木炭点睛雪人的小姑娘笑道："李子，给武当山新掌教搬条凳子。"

小姑娘赶忙伸手在雪人身上擦了擦炭迹，去屋里搬了条凳子出来。李玉斧仍是矜持害羞道："殿下，小道站着说话就可以了。"

徐凤年认认真真打量了他一眼，率先坐在本就摆在屋外檐下的藤椅上，打趣道："你怎么跟洪洗象半点都不像，那家伙脸皮比你厚了几百重云楼。"

李玉斧犹豫了一下，终究还是鼓起勇气坐在凳子上，正襟危坐，目不斜视。两条藤椅一条凳，徐凤年居中，轩辕青锋躺在他左手边椅子上，气息全无如活死人。

徐凤年也不急于询问隐情，躺下以后，只是柔声笑道："我跟你小师叔是老交情了，一个愿打一个愿挨，他还欠我好些禁书没还，总骗我说你大师叔陈繇给统统收缴了去，泥牛入海。我也不跟他一般见识，也不知为何每次见着他就来气，手脚就有些管不住，他也喜欢嚷嚷打人不打脸踢人不踢卵，也不知他从哪里听来的江湖俗语。"

李玉斧偷偷抹了一把汗。大冬天的，这位年轻道士身边竟是雾霭蒸腾，如海外仙山一般的玄妙光景，让见多识广的李子姑娘都目瞪口呆，忍不住多看了几眼。

徐凤年摇起藤椅，闭上眼睛，"老掌教真是好人，我这辈子见过一些上了年纪的道士，真正像神仙的，还真就只有王掌教。"

挺温情的氛围，可惜被轩辕青锋一声冷哼给弄得烟消云散。李玉斧本就提心吊胆，此时更是被吓得咽了一口舌底津液。修道如入金山，能捡回多少金子得看天赋根骨机缘，李玉斧天赋为师父俞兴瑞相中，这才被号称玉柱峰内力第一人的俞兴瑞从东海带到武当山。根骨秉性一事，上山以后，更是被所有师叔师伯看好，至于机缘如何，便是陈繇、宋知命等人都不敢妄自揣度，只有一人遗留下了八字谶语：武当当兴，兴在玉斧。

李玉斧其实胆子不小，可他这辈子最崇拜敬畏的便是那位曾经仙人骑鹤剑斩气运的小师叔，打心眼里都是无以复加的佩服，而上山以后，方方面面、老老小小说的都是掌教师叔跟那位北凉世子是如何命理相克，几位师伯也都说过小师叔的的确确经常挨揍，怕北凉世子怕得没有边际。小师叔明明都已经修为如九天高了，这让此生所作所为都是追赶小师叔的李玉斧，如何能不心怀忌惮？

268

徐凤年转头瞪了一眼被打搅到汲取气运而恼火出声的轩辕青锋。李玉斧都不敢侧头去看那名紫衣女子，只敢在心中哀叹，山下女子都是老虎，小师叔说得没错。

徐凤年笑问道："我听说北莽剑气近去了趟武当山，要问剑吕祖之飞剑术，让你们武当山代替吕祖答剑，一剑杀到了大莲花峰峰顶，结果又给你一路逼回山脚。"

李玉斧低声道："我是气昏了头，意气用事，其实剑术仍是比不过那位剑气近。"

徐凤年微笑道："我估计你的剑术的确比不上黄青，可剑道高低，跟剑术有关，却没有绝对关系，黄青问剑问剑道，输了也不奇怪。这就像女子有一张好看的脸蛋，能多加几文钱的姿色，可到底有多少美艳动人，还得看最为重要的气韵。"

李玉斧用心咀嚼一番后，诚心诚意道："殿下所言甚是，小道受教了。"

徐凤年笑话道："你真当我是什么得道高人了？你这么聪明，我就是无聊放个屁，你也能悟出一二三事来。李玉斧，你也别疑神疑鬼了，我当年之所以敢打洪洗象，不是我真的就比他修为高道行深，那只是他胆子小气量大。"

李玉斧一本正经道："殿下好修养。"

徐凤年捧腹大笑，"你啊你，拍马屁的时候倒是跟骑牛的如出一辙，都异常真诚，不愧是一脉相承。"

李玉斧脸色微红。

徐凤年问道："你就用两条腿走到了京城？"

李玉斧点头道："中间去了趟地肺山。"

徐凤年玩味道："我二姐曾经在地肺山取过几袋子龙砂，她说这座道教第一福地出了恶龙，你难道是斩恶龙去了？"

李玉斧微微一笑，没有否认也没有承认。

徐凤年心中震撼，瞥了眼武当新掌教背后的那柄桃木剑。

李玉斧挠挠头，"小道确是见过了恶龙，却没有斩死，给人从中作梗。"

徐凤年点了点头，缓缓说道："太安城为了昨日观礼大典，特地在中轴主要三殿之后奉祀真武大帝，雕塑身形巨大，如同小山，京城所奉神祇未有出其右者，天子亲笔题匾'统握中枢'四字，用以拔高武当山在道教的地

位。这件事情，你我心知肚明。"

李玉斧深深呼吸一口气，坦诚说道："朝廷在太安城雕像真武大帝，武当山本无异议，可按照吕祖遗训，山上道人一律不入京城谋权贵，可是不知为何，雕成真武大帝神像之后，却无风自摇，小道这才奉师命入京一探究竟，一路东行时，察觉到与地肺山有所牵连，便先去了那座洞天福地，果然被小道发现了恶龙蛰伏，这才出剑斩龙。"

说到这里，李玉斧起身沉声道："小道此生修行，愿只为黎民百姓出剑斩不平。"

徐凤年笑了笑，望向天空。

如此年轻的神仙啊。

徐凤年笑着问道："那你什么时候去皇宫面见天子？"

李玉斧摇头道："既然已经斩过地肺山恶龙，中轴之上真武大帝塑像想必已经再无恶兆，小道也就不去宫城那边自损道行。掌教师叔曾经对小道说过，我辈修道有七伤，其中有一事，便是不依科盟，泄露天真，犯了此戒，即便身具异相，一样难以位列仙籍。小道虽不奢望过天门位仙班，却也胆小，怕去那天底下龙气最重阴气亦是最重的地方。这次入京，只是想见一见殿下，多听一听有关两位掌教的故事。出京以后，小道就要云游四方，不急于返回武当，想要十年之间行十万里路，见一难平一难。"

武当山不出则已，一出即仙人。

先有王重楼隐姓埋名行走江湖，扶危救困，一指断沧澜。后有洪洗象飞剑镇龙虎，被天下练气士视作可以力压武夫王仙芝的存在。

徐凤年玩笑道："万一你在江湖上遇上心仪女子，结成神仙道侣，甚至干脆连道士都不做了，武当山也不回了，那么你师父师伯们岂不是得气得吐血。"

李玉斧涨红了脸，"不敢的。"

徐凤年抓住言语中的漏洞，"不是不会？"

李玉斧诚心诚意说道："小道远逊色于掌教师叔，不擅长占卜算卦，也就不懂天机，委实不敢妄言以后会如何，可小道虽不知天下许多事，却最清楚自己该如何作为，真要遇上了喜欢的女子，也只敢相忘于江湖。"

徐凤年默不作声。

李玉斧不谙人情世故，不知如何暖场，只好站起身稽首告辞。徐凤年回过神，跟着站起身，送到了门口。背负一柄寻常桃木剑的李玉斧犹豫了一下，指了指老槐树，轻声说道："殿下可知有练气士在那棵龙爪槐动了手脚？"

徐凤年摇了摇头，眼神阴沉。李玉斧如释重负，终归没有多此一问，凝气一吐，七步踏罡，毫无杀气的桃木剑悠悠出鞘，插于龙爪槐树根处，这位当代武当掌教伸指掐诀，轻声念道："拔鬼摄邪。"

刘文豹给吓了一跳，赶忙远离龙爪槐。老儒生所学驳杂，对于阴阳谶纬道门方术，将信将疑，不敢小觑，瞪大眼睛，结果只看到这年轻道人露了一手不俗驭剑术，之后就没了动静，雷声大雨点小，让刘文豹好生失望。李玉斧皱了皱眉头，走近槐树，右手拇指弯曲，在食指上一划，血流不止，在树干上画一符箓，轻轻一拍，符箓消散不见，李玉斧神情非但没有闲淡几分，反而越发凝重，一番思量后，双手手掌交叉搭起，左手拇指曲掌内，其余九指外露。

徐凤年对道门符咒是门外汉，反倒是身后轩辕青锋语气平淡道："这道士使的是太乙狮子诀，相传太乙天尊坐骑是九头狮子，故有此诀。先前他用的是劾鬼之术，狮子诀则是请神之法。龙虎山的道门真人想要一气呵成，得要耗费一炷香工夫，足见这名道士本事不低，怎么在你跟前如此低眉顺眼，他真是武当山的当代掌教？"

徐凤年没有理睬，脾气好到一塌糊涂的李玉斧似乎试探后抓住端倪，察觉到真相，竟是破天荒隐隐作怒，"分明正统，却走旁门！"

李玉斧挥了一袖，脚下桃木剑拔地而起，掠向皇宫方向，双手在胸口掐一个连轩辕青锋都不认得的晦诀，面容肃穆，沉声道："武当第三十六代掌教李玉斧，恭迎真武！"

皇宫三大主殿之后有真武。

雄伟塑像高达三层楼，真武大帝镇守北方，统摄玄武，以断天下邪魔，身披金甲，仗剑蹑踏龟蛇。自从李玉斧赶赴地肺山对敌恶龙之后，真武雕像不再晃动，原本一直守在此地的青词宰相赵丹坪也得以空闲下来，不用整天守候此地，担心塑像轰然倒塌。此时赵丹坪正跟随皇帝陛下前往真武大帝雕像之地，瞻仰风采。除了这位大天师，还有被御赐白莲先生的天师府外姓人白煜，以及凝字辈中一鸣惊人的赵凝神，正是这位经常在龙虎山逛着逛着就能走神迷路的年轻赵姓道人，当初挡下了登山的桃花剑神邓太阿一剑，也正是赵凝神撰写了《老子化胡经》，谤斥佛教，为朝廷灭佛造就大势。

一行人不显浩荡，但气势无与伦比。赵家天子，三位龙虎山大小天师，除此之外就是已经兼任司礼监内官监两大掌印太监的宋堂禄，还有几位皆是而立之年的起居郎，新太子赵篆也在其中，正在与白莲先生讨教修道学问。刚才有过一场佛道争辩，赵家天子不偏不倚，只是安静旁听，一言不发。说是辩道，其实那个古怪法号的一禅和尚更像是在跟白煜闲聊，若非赵凝神一锤定音，听了将近两个时辰唠唠叨叨的赵篆都要昏昏欲睡，几次转过头去打哈欠，被当时在场的皇后赵稚眼尖瞧见，狠狠瞪了几眼。

赵丹坪和赵凝神几乎同时望向城南某地。

读书太多，看坏了眼睛的白莲先生半眯着眼，也意识到出现了紧急事态，瞥向身边被他器重看好的赵凝神，后者隐秘伸出一手，迅速掐指。赵丹坪更是不遮掩一脸愤然，外人看来便是龙虎山天师一身正气勃发，如天上仙人雷霆大怒。事不关己高高挂起的太子赵篆终于来了精神，左顾右盼。这般"轻佻"皇储，要是落在市井百姓眼中，恐怕就得担忧以后的世道是否还能太平依旧了。好不容易已经纹丝不动的真武塑像又开始摇晃，幅度越来越大，比以往还来得惊世骇俗，塑像四周地面上许多隐蔽符阵都给牵扯拔出，毁于一旦。宋堂禄顾不得失礼，护在皇帝身前，生怕雕像倒塌。赵丹坪一拂挽在手臂之间的白色麈尾，身形一掠，踩住阵眼，一脚踏下，试图稳住精心设置的秘密阵法。可惜这一次终于力所不逮，真武大帝塑像竟是抛去根底，缓缓向南方推移滑动。赵丹坪脸色苍白，抬头望去，有一柄桃木剑飞来，掉转剑尖朝南，好似要跟真武大帝一起往南而去。

赵家天子脸色如常，轻声道："柳蒿师，毁去那柄剑。"

这名在白衣案中出力最多的天象境高手悄悄出现在皇帝身后。赵丹坪竭力镇压浮动不安的阵图，转头忧心忡忡说道："陛下，不可妄动那把已经入阵桃剑，否则恐怕塑像就有可能塌毁。"

皇帝面无表情，只是盯住这位擅长书写优美青词的羽衣卿相。赵丹坪额头渗出汗水，尤其是太子赵篆轻笑一声，格外刺耳。

一直给人万事不上心憨傻印象的赵凝神缓缓走出，挡住塑像去路，仰头望向那尊朝廷供奉最高神祇，问了一个听上去极为荒诞无稽的幼稚问题："你要去见谁？"

真武大帝塑像继续向南滑行，赵丹坪脚步随之被强行牵往南方。

皇帝轻声问道："白莲先生，可否告知真武到底是谁？难道不是那天生具备龙象之力的徐家二子？"

一身素白麻衣麻鞋的白煜摇头歉意道："老天师赵希抟一直坚信如此，可白煜看着不像，觉着是一条出江恶蛟才对，至于具体是谁，白煜没有未卜先知的本领，实在猜想不出。"

皇帝哦了一声，并不恼怒，继续问道："那到底是何人可以造就此番异象？"

白煜笑道："这个白煜倒是知晓，看那桃木剑样式，是武当山道人代代相传的吕祖佩剑。我年幼时仰慕吕祖剑仙遗风，也曾亲自雕刻过一柄，只是天赋所限，练不了剑。这位武当练气士，不出意外，应该是在地肺山斩龙的新掌教李玉斧。"

皇帝脸色深沉，"这名道士入京不见朕也就罢了，毕竟武当自古便有不入宫城的祖训，可洪洗象恃力闯城在前，此子无礼造次在后，真当朕的太安城是青楼楚馆不成，仗着有些家底，便说来就来，说去就去？"

白煜一笑置之，没有细说。他虽半盲，却也是当之无愧的世间明眼人。天师府前辈赵丹坪那些见不得光的手笔，联手钦天监大批练气士，以下马嵬龙爪槐为饵料，以真武大帝塑像做药引，试图在北凉世子短暂居住驿馆的这段时间，不光是镇压，还要狠狠消耗其气运，如在头顶搁置磨盘往死里碾压。这等帝王霸术，白煜谈不上反感，但也说不上如何欣赏，他一心置身事外。兵法推崇奇正相间，这是一奇，相对隐蔽晦暗；剩余一正则十分一见了然，间隙武当山和北凉之间的关系，若是武当识趣，借机示好朝廷，那本就尊佛的北凉就彻底失去了道门支持，越发孤立无援。朝廷大力破格提拔叛出北凉的人，就是要让徐家成为孤家寡人，只要徐骁一死，世袭罔替北凉王的徐凤年除了拿三十万铁骑去填补西北门户的窟窿，根本无法再起波澜。

白煜叹了口气，可惜武当山还是那钻牛角尖的糟糕脾性，一点表面功夫都不愿做，也难怪式微落魄至此，争不过后起之秀的龙虎山。

先是两禅寺与龙虎山之间的佛道之争。

武当斗法龙虎。

这场则是道教祖庭之争。

就算这场斗法赢了，却输了整座庙堂，武当山赢少输太多。

白煜对赵凝神喊道："凝神，回来。"

赵凝神犹豫了一下，终于还是侧身走到真武大帝塑像南下路线之外。

说话间，白煜悄悄摆了摆手，旁人大多关注赵凝神的举动，只有赵丹坪留心到了白煜的手势，一咬牙撤去对阵法的镇守。

下马嵬驿馆外，徐凤年笑问道："有人在龙爪槐动了手脚，是针对我的意图不轨？"

李玉斧神情凝重点了点头。

徐凤年问道："涉及气运？"

李玉斧还是点头。

气运空荡如雪白宣纸的徐凤年几乎要捧腹大笑，忍住笑意道："行了，你就别惹恼了那帮赵家人，好好行你的十万里路，这些腌臜事情，不用你管。收回桃木剑，赶紧出京。"

李玉斧一脸赧颜道："桃木剑入了阵法，想收回来很难了。"

驿馆外的长街尽头出现一名中年青衫剑客。

负剑神荼。

缓行而至，面容古朴如上古方士，他对武当山新掌教打了一个稽首。

李玉斧赶忙还礼，毕恭毕敬道："见过小王师叔。"

闭口养剑二十载的王小屏。

王小屏面有不悦，显然对这位年轻掌教掺和王朝争斗有所不喜。李玉斧性子淳朴，却不是真傻，当下便有些尴尬。

徐凤年如何都没有料想到武当剑术第一人王小屏会出现在下马嵬。李玉斧亡羊补牢，解释道："王师伯曾经留下遗言，殿下何时入京，小王师兄何时入世。"

王小屏摘下符剑神荼，抛给徐凤年，沙哑开口："掌教师兄和掌教师弟都说过，京城见你还神荼。"

徐凤年接过这柄天下名剑，顾不得猜想王小屏为何愿意开口说话，愕然问道："我能拿神荼做什么？"

王小屏既然开口，难道证明其剑道已经大成？只是这个江湖上最负盛名的"哑巴"惜字如金，不再言语。

李玉斧挠挠头道："师叔曾说过我可一眼见真武，真武亦会见我。"

徐凤年更是摸不着头脑。

蓦然之间，神荼在他手中颤鸣，如真武大帝亲敕急急如律令。

鬼使神差，徐凤年转头望北，轻声脱口而出："剑来。"

李玉斧桃木剑一瞬南飞归剑鞘。

徐凤年心中默念，"剑去。"

神荼北飞，归位真武大帝塑像之手。

自负清高如剑道不世出天才的王小屏，朝这名白头年轻人恭恭敬敬鞠了一躬。

天赋卓绝如李玉斧，在此时竟是都热泪盈眶。

武当山八百年不见真武。

今日终于真武见我。